JULIA DESSALLES

HERZ
KLANG
STILLE

ROMAN

ARCTIS

Originalausgabe
1. Auflage 2023
© Atrium Verlag AG, Zürich 2023
(Imprint Arctis)
Alle Rechte vorbehalten
Dieses Werk wurde vermittelt durch die
AVA international GmbH Autoren- und Verlagsagentur, München.
www.ava-international.de
© Text: Julia Dessalles
www.juliadessalles.com
Lektorat: Leona Eßer
Sensitivity Reading: Cara Kolb
© Illustration: Daria Gemma
Umschlaggestaltung: Niklas Schütte
Satz: Pinkuin Satz und Datentechnik, Berlin
Druck und Bindung: CPI books GmbH, Leck
Printed in Germany
ISBN 978-3-03880-073-6

www.arctis-verlag.de

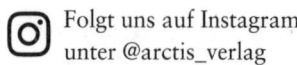
Folgt uns auf Instagram
unter @arctis_verlag

For my ghost

Noch immer
Brennt
Dein Schweigen
In meiner
Herz
Klang
Stille

PROLOG, LONDON IM FRÜHJAHR

*COLE

Sein ganzer Körper vibrierte, während er unablässig den Brief von der linken in die rechte Hand und wieder zurückwechselte. Links – rechts – Handflächen an den Jeans abwischen. Links – rechts.

Ich schüttelte den Kopf und berührte ihn kurz an der Schulter. Unter meinen Fingerspitzen spürte ich, wie er vor Nervosität bebte. »Jetzt beruhige dich mal!«

Er fuhr herum, die Augen glänzend wie im Fieber. »Ich sterbe gleich, Cole!«

Ich schnaufte. »Komm schon. Es ist nur ein Mädchen. Gib ihr deinen romantischen Fetzen und dann hauen wir endlich ab und machen was Sinnvolles.«

»Das *ist* sinnvoll! Und es ist nicht irgendein Mädchen. Sie ist meine große Liebe!« Er sagte es so ernst und ich befürchtete, falls ich dem Impuls nachgab, ihn auszulachen, würde er in Tränen ausbrechen. Und dann musste seine Angebetete schon sehr besonders sein, wenn sie einen Liebesbrief von einem tränenüberströmten Typen annahm. Darum biss ich mir auf die Wange und blähte nur kurz die Nasenflügel.

Hinter ihm tauchte am Ende der Straße ein Mädchen auf, das wie ein Geist wirkte. Dunkle Wellen umwaberten ihr blasses Gesicht, eine Gewitterwolke aus Haaren. Selbst auf die Entfernung schienen ihre Augen zu groß, zu dunkel und zu ... verfolgt für ihr zartes Puppengesicht. Sie verströmte diesen Gänsehaut-Vibe – und doch war das irgendwie sexy. Einen Augenblick lang kribbelte in mir die Versuchung, ihn durch einen Trick wegzulocken, weil ich nicht wollte, dass er und sie ... weil ich nicht wollte, dass sie ihn unglücklich machte. Denn dass diese Wednesday Addams ihm nur Pech bringen würde, stand ihr quasi auf die Stirn geschrieben. Mit schwarzem Edding. Die war nichts für einen Softie wie ihn!

Meine Hand zuckte wieder in Richtung seiner Schulter, da hatte er sie schon entdeckt. Hilflos ballte ich die Fäuste, als er mit steifen Knien auf sie zustakste.

Ich konnte nicht hören, was die beiden sprachen, aber ich sah, dass sie ihn ernst anschaute und nickte, während er ihr wahrscheinlich eine Serenade vorsang oder so einen Scheiß.

Er streckte ihr den Brief hin.

Ich hielt den Atem an. Warum eigentlich? In mir meldete sich das Teufelchen zu Wort, das immer die Wahrheiten aussprach, die ich nicht hören wollte:

Hoffentlich nimmt sie den Brief nicht an!
Wieso?

Weshalb wollte ich, dass ihm das Herz gebrochen wird? Ich liebte ihn doch, mehr als irgendeinen anderen Menschen auf der Welt.

Weil du ekelhaft selbstsüchtig bist!, flüsterte Teufelchen.

Ach, so ein Bullshit! Ich sah gar nicht hin. Mir war sowieso total egal, was da gerade abging! Es interessierte mich nicht mehr als ein Sack Reis in Korea ...

Sie streckte die Hand aus und nahm das gefaltete Stück Papier, als sei es das kostbarste Geschenk der Welt. Ein hauchzartes Lächeln hob ihre Mundwinkel nur ein klein wenig an. Es war erstaunlich, wie sich ihr Gesicht dadurch veränderte: Mit einem Mal wirkte sie weich und irgendwie heller. Aber ich sah ja eigentlich gar nicht hin!

Er wandte sich um und warf mir ein glückliches Grinsen zu. Ich verdrehte die Augen, weil ich es kaum aushalten konnte.

Ich. War. Stinkend. Eifersüchtig! Ich blöder Arsch!

Über seine Schulter hinweg warf sie mir einen neugierigen Blick zu. Ihre ohnehin schon großen Augen weiteten sich.

Irgendwie gelang es mir verdammt noch mal nicht, wegzusehen.

Auch sie starrte wie hypnotisiert und mein Herz sprang auf die Überholspur. Zu schnell. Ich verlor die Kontrolle. Raste auf ein Unglück zu. Eine ungute Vorahnung prickelte mir im Nacken. Das Schicksal warnte mich, aber ich Vollidiot war damit beschäftigt, seine Flamme anzuglotzen, anstatt darauf zu achten, dass sie wie betäubt einen Schritt rückwärts taumelte.

Als die Info endlich in meinem Gehirn ankam, las er mir das Entsetzen am Gesichtsausdruck ab und wirbelte herum.

Zu spät.

Bremsen quietschten. Der Aufprall von Körper auf Metall, auf Asphalt. Mein Schrei. Mein Herz. So laut. So laut. So LAUT!

Dann folgte Stille.

COTTAGE GARDEN, 12 JAHRE ZUVOR

*JUNE
Im August, 105 Tage ohne dich

»Hallo, Mama! Schau mal, was Papa und ich gebaut haben, eine echte Telefonzelle! Super, was? Papa sagt, dass früher alle Menschen mit solchen komischen Schnurdingern telefoniert haben und gar nicht über Handys, weil die hatten nämlich noch gar keine. Mir gefällt das Kabel, sieht aus wie ein Schweineschwänzchen und man kann seinen Finger hineinstecken, während man redet. Eigentlich war das hier mal ein Minihaus für Pflanzen, aber wir haben es neu gestrichen und Papa sagt, ich darf auf das Holz malen, was ich will, und das finde ich so, so toll! Schau mal, hier habe ich ein Schwein hingemalt. Schweine sind meine Lieblingstiere, vor allem Ferkelchen. So süß! Ich kann richtig gut Schweine malen, das hat mir Papa beigebracht.«

*JUNE
Im Oktober, 536 Tage ohne dich

»Hallo, Mama! Ich bin heute in der Schule gelobt worden, weil ich den Text fehlerfrei vorlesen konnte. Du bist sicher stolz auf mich. Papa sagt, ich lese so gut, weil ich mit der Nase immer in Büchern stecke. Am liebsten mag ich Spukgeschichten. Schön gruselig. Ich habe dir ein Bild gemalt mit ganz vielen Herzen drauf, alle für dich. Papa sagt, ich bin eine Künstlerin. Zum Glück kann ich malen und lesen, weil Mathe kapiere ich irgendwie nicht. Ich lege dein Bild hierher, siehst du? Okay, Mama. Bis zum nächsten Mal, ich muss los, es gibt Abendessen.«

*JUNE
Im September, 1221 Tage ohne dich

»Hallöchen, Mama! Ich bin es, June. Haha. Klar, wer sollte es auch sonst sein? So viele andere Töchter hast du ja nicht. Leider. Ich hätte gern eine Schwester gehabt. Bloß keinen Bruder. Jungs sind doof. Gut, dass ihr mir keinen Bruder gemacht habt, mit dem ich mich jetzt rumschlagen muss. Wenn du mich nicht gut hörst, liegt das an diesem ewigen Regen, der prasselt gerade wieder richtig gegen die Scheibe!

Geht es dir gut? Geht es Oma gut? Ich habe jetzt eine Freundin, die heißt Marie … Marrriiii wird das gesprochen, weil die kommt nämlich aus Frankreich und die hat eine rote Brille. Sieht richtig cool aus. Ich hätte auch gern eine Brille, deshalb lese ich jetzt immer unter der Decke, weil Papa sagt, dass man davon schlechte Augen kriegt. Bisher sehe ich aber immer noch sehr gut. Ich frage mich, wie lange das dauert …«

*JUNE
Im November, 2380 Tage ohne dich

»Hallo, Mama!

…

…

…

Mh, ich hab jetzt mal gewartet, ob du mir vielleicht was sagen willst. Sieht nicht so aus. Schade. Heute war es doof in der Schule. In letzter Zeit ist alles doof. Ich gehe jetzt auf die High School, da muss ich immer mit dem Bus hinfahren. Die Schule sieht aus wie der Buckingham Palace, also fast. Überall Mauern und schwarze Schnörkelgitter. Stell dir vor, es gibt sogar einen Sicherheitsdienst, als ob jemand einen von den Schülern klauen würde … Von wegen! Diese Kinder sind alle total bescheuert. Stadtkinder halt, sagt Papa. Wahrscheinlich halten die sich echt für die Royals. Aber wer die entführt, bringt sie freiwillig zurück, das sag ich dir!

Die Lehrer spinnen alle und Marie geht auch nicht mehr in meine Klasse. Deshalb waren die ersten Schulwochen richtig schlimm, keiner wollte neben mir sitzen. Die sagen alle, ich wäre gruselig, weil ich in einem Spukhaus wohne. Als ob das was Schlechtes wäre! Und die Lehrer sind entweder ständig am Weggucken, wenn mich einer ärgert, oder – noch schlimmer – sie sind so übernett und wollen immer, dass ich mit ihnen rede. Das geht mir am meisten auf die Nerven. Ich wünschte, Papa würde mich auf die

Schule im Nachbarort gehen lassen, aber er sagt, meine Noten sind zu gut. Hätte ich doch weniger gelernt, dann könnte ich jetzt neben Marie sitzen.«

*JUNE
Im Februar, 2843 Tage ohne dich

»Hi, Mama. Schule ist immer noch doof. Immerhin ist die Schuluniform schön schwarz und wenigstens darf ich jetzt alleine sitzen und den meisten Mädchen ist es zu langweilig geworden, ständig peinliche Geistergeräusche zu machen, wenn ich vorbeigehe. Vielleicht lassen sie es auch deshalb, weil ich manchmal lateinisch klingenden Quatsch vor mich hin murmle und sie nun echt Angst vor mir haben, hihi. Den Tipp habe ich von Pops, wir reden jetzt nur noch »Schweinelatein«. In meiner Klasse ist ein Junge, er heißt Ryan – das reimt sich auf Schwein ... Schweine sind übrigens nicht mehr meine Lieblingstiere. Und dieser Schwein-Ryan, der ist echt zum Kotzen. Entschuldigung, das sollte ich nicht sagen. Bestimmt magst du es nicht, wenn ich so rede, stimmts? Aber es ist wahr. Er *ist* zum Kotzen. Immer nennt er mich *July* und behauptet, dass ihr nicht bemerkt hättet, dass es bei meiner Geburt schon Juli war ... Bessere Witze fallen dem Hohlkopf nicht ein? Findest du, dass ich lisple? Er sagt nämlich, seit ich eine Zahnspange habe, würde ich sprechen wie die Schlange Kaa aus dem Dschungelbuch. Aber dass eins klar ist, wenn ich Kaa bin, dann ist er dieser tollwütige Affenkönig King Louie!«

*JUNE
Im August, 3376 Tage ohne dich

»ICH HAB MEINE TAGE BEKOMMEN! UND DU BIST NICHT DA!!!«

*JUNE
Immer noch im August, 3379 Tage ohne dich

»Hallo, Mama. Sorry, dass ich beim letzten Mal so geschrien habe. Ich war einfach total schlecht drauf. Pops ist ein Loser, wenns um Frauensachen geht, kannst du dir sicher vorstellen. Was soll man machen? That's life!

Das mit der Periode hab ich dann selbst rausgekriegt. Erst hatte ich überlegt, mal wieder Marie anzurufen, aber ich hab ja schon ewig nichts mehr von ihr gehört. Das war mir dann doch irgendwie zu peinlich. Vielleicht ist die jetzt auch nicht mehr so cool wie früher. Und ich rede sicher nicht mit diesen Tussis aus meiner Klasse darüber, dass ich erst jetzt meine Tage bekommen hab, wenn die alle schon Körbchengröße C haben!

Tja, egal. Ich hab mir selbst Binden und Minitampons besorgt und gegoogelt, wie man das Zeug reinkriegt. War erst komisch, aber jetzt klappt es langsam. Und es beweist wieder einmal: Ich brauche niemanden! Ich schaffe alles allein.«

*JUNE
Im März, 4333 Tage ohne dich

»Hi, Mam!

Erinnerst du dich überhaupt noch an mich? Ich war länger nicht da. Tut mir echt leid.

Siehst du mein Outfit? Crop tops und hohe Boots sind jetzt total in. Mach dir keine Sorgen, dass ich friere, ich kann das total ab. Ab nächstem Schuljahr bin ich ein Sixthgrader, da muss ich keine Schuluniform mehr tragen. Aber ich werde trotzdem weiterhin immer nur Schwarz anziehen, das macht nämlich meinen Künstlerlook perfekt. Genau, weil ich will nämlich jetzt ernsthaft Künstlerin werden! Ryan, der Junge aus meiner Klasse, ist auch ganz cool drauf. Er sagt, ich bin voll die Exzentrikerin! Cool, oder? Ich weiß, er ist echt nicht der Traumtyp und so, und ich habe ihn voll lange gehasst, aber ich glaube, der versteht mich echt als Einziger. Die anderen aus meiner Klasse nennen mich ständig Jinx und ich tu immer, als würde mir das nix ausmachen … Eigentlich find ich es schon ganz nice, dass Ryan mich versteht …

Ja, hey … ich muss dann mal los, bin voll im Stress. Ryan und ich gehen heute Nachmittag noch in die Bibliothek, ich muss das Buch mit den Gedichten von diesem Zacharias Jones zurückgeben – das ist mal ein cooler Typ! Kennst du den vielleicht? Und Ryan hat gesagt, er will es direkt nach mir ausleihen. Bye bye, Mam. Kussi, Kussi!«

*JUNE
Im April, 4350 Tage ohne dich

»Hallo, Mama …

Es ist was echt Komisches passiert. Nachdem ich in der Bibliothek war und mich von Ryan verabschiedet hatte, bin ich beinahe von einem Auto angefahren worden. Ich bin wohl hingefallen und hab mich am Kopf verletzt. Und als ich im Krankenhaus wieder aufgewacht bin, waren alle ganz aufgeregt, obwohl ich nur eine kleine Gehirnerschütterung hatte und eine Kopfplatzwunde. Musste mit drei Stichen genäht werden, sieht eigentlich ganz cool aus. Ich finde Narben schön. Und du? Ach, was frag ich …

Also, das Komische ist, dass ich mich überhaupt nicht mehr erinnern kann, was kurz vor dem Sturz passiert ist. Ich weiß nicht, wo ich war und was ich gemacht hab und wieso ich gefallen bin. Es fällt mir einfach nicht ein. Pops wird immer ganz merkwürdig, wenn ich ihn darauf anspreche. Eine richtige Antwort gibt er mir nie …«

*JUNE
Im Mai, 4389 Tage ohne dich

»Mama! Es wird immer seltsamer. Ich habe in den Klamotten, die ich bei meinem Unfall getragen habe, einen Brief gefunden. Nicht irgendeinen Brief, Mama! Einen echten Liebesbrief! Ich muss ihn dir vorlesen. Bist du bereit?

An meine Liebste,

Hätte ich nur einen
Wunsch im Leben frei,
Dann der,
Dass meine Liebe
Ein Wort wäre,
Das dein Herz erreicht.

Aufrichtig Dein ...

Und dann nichts! NICHTS! Keine Unterschrift! Der Brief ist unten abgerissen und an der Seite befindet sich ein komischer rostfarbener Fleck. Könnte das Blut sein? Total mysteriös! Ich werde noch verrückt, ich trage den Brief jeden Tag mit mir herum und studiere ihn in jeder freien Minute, um einen Hinweis zu finden oder die Handschrift zu erkennen. Irgendetwas, das mich meinem Poeten näherbringt.

Ich habe Tarotkarten gelegt und stell dir vor, der Verfasser des Briefs ist meine wahre Liebe! Es ist Schicksal, ich wusste es! Ich muss ihn unbedingt finden! Ich muss!«

*JUNE
Im Juni, 4425 Tage ohne dich

»Ach, Mama! Heute ist so ein Scheißtag! Ich hab den Mathetest total verkackt und im Sportunterricht spielen wir dauernd Basketball und ich hab voll rumgelost. Die Leute aus meiner Klasse gehen mir mega auf den Geist, ständig diese Blicke der Mädchen und die Sprüche der Jungs. Können die es nicht endlich mal gut sein lassen? Pops checkt irgendwie gar nichts und will immer reden und ich will einfach nur in Ruhe gelassen werden.

Den geheimen Poeten hab ich immer noch nicht gefunden, aber ich gebe nicht auf. Das ist momentan das Einzige, was mich interessiert…«

*JUNE
Im Juli, 4459 Tage ohne dich

»Heyyyyyy, Mami! What's up? Schon wieder einen Monat her, seit ich hier war, jaja, ich weiß. Tja. Ich schätze mal, du hast mich nicht vermisst, was? Ha, ha, ha ... Jedenfalls ... Ich hab den Poeten gefunden, stell dir vor: Ryan wars! Wir sind jetzt ein Paar, so richtig mit Küssen! Ich hoffe, er schreibt mir noch ein Gedicht, aber er sagt, Liebesbriefe gibts erst wieder zum Valentinstag, o Mann!

Ryan reimt sich übrigens auch auf »mein«, nicht nur auf Schwein ... haha.

Du, Mama, ich glaube, ich bin jetzt bereit, ihm alles zu erzählen. Ich hab es satt, immer allein zu sein. Ryan mag zwar auf den ersten Blick ein oberflächlicher Typ sein, doch sein Liebesgedicht hat ja bewiesen, dass er genau wie ich tickt. Und ... Also ... ich möchte mein Geheimnis mit ihm teilen. Was hältst du davon? Wäre es nicht schön, wenn ich jemanden hätte, der mich versteht? Ich bin jetzt endlich bereit.

Gut, dann bis zum nächsten Mal! Lieb dich!«

*JUNE
Im September, 4514 Tage ohne dich

»Mama …

O. Gott. Mama!

Ich bekomme keine Luft. Es tut so weh …

Mama … ich brauche dich so, so sehr – gerade jetzt mehr als je zuvor!

…

Ich kann nicht mehr. Es war fürchterlich, ich weiß nicht, ob ich es überhaupt schaffe, es dir zu erzählen.

Ryan reimt sich auch auf »gemein« und das passt genauso zu ihm wie »Schwein«!

Dieser Mistkerl hat mich betrogen! Nicht, wie du vielleicht denkst. Für mich war es trotzdem der schlimmste Verrat überhaupt. Ich dachte, ich könnte ihm trauen … und hab ihm von der Telefonzelle erzählt. Und von dir, Mama.

Er hat sooo verständnisvoll getan und mich ganz lieb angesehen und gesagt, dass er das total normal findet und gar nicht verrückt und …

… und …

Heute Morgen hab ich zufällig gehört, wie er seinen Kumpels davon erzählt hat. Er hat mich total lächerlich gemacht und wie eine Spinnerin dargestellt. Und das Schlimmste war, dass diese Tina da war und an seinem Hals hing, während er alles ausgeplaudert hat, was ich im Vertrauen mit ihm geteilt habe. Und dann haben sie gelacht, als wäre ich die größte, peinlichste Witzfigur.

Kannst du dir das vorstellen?
Mama?
Mama?
...

Ich weiß gar nicht, warum ich überhaupt noch anrufe. Das wird mein letzter Versuch sein, mit dir zu sprechen. Was ich brauche, ist jemand, der mit mir redet, der mir einen Rat gibt. Oder zumindest jemand, der mir sagt: »Dieser Ryan ist ein verdammtes Arschloch!««

»Dieser Ryan ist ein verdammtes Arschloch!«

KAPITEL 1

*JUNE

Der Hörer rutschte mir aus den Fingern.

Ich stand da, sekundenlang taub, als hätte mir eine unsichtbare Hand eine schallende Ohrfeige verpasst. Hinter den beschlagenen Scheiben verschwamm der Garten. Die Luft in der Telefonzelle flirrte vor Hitze und schien zu dick zum Atmen.

Vor Liebeskummer war mir heute jeder Bissen im Hals stecken geblieben und es wäre möglich gewesen, dass ich gerade ohnmächtig am Boden lag und fantasierte.

Aber ich hatte mir diese Stimme nicht eingebildet!

Eindeutig hatte jemand »*Dieser Ryan ist ein verdammtes Arschloch!*« gesagt.

Mit rasendem Herzen angelte ich nach dem herunterbaumelnden Telefonhörer.

»Mama?«, stolperten die Buchstaben von meinen Lippen und ich bereute sie noch beim Ausatmen.

»Jaaa, mein Kind?«, flötete jemand mit einer künstlich hohen Stimme. Ein Junge. Und er zielte direkt in mein offengelegtes Herz.

Heiß kochten Zorn und Scham in meiner Brust über. Mein Hals schwoll an, bis die Worte aus mir herausplatzten: »Hey, du Penner! Raus aus meiner Leitung!«

Allerdings war das … Blödsinn.

Verstohlen linste ich an dem altmodischen Telefonapparat

vorbei, den Pops vor zwölf Jahren auf dem antiken Flohmarkttischchen deponiert hatte. Die Anschlüsse hingen immer noch genauso nutzlos hinten aus dem Gerät heraus und rollten sich in ausgefransten Enden auf dem Boden zusammen. Kabelschnecken, die seit Jahren im Staub einen Dornröschenschlaf hielten.

Es gab keinen Anschluss.

Und dennoch hörte ich aus dem Hörer ein Lachen!

»Du hast gesagt, du brauchst jemanden, der dir sagt, dass Ryan ein Arschloch ist«, antwortete der Junge, die Belustigung immer noch in seiner Stimme hörbar.

»Kennst du Ryan?« Mit einem Zipfel des T-Shirts wischte ich Gucklöcher in die angelaufene Scheibe. Misstrauisch scannte mein Blick jeden Schatten im Garten. Bewegte sich da hinter der Weide ein Ast oder war es ein Arm? Und leuchteten da nicht Augen in dem Busch mit den lilafarbenen Blüten, dessen Namen ich immer vergaß? Garantiert kauerte Ryan mitsamt seinen bescheuerten Hohlbirnenkumpels im Gestrüpp. Wahrscheinlich beobachteten die mich schon die ganze Zeit, kugelten sich vor Lachen und feierten sich dafür ab, mich mal so richtig zu verarschen. Mit brennenden Wangen malte ich mir aus, wie sie meinen tränenreichen Zusammenbruch mitbekommen und lautlos »Mama?« mit den Lippen geformt hatten, um mich nachzuäffen. Reichte es nicht, dass Ryan mich vor der ganzen Klasse bloßgestellt und mein Vertrauen mit Füßen getreten hatte?

Mir entfuhr ein Wimmern und ich biss mir schnell in die Faust.

Ich hörte den Jungen an meinem Ohr atmen. Ruhig. Selbstsicher. Er schien sich kein bisschen zu schämen. Wie abgebrüht musste man sein?

Und wie war das überhaupt möglich, dass ich mit ihm telefonierte? War es Ryans Technik-Nerds gelungen, eine Art Funkverbindung hier einzubauen?

Ich untersuchte Hörer und Apparat erneut. Es lag unverkennbar noch eine jahrealte pudrige Staubschicht als Zeichen meiner seltener werdenden Besuche auf allem.

Früher hatte ich Mama mal jeden Tag angerufen. Doch seit ein paar Jahren … Mein Gewissen machte sich mit einem unangenehmen Brennen im Magen bemerkbar. Augenblicklich wurde ich wieder wütend. Warum sollte *ich* mich denn mies fühlen?

Der Junge am anderen Ende war schon länger still und ich dachte, er hätte nun doch aufgelegt. Mir entschlüpfte ein Seufzen, warum, wusste ich selbst nicht genau. Wahrscheinlich war ich einfach vollkommen fertig und hatte mir das Ganze nur zusammengesponnen. Stress, niedriger Blutzucker, Hitze …

Ich ließ den Hinterkopf gegen die feuchte Scheibe sinken.

»Also, was ist jetzt mit diesem Ryan? Soll ich ihn mir mal vorknöpfen?«, fragte er.

Mein Herz zuckte zusammen.

»Um ehrlich zu sein, hoffe ich, du sagst Nein, denn ich lehne jede Art von Gewalt ab, auch wenn der Typ es vermutlich verdient hätte. Ich bin leider gar nicht gut im Prügeln … Aber notfalls … Ich meine, ich kenne jemanden, der das echt gut kann …«, plapperte er weiter.

Obwohl ich insgeheim weiterhin auf das hämische Gelächter aus dem Busch wartete, sträubte sich etwas in mir dagegen, das Gespräch enden zu lassen. Vielleicht, weil ich noch nie zuvor eine Stimme aus diesem Telefonhörer wahrgenommen hatte. Dabei war der Typ gewiss der Allerletzte, mit dem ich über Ryan sprechen sollte. Um ehrlich zu sein, wollte ich diesen Namen am liebsten nie wieder hören. Außerdem hätte ich schon längst auflegen sollen!

Andererseits ... hatte ich den Moment eines glorreichen Abgangs sowieso schon verpasst. Zudem hatte mein innerer Mysterien-Spürhund Fährte aufgenommen und meine Neugier verhinderte, dass ich die Gabel hinunterdrückte.

Unsicher linste ich erneut in den Garten hinaus. Ich entdeckte niemanden.

Warum zögerte ich überhaupt noch? Nun hatte ich mich sowieso bis auf die Knochen blamiert, dann konnte ich auch herausfinden, wie Ryans Minions das angestellt hatten.

»Wer bist du?« Das hätte ich schon längst fragen sollen.

»Ich bin deine Mama ...«, sagte er.

Ich biss mir fest auf die Zähne. Es knirschte. »Findest du das nicht geschmacklos?« Meine Stimme war eine Katze mit aufgestelltem Buckel und ausgefahrenen Krallen. »Meine Mutter ist tot.« Spätestens jetzt war der Moment gekommen, aufzulegen, Neugier hin oder her. Diese alten Apparate hatten immerhin den einen Vorteil: Es schepperte ordentlich, wenn man den Hörer hinknallte.

»Oh!« Beim Ausatmen schien er hörbar in sich zusammenzusacken. »Mist! Das ... das tut mir leid. Ehrlich! Bitte leg nicht auf.«

Verdammt. Er klang aufrichtig und – auch wenn ich es mir möglicherweise nur einbildete – ein wenig verzweifelt. Und er sagte *Mist!*. Das konnte keiner von Ryans Typen sein, oder?

»Nenn mir nur einen Grund, weshalb ich das nicht tun sollte? Du platzt hier in meine Leitung, während ich ein privates Gespräch führe.«

Er war immerhin so freundlich, mich nicht darauf hinzuweisen, dass ich mit einer Toten telefoniert hatte. »Wie lange belauschst du mich schon?«

»Ungefähr seit: ›*Was ich brauche, ist jemand, der mit mir redet, der mir einen Rat gibt. Oder zumindest jemand, der mir sagt: ‚Dieser Ryan ist ein verdammtes Arschloch!'*‹«, zitierte er mich wortgetreu.

»Und da hast du nicht daran gedacht, mir vielleicht zu sagen, dass du dich in die Leitung gehackt hast, namenloser Spion?«

»Wie? Du hast doch mich angerufen! Und vorgestellt hast du dich genauso wenig.«

Wieder musterte ich die herunterbaumelnden Kabel. Die nächste Frage wälzte ich auf meiner Zunge umher, aber egal, wie ich sie drehte und wendete, sie fühlte sich klobig an und würde mich zielsicher als Durchgeknallte abstempeln.

»Sag mir nur einen Grund, weshalb ich dir vertrauen sollte!«, forderte ich meinen unbekannten Gesprächspartner auf.

Es blieb einen Augenblick still. Insgeheim befürchtete ich, er würde mir sagen, dass es ihm zu dumm wurde und er mich von rein gar nichts überzeugen musste. Gleichzeitig imponierte mir, dass er nicht sofort mit irgendeiner Antwort herausplatzte. Er schien ernsthaft nachzudenken.

»*Drehen wir die Zeiger*
Auf Viertel vor Herzschlag
Und begegnen uns
Zum ersten Mal erneut.«

Ich schnappte nach Luft, weil seine Worte mich an einem Punkt in der Brust trafen, wo es wehtat.

»Das stammt nicht von mir ... leider«, gestand er kleinlaut. »Ich vergöttere diesen Dichter, Zacharias Jones, er hat das gesagt.«

»Im Ernst? Ich heiße auch Jones!«, rutschte es mir begeistert heraus, ehe ich mir auf die Zunge beißen konnte. Ganz toll!

»Das ist ja ein lustiger Zufall, Miss Jones! Vielleicht bist du mit dem großen Zacharias Jones verwandt?«

»Nicht dass ich wüsste ...« Zumindest klang ich jetzt wieder kühl und abweisend. Doch ich befürchtete, dass mein erster Eindruck schon ruiniert war.

»Mein Nachname ist übrigens auch der einer Dichterin. Ich heiße Archer. Lucas Archer. Wie die amerikanische Poetin Ruby Archer. Wir sind allerdings auch nicht verwandt.«

»Schade ...«, sagte ich. Und weil das Wort sehnsüchtiger klang, als ich es wollte, fügte ich schnell hinzu: »Es freut mich, deine Bekanntschaft zu machen, Lucas Archer. Mein voller Name lautet Juniper Jones, du kannst mich June nennen. Und Witze über Alliterationsnamen sind unzulässig!«

Was? Tat? Ich? Denn? Da??? Scherzte ich mit Ryans fiesem Handlanger? Leider ließ er mir keine Zeit, meinen Kopf auf die Tischplatte zu donnern.

»Das würde mir niemals in den Sinn kommen, Miss Juniper – June – Jones. Ich bin absolut entzückt!«

Bei seinen Worten strömte Wärme in meine Brust. Es fühlte sich an, als hätte ich versehentlich einen Sonnenstrahl verschluckt. Vermutlich lag es daran, dass man sein Lächeln beinahe durch die Leitung wahrnehmen konnte. Obwohl ich ihm noch nie begegnet war, sah ich ihn vor mir, mit freundlichen Augen und weichen Lippen. Oh Himmel. Es musste wirklich zu heiß hier drin sein.

»Ich finde deinen Namen äußerst wohlklingend. Man

kann sich förmlich vorstellen, dass du eine exzentrische Künstlerin bist, mit Wildblumen im Haar und einem wallenden Sommerkleid ...«

Das Misstrauen meldete sich kribbelnd wie Ameisen auf meiner Haut zurück. *Exzentrische Künstlerin* war Ryans Aufreißerspruch gewesen, mit dem er schon vor Monaten versucht hatte, sich mein Vertrauen zu erschleichen ...

Und tatsächlich war ich vorhin überstürzt unter dem Wildrosenstrauch durchgekrochen, der dringend einen Grünschnitt verlangte. Ertappt fischte ich mir ein paar Rosenblätter aus den Haaren und spähte erneut durch mein Guckloch in der Scheibe. Doch in den Büschen ringsherum raschelte nach wie vor nur der Wind. Außerdem lag der zweite Teil seiner Vorstellung von mir komplett daneben. So weit, dass Ryan nicht nur blöd, sondern auch blind sein musste, wenn ihm mein Äußeres bisher nie aufgefallen war.

»Ich trage nur Schwarz«, antwortete ich hölzern.

»Mh ... Eine Puristin – wie mein Bruder.« Noch immer schien er vor sich hin zu lächeln, zumindest hörte ich keinerlei Anspannung in seiner Stimme.

Ich wusste nicht, was ich sagen sollte. Trotz allem wollte ich immer weniger, dass er auflegte. Zuerst musste ich das Geheimnis um unser unmögliches Telefongespräch knacken. Zugegeben, ich verfolgte des Rätsels Lösung nicht gerade wie Enola Holmes. Es war halt auch kompliziert, die richtigen Worte zu finden.

Ich schwieg. Lange. War Lucas jemand, der Stille aushielt? Oder sollte ich lieber schnell etwas Bangloses sagen, um das Gespräch am Laufen zu halten?

»Du hast also einen Bruder?«

»Ja.«

Offenbar brauchte Lucas keine hohlen Phrasen, sonst hätte er mehr gesagt, denn schon wieder entstand eine Pause. Mir war sie keineswegs unangenehm. Es fühlte sich an, als besäßen wir alle Zeit der Welt, die richtigen Worte zu wählen, bevor wir sie miteinander teilten.

»Wie ist das so, Geschwister zu haben?« Es war eine ehrliche Frage, ich hatte mir immer einen weiteren Vertrauten für Pops und mich gewünscht. Jemanden, dem ich nicht alles erklären musste, der dieselben Erfahrungen gemacht hatte wie ich. So stellte ich es mir zumindest vor, Geschwister zu haben. Ryan hatte einen kleinen Bruder und fand ihn unglaublich nervig. Doch ich wollte ja nicht mehr an Ryan denken!

»Es ist das Beste überhaupt!«, sagte Lucas voller Überzeugung. »Ich kann mir kein Leben ohne meinen Bruder vorstellen. Er ist klug, sieht super aus und ist wahnsinnig witzig und … auch ein bisschen verrückt. Seit ich als Fünfjähriger im Italienurlaub mal fast ertrunken bin, glaubt er irgendwie, er muss mich beschützen. Er weiß immer ganz genau, was er will. Du würdest ihn bestimmt mögen.«

Ich sagte nichts, weil in meinem Kopf auf einmal ein unangenehmer Gedanke laut wurde: *Er würde mich aber nicht mögen!*

»Ich steh nicht auf perfekte Typen«, sagte ich und ärgerte mich, weil ich schon wieder extrem steif klang. Bestimmt hielt er mich bald für seine Oma.

Lucas lachte. Das Geräusch kitzelte meine Mundwinkel, bis sie sich ebenfalls zu einem hauchzarten Lächeln anhoben. In einem letzten Aufbäumen meines Misstrauens presste ich die Hand auf den Mund.

»Ein Glück«, sagte Lucas. »Vielleicht bevorzugst du ja eher unperfekte Kaliber wie mich?«

»Im Moment interessieren mich gar keine Jungs«, bemerkte ich schnippisch und kniff sofort die Lippen zusammen. Lucas konnte ja nichts dafür, dass Ryan ein Arschloch war.

»Das ist schon okay ...«, beruhigte er mich. »Mein Herz ist auch anderweitig vergeben, obwohl sie mich bisher nicht erhört hat. Also können wir ja vielleicht gemeinsam einsam sein?«

Schon wieder musste ich lächeln und dieses Mal versteckte ich es nicht. »Das hört sich nach einem guten Plan an, Lucas Archer.«

»June!« Die Silhouette meines Vaters hob sich unscharf vor der Dunkelheit der Türöffnung ab. Obwohl es, ohne, dass ich es mitbekommen hatte, schon Abend geworden war, zündete er wie immer kein Licht an. »Juniper Jones! Die Geister rufen!«

»O Mann ...«, murmelte ich. Manchmal war Pops peinlich. Hoffentlich hatte Lucas das nicht gehört, sonst würde er mich gleich komplett abstempeln.

»Jemand ruft dich ...« Lucas klang sehnsüchtig oder bildete ich mir das nur ein?

»Ja ...«, gab ich zu. »Das ist mein Vater. Er macht nur Scherze.«

»Du solltest ihn nicht warten lassen, sonst gibt er dir noch Telefonverbot und dann können wir morgen nicht wieder miteinander sprechen.« Er wartete einen Augenblick. »Das wäre schade.«

Mein Herz hüpfte bei seinen Worten schneller, als es sollte. »Ja, das wäre es. Wollen wir morgen also wieder miteinander telefonieren?«

»Das möchte ich sehr gerne. June.«

»Ich ebenfalls. Lucas.«

Wir lachten beide ein wenig wackelig. Ich drückte den Hörer viel zu fest an mein Ohr.

»Ruf mich morgen wieder an, ja? Ich warte auf deinen Anruf«, sagte er aufgeregt.

»Gib mir deine Nummer!«, bat ich, einen halb vertrockneten Filzstift hervorkramend, mit dem ich sonst auf die Holzstreben der Kabine doodelte.

Pops bahnte sich einen Weg durch den überwucherten Garten und pflückte fluchend ein paar Dornenranken aus seinem Hemdsärmel.

Ich biss den Deckel vom Stift ab und wartete auf Lucas' Antwort.

Die Stille im Hörer klang dieses Mal anders als unser gemeinsames Schweigen zuvor. Irgendwie spürte ich, dass Lucas nicht mehr da war, trotzdem flüsterte ich seinen Namen in den Hörer. Einmal, zweimal, lauter.

»June!« Nur noch wenige Meter trennten Pops von der Telefonzelle.

»Verdammt. Lucas, wenn du das hörst, ich bin bald wieder hier, okay?«, wisperte ich, die Hand als Muschel über Mund und Hörer gelegt. »Bis morgen, Lucas!«

Mit einem seltsam leeren Gefühl in der Brust legte ich auf.

Zeitgleich öffnete mein Vater die Häuschentür. »Warum antwortest du nicht? Ich dachte schon, du wärst hier drin vor Hitze geschmolzen, Miss Jones!«

Das Telefon noch immer umklammert, als wollte ich die Verbindung zu Lucas nicht aufgeben, stand ich ein paar Augenblicke da. Ich hatte keine Ahnung, wie ich ihn kontaktieren sollte. Mir war ja nicht einmal klar, wie dieses Gespräch überhaupt stattgefunden hatte! Es gab zu viele offene Fragen.

Doch eines wusste ich ganz sicher: Ich hatte mich in den letzten Jahren nie so lebendig gefühlt wie in den paar Minuten, in denen Lucas und ich uns angeschwiegen hatten.

Am liebsten hätte ich den Hörer sofort erneut abgehoben und überprüft, ob Lucas durch ein Wunder noch (oder wieder) dran war. Möglicherweise musste ich irgendeine magische Formel sprechen, um ihn anzurufen …

Doch mein Vater stand da und sah mich mit diesem typischen versteckt besorgten Papa-Blick an.

Pops war ein Zauberer. Er erfüllte die Rolle von Vater *und* Mutter, so gut er es konnte. Und überall dort, wo es ihm nicht gelang, ließ er sich eine kreative Lösung einfallen. Als Mama gestorben war, hatte er zum Beispiel diese selbst gebaute Telefonzelle für mich aufgestellt, damit ich weiterhin mit ihr sprechen konnte. Wir hatten das alte Gewächshaus gemeinsam abgeschmirgelt und das Holz neu gestrichen. Im Lauf der Jahre hatte ich das Telefonhäuschen mit zahlreichen Zeichnungen, Lichterketten und einer gemütlichen Sitzgelegenheit dekoriert, während die Witterung und die Pflanzen des Gartens es von außen geschmückt und zu einem Teil von sich gemacht hatten.

Pops tat zwar grundsätzlich, als wäre sein Leben in bester Ordnung, doch manchmal sah ich ihn mit leerem Blick am Küchentisch sitzen und alle paar Monate erwischte ich ihn in der Telefonzelle. Da saß er dann, den Hörer im Schoß anstarrend, als würde er sich nicht trauen, hineinzusprechen.

Er würde umkommen vor Sorge, wenn ich ein Wort über Ryan verlor. Und, noch schlimmer, wenn ich ihm von dem Gespräch mit Lucas erzählte. Darum schwieg ich und folgte ihm ins Haus.

Heute war der Tag unseres gemeinsamen Geisterdinners.

Ein Event, das Zauberer-Pops sich ausgedacht hatte, als ich nach dem Wechsel auf die High School einen Durchhänger hatte. Eigentlich hatte Pops für Übersinnliches nichts übrig. Mir zuliebe wurde er jedoch zu einem absoluten Mysteryexperten. Darum hielten wir jeden Monat eine Séance ab, bei der wir den Geistern, die auf unsere Einladung reagierten, ein Essen spendierten.

Tatsächlich nutzte Pops meine Faszination für Okkultes aus, um mir Geschichte und Allgemeinbildung beizubringen.

Letzten Monat hatten wir versehentlich die unglückliche Kombination aus den Geistern von Charles Dickens und einem französischen Landadligen namens Gerard de la Tour du Pin zu uns beschworen. De la Tour du Pin hatte sich nicht besonders mit Dickens verstanden, selbst post mortem belasteten die mehrfachen Kriegsniederlagen Frankreichs gegen England die Beziehung. Pops hatte gesagt, wenn noch einmal ein Geist bei Tisch einen anderen »Tête de putois« (Stinktierkopf) nannte, flog er raus, und zwar genauso schnell, wie die Erbsensuppe auf Dickens' *inexpressibles* (für die Briten des 18. und frühen 19. Jahrhunderts war es schlichtweg unschicklich, ihre zu engen, offenherzigen Hosen als solche zu benennen ...) gelandet war.

»Ich habe Lammeintopf mit Curry gemacht, um Charlie Chaplin anzulocken. Etwas Spaß könnten wir heute gebrauchen«, bemerkte Pops und zeigte damit, dass er mein Maskenlächeln wie üblich durchschaut hatte, jedoch zu feinfühlig war, um nachzufragen. Lieber Pops!

»Letztes Mal hast du behauptet, seine Leibspeise wären saure Kutteln gewesen ...« Ich schüttelte mich heftig bei dem Gedanken an klein geschnittenen Kuhmagen auf meinem Teller.

Pops wackelte mit den Augenbrauen. »Meine gastrische Belastbarkeit für unsere Geistergäste hat Grenzen. Lamm-Stew mochte Chaplin auch.«

Heute war mir ehrlich gesagt weder nach Lamm noch nach Geistern zumute. Meine Gedanken kreisten ununterbrochen um Lucas und die seltsame Verbindung, die rein technisch gar nicht hätte zustande kommen können. Da mir kein plausibler Grund einfiel, erneut in den Garten zu rennen, erwog ich, eine Magenverstimmung zu simulieren. So könnte ich mich in mein Zimmer verkriechen und mir über das unmögliche und zugleich wunderbare Gespräch mit Lucas den Kopf zerbrechen, jedes Wort analysieren und vielleicht ein paar Tarotkarten befragen. Pops' hoffnungsvoll leuchtende Augen, mein knurrender Magen und der dampfende Eintopf auf dem Tisch machten einen Rückzug aber unmöglich. Manchmal vergaß ich, dass Pops im Grunde genauso einsam war wie ich.

Ich atmete tief ein und klatschte in die Hände. Ihm zuliebe. »Auf gehts, Mister Jones! Hoffen wir, Mister Chaplin hat Hunger.«

Dicke rote Tropfen weinten von der Wachskerze. Unter meinen Fingerkuppen vibrierte das warme Holz des Ouija-Bretts, als Pops etwas Lamm-Stew darauftäufelte. Es war immer wieder das gleiche Spektakel und dennoch packte mich die Aufregung erneut, als wäre es das erste Mal.

Als Hausherr und Koch übernahm Pops die Rolle des Einladenden. »Ist ein Geist in diesem Raum, der diesen köstlichen Lammeintopf mit uns teilen möchte?«

Mein Atem beschleunigte sich, sobald die Markerscheibe sich bewegte.

Wie üblich fragte ich mich, ob Pops die Scheibe verrückte,

denn ich tat es nicht, so viel war sicher. Pops' Gesichtsausdruck verriet nichts.

»ЗApaBCTByNTe«, las ich. »Was soll das bedeuten?«

Pops hob die Hand und lauschte. Ich hörte nur das Kratzen der Rosenranken an unserem Cottage, ein Geschenk des Windes, das die herrlich gespenstische Stimmung unterstrich.

»Ich glaube, das ist kyrillisch ...«, sagte er. »Kommst du aus Russland?« Die Wählscheibe schwieg. Pops behauptete, der Geist wäre offensichtlich überfordert mit unserem Alphabet, nannte ihn kurzerhand Piotr, dichtete ihm eine tragische Geschichte (Verlust der Zunge durch unglückseliges Ausplaudern einer Affäre seines Lehnsherrn) an und servierte ihm eine Portion Stew, die Piotr nicht anrührte. Wie auch – ohne Zunge?

»Auf jeden Fall ist das nicht Charlie Chaplin. Wir hätten doch Kutteln nehmen sollen ...« Ich schob mir mit der freien Hand einen Löffel Eintopf in den Mund.

»Ist noch ein hungriger Geist da?«, fragte Pops hoffnungsvoll.

Hallo, hier ist Luc..., buchstabierte der Anzeiger und ich verschluckte mich an meinem Bissen. Im Reflex fegte ich das Lamm-Stew vom Brett.

»Den nicht!«, sagte ich hustend und war schon im Begriff, die Kerze auszublasen. Pops' Augenbrauen bildeten misstrauische Striche, sodass ich schnell meine bekleckerte Hand an einer Serviette abwischte.

»Jemand mit so einem Ganovennamen macht bestimmt Ärger ... lass uns weitersuchen.« Ehrlich, mir war selbst nicht klar, weshalb ich derartig reagierte. Es hätte ja ein völlig anderer Name dabei herauskommen können, der nur zufällig wie der von Lucas begann. Oder hatte Pops mich etwa belauscht? Vielleicht war auch mein Finger mit der Scheibe ganz unbewusst zu den Buchstaben geglitten?

»Tut uns leid, Luc ...«, sagte Pops zum Glück unbeeindruckt von meinem Blödsinn. »Wir suchen einen anderen Geist ... Vielleicht einen, der Englisch kann und Humor hat?«

Goedenavond, min Name ist Antchen ..., buchstabierte das Brett.

»Entchen?« Ich musste lachen.

»Ich denke, Antje. Bist du aus den Niederlanden, Antchen?«, fragte Pops den Geist.

Heftig prustete ich in mein Stew, weil er einen absolut albernen Akzent nachahmte, bei dem er ständig ch-Laute an unpassenden Stellen einwarf.

»Was?« Pops lächelte zufrieden. »Holländisch klingt in etwa wie Deutsch mit einer Kehlkopfentzündung.« Ich wusste genau, dass er die Show nur abzog, um mich zum Lachen zu bringen – und es funktionierte.

Während ich den Eintopf löffelte, bei dem Pops es wie immer ein bisschen mit dem Salz übertrieben hatte, diskutierte er mit Antchen Prostitution im vierzehnten Jahrhundert. Die Scheibe flog nur so übers Brett und wir lachten uns halb kringelig über Antchens Beschreibung, wie lange es bisweilen dauerte, einen Mann aus Gugelhaube (kein Kuchen, sondern eine Kopfbedeckung), Houppelande (irgendein komischer Mantel), Suckenie (ein ärmelloses Überkleid), Beinlingen und den zahlreichen Unterkleidern geschält zu haben. Mein Vorschlag, doch wenigstens die Haube aufzulassen, erfüllte sie mit Entsetzen.

Antchens Erzählungen waren urkomisch. Dadurch schweiften meine Gedanken nur selten zu Lucas und zum

Glück noch seltener zu Ryan ab – somit hatte das Geisterdinner auf jeden Fall seinen Zweck erfüllt.

Nur als ich am Ende die Kerze ausblies und die Stew-Reste vom Ouija-Brett wischte, erinnerte ich mich noch einmal an Luc. Hätte das Brett ohne meine Unterbrechung wirklich Lucas buchstabiert? Oder doch eher Lucien, Luciano oder Lucky Luke? Hatte Pops die Zeigescheibe absichtlich auf diesen Namen gelenkt, weil er wissen wollte, mit wem ich in der Telefonzelle gesprochen hatte? Würde er das tun, anstatt mich direkt danach zu fragen?

»Pops, kennst du zufällig einen Lucas Archer?« Ich atmete flach, um meine Aufregung zu verbergen.

Er stand mit dem Rücken zu mir in der Küche und spülte ab. »Wieso fragst du?«

»Nur so ...« Ungeduldig trippelte ich von einem Fuß auf den anderen und schnappte mir ein Handtuch, um meine Finger zu beschäftigen. »Kennst du ihn?«

Er warf mir einen kurzen Blick zu, bevor er sich wieder abwandte und den gusseisernen Topf ins Wasser tauchte. »Nie gehört.«

»Okay ...« Manchmal wünschte ich mir, Pops wäre wie normale Väter und würde mich jetzt ausquetschen über diesen Jungennamen. Immerhin könnte Lucas ja potenziell ein neuer Freund von mir sein. Irgendwie enttäuschte es mich, dass er nicht nachfragte. Doch das war bescheuert und ich brachte hastig unsere Teller weg, damit er mir nicht ins Gesicht schauen konnte.

Trotz des lustigen Abends war der nächste Tag für mich eine einzige Quälerei. Ich war zu spät ins Bett gekommen und meine Träume waren wirr von herumfliegenden Zungen, Telefonhörern, die mich auslachten, und einer blonden Frau mit einem Kuchen auf dem Kopf, die immer »kchkchkch« sagte. Morgens verschlief ich prompt und musste zum Bus rennen. Mein Schultag glich einem Spießrutenlauf, bei dem ich versuchte, Ryan auszublenden, der mich die ganze Zeit mit heuchlerisch reuigem Blick anstierte, während Tina an seinem Arm hing wie eine Klette und ständig zu laut lachte. Aber sein flachsblonder Schopf drängte sich immer wieder in mein Sichtfeld und meine Fingerspitzen kribbelten von der Erinnerung daran, wie seltsam drahtig sich seine Haare angefühlt hatten, wenn man sie beim Küssen …

Wie Schweineborsten! Jawohl! Nichts, was ich jemals wieder anfassen wollte. Seufzend fixierte ich die weiße Rückenlehne vor mir.

Egal, wie lange ich auf diese Schule ging, es fühlte sich auch nach Jahren noch an, als sei ich zu Unrecht im Gefängnis eingesperrt. Okay, in einem palastartigen Luxusknast mit Schülerinnen und Schülern, die sich alle für etwas Besseres zu halten schienen. Ich hielt mich an die Kleiderordnung – Schwarz war zum Glück immer erlaubt – und ich schrieb passable Noten und störte nicht im Unterricht. Doch es änderte nichts daran, dass ich mir in den langen, überfüllten Fluren und den unpersönlichen Klassenräumen immer wie ein Fremdkörper vorkam.

An manchen Tagen war es schlimmer als an anderen, zum Beispiel heute. Die Schulstunden zogen sich ewig hin und dann schlug mir ein unangekündigter Vokabeltest in Französisch in die Kniekehlen. Mir fiel partout nicht ein, was »verärgert sein« hieß, obwohl ich mir sicher war, dass De la Tour du Pin Dickens mehrfach mitgeteilt hatte, wie sehr das Verhalten des »Rosbifs« ihn verärgerte … Wunderbar, dass ich mir gemerkt hatte, wieso die Franzosen – die laut Pops damals nur Siedfleisch aßen – die Briten als Roastbeefs beschimpften, doch nicht, was »angepisst sein« bedeutete!

Zu allem Übel behielt mich mein Lehrer nach der letzten Stunde länger da, weil er mit mir etwas besprechen wollte, was von meinen Mitschülern die üblichen zum Himmel verdrehten Augen und hämisches Tuscheln zur Folge hatte. Meistens störte mich das kaum noch, aber heute hielt ich es irgendwie nur schwer aus.

»Schläfst du in letzter Zeit gut, Juniper?«

Ich atmete langsam aus, bevor ich ihm direkt in die Augen sah. »Alles bestens. Danke für Ihre Sorge, Mister Blake. Ich habe nur ein wenig Eisenmangel, deswegen nehme ich schon ein Medikament ein.«

»Hast du dir die Sache mit dem Theaterklub überlegt? Ich denke nach wie vor, du wärst eine Bereicherung mit deinem Wissen über Literatur und …«

… Anschluss zu Gleichaltrigen würde dir ebenfalls guttun, vollendete ich in meinem Kopf den Satz, den ich oft genug gehört hatte.

»Ich habe im Moment privat wahnsinnig viel um die Ohren. Vielleicht im nächsten Schuljahr.« Auch meine Antwort kannte Blake auswendig und er nickte nur resigniert.

»Komm zu mir, wenn du reden willst.« Ohne mich aus den Augen zu lassen, packte er seine abgewetzte Ledertasche. Ich bedankte mich erneut gezwungen höflich und floh aus dem Klassensaal. Natürlich war mein Bus dann schon weg.

Der Ort, an dem mein Vater den Lebenstraum meiner verstorbenen Mutter erfüllte, lag etwas abgelegen auf dem Land. Besuch bekamen wir fast nie, das gehörte unter anderem zum Charme unseres wild-romantischen Cottage-Heims.

Leider bedeutete es auch, dass nur einmal pro Stunde ein Bus fuhr (der in jedem Kuhkaff anhielt, obwohl dort nur alle paar Jahre jemand ein- und ausstieg) und nach sechs Uhr abends gar keiner mehr. Normalerweise machte mir das nichts aus, ich las beim Warten einfach oder nutzte die Zeit für einen Bibliotheksbesuch. Doch heute wollte ich unbedingt schnellstmöglich in meine Telefonzelle. Mit jeder Minute, die sich quälend langsam dahinzog, verstärkte sich das Kribbeln in meinem Bauch.

Unruhig rutschte ich auf dem Plastiksitz der Bushaltestelle herum und stieß dabei gegen meinen Sitznachbarn. Sein Comic fiel herunter. Er fluchte leise, während er ihn aufhob und abklopfte, als wäre er sauer auf das arme Buch.

Er roch gut.

Die Kapuze seines schwarzen Hoodies war ihm beim Vorbeugen über den Haarschopf gerutscht und ich senkte schnell den Blick, als er sich wieder aufrichtete.

Eine Entschuldigung murmelnd, starrte ich auf meinen Daumen, wo die Nagelhaut vom nervösen Herumknibbeln eingerissen war.

Anhand der Bewegung seiner Schulter an meiner spürte ich, wie er den Kopf drehte und mich ansah. Plötzlich war die Luft schwer und aufgeladen wie bei einem Gewitter. Irritiert rieb ich die aufgestellten Härchen auf meinen Unterarmen, während er mit einem scharfen Einatmen aufsprang, als hätte ich Stromschläge verteilt.

*COLE

Ausgerechnet.

Diese Stadt war groß genug, dass manche Menschen spurlos darin verschwanden und man sie nie wiederfand.

Und trotzdem saß die einzige Person, die ich in meinem Leben niemals hatte wiedersehen wollen, genau neben mir und tat, als hätte sie mich noch nie gesehen.

Das Teufelchen auf meiner Schulter sagte etwas. Ich drehte die Musik lauter, sodass ich sein fieses Geschwätz nicht hören musste. Doch selbst der treibende Doublebass-Beat half nicht, ihre Anwesenheit neben mir auszublenden.

Ich klammerte mich an mein Comicbuch wie an einen Rettungsring auf hoher See. Wenn ich die erste Seite wieder und wieder lesen würde, wäre ich sicher.

Captain!

Die Worte verschwammen vor meinen Augen. Doch ich musste sie lesen, sie beschützten mich, sie –

Ihr spitzer Ellbogen traf mich in die Seite und das Buch flog mir aus der Hand. Die rettenden Worte verschwanden und ich ging unter.

Sie reagierte nicht, starrte nur auf ihre Hände und tat so, als wäre ich Luft.

Schlagartig hielt ich es nicht mehr aus.

Sie. Ihre schneeweiße Haut. Die Schatten unter ihren Augen. Den dunklen Pony, unter dem sie ihren Blick versteckte. Ihren Atem. Ihren Herzschlag.

Ich hielt es nicht aus, dass sie lebte.

*JUNE

Ich sah ihm nach, wie er davonstürmte. Dabei geschahen mehrere Dinge gleichzeitig:

– Ein Gefühl des Erkennens traf mich, als seine hastigen Schritte ihm die Kapuze von den schwarzen Haaren wehten. Dabei war ich mir sicher, in meinem ganzen Leben noch kein Wort mit dem Typen gesprochen zu haben.

– Mein Herz zog sich so schmerzhaft zusammen, dass ich mir an die Brust fassen musste wie eine schwindsüchtige Jungfrau in zu engem Korsett.

– Zu guter Letzt dämmerte mir, was für eine Empfindung mir aus seinem Verhalten entgegengesprungen war: Feindseligkeit.

Verdattert starrte ich ihm hinterher, bis er um die nächste Häuserecke verschwunden war.

Der Comic lag noch neben mir auf dem Sitz. Als der Bus kam, nahm ich das Buch aus einem Impuls heraus mit, obwohl ich mich wie eine Diebin fühlte.

Das miese Gefühl nagelte mich die ganze Heimfahrt über in den Sitz. Ich war es gewohnt, nicht gerade beliebt zu sein. Meine Mitschüler fanden mich schon immer seltsam und wichen mir aus. Aber dass mich jemand, den ich überhaupt nicht kannte, derart hasserfüllt anstarrte und sogar weglief, weil er es offensichtlich nicht in meiner Gegenwart aushielt, war neu.

Pops behauptete, ich hätte gewisse Antennen für die Gefühle anderer. So wie manche Menschen das Talent besaßen, zielsicher die passende Kleidungs- oder Haarfarbe empfehlen zu können. Oder wie Musiker ein Instrument spielen konnten, ohne es gelernt zu haben. So ging es mir mit Emotionen. Ich spürte, wenn eine Person in meinem Umkreis litt und falls ein Lächeln aufgeklebt war. Wurde ich belogen, juckte es mich am ganzen Körper. Und anscheinend bemerkte ich auch, wenn mich jemand verabscheute.

Autsch.

Auf diese Erfahrung hätte ich gern verzichtet.

Ich starrte das bunte Buch in meinem Schoß an. Die Ecken waren abgerundet und der Buchrücken voller Rillen. Warum hatte ich diesen doofen Comic mitgenommen? Ich traute mich nicht einmal, ihn aufzuschlagen, aus lauter Angst, dass mir daraus ebenfalls der blanke Hass entgegenschlagen könnte. Das war selbstverständlich hysterischer Unsinn, trotzdem ließ ich das Buch lieber zu und presste es auf meinen Schoß, als könnte es von selbst aufspringen und mich in die Hand beißen.

Quatsch, Quatsch, Quatsch!

Ich ignorierte den hämmernden Puls in meinem Hals und klappte den Deckel auf.

Captain!
Deine Seele
Ist ein finsteres Loch.
Doch es wachsen
Die schönsten Gefühle darin.
Für immer deine andere Hälfte,
Littlefoot

Die Erkenntnis fühlte sich an wie ein kalter Regenschauer. Offensichtlich war der Comic ein Geschenk von seiner Freundin gewesen. War er deshalb sauer, weil er es meinetwegen fallengelassen hatte? Das wäre zwar etwas übertrieben, aber durchaus möglich. Ich hätte das Buch besser nicht mitgenommen, bestimmt suchte er es jetzt. Ich sprang auf, um den nächsten Bus zurück in die Stadt zu nehmen, plumpste jedoch gleich wieder auf den Sitz. Dies war der letzte Bus für heute. Ich würde das Buch erst morgen zur Haltestelle bringen können.

Das schlechte Gewissen nagte an mir, als ich in meinem Dorf ausstieg. Auf dem gewundenen Pflasterweg, der zu unserem Cottage führte, wog der Comic zwei Tonnen.

Pops war noch nicht zu Hause und ich packte das Buch vorsichtig in einen Jutebeutel und dann in meine Schultasche. Den ganzen Tag über hatte ich es kaum erwarten können, zur Telefonzelle zu kommen, und jetzt schien es mir wichtiger, zuerst das Buch zurückzubringen.

Seufzend ging ich durch die Hintertür hinaus in den Garten. Es war wahrscheinlich sowieso umsonst, Lucas würde nicht da sein, es war unmöglich. Besser, ich stellte mich schon einmal auf die Enttäuschung ein …

Der Weg zur Kabine war heute voller Dornen und ich brauchte gefühlt dreimal so lange wie sonst. Auch die Tür wog schwerer und knarzte lauter. Ich überlegte sogar, erst Öl für die Scharniere zu besorgen und ob es nicht Zeit für eine Grundreinigung des Häuschens war. Doch schließlich gab ich mir einen Ruck, trat ein und hob den Hörer ab. Besser, ich bereitete dem Spuk ein Ende und gestand mir ein, dass ich mir das Ganze gestern nur eingebildet hatte. Und dann würde ich endlich mal die Psychologin anrufen, deren Visitenkarte Pops auffällig unauffällig vor ein paar Monaten in eine Rahmenecke des Garderobenspiegels geklemmt hatte.

KAPITEL 2

*JUNE

»Hallo, Miss Jones!«

Es fühlte sich an, als wäre ein Gürtel um mein Herz geplatzt, und ich lachte-keuchte auf. »Lucas!«

»Himself! Wie geht es dir? Warum hörst du dich traurig an?«

»Ich bin nicht …« Ich grub die Zähne in die Unterlippe und zu meinem Entsetzen fingen meine Augen an zu brennen. »Ich hatte einen doofen Tag.«

»Erzähl, ich hab gerade nichts vor und mein Bett ist saubequem.« Es raschelte, als würde er sich die Kissen im Rücken zurechtknuffen.

»Das heißt, du bist zu Hause?«

»Mhhm. Ich glaub, mein Bruder war hier, während ich geschlafen hab … irgendwas ist anders«, murmelte er mehr zu sich selbst.

»Du liegst also schon im Bett?« War ich nicht die Königin der merkwürdigen Fragen? Detektivin würde ich garantiert keine.

»Jep. Ich verrate dir aber nicht, was ich anhab, es ist noch zu früh für Dirty Talk. Außerdem wolltest du dich ausweinen.«

Mein Kopf bereitete eine Ausflucht vor, die ich normalerweise erfand, um Pops zu beruhigen. Doch mein Mund machte sich selbstständig und erzählte Lucas von Ryan, von der Schule, von Lehrern, die zu viel, und Mitschülern, die zu wenig wollten.

Ich dachte an die Widmung im Comic und an den zornigen Jungen, der möglicherweise jetzt an der Bushaltestelle unter den Sitzen im Straßendreck tastete und fluchte.

Eigentlich hätte ich Lucas davon erzählen sollen. Davon, nicht von Ryan. Aber irgendetwas hielt mich zurück. Vielleicht, weil ich nicht wollte, dass Lucas schlecht von mir dachte. Möglicherweise hatte der Typ einen Grund, mich zu hassen. Warum hatte ich diesen verflixten Comic nur mitgenommen?

Nachdem mein Redeschwall abgeebbt war, schwieg Lucas eine Weile.

»Du bist wie mein Bruder. Ich komme ziemlich gut mit allen klar. Er hat eigentlich keine Freunde …«

Meine Kehle zog sich zusammen, doch bevor ich In-die-Enge-getriebenes-Tier spielen konnte, holte er Luft.

»Das ist, weil ihr zu außergewöhnlich für normale Freundschaften seid. Ihr könnt nicht mit jedem auskommen, die verdienen euch gar nicht. Jemand wie ich – ich bin halt ein 08/15-Typ. Mir ist niemand böse, aber mich zu verlieren tut auch keinem weh … Ihr hingegen polarisiert. Entweder man hasst oder liebt euch.«

»Mich liebt garantiert keiner«, maulte ich und kniff die Lippen zusammen, weil ich mich wie eine Dreijährige anhörte.

Lucas lachte. »Das sagt mein Bruder auch immer. Dabei weiß ich ganz genau, dass das absolut nicht stimmt.«

Widerstrebend gab ich zu: »Ich schätze, mein Pops liebt mich.«

»Also ich würde sagen, dieser Ryan ist auch ganz schön in dich verknallt …«

»Ach so? Und deshalb tratscht er aus, was ich ihm im Vertrauen erzählt habe?« Was genau passiert war, hatte ich verschwiegen. Lucas die Telefonzelle zu erklären, war zu kompliziert.

»Ich habe nie gesagt, dass er dich verdient. Nur glaube ich, er steht total auf dich – und hat es verkackt. Nicht jeder ist so stark wie du, June. Die meisten Menschen stehen unter sozialem Druck, sie wollen zur Gruppe der Beliebten dazugehören. Auch wenn man dafür etwas tun muss, das einem selbst schadet.«

»Nimmst du ihn in Schutz?«

»Nein! Ryan ist ein Arschloch!«

»Das hat sich aber gerade ganz anders angehört ...«

Lucas schien nachzudenken. Ich mochte es, dass er nie vorschnell antwortete. »Ich kenne diesen Ryan nicht und es stört mich, dass er dich verletzt hat. Aber ich versuche immer, mir vorzustellen, warum jemand sich so benimmt. Warum ist er zu dem Menschen geworden? Was hat er erlebt? Mein Bruder ist genau so ein Fall: Wer ihn nicht kennt, hält ihn für einen ziemlich miesen Typen, dabei hat er ein Herz aus purem Gold ...«

Mir fiel auf, wie sehr er seinen Bruder vergötterte. Er klang fast zu perfekt, um wahr zu sein. Mein Misstrauen und Widerwillen gegen diesen Superbruder wuchs und unwillkürlich fragte ich mich, was Lucas erlebt hatte, dass er sich permanent so in den Schatten seines Bruders stellte.

»Versuchst du eigentlich deinen Bruder mit mir zu verkuppeln oder so? Da muss ich dich enttäuschen, ich hab gerade die Nase voll von Jungs. Außerdem muss es da doch einen Haken geben, wenn so ein toller Typ nicht scharenweise Anhängerinnen hat ...«

Lucas brummte etwas Undeutliches.

»Was ist es?«, bohrte ich weiter. »Verwandelt er sich nachts in einen Werwolf? Trägt er seit zehn Jahren dieselbe Glücksunterhose? Oder hast du ihm die Freundin ausgespannt und suchst jetzt Ersatz?«

Dieses Mal klang sein Schweigen nach zusammengepressten Lippen und ich beschloss, das Thema zu wechseln.

»Okay, Lucky Luke. Wenn du mir nicht deine Klamotten beschreiben und auch nicht das Geheimnis deines Bruders verraten willst, dann beschreib mir dich.«

»Hmm ... besser nicht, sonst verliebst du dich noch in mich und ich hab dir schon gesagt, dass mein Herz vergeben ist.«

»Erzählst du mir von ihr?«

Er lächelte. Ich wusste es einfach. »Sie ist ... das besonderste Mädchen, dem ich je begegnet bin. Sie sieht aus wie eine Sonnenfinsternis, dunkel, unerträglich schön, brutal ...« Er lachte. »Ich höre mich an wie ein Psychopath.«

»Wie heißt sie?«, unterbrach ich ihn, weil ich atemlos zugehört hatte und nicht wollte, dass er aufhörte zu sprechen. *So* zu erzählen. Ich ertappte mich bei dem sehnsüchtigen Wunsch, jemand würde mich eine Sonnenfinsternis nennen. Nein, nicht irgendjemand. Lucas.

»Ich habe keine Ahnung.«

»Was?«

»Ich habe mich erst nicht getraut, sie anzusprechen. Aber ich beobachte sie schon seit Wochen.«

»Sie ist deine große Liebe und du weißt noch nicht mal ihren Namen?«

»Du hörst dich an wie mein Bruder!«, schnappte Lucas beleidigt zurück.

»Und du wie ein Stalker! Findest du es nicht ein bisschen übertrieben?«

»So bin ich eben!« Jetzt klang er eindeutig verletzt und es tat mir leid, dass ich ihn geärgert hatte. »Ich war noch nie verliebt, aber bei ihr hat es sich angefühlt, als sei ich vom Blitz getroffen worden. Ich kann an nichts anderes denken als an sie. Darum musste ich auch etwas unternehmen, selbst wenn ich eine Abfuhr kassiert hätte.«

Ich richtete mich auf. »Erzähl!«

»Ich hab ihr einen Liebesbrief geschrieben ... lach bloß nicht!«

»Ich lache nicht!« Ganz im Gegenteil. Beim Gedanken an Ryans Brief fror mir die gesamte Mimik ein.

»Eigentlich dachte ich, ich geb ihn ihr nie. Nur dann war mein Bruder ... egal. Neulich hab ich es tatsächlich durchgezogen.«

»Was ist passiert?«

»Nichts.«

»Wie nichts?«

»Sie hat *Danke* gesagt und ihn genommen und seitdem habe ich nichts mehr von ihr gehört.« Wahrscheinlich zuckte er mit den Achseln. Ich hörte an seiner Stimme, dass es ihm etwas ausmachte. Und zwar so richtig.

»Ich hab auch mal einen Liebesbrief bekommen ...«, füllte ich seine gequälte Stille mit Worten. »Bloß verstehe ich nicht, wie ein Holzherz wie Ryan so poetisch sein konnte ...«

»Was hat er geschrieben?«

Ich war froh, dass Lucas wieder fröhlicher klang, aber Ryans Verrat schmeckte noch zu bitter, als dass ich über ihn sprechen wollte. »Ich lese ihn dir ein anderes Mal vor«, wich ich aus. Natürlich kannte ich den Brief auswendig, aber ich brauchte etwas mehr Zeit, um Lucas zu vertrauen.

»Okay.«

Pops streckte den Kopf zum Küchenfenster hinaus und obwohl ich es auf die Entfernung nicht sehen konnte, wusste ich, dass er bei meinem Anblick in der Telefonzelle die Stirn runzelte. Zwei Tage hintereinander waren außergewöhnlich für mich.

»Ich muss gleich auflegen«, sagte ich bedauernd. Wieder hatte ich nichts über unsere mysteriöse Telefonverbindung herausgefunden, ich hatte nicht einmal nachgefragt!

»Okay«, sagte Lucas wieder. Und dann: »June?«

»Ja?«

»Ruf mich morgen wieder an!«

»Versprochen!«

Jetzt war der Moment, in dem ich ihn fragen sollte. Doch aus irgendeinem Grund befürchtete ich, dass ich unser zartes Band zerstören würde, wenn ich zu tief bohrte. Deshalb verabschiedete ich mich mit einem leichten Ziehen in der Brust und legte den Hörer ganz sanft auf die Gabel.

»Danke, Lucas!«, flüsterte ich in die Leere. Seinetwegen dachte ich heute Abend an Sonnenfinsternismädchen statt an Ryan und den Comictypen.

Pops warf mir beim Abendessen immer wieder wachsame Blicke zu. Allerdings kannte er mich gut genug, um nicht nachzufragen. So hielten wir es grundsätzlich. Wenn ich mit einem Problem nicht zu ihm kam, ging er davon aus, dass ich es mit mir selbst ausmachte, und drängte mich nicht. Dafür war ich meistens dankbar, doch in letzter Zeit störte es mich.

Später im Bett fuhren die Fragen in meinem Kopf wieder Karussell und ich wälzte mich hin und her.

Wer war Lucas Archer? Warum hatte ich ihn nicht einmal gefragt, ob wir uns auf demselben Kontinent befanden?

Es hätte genauso gut sein können, dass ich mit jemandem telefoniert hatte, der in Afrika in seinem Bett lag.

Ich fand mehrere Lucas Archer in den sozialen Medien und unzählige Einträge bei Google. Der Name war nicht selten genug und ich wusste auch nicht, wie alt Lucas war. Trotzdem schaute ich mir die Profile an und fragte mich bei jedem, ob das lächelnde Gesicht vielleicht zu der Stimme am Telefon gehörte.

Nächstes Mal würde ich ihn fragen, ob er vielleicht bei Instagram war! Falls ich ihn morgen überhaupt wieder anrufen konnte.

Der Gedanke war ein Schluck Eiswasser, der übelkeitserregend in meinem Magen herumschwappte.

Wie war diese Verbindung überhaupt möglich? Ich hatte beide Male definitiv keine Nummer gewählt. Sobald ich den Hörer abhob, war er da. Weder vor noch nach dem Gespräch war ein Freizeichen zu hören gewesen – was ja auch nicht weiter verwunderte, da mein Telefon nicht angeschlossen war!

Stöhnend rieb ich mir die Schläfen.

Es half nichts. Trotz des Knotens in meinem Kopf, wenn ich nur daran dachte, *musste* ich Lucas darauf ansprechen. Wie telefonierte er? Saß er ebenfalls in einer »Telefonzelle«? Nein. Er hatte gesagt, er würde in seinem Bett liegen.

Eigentlich war es lustig: Ich glaubte an Übersinnliches, zelebrierte Scéancen, Geisterbeschwörungen und legte Tarotkarten. Doch eine metaphysische Erklärung für mein Gespräch mit Lucas kam überhaupt nicht infrage. Ich war eine echte Niete in Naturwissenschaften, aber ich wusste: Wunder der Technik gab es unzählige. Garantiert hatte sich da eine Funkverbindung zwischen dem alten

Wählscheibentelefon und Lucas' Handy aufgebaut durch irgendwelche ... Erdschwingungen ... oder so.

Hmpf.

Ich hasste es, wie mir diese Fragen die selige Stimmung zerstörten, die sich dank des Gesprächs mit Lucas eingestellt hatte.

Der nächste Tag war quasi eine Wiederholung des gestrigen. Mit geringen Änderungen (Mathe-Kurztest anstatt Französisch und Candice hing an Ryans Arm, weil Tina krank war) hätte es sich um denselben handeln können. Es gab nur einen bedeutenden Unterschied: Heute hatte ich gleich zwei Gründe, weshalb ich es kaum erwarten konnte, dass die Schulglocke das Ende des Unterrichts einläutete.

Doch ausgerechnet in der letzten Stunde behauptete Candice, ich hätte sie auf dem Weg zum Mülleimer geschubst (hatte ich nicht) und sie hätte deshalb *versehentlich* mit Edding auf den Tisch gemalt (ganz zufällig stand da »ghostbitch«). Mrs. Stern war keine, die sich gern einmischte, darum musste ich dableiben und Candice' »Ausrutscher« vom Pult schrubben.

In einem kurzen Anflug von Rebellion war ich versucht, den Schriftzug etwas *umzugestalten*, statt ihn auszulöschen. Doch dann kam mir Lucas' Rat in den Sinn und ich überlegte mir, wie die Candice' und die Tinas aus meiner Klasse zu solchen Zicken geworden waren. Und weshalb Mrs. Stern in einem Raum voller Ungeheuer die Augen schloss und behauptete, es gäbe keine Monster.

Mir fiel keine wirkliche Antwort darauf ein – aber ich war ja auch nicht Lucas, der immer nur das Beste in allen Menschen sehen wollte. Vielleicht, gaaanz vielleicht ... war Candice auch einfach zickig geboren worden?

Der Edding ging besser weg als befürchtet, und wenn ich mich beeilte, würde ich den früheren Bus sogar noch erwischen.

Trotzdem ertappte ich mich dabei, wie ich den Tisch zwei weitere Male abwischte. Was sollte das? Warum trödelte ich jetzt absichtlich? Ich musste den Comic loswerden, und zwar unbedingt, bevor Kapuzenpulli mich damit entdeckte. Andererseits könnte es natürlich passieren, dass jemand anderes den Comic mitnahm, wenn ich nicht aufpasste. Aber das konnte mir dann ja egal sein. Sollte es zumindest.

Ja!

Alles, was mich interessierte, war, schnellstmöglich mit Lucas zu reden. Unbedingt! Darum würde ich jetzt rennen, den Comic hinlegen und nicht zurückblicken.

Okay, vielleicht musste ich nicht gerade sprinten. Ich war keine Sportskanone.

Aber ich ging schnell, zumindest, bis ich den Bus in die Haltestelle einfahren sah. Dann klebten meine Schuhsohlen plötzlich auf dem Asphalt und ich schleppte mich nur langsam vorwärts.

Oh ... so ein Pech aber auch! Jetzt fuhr mir der blöde Bus tatsächlich vor der Nase weg!

Kopfschüttelnd über mich selbst blieb ich stehen. Es ärgerte mich, dass ich unangenehmen Themen immer wieder auswich. Sowohl in der Schule als auch zu Hause. Pops machte es mir natürlich auch unheimlich leicht, die Augen vor der Wahrheit zu verschießen. Sobald es mir nicht gut ging, ließ er mich in eine andere Realität fliehen ... Allerdings war das hier nicht Pops' Schuld, sondern meine. Ich drückte mich ganz eindeutig vor dem Gespräch mit Lucas.

Ein Hupen riss mich aus der Grübelei. Der Taxifahrer, vor dessen silbernem Kühlergrill ich mitten auf der Straße eine Denkpause eingelegt hatte, fuchtelte in der Luft herum, bis ich mich endlich auf den Gehsteig bewegt hatte und er weiterfahren konnte. Sein tonloses Schimpfen sah irgendwie lustig aus, aber ich grinste darüber nur so lange, bis mein Blick auf die leere Bushaltestelle vor mir fiel.

Ach, eigentlich war es doch besser so, dass der Typ nicht da war. Jetzt konnte ich in aller Ruhe den Comic deponieren. In der Zwischenzeit würde ich mir überlegen, wie ich das heikle Thema bei Lucas ansprach, ohne wie eine völlig Durchgeknallte zu klingen. Denn egal, wie ich es drehte und wendete: »Hey, kannst du dir erklären, wie ich mit dir über ein altes Wählscheibentelefon ohne Kabel sprechen kann?«, klang nach jemandem, der dringend Hilfe brauchte.

Ich formulierte die Frage in meinem Kopf tausendmal anders, während ich einen geeigneten Platz für den Comic suchte. Sonderlich viele Möglichkeiten gab es in dem offenen Glaskasten mit den roten Plastiksitzen nicht.

Vorsichtig nahm ich das Buch aus dem Jutebeutel, in den ich es zum Schutz eingeschlagen hatte. Am besten legte ich es genauso hin, wie ich es gestern gefunden hatte. Wenn ich Glück hatte, war der Junge bisher noch gar nicht zurückgekommen und hatte meinen Diebstahl nicht bemerkt.

Halbwegs zufrieden, glimpflich davongekommen zu sein, stieg ich in den Bus und plumpste mit einem Seufzen auf den Sitz. Der muffige, leicht schweißige Geruch unzähliger Passagiere drang mir in die Nase. Ein klein wenig bedauerte ich, dass ich nicht herausfinden würde, ob er seinen Comic fand, doch jetzt saß ich schon im Bus und eigentlich war es ja auch total unwichtig. Gerade als mein Bus losfuhr, beugte sich jemand über den Haltestellensitz.

Ich schnellte hoch. War er das? Er trug eine Baseballcap, sein Gesicht war mir abgewandt, aber die Art, wie sich die

Schultern anspannten, als er das Buch anhob, fühlte sich vertraut an.

Ich verrenkte mir den Kopf, um doch noch einen Blick auf sein hoffentlich zufriedenes Gesicht zu erhaschen. Aber ich sah nur seine Hand, die ein Stück Papier aus dem Buch zog. Siedend heiß fiel mir ein, dass ich gestern in meinem Wahn eine Entschuldigung auf ein Blatt gekritzelt und mit allerlei Comicfiguren verziert hatte … Ich war so dumm! Warum hatte ich die Nachricht ins Buch gelegt? Ohne meinen Hinweis hätte er nie erfahren, dass der Comic zwischenzeitlich bei mir zu Hause gelegen hatte.

Das Letzte, was ich sah, war, wie er das Blatt in seiner Hand zerknüllte, dann fuhr mein Bus um eine Kurve. Trotzdem war mir, als verfolgte mich sein zorniger Blick bis nach Hause.

Fest verschränkte ich die Arme vor der Brust, um mein klopfendes Herz zu beruhigen. Was hatte dieser Kerl bloß für ein Problem? Ich war mir keinerlei Schuld bewusst, doch er benahm sich, als hätte ich seine Großmutter auf dem Gewissen.

Der Busfahrer hielt an meiner Haltestelle, obwohl ich vergessen hatte, auf die Stopp-Taste zu drücken. Zerstreut stolperte ich die Stufe runter. In letzter Zeit stand ich wirklich neben mir.

Als ich nach Hause kam, ging ich nicht sofort in den Garten. Pops' Schuhe im Eingang sagten mir, dass er zwar früher als üblich heimgekommen war, jedoch offenbar noch einmal loswollte. Ich stieg die Treppe hinauf und fand ihn über seinen Schreibtisch gebeugt mit gerunzelter Stirn einen Brief schreibend.

»Pops?«

Er fuhr heftig zusammen und breitete seinen Arm über

dem Blatt aus. Ohne diese Geste wäre ich niemals neugierig geworden, doch nun kam ich einen Schritt näher. Das Papier war ungewöhnlich. Briefpapier mit einem dünnen schwarzen Rand. Ich hatte noch nie gesehen, dass er es benutzte.

»Was tust du?«

»Äh ... Abrechnung.«

Ich sah ihn an.

Er wusste, dass ich wusste, dass er log.

Er schob den Brief mit dem Unterarm vom Tisch, wo ihn eine Schublade verschluckte.

Ich hielt den Blickkontakt mit meinem Vater noch etwas länger, nur um meine Position klarzumachen. Dann ging ich ohne ein weiteres Wort aus dem Zimmer.

Pops durfte genauso Geheimnisse haben wie ich. Nichts läge mir ferner, als später nach dem Brief zu suchen und herumzuschnüffeln. Doch dass er mich offensichtlich belog und auch noch zu hoffen schien, ich würde ihm diese flache Ausrede abnehmen, enttäuschte mich. So ein Verhältnis hatten wir einfach nicht. Normal wäre gewesen, er hätte gesagt: »Ich möchte nicht darüber sprechen«, oder: »Das ist eine Sache, die nur mich etwas angeht.« Dann hätte ich ihn sofort in Ruhe gelassen.

Ohne es zu bemerken, hatte ich automatisch den Weg zur Telefonzelle eingeschlagen. Das war typisch für mich und dieses Mal würde es Pops kein bisschen überraschen. Sobald mich etwas beschäftigte, teilte ich es mit Mama. Wenn er jetzt aus dem Fenster seines Arbeitszimmers sah, würde er nur das beobachten, was er nach unserem unangenehmen Zusammenstoß erwartete.

Dabei wollte ich gar nicht mit Mama telefonieren.

Wie beim letzten Mal polterte mein Herz, sobald ich den

Hörer abhob. Würde Lucas wieder am anderen Ende sein? Oder war die mysteriöse Verbindung so plötzlich gekappt, wie sie zustande gekommen war?

»Du hattest wohl Sehnsucht?«

»Lucas!«

»June!«

Ich verdrehte die Augen. »Mach mich nicht nach.«

»Sorry«, er lachte. »Ich finde es ja nur witzig, dass du dich immer so überrascht anhörst, wenn du mich anrufst.«

»Um ehrlich zu sein ...«

»Und das, obwohl wir gerade erst aufgelegt haben.«

»Äh ...«

»Ich glaube, du magst mich!«, bemerkte er zufrieden.

»Ja«, sagte ich mit einem riesigen Kloß im Hals. Es stimmte. Ich mochte die Gespräche mit ihm. Seine Art. Wie er mich zum Lachen brachte, obwohl mir gar nicht danach war. Dass er nachdachte, bevor er sprach. Seine freundliche Sicht auf Menschen. Ich mochte ihn – sogar sehr. Genau deshalb fiel es mir unheimlich schwer, das heikle Thema anzusprechen – und gerade hatte sich ein weiteres dazugesellt. »Ich mag dich, Lucas. Darum tut es mir leid, dass ich nicht früher anrufen konnte ...«, tastete ich mich vorsichtig heran.

»Wie? Wir haben doch erst vor ein paar Minuten aufgelegt.« Er klang fröhlich, unbeschwert. Musste ich das zerstören?

»Wo bist du gerade?«

»In meinem Zimmer.«

»Welcher Tag ist heute?«

»Oh, keine Ahnung ... Donnerstag? Findest du nicht auch, dass Donnerstage keine richtigen Tage sind? Montage und Dienstage sind schrecklich, weil noch die ganze

Woche vor einem liegt, mittwochs ist die Hälfte geschafft, Freitag, das Wochenende steht vor der Tür ... irgendwie sind nur Donnerstage so gar nichts. Die sollten gestrichen werden.«

Plapperte er, weil ihm bewusst wurde, dass etwas nicht stimmte?

»Was trägst du?«

»Du willst es unbedingt wissen, hm? Jeans und T-Shirt, Miss June. Trägst du wenigstens das Sommerkleid?«

»Ich besitze nicht mal ein Kleid«, grummelte ich, was ihn zum Lachen brachte. Leider konnte ich ihn jetzt nicht vom Haken lassen, auch wenn ich es mir wünschte.

»Trägst du ... trägst du noch dieselbe Unterhose wie bei unserem letzten Telefonat?« Selbst in meinen Ohren hörte sich die Frage unfassbar bescheuert an.

Es blieb einen Moment still. Bestimmt überlegte er, wie er mir schonend beibringen konnte, dass ich geistesgestört war. »Natürlich. Wieso sollte ich mich umziehen ... oh! Du denkst ... Oh!! Natürlich habe ich nach unserem Gespräch nicht ...! Ist es das, was dich plagt? Ich würde nie ... also, ich meine ... Nicht, dass ich noch nie ...«

Erst jetzt dämmerte mir, was ihn derart ins Stammeln gebracht hatte, und während das Blut in meinem Kopf zu kochen begann, entfuhr mir ein entsetztes Schnauben. »O Gott!«

»Ja ...«, sagte er und atmete tief aus. »O Gott.«

»Das hab ich nicht gemeint. Himmel ... Lass uns das Thema wechseln!«

»Ja! Unbedingt. Was hältst du von schwarzen Löchern?«

»Wie bitte?«

»Schwarze Löcher. Extrem komprimierte Masse, maximale Gravitation, schluckt sogar Licht ...«

»Huh ...« Ich wedelte meinem erhitzten Gesicht Luft zu. »Okay. Ich ... kann ich das erst mal googeln? Ich hab ehrlich gesagt keine Ahnung von schwarzen Löchern. Auch wenn ich mir wünschen würde, es wäre gerade eines hier, das mich verschlucken könnte ...«

Er lachte. Es war ein guter Laut. Voller Hoffnung und Leben. Er machte mir die Brust warm und das Herz weit. »Das mag ich an dir, June. Du lügst nie, oder? Du würdest nie vorgeben, etwas zu sein, was du nicht bist.«

Normalerweise hätte ich ihm augenblicklich zugestimmt, doch dieses Mal zögerte ich. »Ich versuche, nie zu lügen. Manchmal ist es halt unmöglich, wenn man jemand anderen nicht verletzen will.« Ich dachte an Pops, der den Brief vor mir verborgen hatte. War es möglich, dass er ebenfalls versuchte, mich zu schützen? Das passte zumindest besser zu ihm als jeder sonstige Grund, mich anzulügen.

Lucas gab ein zustimmendes Brummen von sich. »Gnädige Lügen. Nur, wer entscheidet denn, was besser für den anderen ist? Vielleicht verletzt es denjenigen nur noch mehr, wenn man ihn belügt?«

»Wie ist es für dich? Möchtest du immer die Wahrheit gesagt bekommen, egal, wie brutal sie ist?«

Lucas nahm sich Zeit. »Es ist komisch, dass ich genau weiß, was mein Bruder antworten würde. Ich hingegen ... Hmm, ich weiß nicht. Ich glaube, vor unangenehmen Wahrheiten verschließe ich ganz gerne mal meine Augen und Ohren.«

»Ich schätze, ich auch. Das musste ich mir heute erst eingestehen.«

»Wieder eine Gemeinsamkeit, Miss Jones.«

Ich lächelte und ahnte, dass er dasselbe tat.

»Möchtest du mir eine unangenehme Wahrheit sagen?«

Ich biss die Zähne zusammen, dass es knirschte. »Ich wollte dir Ryans Liebesbrief vorlesen«, flüchtete ich mich in die nächstbeste Ausrede, die mir einfiel. Alles war besser, als ihn auf die vielen Ungereimtheiten unserer Gespräche hinzuweisen.

»Ah! Der Poet.« Es raschelte, als er sich aufsetzte – zumindest stellte ich mir vor, dass er sich gespannt vorbeugte. »Schieß los!«

Ich faltete ein Origamiherz aus einem Kassenzettel, während ich vorgab, den Brief auseinanderzuklappen. Natürlich kannte ich ihn auswendig. Rückwärts, im Schlaf, mit vierzig Grad Fieber.

»*An meine Liebste:*«, zitierte ich und räusperte mich, weil meine Stimme plötzlich belegt war.

Ich hörte Lucas scharf einatmen.

»*Hätte ich nur einen*
Wunsch im Leben frei,
Dann der,
dass meine Liebe –«

»Stopp!« Lucas' Ruf hallte wie ein Peitschenknall durch das Telefon. »Das hat er nicht geschrieben.«

»Wie bitte?« Verwirrt fasste ich mir an den Kopf. »Woher willst du das wissen?«

Dieses Mal hatte sein Schweigen etwas Angespanntes, als würde er die Lippen zusammenpressen, um nichts zu sagen. »Hat er gesagt, er hätte das geschrieben? Dieser Ryan?« Seine Stimme bebte ein wenig.

»Ja …«, sagte ich vorsichtig.

Er atmete stoßartig aus. »Das ist eine Lüge. Es ist ein Gedicht von Zacharias Jones. Dem Dichter mit deinem Familiennamen.«

»Ryan kennt Zacharias Jones doch überhaupt ni–«

Eine Erinnerung kam von irgendwo aus dem schwarzen Sumpf meines Vergessens angeflogen. Seitdem ich mich am Kopf verletzt hatte, fehlte mir ein Teil meines Gedächtnisses, vor allem rund um den Sturz. Manchmal kamen Fetzen unverhofft zu mir zurück. Je weiter sie zeitlich vom Unfall entfernt lagen, desto klarer waren sie. Und dies war einer davon.

Ich, wie ich Mama am Telefon erzählte, dass ich mit Ryan in die Bibliothek gehen würde, um ein Buch zurückzubringen. Ryan, am Tresen. Er versuchte, das Buch auszuleihen, welches ich zurückgegeben hatte, doch obwohl er angeblich ein regelmäßiger Bibliotheksnutzer war, besaß er keinen Ausweis, sodass ich das Buch erneut für ihn auslieh. Sein schiefes Lächeln, als ich ihm das Buch in die Hand drückte.

Poems of Z. Jones.

Nun war es an mir, die Luft auszublasen. »Du hast recht«, war alles, was ich herausbrachte.

Auch das folgende Schweigen war erfüllt von zurückgehaltenen Worten.

»Wenn er gelogen hat, dass er das Gedicht selbst verfasst hat, könnte er dann nicht auch darüber gelogen haben, wer der Absender des Briefes war?«

»Hm?« Meine Gedanken kreisten nach wie vor um die wiedergefundene Erinnerung. Wieso war sie ausgerechnet jetzt zu mir gekommen? Wenn ich herausfand, was das Erinnern triggerte, konnte ich vielleicht endlich mein Gedächtnis zurückbekommen. Innerlich nagte es schon an mir, dass ich eine Erinnerungslücke in meinem Leben hatte.

»Bist du sicher, dass Ryan dir diesen Brief geschrieben hat?«, beharrte Lucas eindringlich. »Hat er dir den Brief gegeben?«

»Keine Ahnung. Wer sollte ihn sonst geschrieben haben? Die Unterschrift war ja abgetrennt. Und ich kann mich nicht mehr erinnern, wie ich den Brief bekommen habe …«

»Kommt es dir nicht komisch vor? Er behauptet, das Gedicht wäre von ihm, und dann unterschreibt er nicht mal?«

»Vielleicht wollte er mir imponieren. Dass er ein Lügner ist, überrascht mich ehrlich gesagt nicht besonders. Das hat er mir zur Genüge bewiesen, als er mein Vertrauen missbraucht hat.«

»Genau! Und wie könnte so jemand einen solchen Brief schreiben? *Aufrichtig Dein!* Ich meine …«

Eine Alarmglocke schrillte in meinem Kopf. Es war, wie wenn ein Geist mir hartnäckig auf die Schulter klopfen würde, um mich darauf aufmerksam zu machen, dass ich gerade etwas Wichtiges verpasste. Doch ich erkannte nicht, was es war. Lucas' plötzlicher Ernst und die Hitzigkeit, mit der er darauf beharrte, dass Ryan den Brief nicht geschrieben hatte, irritierten mich derart, dass ich mich gar nicht konzentrieren konnte.

»Können wir das Thema wechseln?«

Lucas seufzte. »Natürlich. Wir haben beide ein Recht auf gnädige Lügen, nicht wahr, Miss Jones?«

Huh … Lucas konnte also auch giftig werden. Besser, ich steuerte das Gespräch zurück in seichtere Gewässer.

»War er gut? Der Dichter, meine ich. Ich habe zwar mal ein Buch mit seinen Gedichten gelesen, doch leider habe ich alles vergessen.«

Endlich klang Lucas' Schweigen wieder nach ihm.

»Dinge,
Die zusammengehören,
Finden sich immer wieder.

*Darum warten
Sterne
Jahrtausendelang schweigend
Auf unsere Rückkehr
In den
Lichten Teil der Nacht.«*

»Wow.« Innerlich wimmerte ich über dieses plumpe Wort von mir, mit dem ich Lucas' wundervollen Vortrag kommentierte. Ein Faustschlag gegen einen Schmetterling.

»Ja«, sagte er. Und dann: »June ...«

Er sprach meinen Namen jetzt anders aus. So als wären wir nun Freunde, wo wir zuvor noch Fremde gewesen waren.

Seidenfeine Nachtfalterflügel begannen in meinem Magen zu flattern. Ich wünschte mir sehnlichst, ich könnte seinen Namen genauso aussprechen. Er schien mir einen Schritt voraus.

»Erzähl mir mehr von dir ...«, bat ich, als mein Vater auf einmal die Häuschentür öffnete.

»Ich muss noch schnell zum Briefkasten«, sagte Pops.

»Okay.«

Drei Herzschläge. So lange wartete ich ab, bis mein Vater sich ein paar Schritte entfernt hatte. Doch ich wusste bereits, dass Lucas mir nicht mehr antworten würde.

Eine weitere Nacht, in der ich den Schlaf gejagt, doch immer nur ein Zipfelchen seines Umhangs gefangen hatte, lag hinter mir. Lucas war wie erwartet nicht mehr am Apparat gewesen und auch nachdem ich aufgelegt und mehrfach abgehoben hatte, war er nicht wieder drangegangen. Ich redete mir ein, er hätte sich durch meinen Vater abschrecken lassen. Schließlich war das auch vorgestern der Fall gewesen. Doch wenn ich darüber nachdachte, passte das nicht zu Lucas. Es war nur eine weitere ungelöste Frage in diesem Fragezeichenurwald, durch den ich irrte.

Wenigstens war mein Schultag gnädig: Keine Tests und Ryan ignorierte mich heute glücklicherweise. Dadurch ließen mich sogar seine Groupies in Ruhe. Selbst als ich die Mathestunde verschlief, bekam ich keinen Anschiss und am Ende war ich rechtzeitig für den früheren Bus an der Haltestelle. Auf der gegenüberliegenden Straßenseite warfen ein paar Jungs Körbe auf dem heruntergekommenen Basketballplatz. Der rostige Ring schepperte jedes Mal, wenn der Ball gegen ihn prallte. Die Spieler lachten und fluchten und warfen sich Beschimpfungen zu, die seltsam liebevoll klangen.

Ich setzte mich auf denselben Stuhl wie vor zwei Tagen, nur heute traute ich mich, die Augen zu schließen, in der Hoffnung, dass der schlecht gelaunte Comicfan wieder erst eine Stunde später zur Bushaltestelle kommen würde.

Als mein Bus in die Haltebucht rollte, stand ich müde auf. Ehe ich es verhindern konnte, sah ich mich noch einmal um, ob Mister Kapuzenpulli nicht doch noch auftauchte.

Schnaubend betrat ich den Bus. Ich war wohl echt masochistisch veranlagt, anders ließ sich nicht erklären, dass ich insgeheim gehofft hatte, den Kerl noch einmal wiederzusehen. Und das, obwohl er mir deutlich genug gezeigt hatte, dass er mich nicht leiden konnte. Nur warum? Was hatte ich ihm getan?

Ich schüttelte wild den Kopf. Dieser Typ hatte seinen Comic zurück. Es konnte mir total egal sein, ob er mich doof fand oder nicht.

Energisch schlug ich mein Skizzenbuch auf und versuchte

mich durch Zeichnen abzulenken. Doch egal, wie sehr ich mich bemühte, es abzuschütteln, das miese Gefühl von Schuld klebte an mir wie ein feiner Schweißfilm.

KAPITEL 3

*JUNE

»Lucas, wir müssen reden!«, platzte ich anstelle einer Begrüßung heraus.

»Guten Tag, June. Schön, dass du mich anrufst.«

»Ich rufe dich nicht an.« Mein Herz galoppierte. Lucas schwieg. »Ich stehe in einem winzigen Gartenhäuschen, in das mein Vater vor vielen Jahren ein altes Wählscheibentelefon gestellt hat ...«

»Oh, cool! Vintage!«

»Ja, total. Jedenfalls hat dieses Telefon keine Leitung.«

Ich konnte förmlich sehen, wie er die Stirn runzelte. Mir kam fast das Kantinenessen hoch.

»Du sprichst mit mir über ein Telefon, das keinen Anschluss hat?« Er machte ein komisches Kieksgeräusch. »Das klingt nach Science-Fiction. Kommst du vielleicht aus der Zukunft?«

»Nein!« Der Frust darüber, nicht ernst genommen zu werden, ließ mich laut werden. »Ich meine, ich rufe dich nicht an! Nie. Ich kenne nicht einmal deine Nummer. Ich hebe nur den Hörer ab und du bist dran.«

»Verrückt«, sagte er, ruhiger als ich es nach meiner Erklärung erwartet hätte. Aus irgendeinem Grund regte mich das nur noch mehr auf.

»Ich bin nicht verrückt ...« Beinahe hätte ich mit dem Fuß aufgestampft.

»Das weiß ich.« Warum hörte er sich dann an, als würde er mit einem kranken Kind sprechen? »Was denkst du, wie geht das?«

»Keine Ahnung, sag du es mir! Du warst einfach plötzlich in meiner Leitung. Also, nicht in der Leitung ... im Gespräch, meine ich.«

»Klingt irgendwie, als würdest du mir einen Vorwurf machen.«

»Nein ...« Selbst in meinen Ohren klang das lahm. Es stimmte. Tatsächlich hatte ich die Verantwortung bei ihm gesucht.

»Hör zu, ich sitze hier ganz unschuldig in meinem Zimmer und telefoniere über mein Handy mit dir. Wenn du anrufst, gehe ich dran. *Ich* bin jedenfalls nicht derjenige, der über ein Gadget-Telefon Unterhaltungen mit seiner toten Mutter führt.«

»Autsch.«

»Tut mir leid.« Lucas seufzte. »Ich weiß nicht, warum ich das gesagt habe. Vermutlich mag ich es nicht, dass du an mir zweifelst.«

Mir fiel nichts ein, was ich dazu sagen sollte. Enttäuschung legte sich wie eine schwere Decke über mich.

»June?«

»June!«

»Bitte, leg nicht auf, June. Es ist ... einsam hier ohne dich.«

Ich legte den Hörer sanft auf die Gabel.

In dieser Nacht schlief ich. Wahrscheinlich gab mein Körper erschöpft auf. Hätte ich allerdings die Wahl gehabt, hätte ich im Nachhinein lieber auf diesen Schlaf verzichtet.

In einem schrecklichen Albtraum verfasste Pops

unzählige Briefe an Geister, in denen er sich für die unglückliche Menüauswahl entschuldigte. Egal, wie eindringlich ich ihm versicherte, dass er sich nicht rechtfertigen musste, Pops schrieb, bis seine Finger bluteten und er dicke rote Tropfen auf dem Briefpapier hinterließ.

Der Traum ging über in eine Verfolgungsjagd auf dem Schulhof, bei der alle meine Lehrer mich in den Ryan-Fanklub einschreiben wollten.

Zuletzt folgte Szenerie Nummer drei: Der Kapuzentyp und Lucas waren wie flüssiges Wachs zu einer Person zusammengeschmolzen. Er, oder vielmehr die beiden, schrien mich an, dass ich eine Lügnerin und Verräterin sei und auf den Scheiterhaufen gehöre. Das Schlimmste war, als ich versuchte, dem Kapuzen-Lucas in die Augen zu sehen: Anstelle eines Gesichts war da eine leere Stelle, ein schwarzes Loch, das mich gleichzeitig unwiderstehlich anzog und abstieß. Es machte mich furchtbar traurig und erfüllte mich mit Angst, sodass ich schreiend und schweißgebadet aufwachte.

Zum ersten Mal seit Tagen hatte ich das dringende Bedürfnis, mit Mama zu telefonieren. Oder zumindest mit Pops zu reden. Doch wenn ich das Telefon abhob, war wahrscheinlich Lucas dran und mit Pops wollte und konnte ich gerade nicht sprechen. Nicht nach der Sache mit dem Brief und schon gar nicht über Lucas oder den Kapuzentypen.

Ich setzte mich auf den zerknautschten Sessel am Fenster meines Schlafzimmers, wickelte mich in meine Decke ein und wartete auf das Morgengrauen.

Drei Tage hatte ich mich von der Telefonzelle ferngehalten. Drei Tage wie auf Entzug. Zum ersten Mal in meinem Leben schloss ich nachts die Zimmertür ab, weil ich befürchtete, im Schlaf in den Garten zu wandeln, so sehr zog mich das Telefon an. Immer wieder stand ich kurz davor, die warnende Stimme in meinem Inneren und sämtliche Ungereimtheiten zu ignorieren. Doch dann erinnerte mich der Druck auf meiner Brust an die Verletzung über Lucas' Verhalten und ich blieb standhaft. Ich redete mir ein, dass ich Lucas bald vergessen würde, wenn ich nicht mehr mit ihm sprach, und hoffte auch, dass er irgendwann nicht länger am anderen Ende dieser mysteriösen Leitung auf mich warten würde. Daraufhin befiel mich eine solche Angst, dass ich ihn tatsächlich verlieren könnte, weil er mich aufgab, dass ich den Kopf ins Kissen drücken und meine Schreie darin ersticken musste. Allein die Vorstellung machte mich verrückt.

Am vierten Tag reichte es mir. Ich fühlte mich ohne Lucas schlechter, als ich mich durch seine Worte – oder überhaupt in den letzten Jahren – je gefühlt hatte. Gnädige Lügen, er hatte es selbst gesagt. Ich musste nicht wissen, wie unsere Verbindung zustande kam, Hauptsache, wir *hatten* eine.

Als mein Entschluss einmal gefallen war, konnte ich kaum schnell genug zum Telefonhäuschen eilen.

»Lucas?«, keuchte ich ins Telefon.

»June! O Gott, June!« Er schluchzte. Mein Herz zog sich zusammen.

»Lucas, bitte nicht weinen. Es tut mir leid!«

»Nein, mir tuts leid. Ich bin nur … Ich …« Er atmete zitternd aus. »Ich hatte solche Angst, du würdest nicht zurückkommen.«

Die Frage, wie viel Zeit seit unserem letzten Gespräch seiner Meinung nach vergangen war, brannte mir auf der Zunge. Doch falls er eine komische Antwort hätte, würde ich sie nicht hören wollen.

»Bin ich aber. Alles gut, Lucas.«

»Nein, nein, nein, du verstehst nicht!«

Ihn panisch und aufgelöst zu hören, tat mir weh.

»Es ist in Ordnung, wirklich. Ich musste nur über einiges nachdenken. Jetzt bin ich ja hier.« Wenn er nur aufhörte zu weinen …

»June. Ich wollte dich nie verletzen. Und ich will dich nie wieder belügen. Lass uns schwören, dass wir von jetzt an immer ehrlich zueinander sind.«

»Lügen?«, brachte ich hervor. Das Wort schmeckte nach Essig auf meiner Zunge.

»Ja. Ich habe gelogen. Das heißt, ich habe etwas nicht gesagt. Und ich glaube, dafür wurde ich bestraft.«

»Von mir? Weil ich so lange –«

»Lass mich bitte zuerst ausreden! Ich erzähle dir alles.«

Und er erwartete dasselbe von mir. So viel zu meinem Plan, der Wahrheit nicht weiter auf den Grund zu gehen.

»Am Anfang verging für mich kaum Zeit zwischen unseren Gesprächen. Du hast aufgelegt, ich habe vielleicht ein bisschen geschlafen und dann riefst du schon wieder an. Nur ist dieses Mal etwas Komisches passiert. Nachdem du aufgelegt hattest, hab ich in einer superlangen Horrorvorstellung festgesteckt. Ich hatte solche Angst, ich würde aus diesem Albtraum nie wieder aufwachen, June!«

Ich atmete ganz langsam aus. »Was war das für ein Traum? Kannst du dich erinnern?«

»Es war dunkel. Und leer. Also … leer in meinem Inneren. Ach, es fällt mir schwer, es zu beschreiben. Es kam mir vor, als würde ich gar nicht existieren. Erst, als du angerufen hast, gab es mich wieder …«

Mein Magen war auf einmal bleischwer. »Lass uns ein Spiel spielen!«

»Was?« Seine Stimme überschlug sich etwas.

»Ja. Truth or Dare. Das wird lustig.« Mir war auf die Schnelle nichts Besseres eingefallen, um ihn von dem brenzligen Thema abzulenken. Warum ich auswich? Keine Ahnung, ich spürte nur, dass ich nicht bereit war, darüber zu sprechen.

Lucas zögerte. »Das Spiel hat mich in der Vergangenheit schon mal echt in Schwierigkeiten gebracht …«

»Komm schon! Was kann passieren, außer, dass wir uns besser kennenlernen?«

»Ich weiß nicht, June …«

»Sei kein Feigling, Lucas.«

»Ich will aber keine blöden Pflichtprogramme machen müssen!«, maulte er heftiger, als ich es von ihm gewohnt war.

»Dann nimmst du eben immer Truth und ich immer Dare?«, schlug ich vor. Ich würde ohnehin nicht Wahrheit wählen. Und falls seine Pflichtaufgaben mir zu dumm waren, konnte er am Telefon ja sowieso nicht überprüfen, ob ich sie gemacht hatte. Das Ganze war eine total sichere Sache.

Er seufzte.

»Ist das ein Ja?«

»Ich hab schon versprochen, dass ich dir ab jetzt immer die Wahrheit sage, also bitte, lass uns meinetwegen spielen. Aber glaub bloß nicht, dass du so leicht davonkommst.«

»Prima.« Ich grinste. »Was war –«

»Warte! Was ist die Strafe, wenn man verweigert?«

»Hmm …« Nachdenklich kratzte ich an der abblätternden Farbe der Telefonzelle.

»Es muss uns beiden wehtun und wir müssen es überprüfen können«, beharrte Lucas.

»Wenn einer einen Rückzieher macht, dürfen wir einen Tag lang nicht miteinander telefonieren«, schlug ich vor. Allein es auszusprechen, verursachte mir einen Knoten im Hals. Für mich waren die Gespräche mit Lucas etwas, auf das ich mich während des Schultags freuen konnte. Und er? Er hatte derart verängstigt geklungen, dass ich es nie übers Herz bringen würde, ihm die Funkstille anzutun. So viel also zu meinem Plan, mich sogar um die Pflichtübungen herumzuschummeln.

Lucas schwieg immer noch. Dann sagte er: »Deal!«, mit einer Stimme, die nach Beerdigung klang.

Ich lachte ein bisschen, obwohl es gar nicht witzig war. »Ich fange ganz nett an«, versprach ich und hoffte, das würde umgekehrt auch für ihn gelten. »Was war das Peinlichste, was du je gemacht hast?«

»Ich habe meiner Herzdame einen Liebesbrief überreicht«, antwortete er wie aus der Pistole geschossen.

Ich schnaubte. »Das ist schön, nicht peinlich.«

»Freut mich, dass du das so siehst ...« Er schien nachzudenken, während ich das Kabelende auseinanderzupfte. »Mach einen Handstand!«

»Was?« Ich lachte unsicher auf. »Ich bin überhaupt nicht sportlich.«

»Kneifst du schon bei der ersten Aufgabe?«, neckte er mich. »Na los, June. Was kann schon passieren?«

»Nichts. Außer dass ich mir den Hals breche.«

»Quatsch. In deiner Kabine kannst du bestimmt nicht einmal umfallen. Versuch es, ich glaub an dich.«

»Echt jetzt!« Ich seufzte. »Du bist schuld, wenn ich mich verletze.«

Er sagte nichts und ich wartete einen Moment, ob er mich vom Haken lassen würde. Allerdings würde ich mich dann auch nicht gut fühlen, ich drückte mich selten vor Herausforderungen. Seufzend ergab ich mich in mein Schicksal, als er weiterhin beharrlich schwieg.

Ich legte den Hörer vorsichtig auf dem Tischchen ab und setzte meine Hände auf dem staubigen Holzboden auf. Unbeholfen kraxelte ich mit den Füßen die gegenüberliegende Wand hoch und stieß mich mit einem Ächzen ab, bis meine Fersen laut gegen das Glas in meinem Rücken krachten. Ich wackelte hin und her wie ein zu dünner Baum im Wind. Irgendwie blieb ich dennoch stehen. Das Blut rauschte mir in den Ohren, und als ich mich traute, die zugekniffenen Augen zu öffnen, entfuhr mir ein erstauntes: »Oh!«

Kurz darauf knickten meine Ellenbogen ein und ich krachte mit Getöse auf das Telefontischchen.

Es dauerte einige Augenblicke, bis ich mich versichert hatte, dass alle meine Knochen heil geblieben und ich bis auf ein paar blaue Flecken und Schrammen unversehrt war. Das Tischchen hatte das Telefon unter sich begraben, trotzdem drang Lucas' Lachen aus den Trümmern zu mir herauf.

Ich schob die gesprungene Tischplatte beiseite und fauchte in den Hörer: »Sehr witzig! Ich könnte tot sein!«

Er lachte nur noch heftiger. Obwohl mir alles wehtat und ich schon überlegte, wie ich Pops den kaputten Tisch erklären sollte, steckte mich sein Gelächter an, bis ich gar nicht mehr aufhören konnte zu kichern.

»June …«, japste er, unterbrochen von mühsam unterdrückten Lachsalven. »Ich danke dir. So gelacht habe ich nicht mehr, seit mein Bruder sich einmal die linke Augenbraue mit einem Kaltwachsstreifen meiner Mutter abgerissen hat.« Er gackerte erneut los.

»Komm bloß nicht auf dumme Ideen!«, warnte ich und wischte mir die feuchten Augen.

»Keine Sorge.« Er machte einen zufriedenen Laut. »Du hast es bemerkt, oder?«

»Was? Dass Telefonzellen nicht zu akrobatischen Zwecken taugen? Ja, allerdings.«

»Das Gefühl!« Er wartete, ließ mir Zeit, selbst zu erkennen, wovon er sprach, bevor er mir seinen Gedanken in den Kopf pflanzte.

»Es hat sich erstaunlich gut angefühlt. Erst mal«, gab ich etwas widerstrebend zu. Tatsächlich. Dass ich meinen Körper so kontrollieren konnte, ihn kurzzeitig in der Balance gehalten hatte, grenzte an ein Wunder. Ich hatte mich kraftvoll gefühlt. Riesengroß.

»Als du ›Oh‹ gesagt hast«, half er mir auf die Sprünge.

»Ah! Das war, weil der Garten seltsamerweise vollkommen anders ausgesehen hat, als ich mich auf den Kopf gestellt habe.«

»Genau.« Ich wusste, dass er lächelte. So ein zufriedenes Satte-Katze-Lächeln. »Das ist der Perspektivwechsel.«

Ich sortierte die Trümmer nach Größe an der Wand.

»Wann immer ich nicht mag, was ich sehe, mache ich einen Handstand und schaue mir das Ganze aus einer anderen Perspektive an«, sagte Lucas.

»Dann müsste ich im Unterricht ständig einen Handstand machen.«

»Wäre bestimmt eine gute Idee.«

Ich stellte mir vor, wie er sich Notizen machte, damit ich demnächst als Pausenclown in der Schule auftreten musste. Das würde ich nicht mitmachen. Niemals!

»Du bist dran, Lucas. Was stand in dem Lie–«

»Ich wähle Pflicht!«

»Feigling!«, murmelte ich. »Na gut. Lecke deinen Ellenbogen!«

»Daff kann nienant!«, lispelte er gepresst.

Ich lachte schon wieder los, als ich ihn mir mit herausgestreckter Zunge vorstellte. Leider telefonierte er ja über das Handy mit mir, sonst hätte ich ein Beweisfoto verlangt. Vielleicht sollte ich das als nächste Pflichtübung verlangen, ein Selfie von ihm? Ich war wirklich neugierig, wie er aussah ... Andererseits ... was, wenn er mir nicht gefiel? Wäre dann der Nervenkitzel vorbei? Ach was. Ich interessierte mich ja gar nicht auf die Art für Lucas. Dennoch ... irgendetwas hielt mich davon ab, ihn um ein Foto zu bitten.

»Sing mir die britische Nationalhymne«, forderte Lucas.
»Nur mit ›God *shave* the Queen‹!«

»Das wird dir noch leidtun«, warnte ich ihn aus reiner Nächstenliebe, doch ich gab alles, als ich aus voller Brust und in unsäglicher Schiefe die Hymne über die rasierte Königin in den Hörer schmetterte.

Mein Vater streckte den zerzausten Kopf aus dem Fenster und ich winkte ihm fröhlich zu, während ich die zweite Strophe anstimmte.

Lucas wimmerte am Ende ein wenig. Ich hatte kein Mitleid und zog es bis zur letzten Note durch.

»Das ist der Grund, warum ich nie singe.« Ich rieb über den blauen Fleck, der sich an meinem Unterarm bildete.

»Aber es hat gutgetan«, stellte er zufrieden fest.

»Dir?«

Er lachte leise. »Nein, dir. Du solltest öfter singen.«

»Gerne, da mein Publikum so begeistert ist.«

»Es ist mir egal, wenn mir die Trommelfelle reißen, solange du so lächelst wie jetzt.«

Ertappt wischte ich mir das Grinsen von den Lippen. »Woher willst du wissen, dass ich lächle?«, fragte ich misstrauisch.

»Ich kann es hören.«

Ich seufzte. »Lucas, du bist zu gut für die Welt. Denkst du auch manchmal einfach nur an dich? Ich hab das Gefühl, du willst immer nur das Beste für andere.«

»Das stimmt nicht.« Seine Stimme klang auf einmal tiefer. Obwohl ich ihm nicht gegenübersaß, fühlte ich eine Welle von Selbsthass, Scham und Verletzung von ihm zu mir schwappen. Neuerdings schien meine Gabe, Gefühle wahrzunehmen, auch über das Telefon zu funktionieren. Oder vielleicht gelang es mir nur bei Lucas, weil mit ihm einfach *alles* anders war.

»Truth, Lucas: Wann hast du vollkommen egoistisch gehandelt?«

Er zögerte. Seufzte. Knirschte mit den Zähnen. Seufzte erneut. »Das schlimmste Mal war, als ich meinen Bruder die Verantwortung für etwas tragen ließ, was ich verbrochen habe.«

»Was war das?«

»Truth or Dare, June?«

»Du weichst aus!«

»Weil du an der Reihe bist.« Er klang nicht mehr unbeschwert wie zuvor und ich bereute, dass ich nachgebohrt hatte.

»Dare.«

»Trag in der Schule ein Sommerkleid.« Seine Antwort kam blitzschnell, er musste sie geplant haben.

»Vergiss es!«

»Dann lieferst du mich also den Albträumen aus?« Er hatte es halb scherzhaft gesagt, allerdings zitterte seine Stimme. Lucas hatte richtig Angst.

»Wie willst du denn überprüfen, ob ich es tatsächlich mache?«

»Ich vertraue dir!«, sagte Lucas im Brustton der Überzeugung.

Pops öffnete die Tür und ich fluchte innerlich aufgrund des miesen Timings.

»Bye, Lucas«, flüsterte ich in die Luft.

Ich hasse dich.
Ich hasse dich.
Ich hassehassehasse dich!, stampften meine Combat Boots auf den Linoleumboden. Meine Beine fühlten sich nackter an, als sie waren. So, als würde mir nicht nur eine Schicht Stoff, sondern gleich die ganze Haut fehlen.

Dabei war das Kleid ziemlich lang, mehr grau als blau und ging auch nur mit viel Fantasie als Sommerkleid durch. Aber es war ein Kleid. Und ich trug es.

Noch mal:
Ich! Trug! Ein! Kleid!
In der Schule!!!

Insgeheim hatte ich mit Hitchcock-artiger Filmmusik-Untermalung meines Einzugs in das altehrwürdige Schulgebäude gerechnet. Mit plötzlichem Nebel, der über den gepflasterten Vorplatz waberte. Mit kreischenden Mädchen, denen vom Gaffen die Augen herausfielen, und vor mir zurückschreckenden Jungen. Mit einem Hausmeister, der heimlich die Psychiatrie über eine entlaufene Patientin informierte.

Doch bis auf ein paar erstaunte Blicke, die mich flüchtig streiften, passierte zunächst rein gar nichts.

Mit zusammengebissenen Zähnen kämpfte ich mich durch die Aula. Würde ich in der Stadt wohnen, hätte ich mich frühmorgens vor allen anderen durch die leeren Flure geschlichen und meinen Rucksack so auf den Knien platziert, dass keiner das Kleid bemerken würde. Natürlich hatte ich aber Pech und der Bus spuckte mich pünktlich auf die Minute beim College aus, sodass ich durch die größtmögliche Anzahl an Leuten gegen den Strom schwimmen musste.

Ich! Hasse!! Di–

»June!« Ryan klang, als hätte ihn jemand angeschossen. Ich ignorierte ihn. Vor dem Schwarzen Brett drängten sich Scharen zusammen, sodass ich mich nur millimeterweise durchquetschen konnte.

Heute beneidete ich die niedrigeren Stufen glühend um die Pflicht, eine Schuluniform zu tragen. Uns Sixthgradern stand es ja frei, Kleidung zu wählen, die dem Dresscode entsprach, sonst hätte ich Lucas' Idee ohne zu lügen im Keim ersticken können. Schade, schade.

Vielleicht hatte ich Glück und ein Lehrer fand das Kleid doch zu aufreizend? Zweifelnd zupfte ich an dem dunklen Spitzensaum, der locker meine Oberschenkel streifte. Unwahrscheinlich.

Plötzlich war Ryan wieder an meiner Seite und mit ihm die Crew der Lästerschwestern. Na toll. Mir blieb wohl gar nichts erspart.

Ich wappnete mich für die spöttischen Bemerkungen. Für ihr Gelächter.

Ryan schob einen jüngeren Schüler beiseite, als wäre er ein Stuhl, und machte den Weg für mich frei. Erstaunt sah ich auf. Sein Gesichtsausdruck verriet nichts. Dafür sah Candice aus, als würde sie mir gleich auf das Kleid kotzen. Sie öffnete bereits den Mund, garantiert für eine verletzende Bemerkung, als Ryan ihr auf den Fuß trat.

»Autsch, du Trampel! Weißt du, was die Schuhe gekostet haben?«

Ich nutzte die Gelegenheit und tauchte hinter Ryans breitem Rücken in der Menge unter.

Hatte er mich beschützt? Oder hatte ich es mir nur eingebildet? Wahrscheinlich dachte er, sobald ich ein Kleid trug, wurde ich zu einer schwächlichen Jungfrau, die den Schutz eines Ritters brauchte.

Ich schnaubte. Das passte ja! Ryan, der Bodyguard mit dem Erbsenhirn.

Doch die Aktion hatte mich abgelenkt. Ich hatte ganz vergessen, mich wegen des Kleids zu schämen. Überrascht bemerkte ich, dass ich vollkommen ohne Nervenzusammenbrüche (meinerseits oder von den anderen) im Klassenzimmer angekommen war.

Erleichtert sank ich auf meinen Platz und bereitete mich auf einen weiteren monotonen Schultag vor. Doch irgendwas war heute anders. Ich wurde ständig aufgerufen, musste dauernd an die Tafel. Meine Lehrerinnen ließen mich nicht wie sonst in Ruhe, sondern sie animierten mich, an Diskussionen teilzunehmen. Zähneknirschend gab ich meine Meinung möglichst finster zum Besten. Dennoch erntete ich ein aufmunterndes Lächeln hier und ein zustimmendes Nicken dort. Es war wie verhext! Musste an diesem dämlichen Kleid liegen.

Ich! Hass–

Das hohe Schrillen der Schulglocke unterbrach meine Lucas-Verfluchung. Ausnahmsweise freute ich mich auf den Sportunterricht, weil ich da wenigstens für eine Stunde das Kleid gegen eine Hose tauschen konnte.

Zu meinem Unglück spielten wir Basketball, ich bekam einen Ball an den Kopf gedonnert und musste mir die Beule auf der Stirn mit triefenden Papierhandtüchern kühlen. Allein der Geruch des aufgeweichten Recyclingpapiers ließ meine Laune ins Bodenlose sinken. Ohne Kleid hatte meine Sportlehrerin kein Mitleid mit mir, sodass ich weiterspielen musste, sobald ich den grauen Pappmascheeklumpen angewidert in den Mülleimer warf.

Nach der Stunde trödelte ich im Umkleideraum herum. Ich starrte das Kleid mit einer Verachtung an, als wäre es aus dem Fell von Hundewelpen genäht worden. Plötzlich spürte ich einen erhitzten Körper neben mir. Zu dicht. Ich roch Tinas Schweiß, als sie atemlos ihre Schulter an meine drückte.

Im Reflex wäre ich am liebsten zurückgewichen, doch ich fürchtete, sie würde denken, ich fände sie eklig. Zwar mochte ich Tina nicht, aber dass sie schwitzte, nachdem sie fünf Körbe für ihre Mannschaft geworfen hatte, war ja wohl normal. Aus lauter Unsicherheit erstarrte ich.

»Schönes Kleid«, sagte sie leise. Gar nicht mal spöttisch.

Misstrauisch starrte ich sie von der Seite an. Sie musterte das unsägliche Kleidungsstück auf der Holzbank, das wie ein Fluch nur darauf wartete, mich in eine lächerliche Möchtegernprinzessin zu verwandeln. Ein feines Lächeln lauerte in ihren Mundwinkeln.

»Äh … Danke?«

Ich empfing keine negativen Gefühle von ihr. Meinte sie das womöglich ernst?

Tina hob die Arme und zupfte ihren dunkelblonden Zopf zurecht. Im nächsten Moment zog sie die Stupsnase kraus. »Boah! Ich stinke wie ein Pferd. Sorry, June. Du musst kurz vor dem Ersticken sein!« Sie lachte.

In dem Moment beneidete ich sie. Wie sie unbeschwert über etwas lachen konnte, was andere in tiefste Scham versetzt hätte.

Als sie sich abwandte, sprang ich über meinen Schatten.

»Es ist ein Kleid von meiner Mutter«, verriet ich ihr mit klopfendem Herzen.

Sie sah lächelnd über ihre Schulter zurück. »Deshalb steht es dir so gut. Du solltest es öfter tragen.«

*COLE

Und schon wieder saß ich neben ihr und ließ mich ignorieren. Dieses Mal konnte ich nicht einmal mehr mir selbst vorlügen, dass ich zufällig hier saß und nicht, weil ich anscheinend ein gewaltiger Masochist war.

Ich atmete aus.

Etwas war heute anders an ihr, und obwohl ich versuchte, sie nicht anzustarren, gelang es mir einfach nicht. Sie war irgendwie ... leuchtender. Als hätte jemand ihren Schatten geklaut.

Mein Blick erdolchte sie, doch sie starrte nur auf ihre Porzellanhändchen und beachtete mich nicht. Ein hauchdünnes Lächeln umspielte ihre Lippen und sie war mit einem Mal unvorstellbar schön. Ich biss mir auf die Zunge, um nicht irgendetwas Schwachsinniges zu sagen oder zu tun. Seufzen. Sie berühren. Eine fucking Ode für sie trällern. O – mein – Gott!

Urplötzlich widerte ich mich an. Nein, sie!

Wie konnte sie hier sitzen und selig vor sich hin lächeln, während er ... und ich ...?

Schwarz und heiß brodelte Hass in mir hoch. Er begann im Magen und schoss dann in einer kochenden Welle über die Speiseröhre in meinen Mund. Ich hätte ihn zu gerne ausgekotzt, aber meine Lippen waren wie zugenäht und mein ganzer Körper erstarrt. Am liebsten hätte ich sie an den Schultern gepackt und besinnungslos geschüttelt. Sie bis zur Heiserkeit angebrüllt. Sie erwürgt.

Doch dann stand ich nur auf und rannte hasenfüßig davon.

*JUNE

»Wie ist es gelaufen?«, keuchte Lucas anstelle einer Begrüßung ins Telefon.

»Du klingst ja nervöser, als ich mich heute gefühlt habe.« Vergeblich unterdrückte ich ein Schmunzeln. »Übrigens auch dir einen wunderschönen guten Tag, werter Freund, der mich geteert und gefedert dem Spott des Pöbels aussetzt!«

»Also gut!«, jubelte er. »Ich wusste es! Oh, June. Ich bin so stolz auf dich!«

Ich schnaubte gespielt beleidigt. »Es war natürlich schrecklich! Was glaubst du denn?« Aber der Gedanke an Tinas Reaktion haftete an mir wie ein Pflaster aus Glück, das ich nicht bereit war, abzuziehen. Selbstverständlich wusste Lucas, dass es gut gelaufen war. Aus irgendeinem Grund schien er ein besseres Gespür für mich zu haben, als selbst Pops es hatte.

»Erzähl mir alles! Jedes Detail. Lass bloß nichts aus«, drängte Lucas, gierig, sich in seinem Erfolg zu sonnen.

»Himmel, es war ja nur ein Kleid …«, unternahm ich einen letzten Versuch, gleichgültig zu klingen, doch dann musste ich lachen und versaute es. »Okay. Ich erzähls dir …« Und das tat ich.

Während ich einfach nur mit Lucas über meinen Tag sprach, durchflutete mich ein Hochgefühl, das ich nicht kannte. Als hätte ich etwas unglaublich Mutiges geleistet, wie einen Berg zu erklimmen oder ... eine Katze vom Baum zu retten.

Lucas saugte meine Worte auf, als wäre er ausgehungert nach Erlebnissen. Ein ungutes Gefühl pochte dumpf in einem Bereich meines Kopfs, in den ich es schon so oft verbannt hatte. Leider ließ es sich nicht komplett verdrängen.

»Also hast du heute einen perfekten Tag gehabt!«, schrie Lucas begeistert.

Eine Wolke schob sich vor die Sonne und ich fröstelte in meinem Kleid. Und plötzlich erinnerte ich mich an den einzigen Schmutzfleck auf dem perfekten Tag.

»Fast ...«, begann ich. Doch im gleichen Moment ärgerte ich mich, dass ich es nicht dabei belassen hatte. Lucas hätte glauben sollen, sein Dare wäre eine ausschließlich wundervolle Erfahrung für mich gewesen. Nun war es zu spät, darum versuchte ich, das Erlebte möglichst beiläufig abzutun. »Da ist dieser komische Typ, dem ich ständig an der Bushaltestelle begegne, und der hasst mich aus irgendeinem Grund. Ich hab echt keine Ahnung, was ich ihm getan habe. Egal ... der nervt einfach.«

Lucas schwieg.

Ich nagte an meiner Unterlippe. Würde er es falsch deuten? Dass mir die Meinung des Kapuzentypen wichtig wäre? Ich war schon im Begriff, ihm zu sagen, dass ich noch nicht einmal sein Gesicht gesehen hatte. Bloß, wie hätte ich dann erklärt, dass ich *wusste*, dass der Typ mich hasste, obwohl er bisher kein Wort mit mir gewechselt hatte?

»Truth«, sagte Lucas und ich fuhr zusammen.

»Was?«

»Ich bin dran. Ich nehme Wahrheit.«

Es dauerte einen Augenblick, bis ich meine Gedanken so

weit sortiert und von dem Kapuzen-Grinch losgeeist hatte.
»Was stand in dem Liebesbrief?«

Lucas seufzte. »Willst du es wirklich wissen, June? Es gibt danach kein Zurück mehr ...«

»Wieso? Ja klar will ich es wissen, deshalb hab ich doch gefragt!«

Er seufzte erneut. Lange und abgrundtief.

»*An meine Liebste*«

Mein Herz setzte einen Schlag aus.

»*Hätte ich nur einen Wunsch im Leben frei*«, zitierte Lucas mit Grabesstimme.

Mein Gehirn folgte meinem Herzen und verabschiedete sich kurzfristig ins Nirvana.

»*... dann der. Dass meine Liebe ein Wort wäre*«

Ich hörte seine Stimme gedämpft durch ein Rauschen in meinen Ohren. Fast vergaß ich zu atmen.

»*... das dein Herz erreicht. Aufrichtig Dein Lucas.*«

In dem Moment, wo er den Namen dazusagte, den irgendwer (oder irgendwas) von meinem Liebesbrief abgetrennt hatte, passierte es: Ich saß nicht mehr auf dem ausgeblichenen Samtkissen in der Telefonzelle.

Ich stand. In meinem Rücken zischten Autos vorbei. Ein Baum weinte rosafarbene Blüten, die der Frühlingswind um unsere Füße wirbelte.

Ich hielt einen Brief in der Hand und starrte einen Jungen an, dessen Anblick mein Herz dazu brachte, einen doppelten Rückwärtssalto zu schlagen ...

»June!«

Der erste Atemzug seit gefühlten Minuten brannte in meiner Kehle. Keuchend sog ich Luft ein – ein – ein, bis ich dachte, meine Lunge würde platzen.

»June! Rede mit mir!« Lucas klang panisch.

»Ich … Ich …«

»O mein Gott! Erschreck mich doch nicht so! Ich dachte, du wärst vor Schock in Ohnmacht gefallen. Himmel! So eine Reaktion hätte ich jetzt wirklich nicht erwartet. Das gehört ins Guinessbuch der fiesesten Abfuhren des Jahrhunderts«, plapperte Lucas. Er war sonst immer ruhig, nur wenn er unsicher wurde, redete er auf einmal wie ein Wasserfall. Schlagartig erkannte ich, wie schrecklich er sich fühlen musste, wenn er dachte, ich hätte nicht geantwortet, weil ich ihn nicht mochte.

»Nein!«, schrie ich, immer noch außer Atem. »Du verstehst das vollkommen falsch. Ich bin … Das ist keine Abfuhr!«

»Okay. Okayokay … Du warst nur … überrascht? Versteh ich. Ich hätte nicht lügen sollen. Ich meine … ich hätte … es dir direkt sagen sollen, als ich es gemerkt habe? Vielleicht?«

»Ja.« Langsam sickerte die Erkenntnis ein. Das Sonnenfinsternismädchen … war *ich*!? »Nein. Ich meine …«

»Du bist verwirrt. Klar. Soll ich dich in Ruhe lassen? Oder …«

»Lucas, warte mal.« Ich rieb mir die schmerzenden Schläfen. »Ich leide unter Gedächtnisverlust, nachdem ich einen Unfall hatte. Und ich glaube … kann es sein …?« Meine Zunge war bleischwer. »Als du mir den Brief gegeben hast, hatte ich da diesen Unfall?«

Lucas schwieg. Ich nutzte die Gelegenheit, um die Tür einen Spalt zu öffnen und ein wenig Frischluft hereinzulassen. Nach seinem nervösen Geplapper war sein Schweigen wie eine zarte Berührung für mein aufgeregt galoppierendes Herz.

»Ich denke nicht. Es ist seltsam. Ich kann mich noch gestochen scharf daran erinnern, wie du den Brief genommen hast. Dein Lächeln, du hast dich sogar ein klein wenig verbeugt, als du dich bedankt hast. All das sehe ich glasklar vor mir. Aber dann ... Irgendwie ... Ich weiß überhaupt nicht, wie ich danach hierhergekommen bin.«

Mein Magen krampfte sich um einen Eisklumpen. »Mir ist schlecht«, sagte ich.

»Oje. Tut mir leid ...«

»Nicht deinetwegen«, stöhnte ich und presste eine Hand auf die Kuhle zwischen meinen Rippenbögen. »Ich hatte so was wie einen Flashback. Eine Erinnerung ... glaub ich.«

»An mich?«

»Ja.« Meine Stimme wackelte genauso stark wie meine Knie.

»Dann ist dir deshalb schlecht?« Lucas klang, als würde er gleich losheulen.

»Ja. Was? Nein! Nicht ... Nein! Verdammt, Lucas. Du siehst toll aus ... Wirklich! Richtig! Toll!« Ich klatschte mir die Hand vor die Stirn, weil ich wie ein Dummkopf klang.

Er lachte erleichtert auf. »Ehrlich! Oh ... also ... du auch.«

»Ja, aber ...«

»Truth or Dare, June?«

»Mir ist gerade nicht wirklich nach Spielen ...«, krächzte ich. Doch als er hartnäckig schwieg, gab ich ein genervtes »Dare!« von mir.

»Frag den Typen, was er für ein Problem mit dir hat.«

Jetzt, da ich Lucas' Gesicht kannte, konnte ich ihn mir bildlich vorstellen, wie er – stolz auf seine verkackte Idee – strahlend dasaß und auf meine Reaktion wartete.

»Willst du mich verarschen? Warum sollte ich das tun?

Mir doch wurscht, wenn dieser Kapuzenheini mich scheiße findet!«, fauchte ich.

Lucas schnalzte mit der Zunge. »Wenn es dir egal wäre, hättest du es mir gar nicht erzählt. Außerdem hast du sofort gewusst, von wem ich spreche, obwohl ich dir gerade den Boden unter den Füßen weggezogen habe. Das bedeutet, du denkst ständig über diesen Kerl nach. Ich wette, du schleppst das schon länger mit dir rum. Und manchmal ist die gnädige Lüge nicht der beste Weg. Stell dich ihm. Wenn er dir den Grund sagt, kannst du dich entweder entschuldigen oder du siehst ein, dass er ein blöder Penner ist, um den du dir nicht länger Sorgen machen musst. Es kann nur Gutes dabei rauskommen. Jedenfalls hörst du auf, dich mit der Frage nach dem *Warum* zu quälen.«

»Manchmal hasse ich dich«, brummte ich.

»Weil ich recht habe.«

»Was auch immer ...«

»Tu es! Denk an das Kleid, es war viel besser, als du es dir je vorgestellt hättest.«

»Nee, Lucas. Lieber verzichte ich einen Tag auf deine Klugscheißerei.«

Lucas schluckte hörbar. »Ich vertraue dir, dass du das Richtige tust.«

Die Sonne ging unter und ich fühlte mich mit einem Mal fürchterlich allein im schattigen Garten. »Ich wünschte, du wärst jetzt hier ...«, sagte ich so leise, dass ich mir gar nicht sicher war, ob ich es vielleicht nur gedacht hatte.

»*Im Herzen ...*« Ich hörte an der Weichheit seiner Stimme, dass er wieder seinen Lieblingsdichter zitierte.

»*... gibt es keine Entfernung.*«

* * *

»Pops?«

Der Blick meines Vaters ging durch mich hindurch, als er nur langsam aus seiner Lektüre auftauchte. Dann zog er die Stirn kraus und musterte sekundenlang schweigend mein Kleid. Ich zerknüllte den Stoff in den Fäusten. Komisch, dass er stärker auf meine veränderte Kleidung reagierte als die Leute in meiner Klasse. Womöglich erkannte er das Kleid? Schon fühlte ich mich schuldig, ihn an Mama zu erinnern. Daran hatte ich gar nicht gedacht.

»Es passt dir. Du bist gewachsen, Juniper«, sagte er und seine Augen wirkten ein wenig glasig.

»Ja, äh …« Ich ließ mich unelegant auf den Boden plumpsen und wartete im Schneidersitz darauf, dass er den antiken Schreibtisch umrundete und sich zu mir setzte. »Können wir reden?«

»Selbstverständlich!« Erleichtert atmete er aus. Ich erkannte, wie unglaublich ihn mein Schweigen nach der Sache mit dem Brief belastet hatte, und auch ich hielt es kaum mehr aus, mit Dad in diesem kalten Krieg zu stecken.

In dem Moment beschloss ich, die Sache ruhen zu lassen. Irgendeinen Grund musste er haben, nicht mit mir über den Brief sprechen zu wollen, und noch einmal würde er mich sicherlich nicht anlügen.

»Erinnerst du dich an meinen Unfall?«, fragte ich. Die Frage war überflüssig. Obwohl es nur ein kleiner Unfall gewesen war, behandelte Pops mich seitdem wie ein rohes Ei. *Er* erinnerte sich ganz genau.

»Hmm …«, brummte er und fegte mit der flachen Hand Staubflusen zu einem Haufen.

»Gibt es da eigentlich Zeugen?«

Die Falten zwischen seinen Augenbrauen waren zwei schwarze Striche. »Wieso?«

»Ich wüsste gern, ob da vielleicht ein Junge erwähnt wurde? Ich habe das Gefühl, ich war nicht allein –«

»June. Es ist überhaupt nicht gut, dass du dich darin verbeißt. Dein Gedächtnis kommt bestimmt zurück, wenn du es nicht so verkrampft versuchst.«

Er machte sich nur Sorgen. Trotzdem kribbelte es mir bereits auf der Haut.

Ich kniff die Augen zusammen. »Pops? Was verschweigst du mir?«

Seine Schultern sanken herunter. »Ich will nur nicht, dass du leidest«, murmelte er.

»Also war da ein Junge?«

»Hör auf!«, polterte mein Vater. Ich fuhr zusammen. »Lass es einfach ruhen.«

»Wieso?« Ungeduld und Frust ließen mich ebenfalls lauter werden. »Darf ich nicht wissen, was mit mir passiert ist?«

»Nein, verdammt!« Pops hieb mit der Faust auf die Dielen, sodass die sorgsam zusammengewischten Staubflusen flogen. »Ich verbiete dir, deine Nase noch tiefer in diese Angelegenheit zu stecken.«

Ich stand auf.

Das war das erste Mal in meinem Leben, dass Pops den *Vater* raushängen ließ – und ich hatte keinen blassen Schimmer, weshalb.

»Kennst du mich denn überhaupt gar nicht?«, fragte ich, zutiefst verletzt, und verließ den Raum, ohne seine Antwort abzuwarten. Die Frage war sowieso eine rhetorische gewesen, offensichtlich kannte er mich kein bisschen. Denn wenn er gegen unsere unausgesprochenen Regeln verstoßen durfte, würde ich es ebenso tun.

KAPITEL 4

*JUNE

Ich hatte weder zu Abend gegessen, geschlafen noch gefrühstückt, doch der Zorn verlieh mir Flügel. Meine finstere Miene schreckte wohl alle in der Schule ab. Zumindest wurde ich im Unterricht und in den Pausen in Ruhe gelassen. Gut! Denn ich fühlte mich, als müsste ich beim kleinsten Geräusch aus der Haut fahren.

Meine Gedanken kreisten um den Unfall und die Frage, was Pops mir so krampfhaft verschwieg. Ich verfluchte mein dummes Gehirn, dass es mit den Informationen nicht herausrückte. Gleichzeitig fürchtete ich mich jedoch davor, was ich aufdecken könnte, falls ich nachforschte. Was war schrecklich genug, dass es Pops dazu trieb, mich derart zu behandeln?

Egal! So ungut sich meine Vorahnungen auch anfühlten, die Unsicherheit war schlimmer. Ich *würde* herausfinden, was mir passiert war.

Nur hatte ich keine Ahnung, wo ich anfangen sollte. Gab es über solche Unfälle Zeitungsberichte? Und wenn ja, wie kam ich an die Zeitung von vor sechs Monaten? Gab es dafür Archive? Online-Mediatheken? Wenn ich Glück hatte, stand da unter Verkehrsdelikten ein Zeugenaufruf zum Unfall oder eine kurze Meldung über eine ungeklärte Fahrerflucht. Es sei denn, selbst das wäre gelogen, denn Pops hatte behauptet, der Fahrer des Wagens sei abgehauen. Der Arzt, der damals mit sorgenvoller Miene herumgeschlichen war, hatte dem nicht widersprochen. An den Mediziner erinnerte ich mich sogar erstaunlich genau! War das ein Zeichen?

Ich nahm die Bahn zum Krankenhaus. Am Empfang musste ich eine Ewigkeit warten, bis der Pförtner auf meine Beschreibung hin den Namen des Arztes erraten hatte. Okay, möglicherweise gab es mehrere Mittvierziger mit Schmalztolle und lila Wasserfarbklecks-Clogs ... doch irgendwie bezweifelte ich das.

»Ah! Du hast Glück, da kommt er gerade! Doktor Singh! Einen Moment, bitte.«

Ich fuhr dem Fingerzeig des Pförtners folgend herum, halb überzeugt, dass es nicht derselbe Arzt von damals sein würde. Doch genau der Mann stand mir nun gegenüber und nach ein paar Sekunden stirngerunzelter Musterung weiteten sich seine Augen. Er hatte mich erkannt.

Ha! Keine Ausreden möglich, Bürschchen!

»Juniper! Wie geht es dir denn? Du siehst gut aus!«

Vor lauter Überraschung wusste ich einen Moment lang gar nicht, was ich sagen sollte. Er hielt seine Hand wenige Zentimeter hinter meinem Rücken, wie um mich sanft in eine Richtung zu lenken, doch ohne mich zu berühren. Zögerlich ging ich los.

»Kann ich dir einen Kaffee anbieten? Oder eine heiße Schokolade?«

»Kaffee wäre toll«, krächzte ich. War es normal, dass ein Arzt sich Monate später an eine Patientin mit einer läppischen Gehirnerschütterung und Platzwunde am Kopf erinnerte? Mein Misstrauensradar schlug Alarm.

Er leitete mich in die Cafeteria, wo ich das Sandwich, welches er mir fragend hinhielt, ablehnte. Ich beobachtete ihn, wie er zwei Kaffee Crema auf der Maschine bestellte, Milch und Zucker auf das giftgrüne Tablett warf und noch ein Stück Pfirsichkuchen auf seine Rechnung schreiben ließ. Er schien nicht besonders nervös. Nur, hatte er überhaupt einen Grund dazu?

Doktor Singh dirigierte mich zu einem Tisch für zwei Personen in einer Ecke und bedeutete mir, mich auf einen der beiden grauen Plastikstühle zu setzen. Er schob das Kunstblumengesteck und den Salzstreuer sorgsam beiseite, ehe er das Tablett in die Mitte stellte.

»Also, June. Dann erzähl doch mal: Machst du Fortschritte mit deiner Amnesie? Irgendwelche Erinnerungen, Flashbacks, wirre Träume?«

Ich würde sehr geschickt sein müssen. Vielleicht so tun, als wüsste ich schon alles? Und ich würde ihn sprechen lassen. Hoffentlich plauderte er etwas aus.

Um Zeit zu schinden, kippte ich Milch und Zucker in den Kaffee, rührte um und verbrannte mir trotzdem prompt die Zunge am ersten Schluck.

»Ja. Alles drei«, wich ich schließlich aus. Ich konnte mich ab jetzt wohl Sherlock nennen. Nicht.

Er nickte. »Das ist normal. Es ist ein Zeichen, dass deine Erinnerung zurückkommt. Das wird immer häufiger passieren, sei nicht besorgt deswegen.«

»Haben Sie ein sehr gutes Gedächtnis?«, fragte ich.

Er schmunzelte. »Na ja … wenn es darum geht, wo das letzte Stück Zartbitterschokolade versteckt ist, schon. Wann ich allerdings meine Schwiegermutter treffen sollte, kann ich mir seltsamerweise nie merken.«

Ich verdrehte die Augen, schenkte ihm aber auch ein kurzes Lächeln. »Erinnern Sie sich denn an all Ihre Patientinnen?«

Er stach mehrmals mit der Gabel in den Kuchen. »Nein.«

Noch ein Stich. Der Kuchenteller glich zunehmend einem Massaker.

Es war klar, dass auf die Weise nichts aus ihm herauszubringen war, und ich schob die Kaffeetasse von mir. Eigentlich hatte ich gehen wollen. Doch dann fiel mir noch etwas ein und ich sagte beiläufig, obwohl mir das Herz bis zum Hals klopfte: »Sie erinnern sich wegen dem Jungen an mich.«

Allerhöchstens würde er mir nahelegen, mein Gehirn überprüfen zu lassen. Er ließ die Gabel sinken und starrte auf den Pfirsich, der wie Eingeweide aus einem überfahrenen Tier seitlich aus dem Kuchen quoll. Mir war ein bisschen schlecht.

»Dann weißt du es also ...«

Ich ersparte mir die Lüge, da er sowieso nicht aufsah. In mir stritten sich Engelchen und Teufelchen. Der Engel schämte sich für den schmutzigen Trick und dass ich Pops' *Regel* gebrochen hatte, der Teufel jubelte. Endlich würde ich etwas herausfinden. Mein Herz flatterte zwischen Hoffnung und Bangen hin und her.

Dann schaute Doktor Singh mich an: »Es ist nicht deine Schuld, June. Es war einfach ein tragischer Unfall.«

Er nickte ein paarmal, als wollte er sich selbst von der Aussage überzeugen, seufzte und deutete auf meinen Kaffee. »Trink in Ruhe aus, meine Pause ist leider vorbei. Wenn du reden willst oder Sorgen hast, kannst du jederzeit herkommen, dann nehme ich mir Zeit für dich. Oder ruf vielleicht besser bei der Therapeutin an, die ich euch empfohlen habe. Und richte deinem Vater schöne Grüße aus.«

Ich nickte.

Es ist nicht deine Schuld, June.

Er stand auf.

Es war einfach ein tragischer Unfall.

Doktor Singhs Hand fiel etwas zu fest auf meine Schulter. Ich zuckte zusammen, er drückte einmal zu. Die Flügeltüren wehten ihn hinaus. Meine Augen brannten, als ich ihm hinterherstarrte.

Nicht deine Schuld ... Ein tragischer Unfall ... June ... Dann weißt du es also ...

Ich kam erst wieder zu mir, als ich an der Bushaltestelle stand, den Henkel der Krankenhaustasse noch umklammernd.

»Ah! Shit!«, fluchte ich und drehte mich Richtung Mülleimer, um zumindest den kalten Kaffee wegzukippen. Die Tasse prallte gegen einen Widerstand.

Schwarzer Kaffee schwappte auf schwarzen Hoodie.

Ich schlug mir die Hand vor den Mund und begann sofort mit dem Ärmel an dem dunklen Fleck herumzureiben.

»Verflucht. Tut mir leid! Das war wirklich ein Unfall ...«

Es war einfach ein tragischer Unfall.

Etwas stimmte nicht. Mein Kollisionspartner stand wie erstarrt da. Er sagte nichts, nur sein Hass brüllte mir entgegen. Und sein Geruch ... Ich hörte auf zu rubbeln und sammelte all meinen Mut.

Was für ein Zufall, dass ich ausgerechnet jetzt den Kapuzentypen traf und das Dare erfüllen konnte.

»Also ...« Gerade als ich genug Mut gesammelt hatte, um den Kopf anzuheben und ihm zum ersten Mal ins Gesicht zu blicken, wirbelte er herum und rannte davon.

Nicht mit mir, Freundchen! Ich werde mich heute entschuldigen, komme, was da wolle!

»Hey!« Der restliche Kaffee schwappte mir über die Hand, als ich ihm nachsetzte. Er sah sich gehetzt um, hatte jedoch einiges an Vorsprung. Er war schnell und trug keine erkalteten Heißgetränke mit sich herum. Schon nach wenigen Metern verfluchte ich mich dafür, nicht gelegentlich joggen zu gehen. Dieser Typ trainierte anscheinend für den London-Marathon. Es entging mir nicht, wie geschmeidig und leichtfüßig er sich um Autos, Fußgänger und Cafétische herumschlängelte, während meine Lunge sich verflüssigte und meine Schritte auf den Asphalt platschten, als trüge ich Schwimmflossen.

Wenn ich nur wenigstens diese verflixte Tasse loswerden könnte! Ach, wem machte ich etwas vor? Das Ding konnte mich gar nicht langsamer machen. Ich war eine Schnecke! Und er war ein Blitz.

»Warte!«, japste ich. Selbstverständlich spornte ihn das nur an, noch schneller zu rennen. Scheiße! Ich beschränkte mich aufs Atmen, für mehr Worte hatte ich sowieso keine Luft. Falls ich nachließ, würde ich ihn verlieren und das kam heute nicht infrage.

Picadilly Circus war der ideale Ort, um jemanden in dem Gewimmel aus Autos, Bussen, Touristen und schreienden Verschwörungstheoretikern abzuschütteln. Doch ich war verzweifelt und boxte mich rücksichtslos durch die Menge, die er vor mir scheinbar ungehindert durchschnitt wie ein heißes Messer die Butter. Ich hatte es Lucas versprochen, es gab kein Zurück mehr. Jetzt sah ich eh schon aus wie die absolute Stalkerin, dann konnte ich es auch wenigstens beenden. Ein für alle Mal.

Er bog in den Saint James's Park ab. Zwar hatte er da freie Bahn, um noch schneller zu rennen, dafür konnte ich ihn aber auch besser sehen. Er preschte über die Brücke auf die andere Seeseite. Ein paar Wasservögel stoben auf und ein Eichhörnchen keckerte aufgebracht, als ich ihren Weg kreuzte. Bald konnte ich wirklich nicht mehr!

Er verließ den Park in Richtung eines dieser schicken Wohngebiete. Hier würde er mir wahrscheinlich endgültig entkommen, weil ich mich auf der offenen Rasenfläche vollkommen ausgepowert hatte.

Ich sammelte meine allerletzten Kraftreserven, gab ein weiteres Mal Gas und sauste um die Häuserecke.

RUMMS!

Da lag ich. Die bescheuerte Tasse immer noch umklammert. Und vor mir stand …

»Lucas!«

Plötzlich spürte ich weder die zitternden Beine noch meine brennende Lunge. Ich sprang auf und schlang die Arme um ihn.

Ich umarmte einen Eisklotz.

Er schien nicht einmal zu atmen und es hätte mich kaum gewundert, wenn sich tödliche Stacheln durch seinen schwarzen Kapuzenpulli gebohrt hätten. Moment …

Sein Geruch …

Lucas … war … der Kapuzentyp?

Ich versuchte, die Puzzlestückchen in meinem Kopf zusammenzusetzen, doch irgendetwas passte nicht. Als ob ich versuchen würde, Teile von zwei verschiedenen Puzzles zusammenzufügen.

Bevor ich zu einem Schluss kam, explodierte der Junge in meinen Armen. Er verpasste mir einen so harten Stoß, dass ich zurücktaumelte und mir die herumschwingende (verdammte) Tasse ins Gesicht schlug. Dann ging ich zu Boden. Augenblicklich füllte sich meine Nase mit Hitze und etwas lief mir aus den Nasenlöchern. Doch ich fühlte gar keinen Schmerz.

Ich starrte nur zu dem Jungen auf, der mich so unverhohlen hasserfüllt anfunkelte, dass kein Raum für Zweifel blieb.

»Fass mich nie wieder an, klar?«

Die Stimme? Sie passte nicht. Was war hier los? Ich kannte sein Gesicht. Die dichten schwarzen Haare, die ihm in die Stirn fielen, die schlanke Nase, die etwas trotzig aufgeworfene Unterlippe. Mit hundertprozentiger Sicherheit hatte ich ihn kurz vor meinem Unfall gesehen.

Er ging einen Schritt rückwärts, die Hände von sich gestreckt mit abgespreizten Fingern, als sei ich ein gefährliches Tier. Dabei hatte er mich geschubst.

Es war einfach ein tragischer Unfall.

Und dann traten mir die Tränen in die Augen. Ich presste die Handballen so fest auf meine Lider, dass ich blaue Punkte sah. Doch das Schluchzen konnte ich nicht zurückhalten.

»Entschuldigung«, flüsterte ich.

Er sagte nichts. Vermutlich war er längst über alle Berge.

»Es tut mir ... tut mir so ... so leid.«

Mir antwortete nur das Knattern eines Motorrollers in der Ferne und sein nach wie vor eisiges Schweigen. Zögerlich ließ ich die Hände sinken. Erstaunlicherweise stand er immer noch an derselben Stelle. Seine Arme baumelten an den Seiten, als hätte ihm jemand die Muskelkraft geraubt. Überhaupt schien er kaum mehr stehen zu können. Nur ein letzter Faden von Wut hielt seinen Körper aufrecht.

Er sah mich nicht an, sondern das Blut, welches auf dem Boden vor mir ein Klecksbild auf den Asphalt gemalt hatte.

Ich glaubte, ihn mit den Zähnen knirschen zu hören.

Er atmete laut. Mehrmals. Ein. Pause. Aus. Pause. Pause. Ein ...

»Komm!« Es war mehr ein Knurren als ein menschlicher Laut.

Ich schüttelte den Kopf und das Nasenblut sprenkelte meine Hose.

»Ich sage es nur noch ein einziges Mal: Steh auf und komm jetzt. Du blutest.«

Na klar! Wieso sollte ich nicht dem bösen Wolf in seine Höhle folgen?

Und weshalb zum Teufel rappelte ich mich auf und stolperte ihm hinterher?

Er überquerte die Straße, stapfte drei Stufen hoch und schloss eine weiße Haustür mit einem dieser Messingtürklopfer in Form einer gewundenen Schlange auf. Ohne sich nach mir umzusehen, ging er hinein, ließ die Tür aber offen.

Meine Nase blutete so stark, dass selbst meine hohle Hand nicht alles auffangen konnte und ich befürchtete, in dem fremden Haus eine Schweinerei anzurichten. Darum nutzte ich kurzerhand die verflixte Tasse, die sowieso schuld an dem Ganzen war.

Im Haus war es kühl und es herrschte eine seltsame Stille. So leise war es bei uns nie. Selbst wenn keiner daheim war, knarzte irgendwo ein alter Balken oder man hörte die Vögel durch die undichten Fenster pfeifen. Seit die Haustür hinter mir ins Schloss gefallen war, drang hier nicht einmal mehr Autolärm herein.

Auf Zehenspitzen schlich ich hinter dem Jungen, der wie Lucas aussah, her. Ich fühlte mich wie ein Schmutzfleck in diesem makellosen Haus. Der Kapuzentyp schaltete keine Lampe an, doch er bewegte sich zielsicher durch den dunklen Flur. Als er die Tür zu einem Badezimmer aufstieß, fiel ein Streifen Licht in den Gang und ließ mich eine Reihe gerahmter Fotografien an den Wänden erkennen.

»Genug geglotzt?«, maulte er aus dem Bad.

Ich blieb im Türrahmen kleben. Weiße Plüschvorleger

bedeckten den gekachelten Boden, als ob ein Riese sie verstreut hätte. Betreten blickte ich auf meine schmutzigen Boots und versuchte, die Tasse zwischen den Knien balancierend, die Schnürsenkel aufzuknoten.

Er kickte die Teppiche unwirsch beiseite und winkte mich herein. »Jetzt mach schon! Und lass gefälligst die Schuhe an!«

Kopfschüttelnd zerrte ich an einem Knoten.

Er seufzte, dann zog er mit spitzen Fingern die Tasse beiseite und hielt mir stattdessen ein schneeweißes Handtuch hin. Als ich es nicht nehmen wollte, drückte er es mir mit einem genervten Laut kurzerhand ins Gesicht. Ich heulte leise auf. Wie peinlich, ich machte hier alles dreckig!

Ich fühlte eine Berührung an meinem Bein. Wegen des Handtuchs konnte ich nicht sehen, was passierte, also knüllte ich das Tuch unter der Nase zusammen und linste auf seinen vornübergebeugten Haarschopf.

Er kniete vor mir. Vorsichtig, als wären meine Schuhe aus Glas, löste er die Schnürsenkel und zog mir erst den einen, dann den anderen Stiefel vom Fuß. Seine Hände zitterten.

»Danke«, murmelte ich.

Er schüttelte nur den Kopf, öffnete ein Schränkchen und zog einen ganzen Stapel (weißer! Wer hätte es gedacht?) Waschlappen hervor. Zwei davon hielt er kurz unter den laufenden Wasserstrahl im Waschbecken. Sekunden später klatschte er mir einen in den Nacken, sodass mir das Eiswasser den Rücken hinunterrann. Ich schauderte. Er nahm mir das Handtuch weg und gab mir einen weiteren tropfnassen Lappen.

»Halt dir damit mindestens zehn Minuten die Nase zu.«

Lieber Himmel, war das alles peinlich!

Brav befolgte ich seinen Befehl und musterte ihn verstohlen, wann immer er beschäftigt war.

Es war nicht schwer, ihn zu beobachten, er wich meinem Blick fast schon krampfhaft aus. Blass war er. Und er schwitzte. Komisch, heute war einer dieser frühen Oktobertage, die sich so richtig nach Herbst anfühlten, und im Haus herrschten Temperaturen, die nach Wollsocken und heißem Tee schrien.

Vielleicht lag es an unserem Wettrennen vorhin? Unwahrscheinlich, selbst ich unsportliche Stelze schwitzte mittlerweile nicht mehr.

Als er das blutbesudelte Handtuch aufhob, krallte er sich auf einmal an den Wannenrand, sodass seine Fingerknöchel spitz hervorstachen. Sein Atem ging gepresst.

»Alles okay?«, näselte ich.

»Nicht! Sprechen!«, keuchte er. Er hatte die Augen geschlossen. Sein Körper bebte.

Ich ließ die Nase los und legte ihm im Reflex eine Hand auf die Schulter.

Er wimmerte. Dann sank er in sich zusammen.

»Shit!« Ich drehte ihn auf den Rücken und überprüfte seine Atmung. Puls hatte er zum Glück auch. Ächzend hievte ich seine Beine auf den Wannenrand. Dabei blutete meine Nase wieder los, tropfte auf seine Jeans, den Boden, überall hin. Dieses Mal war mir das vollkommen egal. Fahrig machte ich einen weiteren Waschlappen nass und tupfte ihm damit den Schweiß von der Stirn. Sollte ich ihn besser in die stabile Seitenlage drehen? Einen Notarzt rufen?

Er stöhnte und griff nach meinem Handgelenk. »Ich hab gesagt, zehn Minuten!«, murmelte er mit schwerer Zunge.

»Es wird jetzt nicht geschlafen!«, motzte ich, wobei meine Stimme zitterte.

Er klappte die Lider auf. Wenn er einen nicht gerade hasserfüllt anstarrte, hatte er eigentlich sehr schöne Augen. Dunkelgrau – fast blau.

»Nase zuhalten! Zehn! Minuten! Du blutest mir aufs Shirt, und wie du siehst, bin ich ein bisschen ... empfindlich mit Blut.«

»Ohhhh!« Ich wich hastig zurück, bis wir beide bemerkten, dass er noch immer mein Handgelenk festhielt. Er ließ mich los, als hätte er sich an mir verbrannt.

Schnell hielt ich mir wieder die Nasenlöcher zu. »Sorry, ich wusste nicht, dass du kein Blut sehen kannst ...«

Er schien seine Offenheit schon zu bereuen, denn er sprang auf und ging sofort wieder in die Knie. Ich wollte ihm helfen, doch sein Blick hielt mich davon ab.

»Vergiss es!«, zischte er. »Und halt einfach die Klappe.«

Okay. Immerhin konnte er schon wieder unfreundlich sein. »Setz dich wenigstens hin, ich räume solange alles weg, damit du es nicht sehen musst.«

Widerwillig lehnte er sich mit dem Rücken an den Wannenrand und ließ den Kopf nach hinten sinken. Sein Adamsapfel hüpfte. »Es ist mehr der Geruch ...«

Ich beeilte mich, das kleine Milchglasfenster zu öffnen und das Massaker zu beseitigen. Zwischendurch flog mein Blick ihm immer wieder zu. Wie er dort mit angewinkelten Knien saß, die Augen geschlossen, hatte er irgendetwas Verletzliches an sich, das ich ihm nach seinem ruppigen Auftreten gar nicht zugetraut hätte.

Er blinzelte, als ich unschlüssig mit den versauten Handtüchern im Arm vor ihm stehen blieb. »Lass sie einfach liegen.«

»Kommt nicht infrage! Ich wasche das raus«, verkündete ich.

Er schnaubte. »Wenn es unbedingt sein muss, stopf den Scheiß in die Waschmaschine.«

Suchend drehte ich mich in dem steril anmutenden Badezimmer um die eigene Achse. Spiegel, weiß, Spiegel, weiß, Spiegel ... Unsere Blicke trafen sich. Etwas passierte in dem Moment:

Der Junge streckte mir den Brief entgegen.

Lucas.

Lucas gab mir den Brief. Seine Augen warm und voller Hoffnung. Aus irgendeinem Grund glitt mein Blick an ihm vorbei zu dem Jungen, der im Hintergrund stand. Er schien eine Kopie von Lucas zu sein – und dann doch gar nicht. Denn während Lucas die Sonne war, war der andere der Mond.

Etwas faszinierte mich an ihm und Lucas bemerkte offensichtlich, dass ich abgelenkt war, und drehte sich um.

»Das ist mein Bruder Cole.«

»Cole ...«, wiederholte ich etwas, an das ich mich gerade erst erinnert hatte.

»Küche«, sagte Cole – und ich stürzte hinaus, dankbar, etwas Abstand zwischen uns bringen zu können.

Nach drei Anläufen fand ich schließlich den richtigen Raum. Ich stopfte die Handtücher in die Maschine, obwohl ich mir ziemlich sicher war, dass die Flecken nie wieder rausgehen würden. Darum kippte ich eine Extraportion Oxy-Powder hinterher und drehte den Temperaturregler auf 90 Grad.

Ich entdeckte eine angebrochene Colaflasche auf der Anrichte. Da ich nicht weiterschnüffeln wollte, verzichtete ich auf das Glas und klemmte mir die Flasche unter den Arm. Ein bisschen Koffein tat Cole sicherlich gut.

Cole ...

Das ist mein Bruder Cole ...

Mein Blick wurde magisch von den gerahmten Familienfotos angezogen.

Kinder.

Zwillinge!

Lucas und Cole.

Es war, wie in eine Zeitmaschine zu blicken. Die beiden Jungen, die auf jedem Foto vertreten waren, wirkten, als hätte sie jemand gespiegelt. Nur ab einem gewissen Alter bemerkte ich eine Veränderung, wodurch ich sie auseinanderhalten konnte. Während Lucas' Gesicht rund und weich war, bestanden Coles Züge auf einmal aus Kanten. Er lachte nicht mehr. Seine Augen waren stets leicht zusammengekniffen, wogegen sein Bruder scheinbar Zahnpastawerbung machte. Je älter die beiden wurden, desto deutlicher unterschieden sie sich voneinander. Cole schien immer härter zu werden. Gleichzeitig strahlte Lucas eine Unbeschwertheit aus, die ich sogar durch das Telefon spüren konnte.

Telefon!

Es war einfach ein tragischer Unfall!

Die Flasche rutschte mir aus der Hand, genau in dem Moment, in dem Cole die Badezimmertür aufstieß.

Er sah dem herumkullernden Gegenstand hinterher, als hätte er ihm etwas getan. Vermutlich galt seine Verachtung mir. Immerhin war er so nett, nur die Colaflasche mit Blicken zu töten.

Schnell bückte ich mich danach – und rumste mit der Stirn gegen seine.

»Verfickte Scheiße!«, fluchte er.

Ich biss mir auf die Lippen, um ihm nicht zuzustimmen. So redete ich normalerweise nicht, allerdings passte es echt verdammt gut zu der Situation.

Er rieb sich den Kopf, sah jedoch nicht auf. Ich dachte, dass Lucas sich zuerst nach mir erkundigt hätte. Aber Cole war nicht Lucas.

Sein Blick zuckte blitzschnell zu mir und wieder weg. Wahrscheinlich hatte ich es mir nur eingebildet. Doch dann stach er mit dem Finger in die Luft knapp unter meinem Auge (ohne hinzusehen – ein Glück, dass er meinen Augapfel verschonte) und murmelte:

»Du hast da noch was.«

»Oh ... Danke.« Hastig rieb ich mir über das Gesicht. Er konnte kein Blut sehen. Logisch, dass er mich nicht ansehen wollte, wenn ich aussah wie Gräfin Dracula nach einem Festgelage.

»Da nicht.« Er trat einen Schritt auf mich zu. »Hier.«

Sein Finger rieb an meiner Oberlippe herum.

In Filmen war das der Moment, in dem sich die Blicke der beiden verhakten, bevor sie in einem romantischen Kuss versanken.

Uhhh ... Er kratzte mir einen Blutfleck mit dem Fingernagel von der Schnute und schien eher auf den Fußboden kotzen als mich leidenschaftlich küssen zu wollen ...

Klar.

Warum lag sein Daumen dann weiterhin sanft in der Kuhle über meinem Mund?

Mein Herz hatte offensichtlich eine verspätete Schockreaktion, denn es begann zu rasen, als hätte es etwas nachzuholen.

Cole sah mich an.

Die Härte war aus seinem Blick gewichen, und was ich nun sah, war purer Schmerz.

Ich! Ich verursachte diesen Schmerz. Ich verstand den genauen Zusammenhang zwischen mir und Coles Gefühlen noch nicht, aber er ließ mir keinen Raum für Zweifel. Das einzig Richtige, was ich noch tun konnte, wäre abzuhauen. Doch ich ging nicht. Es gelang mir nicht einmal, wegzusehen.

Er öffnete leicht die Lippen. Mit einem Ausatmen schloss er sie wieder und mir entfuhr ein Seufzen. Keine Ahnung, was ich gedacht hatte. Dass er etwas sagen würde? Dass er mich küssen würde? Schnell schüttelte ich den Kopf, woraufhin er seine Hand zurückzog und mehr Abstand zwischen uns brachte, als nötig war.

»Ich leih dir ein T-Shirt. So kannst du nicht raus. Die Leute denken, du bist ein Vampir.«

»Erzähl mir was Neues...«, brummte ich. Er war bereits auf dem Weg in ein Zimmer.

Ich sollte ihn zurückrufen. Offensichtlich konnte er es kaum erwarten, mich loszuwerden, und ich hatte schon genug Chaos angerichtet. Kleidung von ihm zu tragen, fühlte sich viel zu intim an, ich würde das Shirt sowieso nicht annehmen.

Aber ich wollte nicht gehen. Außerdem war ich, wegen der positiven Erfahrung mit dem Kleid, heute tatsächlich in einem hellen T-Shirt in die Schule gegangen. Verdammter Lucas, der mich dazu brachte, mit meinen Gewohnheiten zu brechen.

Die Colaflasche war ein wenig den Flur hinuntergerollt. Ich bückte mich, um sie aufzuheben, da schwang die Tür, an der sie gelandet war, ein Stück weit auf.

Aus irgendeinem Grund wusste ich sofort, in wessen Zimmer ich durch die schmale Türöffnung spähte.

Die Decke auf Lucas' Bett war etwas zerknittert, als hätte er eben noch darin gelegen. Ich konnte ihn mir geradezu vorstellen, wie er auf der türkisfarbenen Tagesdecke lümmelte und mit mir telefonierte. Ich sah ihn vor mir die grauen Kissen in seinem Rücken zurechtknuffen und über etwas lächeln, das ich gesagt hatte.

Wie ferngesteuert betrat ich den Raum und sog jede Information in mich auf. Es roch hier nicht nach Cole. Komischerweise hing überhaupt kein Geruch in der Luft. So als wäre dies kein Jungenzimmer, sondern mehr eine … Abstellkammer.

Das mulmige Gefühl in meinem Magen nahm zu und es kam nicht nur daher, dass ich unerlaubt in einem fremden Zimmer herumschnüffelte. Doch anstatt umzukehren, bevor Cole mich erwischte, schlich ich noch weiter in den Raum.

Wohin schaute Lucas, wenn er aus dem Fenster sah? Ich zog den Vorhang beiseite und stieß dabei mit dem Fuß gegen ein kleines Tischchen, von dem prompt einige Gegenstände kullerten.

Schnell kniete ich mich hin, um sie aufzuheben. Wie peinlich, spätestens jetzt hatte ich mich verraten.

Meine Hand schloss sich um einen Briefumschlag.

Ein komischer schwarzer Rand zog sich quer um die Anschrift:

Das Adressfeld, in dem Coles Name stand – in der Handschrift meines Vaters.

Der Brief war ungeöffnet und es befand sich noch ein ganzer Stapel davon unter dem Tischchen. Allesamt adressiert an Cole.

Ich erkannte das Papier sofort, es war das, was Pops für seine erlogenen »Abrechnungen« benutzt hatte.

Was stand darin? Warum schrieb mein Vater Cole Briefe, die dieser nicht las, aber hier aufhob?

Mit zitternden Fingern legte ich den Umschlag zurück, und obwohl sich mir die Nackenhaare aufstellten, kroch mein Blick zu den restlichen Gegenständen auf dem Tischchen.

Es war eine wilde Mischung aus Kaugummiautomatenringen, zerknickten Fotos von den lachenden Zwillingen, Comicstrips, einem Basketballschlüsselanhänger, hastigen Notizen auf Bonbonpapierchen in krakeliger Kinderschrift. Schätze, deren Bedeutung nur dem Besitzer bekannt waren.

Ein Zeitungsausschnitt.

SIEBZEHNJÄHRIGER RETTET MÄDCHEN
VOR HERANRASENDEM AUTO UND BEZAHLT MIT DEM LEBEN.

Es gibt Momente, da fließt die Zeit wie Sirup aus einer Flasche mit enger Öffnung.
Tropf.
Tropf.
Tropf.
Mein Puls schleppte sich durch die Adern.

Ich versuchte die Worte zu lesen, doch nichts davon erreichte mein Gehirn. Es fühlte sich an, als wäre alles in japanischen Hiragana geschrieben.

Trotzdem starrte ich so lange auf den Artikel, bis sich mir jeder Satz einprägte und ich alles auswendig konnte, selbst wenn ich nichts davon verstand.

Siebzehnjähriger rettet Mädchen ...

Es standen keine Namen dabei. Nur ein Datum. Der Tag meines Unfalls. Die Kreuzung, an der es passiert war. Der Bruder als Augenzeuge. Fahrerflucht. Der Junge starb noch an der Unfallstelle.

Der Junge starb noch an der Unfallstelle.

Der Junge starb noch an der Unfall–

Der Schmerz brach mit einem Schrei aus meiner Brust.

KAPITEL 5

*COLE

Ich stand vor meinem Kleiderschrank und fragte mich, warum ich allen Ernstes überlegte, welches Shirt ich ihr geben sollte. Das letzte, dreckigste Scheißshirt wäre noch zu gut für sie!

Weshalb zog ich dann mein geliebtes Slipknot-Shirt heraus?

Wieso???

Aus welchem Grund hatte ich sie überhaupt mit hierher genommen? Damit hatte es angefangen und zu allem Übel schien sie auch noch ... ganz in Ordnung zu sein ... Urgs!! Sie musste verschwinden, und zwar schnellstmöglich. Ich begann schon blöd im Kopf zu werden. Sie musste raus hier, raus! Bevor Eomma kam und sie sah. O Gott! Nicht auszudenken.

Ich mochte sie nicht und es war mir egal, was für ein Shirt sie trug, das Slipknot-Ding war mir eben als Erstes in die Hand gefallen. (War es nicht. Ich hatte es von ganz unten hervorziehen müssen ...) Ich würde jetzt da rübergehen, total cool, ihr das Shirt geben und –

Nebenan rummste es.

Alles in mir erstarrte zu Eis.

In diesem Zimmer neben meinem war niemand mehr. Keiner durfte dort hinein außer mir und meiner Mutter.

Keiner!

Heiße Wut brodelte in mir hoch. Diese miese Schlange hatte sich in mein Haus eingeschlichen, um in Lucas' Zimmer herumzuschnüffeln! Wie wenig Anstand konnte eine Person haben? Ausgerechnet *sie*, die an allem schuld war!

Schon stand ich in Lucas' Türrahmen. Ich würde keine Gnade walten lassen, es gab nichts mehr, was sie jetzt noch vor meinem Hass schützen konnte. Wenn sie auch nur Lucas' Namen erwähnte, würde ich sie kaltmachen!

Sie kniete vor dem Schrein.

In dem Moment wirkte sie kleiner, als sie eh schon war.

Der Zeitungsartikel zitterte in ihrer Hand. Als ob sie nicht haargenau wüsste, was passiert war!

Wieder packte mich der Zorn, schüttelte mich so fest, dass ich mich an die Zarge klammern musste, um ihr keinen Faustschlag zu verpassen. Warum stand ich überhaupt noch hier, anstatt sie anzubrüllen, wie sie es verdiente? Diese widerliche ...

Sie stieß einen Schrei aus, der mir durch Mark und Bein ging. Ich brauchte nicht in ihr Gesicht zu sehen, um ihren Schmerz zu spüren. Denn ich kannte ihn.

Dieser Schrei steckte mir seit sieben Monaten im Hals fest.

Als der seelenwunde Laut verklungen war, brach sie in Tränen aus.

Lucas hätte keine Sekunde gezögert. Er wäre hineingegangen und hätte das Mädchen, das ihn umgebracht hatte, getröstet.

Er hatte immer ein frisches Papiertaschentuch dabei, das er den Mädchen dann beiläufig anbot. Kurz darauf hingen sie meist an seinem Hals und redeten sich den Kummer von der Seele, während er ruhig und Lucas-typisch hyperaufmerksam zuhörte.

Und ich? Ich überlegte, ob ihr eine Ohrfeige vielleicht helfen würde. Oder mir?

Keine Ahnung, wie lange ich da idiotisch herumstand und versuchte, mich zu entscheiden. Irgendwann schlich ich in mein Zimmer zurück. Die Tür ließ ich angelehnt, warum, wusste ich selbst nicht. Denn dass sie nach der Aktion verschwand, war klar. Hoffentlich.

Das Slipknot-Shirt umklammerte ich immer noch, wie das Seil eines Rettungsankers.

*JUNE

Lucas war tot.

Er war tot – und es war meine Schuld!

Es stand hier schwarz auf weiß. Eigentlich sollte mich das überhaupt nicht überraschen. Wäre ich nicht mit Scheuklappen durch die Gegend gerannt, hätte ich es längst durchschauen müssen. Der Junge, der mit mir über einen blinden Anschluss telefonierte und nur existierte, wenn ich anrief. Pops Reaktion und die des Arztes. Und Cole, der alles mitangesehen hatte …

O mein Gott, Cole!

Natürlich hasste er mich! Zu Recht!

Wieder brach ich in Tränen aus. Ich weinte um Lucas und um Cole und über meine Dummheit und weil ich nicht wusste, was ich jetzt tun sollte.

Als ich aufsah, dämmerte es draußen. Alles in mir drängte darauf, mich aus dem Haus zu schleichen und am besten den Kontinent zu wechseln. Denn es gab keine Entschuldigung für das, was ich getan hatte, und ich konnte Cole nicht mehr unter die Augen treten. Ich hatte ihm den

Bruder genommen! Wie könnte ich darauf hoffen, dass er es für einen Unfall hielt, wie Dr. Singh gesagt hatte?

Doch trotz allem führten mich meine Schritte zögerlich zu der Tür, hinter der Cole zuvor verschwunden war, als er mir ein T-Shirt holen wollte.

Das musste Stunden her sein. Garantiert wusste er schon die ganze Zeit, wo ich war. Warum hatte er mich nicht längst rausgeworfen? Meine Anwesenheit in diesem Zimmer war für ihn bestimmt unerträglich!

Ich straffte die Schultern. Egal, wie sinnlos es war, ich musste mich bei ihm entschuldigen. Wenn er mich ließ, würde ich ihm erklären, warum ich mich nie gemeldet hatte. Darauf wagte ich allerdings nicht einmal zu hoffen.

Vorsichtig schob ich die Tür auf.

Sein Zimmer war von Aufteilung und Größe her so wie das von Lucas, doch da endeten die Gemeinsamkeiten auch schon. Während bei Lucas alles ordentlich und einladend aussah, wütete hier das Chaos. Dunkle Kleider quollen aus Schränken, Socken lümmelten auf Stuhllehnen, der Papierkorb quoll über. Die Wand war ein Moodboard voller Horrorcomics, Mangahelden, geschminkter Musiker in Leder, Totenköpfe und feuerspeiender Drachen.

Er saß auf dem Bett, die Beine lang ausgestreckt, den Hinterkopf an die Wand gelehnt. Mit geschlossenen Augen lauschte er harten Beats, die trotz der Kopfhörer zu mir herüberdrangen.

Auf den ersten Blick wirkte er unvorstellbar cool – ein Rockstar oder ein Model aus einem Magazin. Abgebrüht. Entspannt. Selbstbewusst.

Aber ich sah, wie seine Lider mit den dunklen Wimpern flatterten, als würde er versuchen, Tränen zu unterdrücken. Seine Kiefermuskeln zuckten, als er wieder und wieder die Zähne zusammenbiss. An seinen Fäusten traten die Fingerknöchel weiß hervor. Und der Schmerz, den er ausstrahlte, war so laut, dass ich mir unwillkürlich an die Brust fasste.

Meine Bewegung musste ihn aufgeschreckt haben, denn er schlug die Augen auf und musterte mich, ohne den Kopf zu drehen.

Ich blieb stehen.

Er regte sich genauso wenig und wir starrten uns eine Weile einfach nur an.

Es erinnerte mich an den Moment, in dem ich ihn über Lucas' Schulter hinweg entdeckt hatte. Auch damals war durch unseren Blickwechsel diese atemlose Spannung entstanden, für die ich keine Worte hatte. Während Lucas mich sofort in einen Wohlfühlzustand versetzte, in dem ich mich entspannte und mir sämtliche Sorgen frei von der Seele redete, herrschte zwischen Cole und mir eine Art straff gespanntes Drahtseil. Sobald einer eine falsche Bewegung machte, riss unser Halt.

Dabei war ich längst abgestürzt und in der Hölle aufgeschlagen. Ich riss meinen Blick von ihm los und deutete fragend auf einen Sessel, die einzige Sitzgelegenheit des Zimmers – außer dem Bett.

Er zuckte die Schultern, was besser war, als ich erhofft hatte. Also trat ich ein. Unbeholfen blieb ich vor dem Klamottenberg stehen, der sich auf dem Sessel türmte. Er machte keine Anstalten, ihn wegzuräumen, darum hob ich kurzerhand alles hoch und warf es auf den Boden.

Dabei rutschte ein Blatt zwischen den getragenen Hoodies und T-Shirts (allesamt schwarz, wie Lucas mir bereits erzählt hatte) heraus. Cole schwang die Beine vom Bett und schob mit dem Fuß eine Jeans darüber, aber ich hatte meine Zeichnung aus dem Comic trotzdem erkannt. Er hatte sie also behalten! Weshalb?

Coles Wangen färbten sich einen Hauch rosa und er wandte sich hastig ab. Mein dummes Herz machte einen Satz. Ihn verlegen zu sehen, war zu viel für mich und ich merkte, wie auch mein Gesicht unangenehm heiß anlief. Zum Glück sah er in eine andere Richtung, deshalb fächerte ich mir verstohlen Luft zu.

Cole setzte die Kopfhörer ab.

In Gedanken probte ich die Sätze, die ich ihm sagen wollte. Doch meine Zunge fühlte sich zu groß an für meinen Mund und klebte am trockenen Gaumen.

Er zupfte sich an der Unterlippe herum. Es war ein Wunder, dass er mich bisher noch nicht angebrüllt hatte. Im Moment schien er genauso wenig zu wissen, was er sagen sollte, wie ich. Der Kopfhörer lag auf dem Kissen und plärrte weiter für niemanden.

»Was hörst du da?«, fragte ich und stöhnte innerlich über meine dämliche Frage. *Small Talk, June? Ehrlich?*

Er zuckte mit den Schultern. Das tat er wohl öfter. »Dir En Grey.« Weil ich offensichtlich nichts damit anfangen konnte, fügte er hinzu: »Japanische Metalband.«

Ich linste erneut zu den Headphones hinüber.

Er schüttelte leicht den Kopf, warf mir aber dennoch das schwarze Teil entgegen. Anscheinend wusste er selbst nicht, warum er das tat.

Ohne zu zögern, stülpte ich mir den Kopfhörer über. Das Schlagzeug knallte mir mit solcher Wucht auf die Trommelfelle, dass ich zusammenfuhr.

Coles Mundwinkel zuckte. Bestimmt machte er sich über mich verweichlichten Möchtegerngruftie lustig. Na, so schnell ließ ich mich nicht in eine Schublade stecken.

Ich presste die Hände auf die Kopfhörer. Jetzt hörte ich unter der aufwendigen Gitarrenmelodie eine tiefe Linie, die das ganze Lied zu tragen schien. »Der Bassist ist genial!«

Coles Augenbrauen zuckten nach oben.

Vermutlich hatte ich geschrien, doch das war mir egal. Ich schloss die Augen und ließ die Gewalt der Musik auf mich wirken. Sie war brutal wie Faustschläge ins Gesicht, gleichzeitig immer wieder melodisch und manchmal sogar sanft. Der Sänger hatte eine erstaunliche Stimme. Jedenfalls, wenn man – wie ich – davon ausgegangen war, dass Metalsänger nur brüllen konnten. Das sagte ich Cole allerdings nicht. Je länger die Musik auf mich einprasselte, desto mehr spürte ich, wie die Qual der letzten Stunden, die Angst, die Schuldgefühle und die Trauer abebbten. Die harten Klänge verprügelten quasi meine schlechten Gefühle und ließen mich zur Ruhe kommen.

Ich sah Cole an.

Er hielt meinem Blick stand und ich hoffte, er las daraus, was ich ihm sagen wollte.

Ich verstehe dich. Es tut mir unendlich leid. Ich finde nicht die richtigen Worte und ich habe Angst, das Falsche zu sagen, möchte aber auch nicht schweigen. Danke, dass du mich hereingelassen hast. Danke für die Chance. Ich mag deinen Bruder sehr ...

*COLE

Sie saß wie die Prinzessin auf der Erbse inmitten meiner getragenen Klamotten und hörte bereits das dritte Lied von Dir En Grey. Wahrscheinlich schlug sie nur Zeit tot, trotzdem beeindruckte mich irgendwie, dass sie sich nicht davongestohlen hatte. Sie hörte ernsthaft Deathcore! Das mitanzusehen, war zugleich lustig und cool. Ich hätte es ihr nie zugetraut und keines der Mädchen, die ich kannte, hätte sich mehr als zwanzig Sekunden von Kyos Growlattacke angetan. Nicht einmal, wenn sie mir unbedingt gefallen wollten. Und dass June mit mir flirtete, bezweifelte ich.

June ...

Ich hatte sie noch nie so genannt. Es schien mir zu nett, sie bei einem Namen zu nennen, der nach Frühling und Sonnenschein klang, während sie nach Winter aussah und den Tod brachte.

Innerlich ärgerte ich mich über den letzten Gedanken. Vielleicht würde es mir guttun, nicht an Lucas zu denken, solange sie hier war.

Guter Witz! Sie war so eng mit Lucas verknüpft, dass es unmöglich war, sie von ihm zu trennen.

»Der Bassist ist genial!«, sagte sie und erschreckte mich. Das hatte sie bestimmt aufgeschnappt und plapperte nun irgendjemandem nach, oder? Nie im Leben hörte sie die Bassgitarre heraus. Und eine Meinung hatte sie dazu schon gar nicht ... Allerdings spielte Toshiya einen grandiosen Bass!

Ich nutzte den Moment, in dem sie in die Musik versunken schien, um sie ungestört anzusehen.

Ihre Augen waren gerötet vom Weinen, die Wangen glänzten von getrockneten Tränen, allerdings ohne Spuren verlaufener Wimperntusche. Mit der Schneewittchenhaut, den pechschwarzen Wimpern und den dunklen Schatten unter den Augen hätte ich geschworen, sie wäre eine Goth-Chick mit spachteldicker Schminke im Gesicht. Doch das schien alles Natur zu sein. Vielleicht schlief sie genauso schlecht wie ich ... Nein. Bestimmt nicht. Sie hatte kein Gewissen, dafür hätte ich meine Hand ins Feuer gelegt.

June sah mir direkt in die Augen und es gelang mir schon wieder nicht, wegzusehen. Ihr Blick erschütterte etwas in mir. Verkrampft angelte ich nach Wissen, das ich mir monatelang eingeredet hatte, klammerte mich an Überzeugungen, die mich über Wasser gehalten hatten, damit ich nicht in meiner Trauer ersoff.

Sie ist ein Dämon. Sie hat Lucas umgebracht. Ich hasse sie mehr als irgendjemanden auf der Welt. Ich werde ihr niemals verzeihen! Sie ist kaltherzig und schamlos. Sie hat sich nicht auf der Beerdigung blicken lassen, lebt unbeschwert ihr Leben weiter, während meins für immer zerstört ist. Es ändert rein gar nichts, dass sie jetzt um meinen Bruder heult, sie kannte ihn ja gar nicht. Sie tut sich nur selbst leid. Er wusste nicht einmal ihren Namen. Die beiden haben nur ein paar Worte miteinander gewechselt. Sie verdient es nicht zu leben, wenn er tot ist. Ich hasse sie. Ich hasse sie. Ich hasse –

»Ich traue mich nicht, dich um Verzeihung zu bitten, aber wenn du mich lässt, würde ich gern erklären, warum ich erst jetzt komme.«

Sie schaffte es immer wieder, mich zu schockieren.

*JUNE

Cole sah aus, als würde er gleich wieder umkippen. Er schluckte ein paarmal und sah weg. Ganz eindeutig wollte er weder reden noch zuhören. Es wäre selbstsüchtig von mir, wenn ich ihn zwingen würde, mich anzuhören. Gleichzeitig befürchtete ich, dass ich die Gelegenheit nie wieder bekommen würde. Ich war zu dem Schluss gekommen, dass Pops ihm meinen Zustand in den Briefen geschildert und sich vermutlich in meinem Namen entschuldigt haben musste. Aber Cole hatte die Umschläge nie geöffnet. Genauso wenig würde er also einen Brief von mir lesen und noch mal ließ er mich garantiert nicht ins Haus.

Ich dachte an Lucas und was er mir raten würde. *Er wüsste, was zu tun ist.* Klar. Cole war sein Bruder.

Ein Auto fuhr in die Einfahrt und warf ein weißes Scheinwerferviereck auf den Parkettboden vor dem Fenster. Coles Schultern spannten sich an. Garantiert wollte er ebenso wenig wie ich, dass seine Eltern mich hier entdeckten.

Der Moment, in dem wir uns anstarrten und zu einer wortlosen Übereinkunft kamen, dauerte bestimmt nur Sekunden, fühlte sich aber deutlich länger an.

»Du kannst durch die Hintertür über den Garten raus«, sagte er.

Garantiert hatte er schon früher Freundinnen hinausgeschleust. Seine. Nicht Lucas'. Und ich war keine Freundin – im Gegenteil.

Frustriert packte ich meine Sachen zusammen, während Cole ins Bad huschte und mir auf dem Weg nach draußen unsanft meine Boots an die Brust drückte. An der Hintertür schlüpfte ich in die Schuhe, ohne die Schnürsenkel zu binden, und floh durch den schmalen Grünstreifen, der die Villa umschloss.

Das Schicksal hatte nicht gewollt, dass ich mich bei ihm entschuldigte.

Die Wege des Schicksals sind unergründlich. Dieser Spruch stimmte wohl. Als ich auf der Straße stand und Pops anrufen wollte, weil ich den letzten Bus verpasst hatte, bemerkte ich, dass ich in der Hast mein Handy in Coles Haus verloren hatte.

Aus sicherer Entfernung sah ich, wie die Frau von den Fotos im Hausflur aus einem weißen Auto stieg. Sie war immer noch atemberaubend schön, doch ihr pechschwarzes Haar durchzogen nun graue Strähnen und ihre Schultern wirkten, als würde sie permanent einen schweren Rucksack tragen. Sie blickte zu dem dunklen Fenster von Lucas' Zimmer. Aus dem Haus drang laute Musik. Sie seufzte und schien sich innerlich zu wappnen, bevor sie das Auto abschloss und die drei Stufen zur Haustür hinaufging.

Erneut spürte ich einen scharfen Schmerz in der Brust, als ich darüber nachdachte, was ich dieser Familie angetan hatte.

Unter keinen Umständen würde ich klingeln und mein Handy zurückfordern. Seufzend machte ich mich auf den Weg, Pops von einem öffentlichen Telefon aus anzurufen.

* * *

Pops fragte nicht nach, als er mich von der Bushaltestelle abholte, obwohl er meine verheulten Augen selbst im fahlen Licht der Straßenlaternen sah.

Neulich hatte es mich gestört, dass er nicht nachhakte, doch dieses Mal war ich froh darum, in Ruhe gelassen zu werden.

Ich brachte es auch nicht über mich, Lucas anzurufen, selbst wenn ich ihn damit seinen Albträumen auslieferte. Erstens wusste ich nicht, was ich sagen oder wie ich ihm verschweigen sollte, dass er ein Geist war ... Und zweitens schien es mir im Moment einfacher, ihn glauben zu lassen, ich hätte Cole nie kennengelernt.

Sofort meldete sich mein schlechtes Gewissen aus allen Ecken und ich hielt mir die Ohren zu, als ob ich es dadurch stumm schalten könnte.

Der Wind heulte ums Haus, zischte und pfiff durch die Ritzen im Gemäuer, Äste kratzten an den Fensterscheiben, Regen trommelte aufs Dach. Die Stimmung lud zu Tarotkarten und Kerzenschein ein. Es war eine Geisternacht, wie ich sie sonst eigentlich liebte. Pops schlug sogar ein spontanes Geisterdinner vor, vermutlich, um mich aufzuheitern.

Doch mir war nicht danach. Ich verdiente keine Aufmunterung. Daher lag ich einfach nur im Bett und hieb abwechselnd die Fäuste ins Kissen und ließ die Daunen meine Tränen schlucken.

*COLE

Ich hatte das Slipknot-Shirt immer noch in der Hand, als Eomma den Kopf zur Tür hereinstreckte und mir über die Musik ein Hallo zurief.

Verdammt, ich hätte es June geben sollen, selbst wenn es mein Lieblingsshirt war. Ich trug es ja sowieso nicht mehr, weil ich nicht an den Tag erinnert werden wollte, an dem ich es zuletzt angehabt hatte ... Darum lag es auch ganz unten im Schrank. Der klägliche Versuch, meine Erinnerungen mit gefalteten Kleidungsstücken zuzudecken.

Warum war ich nur immer wieder so ein unglaublicher Schwächling?

Frustriert über mich selbst, warf ich das Shirt auf den Kleiderhaufen, wodurch der Berg aus schwarzem Stoff ins Rutschen geriet und sich alles auf dem Fußboden verteilte. An sich war es kein großer Unterschied, ob die Sachen nun am Boden vor sich hin gammelten oder auf dem Sessel. Trotzdem entschied ich in einem kurzen Moment geistiger Umnachtung, heute mal ausnahmsweise ein guter Sohn zu sein und aufzuräumen. Eomma hatte gestresst gewirkt, obwohl sie versuchte, es sich nicht anmerken zu lassen.

Meine Mutter war wie eine störrische Ähre im Wind, spindeldürr und doch so hart, dass der Sturm sie zwar bis zur Erde biegen konnte, sie aber nie abbrach.

Mit bleischweren Knochen, wie die eines uralten Mannes, rappelte ich mich vom Bett hoch und drehte die Musik leiser. Ich raffte Klamotten in meinem Arm zusammen.

Ein Scheppern auf dem Parkett schreckte mich auf. Dort lag ein Handy. Es war alt und der Sturz hatte höchstens einen weiteren Kratzer auf dem Display hinzugefügt, es würde kaum auffallen. Trotzdem nistete sich bei dem Anblick des Telefons ein Feuersalamander in meinem Magen ein.

Die hässlichen, angefressen aussehenden Aufkleber auf der Rückseite brauchte ich nicht, um das Handy eindeutig June zuzuordnen.

Hatte sie versucht, mich auszuspionieren? Vielleicht war das ihr Zweithandy, auf das sie verzichten konnte, während sie auf einem neuen iPhone durch Instagram scrollte. Doch irgendwie passte das nicht zu dem Mädchen, das in Lucas' Zimmer geweint hatte und den Bassisten von Dir En Grey mochte. Dieses Handy war so sehr June. Trotzdem roch das Ganze nach einer Falle. Hatte sie ihr Telefon mit Absicht hiergelassen, um erneut herumzuschnüffeln? Baggerte sie jetzt mich an, nachdem Lucas tot war? Lebender Zwilling gegen toter Zwilling, ein guter Tausch für eine Schwarze Witwe.

Ohne es steuern zu können, schwappte eine Welle aus Bitterkeit über mich. Ich hatte gleich gewusst, dass dieses

Mädchen Ärger bedeutete. Schon an *dem* Tag! Wieso starrte sie *mich* an, wenn Lucas ihr einen Liebesbrief gab? War ihr ein Mann nicht genug?

Aber mich bekam sie nicht! Ich spielte nicht mit!

Wütend stürmte ich aus dem Zimmer. Mit wenigen Schritten war ich bei meinem Lucas-Schrein angelangt und grapschte nach den Briefen, die ihr Vater mir geschickt hatte.

Ha! Der war kein Stück besser! Wie die Tochter, so der Vater. Als ob sein gequälter Gesichtsausdruck auf der Beerdigung echt gewesen war. Meine Hände zitterten, als ich die Adresse auf dem Brief abfotografierte. Ich brauchte mehrere Anläufe und war hoch konzentriert. Darum bemerkte ich meine Mutter nicht, die hinter mir ins Zimmer gekommen war.

Sie starrte auf den Brief in meiner Hand und ihre Unterlippe bebte.

»Cole …«, hauchte sie und räusperte sich mehrfach. »Lass dir Zeit.« Eomma schwebte hinaus. Ihre Schritte waren leichter als vorhin und mit einiger Verzögerung kapierte ich, was hier abging.

Sie dachte, ich würde diesen Schwachsinn lesen!

Deshalb durchkämmte sie jedes Mal den Papiermüll und angelte die ungeöffneten Umschläge von Peter Jones heraus. Weil sie hoffte, dass ich irgendwann bereit wäre, seine Entschuldigung anzunehmen, legte sie mir die Briefe ständig wieder auf den Schrein.

Bisher hatte mich das genervt und geärgert. Wenn ich das verlogene Geschreibsel nicht lesen wollte, hatte sie das zu akzeptieren. Sie jetzt so froh darüber zu sehen, machte mich gleichzeitig noch wütender und hilfloser.

Ich! Würde! Diese! Scheiße! Nicht! Lesen!

Am liebsten hätte ich den Stapel verbrannt. Allerdings

hatten Feuer und ich keine gute Beziehung, und wenn ich daran dachte, was für ein Schlag das in Eommas Gesicht wäre, ließ ich es lieber bleiben.

*JUNE

Der Spätsommer war in den Herbst abgesoffen. Obwohl mir die nasse Kälte des Bodens in den Hintern biss, blieb ich auf der verwitterten Steinmauer vor der Telefonzelle sitzen, anstatt hineinzugehen. Natürlich konnte ich es nicht ewig vor mir herschieben, nur war mir während der unendlich schlaflosen Nacht nicht eingefallen, wie ich Lucas schonend beibringen konnte, dass er ... tot war.

Dafür bot mir meine Feigheit von gestern die perfekte Ausrede: Lucas würde davon ausgehen, dass ich das Dare verkackt und deshalb nicht angerufen hatte. Wenn ich ihn in dem Glauben ließ, musste ich ihm zumindest nichts von Cole erzählen. Nicht gleich jedenfalls.

Allein der Gedanke, ihn schon wieder zu belügen, trieb mich in den Wahnsinn. Doch es ging einfach nicht anders. Ihm alles auf einmal zu sagen, war zu viel. Verschwieg ich jedoch Cole, schwankte das ganze Gerüst, auf dem ich zu der Verkündung seines Ablebens herumkletterte ... O Mann! Am liebsten hätte ich Lucas gar nicht angerufen. Konnte er Zeit überhaupt einschätzen, während er im Albtraum hing? Vielleicht war es egal, wenn ich noch einen Tag länger ...

Nein! Nein, nein, nein! Ich würde nicht feige sein. Das schuldete ich Lucas. Schließlich war er meinetwegen tot und deshalb war es meine Aufgabe, ihm das mitzuteilen. Ich war die einzige Person, die es ihm sagen konnte!

Jetzt gleich!

Oder sollte ich erst noch mal in die Stadt fahren und versuchen, mein Handy wiederzubekommen? Ich hatte darauf angerufen. Es war nur die Mailbox drangegangen. Wahrscheinlich hatte der Akku den Geist aufgegeben. Ich bekam Bauchschmerzen, sobald ich daran dachte, wie Cole reagieren würde, wenn ich erneut vor seiner Tür stand. Garantiert hatte er gehofft, mich nie wiederzusehen …

*COLE

Der Arsch der Welt war kein Ausdruck für dieses Kaff. Ich wusste gar nicht, dass man derart abgelegen wohnen und trotzdem in London zur Schule gehen konnte.

Ich hatte nicht mal gewusst, dass man *überhaupt so* leben konnte. Das Cottage war winzig. Drei Mal war ich daran vorbei gegangen, weil ich es für einen Schafstall hielt. Vielleicht war es das auch mal gewesen. Okay, möglicherweise wirkte es kleiner durch die Unmengen an Grünzeug, die das Haus wie ein Urwald überwucherten. Anstatt idiotische Briefe zu schreiben, die keiner lesen wollte, hätte Junes Vater lieber mal die Heckenschere schwingen sollen. Oder noch besser: eine Kettensäge.

Als ich jetzt vor der Holztür stand, deren weißer Anstrich unter einem Rosengewächs abblätterte, kam mir mein Plan plötzlich dumm vor. Ich hätte ihr das Handy mit der Post schicken können. Auf keinen Fall würde ich die Kordel ziehen, die eine *Kuhglocke* über der Tür betätigte. Am besten legte ich das Telefon hier hin und sah zu, dass ich mich aus dem Staub machte, ehe …

»Cole, nicht wahr?«

O Gott! Nein, nein, nein! Ich hatte gehofft, nicht ausgerechnet auf diesen Typen zu treffen.

»Ich bin Peter«, sagte Junes Vater und ich unterdrückte den Wunsch, die Augen zu verdrehen, und starrte ihn nur stumm wie ein Fisch an. Bestimmt lud er mich gleich auf eine Tasse Tee oder so einen Scheiß ins Haus ein und drückte mir ein Gespräch über Lucas aufs Auge.

Nein! Danke!

Peters Blick rutschte zu Junes Telefon in meiner Hand. Er nickte einmal ganz langsam. »Aha«, sagte er und seine Schultern sanken herunter. »Ich zeig dir, wo sie ist.«

Ich ging nur mit, weil ich unter Schock stand. Und weil er nicht ins Haus marschierte, sondern einen zugewachsenen Gartenpfad einschlug.

War ich neugierig? War das der Grund, warum mein Herz davongaloppierte?

Der Weg – der kaum als solcher zu erkennen war – schlängelte sich unter Trauerweiden, zwischen Rosenbüschen und rostigen Zaunelementen, die die Natur erobert hatte, hindurch. Ich kam nicht umhin, mir einzugestehen, dass diese wilde Romantik einen gewissen Charme besaß. Vielleicht war es doch ganz gut, dass dieser Peter keine Kettensäge bedienen konnte.

Es fing an zu nieseln und ich schlug die Kapuze hoch. Das war mir eh lieber, damit zeigte ich dem Vater und seiner Tochter deutlich, dass ich in Ruhe gelassen werden wollte.

Peter blieb stehen und deutete mit dem Kinn auf eine schwarz gekleidete Gestalt, die ein paar Meter von uns entfernt auf einer Mauer hockte. Die Knie bis zur Brust angezogen, umarmte June ihre Schienbeine, das Kinn auf die Unterarme gestützt, und starrte ein seltsames Gartenhäuschen an, als sei es das Orakel von Delphi.

Ohne ein weiteres Wort ließ Peter mich allein. Mit ihr. In einem Garten.

Hatte der Kerl denn keine Angst, dass ich seiner Tochter das Genick umdrehte für das, was sie mir angetan hatte?

Unsicher starrte ich ihm einen Augenblick hinterher. Jeder normale Mensch hätte doch jetzt alles ausgesprochen, was er mir seit Monaten schrieb. Bestimmt wusste er, dass ich die Briefe nicht las. Er hätte sich seine Entschuldigungen und den ganzen Kram also jetzt von der Seele reden können. Doch er hatte nichts gesagt. Nicht mal etwas zu June. Kein Wort!

Warum?

June bemerkte mich nicht und ich blieb noch einen weiteren Augenblick stehen, um sie zu beobachten.

Ihre Haare kräuselten sich von der Feuchtigkeit und auf ihren Schultern bildete der Regen dunkle Flecken. Dennoch sah sie nicht aus, als würde sie bald aufstehen.

Was für ein Mensch war June Jones, dass sie bei diesem Kackwetter lieber im Garten saß und grübelte, als es sich im Haus gemütlich zu machen?

Ich nahm all meinen Mut zusammen und beschloss, es herauszufinden. Vielleicht musste ich mit ihr klarkommen, damit ich mit diesem leidigen Kapitel abschließen konnte.

Obwohl ich mich keinen Millimeter bewegt und auch nicht das leiseste Geräusch gemacht hatte – ich traute mich ja nicht einmal, anständig zu atmen –, fuhr sie herum, als hätte ihr irgendetwas meine Anwesenheit verraten.

Sie riss die Augen auf, als würde ein Gespenst vor ihr stehen ... und wahrscheinlich dachte sie auch einen Augenblick, ich sei Lucas. Denn kurz darauf atmete sie aus und schüttelte den Kopf.

»Cole«, sagte sie nur.

War sie enttäuscht? Es gelang mir weder, ihren Gesichtsausdruck, noch die Tonlage zu deuten. Vermutlich lag das daran, dass ich zu sehr damit beschäftigt war, einen Regentropfen anzustarren, der sich gerade von ihrer Nasenspitze auf den letzten Flug seines Lebens vorbereitete. Er fiel auf ihre Unterlippe, die etwas hervorstand. Schnell schloss ich meine Finger in Fäuste ein, damit sie nicht auf dumme Ideen kamen.

June schien weder den Tropfen, der jetzt auf ihrer Lippe glänzte, noch etwas von meinen verrückten Gedanken zu bemerken.

»Dein Dad hat mich reingelassen ...«, krächzte ich heiser. Garantiert bekam ich eine Erkältung. »Äh, raus ... also ...«

Sie hob eine Augenbraue. Ja, schon gut, ich fand mein Gestammel auch unerträglich!

»Hier!« Ich streckte ihr das Telefon entgegen. »Das hast du *vergessen*.« Dass ich das letzte Wort bissig sagte, war keine Absicht. Sie sah trotzdem verletzt aus und ich hätte mich selbst in den Arsch kicken können.

»Danke, dass du es mir vorbeigebracht hast.« Sie klang ebenfalls verschnupft.

Himmel, es war leichter, sie zu hassen, als zu versuchen, ein normales Gespräch mit ihr zu führen. Doch ich tat das für Lucas. Er hätte gewollt, dass ich ihr eine Chance gab. Nicht, dass sie eine verdiente. Und dennoch ...

»Ich wusste nichts von dem Unfall.«

Es fühlte sich an, als hätte ich mir ein paar Wirbel ausgerenkt, so heftig riss ich den Kopf zu ihr herum. »Was?«

Anstelle einer Antwort rückte sie ein wenig auf der Mauer zur Seite und überließ mir die ›trockene‹ Stelle. Keine Ahnung, warum ich mich hinsetzte, meine Knie hielten jedenfalls kaum mehr durch.

»Eigentlich stimmt es nicht ganz. Ich weiß, dass ich einen Unfall hatte. Nur hat mir niemand erzählt … ich meine … ich wusste nichts von Lucas.«

Ich kniff die Augen zusammen und versuchte, zu verstehen, was sie sagte.

»Als ich aufgewacht bin, konnte ich mich an nichts erinnern. Man nennt das retrograde Amnesie.«

»Wie praktisch!« O Mann. Ich war ein Arschloch. Tatsächlich beneidete ich sie. Was gäbe ich dafür, den Anblick von Lucas' zerbrochenem Körper auf der Straße aus dem Gedächtnis löschen zu können? Alles! Ich gäbe *alles* dafür, vergessen zu können.

Sie schniefte. Ich traute mich nicht, hinüberzusehen, aus Angst, sie könnte weinen. Was sollte ich dann machen? Am besten gehen, vermutlich. Ich war garantiert der Letzte, der sie trösten konnte.

Doch irgendwie wollte ich sie genauso wenig hier im Regen sitzen lassen. Seit wann war ich zum Gentleman mutiert? Das war Lucas' Part, nicht meiner!

»Vielleicht solltest du lieber da drüben sitzen, in diesem … äh … ist es ein Gartenschrank?«, schlug ich halbherzig vor.

Sie lachte auf und zog dabei die Nase hoch. Ein ekliges Geräusch. Total. Nur bei ihr klang es irgendwie süß. Wie ein niesendes Pandababy.

O gottverdammt!

Bestimmt hatte ich Fieber! Anders war das niesende Pandababy nicht zu erklären.

»Es ist eine Telefonzelle«, sagte sie in einem undefinierbaren Tonfall.

»Du verarschst mich.«

»Nein.«

»Na klar! Jeder hat doch eine Telefonzelle im Garten stehen. So praktisch! Und so ... modern! Dann brauchst du dein Handy ja gar nicht, ich kann es auch gleich in der Regentonne entsorgen ...«, plapperte ich drauflos. Sie hatte das Mobiltelefon immer noch nicht zurückgenommen und ich tat so, als würde ich es wegwerfen. Ich wunderte mich über mich selbst. Machte ich jetzt Scherze, damit sie sich besser fühlte?

»Es ist, um meine Mama anzurufen.« Sie starrte in die Ferne, als würde sie mit der Luft sprechen und nicht mit mir, und etwas riet mir, jetzt besser still zu sein. »Sie ist gestorben, als ich fünf Jahre alt war. Mein Pops hat daraufhin dieses Haus gekauft. Sie hat sich immer gewünscht, in so einem Cottage zu wohnen, also haben wir ihren Traum eben für sie gelebt. Meine Eltern haben mal eine Reise nach Japan gemacht und irgendwo in der Wildnis stand plötzlich eine Telefonzelle. Die Einheimischen nannten es »Das Telefon des Windes«. Leute aus allen Ecken des Landes kamen dorthin, um sich von ihren Toten zu verabschieden, letzte Worte auszusprechen oder einfach nur, den Kontakt zu einem geliebten Menschen aufrechtzuerhalten. Mama fand den Gedanken wunderschön, und nachdem sie gestorben war, hat Pops sich daran erinnert. Er hat mir das Telefon geschenkt, damit ich mit Mama sprechen konnte ...« Sie drehte den Kopf und sah mich an, als ob sie aus einem See auftauchen würde.

Das war total lächerlich. Wünsche von Toten erfüllen. Mit Verstorbenen telefonieren. Sich in einem verregneten Garten den Tod holen ...

»Ich würde alles dafür geben, wenn ich noch einmal mit Lucas telefonieren könnte«, sagte jemand.

Ich.

Ich hatte das gesagt! Was war aus »Tod im Garten« geworden?

June gab ein komisches Piepsen von sich. Erst da kam mir der Gedanke, dass sie sich schuldig fühlte.

Zu Recht!

Nein.

Vielleicht nicht wirklich zu Recht ... Immerhin hatte sie nichts von Lucas' Tod gewusst, wenn es stimmte, was sie sagte.

»Dein Dad war auf der Beerdigung.« Und er hatte ihr offenbar nichts über Lucas' Tod gesagt, was *ihn* zum Erzfeind Nummer eins machte ...

Sie nickte. »Bestimmt fühlt er sich deiner Familie gegenüber schlecht, weil er so froh ist, mich noch zu haben.« Sie schlug sich die Hand vor den Mund. »O mein Gott! Tut mir leid, das klang furchtbar! Ich meine ... nachdem er schon meine Mama verloren hat ...«

»Klar.« Ich zuckte die Achseln. »Meine Eltern hatten uns ja eh zweimal.«

Sie vergrub das Gesicht in den Händen. »Hilfe. Kein Wunder, dass du mich hasst. Ignorier mich einfach.«

Wenn ich das nur könnte ... »Ich hasse dich nicht«, sagte ich. Und es stimmte.

Als sie aufsah, glitzerten Tränen in ihren Augen.

Oh no!

»Ja, das alles ist schon ein verdammt guter Grund zu heulen. Und ich bin einfach besser im Hassen als im ... was ist das Gegenteil davon? Nichthassen? Siehst du? Ich kann ja noch nicht einmal das Wort aussprechen.«

»Lieben, glaube ich.« Sie grinste. »Nein, das solltest du bestimmt nicht aussprechen, womöglich gehst du in Flammen auf.«

Ich nickte heftig. »Bestimmt sogar!«

Sie lachte leise. Es war ein zarter Laut, kaum hörbar über das Fisseln des Regens auf den Blättern. Mein Herz hatte auf einmal mehr Platz. Und in mir entstand der brennende Wunsch, sie öfter zum Lachen zu bringen. Aus total eigennützigen Gründen. Ich fühlte mich gut, wenn sie lachte. Warum auch immer.

Eine Stimme in meinem Hinterkopf flüsterte mir giftige Worte zu. Ich hörte nicht hin.

»Wusstest du, dass Axl Rose – das ist der Frontman der Band Guns n' Roses«, erklärte ich, woraufhin sie die Augen verdrehte. Okay, notiert. Sie war keine komplette Null auf dem Hardrock-Planeten. »Wusstest du, dass der Name *Axl Rose* ein Anagramm ist?«

»Wofür?«, fragte sie schnell genug, dass ich gar nicht erst in Versuchung kam, zu erklären, was ein Anagramm war. »Oralsex.«

Sie prustete los. Auch ich konnte mir ein zufriedenes Grinsen nicht verkneifen.

»Wusstest du, dass Ozzy Osborne mal eine Line Ameisen geschnupft hat?« Ihre Augen glitzerten.

»Ich hab nur mal gelesen, dass er einer echten Fledermaus den Kopf abgebissen hat ...«

»Das war ein Versehen! Er dachte, sie sei eine Attrappe.«

»Total glaubwürdig von einem Typen, der sich absichtlich Ameisen die Nase hochzieht«, spottete ich.

»Stimmt, er hat nämlich dann auch noch eine Taube geköpft, um sein Plattenlabel zu beeindrucken.« Sie schnaubte. »Er mag Tiere wohl echt gern ...«

Wir lachten beide los. Unsere Schultern berührten sich. Die Stelle, an der ihr Arm gegen meinen drückte, war warm und ich lehnte mich ein wenig weiter zu ihr hinüber. Sie seufzte leise und dieser zufriedene Laut war wie ein verbotener Schluck aus Dads Champagnerglas an Silvester.

Scheiße!

Warum fühlte ich mich jetzt so wohl in ihrer Gegenwart? Was stimmte mit mir nicht?

Sie sah zu der »Telefonzelle« hinüber und auf einmal rutschte ihr Lächeln vom Gesicht, als hätte es jemand mit einem nassen Lappen abgewaschen. Schon klar, ich war niemand, den sie ihrer Mutter vorstellen würde.

Zeitgleich rückten wir ein wenig voneinander ab. Ich war froh. Ja. Genau. Sie war die Flamme meines Bruders. Und der Grund, weshalb er tot war! Auf keinen Fall würde ich mit ihr flirten. Das war ja auch gar nicht … also, nein! Wir hatten ja nur …

Mir entschlüpfte ein Stöhnen. Ich war ein Scheißkerl. Das war nichts Neues. Aber wenn ich nur ein Fünkchen Anstand besaß, würde ich jetzt gehen.

*JUNE

Ich hatte eindeutig den Verstand verloren!

Ich saß hier mit Cole (!) in meinem Garten (!) und lachte (!!)! Keine drei Meter von der Telefonzelle entfernt, über die ich mit seinem toten Bruder telefonierte. An dessen Tod ich schuld war.

Okay. Es war ehrlich gesagt kein Wunder, dass ich überschnappte. Wahrscheinlich war das Lachen nur eine Stressreaktion auf Coles unverhofftes Auftauchen in meinem geheimen Garten. Schließlich war noch nie jemand hierhergekommen außer Pops und mir. Vermutlich hatte ich Cole deshalb von Mama erzählt. Aus dem Schock heraus. Anders war es nicht zu erklären.

Trotzdem war es nicht zu entschuldigen, dass ich wegen unseres Geplänkels zeitweise sogar Lucas vergessen hatte. So sehr hatte mich das Gefühl mit Cole zu scherzen berauscht. *Ihn* zum Lachen zu bringen! Es war, wie ein hochkompliziertes Rätsel zu lösen – und ich hatte es geschafft. Es sollte mich dennoch nicht so stolz machen, Herrgottnoch mal!

Wieder sah ich zum Telefonhäuschen hinüber und eine Welle aus Schuldgefühlen drohte mich niederzudrücken.

Am besten schickte ich Cole jetzt weg und rief Lucas an. Der arme Kerl hing seit über einem Tag in einem Albtraum fest.

Aber ich wollte nicht. Cole abzuweisen, nachdem er sich mir zum ersten Mal geöffnet hatte, wäre, wie eine Katze, die man nach langer Zeit gezähmt hatte, ins Tierheim zu geben. Außerdem fühlte ich mich bei ihm irgendwie sicher genug, um ihm meine Geheimnisse anzuvertrauen.

Ich schüttelte über mich selbst den Kopf. Cole war der unberechenbarste Mensch, den ich je getroffen hatte. Ein Vulkan, der jederzeit auszubrechen drohte.

Dennoch … ich erkannte seinen Schmerz.

Cole stand auf. »Okay, bye.«

Okay, bye?

»Äh …«

Doch er war schon weg. Mit meinem Handy.

KAPITEL 6

*COLE

Nein, nein, nein! Ich war der dämlichste Idiot und das war der beschissenste Loser-Abgang gewesen.

Fuck! My! Life!

Ich hatte cool davongehen wollen und dann … *okay, bye! OKAY, BYE?* Wie saudoof konnte man sein?

Es hatte mich verunsichert, dass sie auf einmal unglücklich darüber gewirkt hatte, mit mir zu lachen. Deshalb war ich weggerannt wie ein Feigling. Und um dem Ganzen das Prinzessinnenkrönchen aufzusetzen, hatte ich ihr Handy wieder mitgenommen. Wegen dem ich extra hergekommen war. Ich Vollpfosten! Deutlicher hätte ich ihr kaum zeigen können, dass sie mich durcheinanderbrachte.

Ich saß in diesem blöden Bus zurück in die Stadt und starrte wütend auf das Handy, das an allem schuld war. An allem! Am besten ließ ich es im Bus liegen. Oder ich warf es aus dem Fenster …

Nein. Sie hatte den Comic zurückgebracht. Er war mein letztes Geburtstagsgeschenk von Lucas gewesen.

Noch heute sah ich sein Gesicht, vorfreudig leuchtend wie ein Kind an Weihnachten, als ich das Geschenkpapier aufriss.

»*Ein Comic?*«

»*Schlag ihn schon auf, Cole! Vertrau mir, du wirst ihn lieben.*«

Captain!
Deine Seele
Ist ein finsteres Loch.
Doch es wachsen
Die schönsten Gefühle darin.

Für immer deine andere Hälfte,
Littlefoot

Natürlich hatte er recht gehabt. Ich liebte ihn, nur war ich damals zu cool gewesen, es zuzugeben. Stattdessen hatte ich nur die Augen verdreht und ihn damit aufgezogen, dass er nach wie vor unsere Kinderspitznamen benutzte.

Was gäbe ich heute dafür, ihm für das Geschenk zu danken? Ich hatte so viel versäumt. Die Liste an Dingen, die ich Lucas noch hätte sagen wollen, war unendlich. Leider besaß ich kein magisches Telefon wie June.

Wieder packte mich unerklärlicher Neid auf ihre Amnesie. Ihr Vater – der Mistkerl – schien ebenfalls besser mit dem Tod seiner Frau umgehen zu können als meine Familie mit Lucas' Verlust. Vielleicht lag es daran, dass es bei Junes Mama schon lange her war? Denn ich hatte das Gefühl, bei ihnen war es okay, zu lachen, ohne ein schlechtes Gewissen deswegen zu haben.

Nicht, dass ich besonders vieles lustig fand, seit mein Bruder auf der Straße zerschellt war. Heute war das erste Mal gewesen, dass ich gelacht hatte. Und es hatte sich gleichzeitig wundervoll und schrecklich angefühlt. Wie konnte ich lachen? Ausgerechnet mit seiner großen Liebe scherzte ich, während er nie wieder lachen konnte? Ich war der allerletzte Mensch auf der Welt!

Am besten würde ich sie nie wiedersehen …

Wenn ich nur nicht schon wieder ihr Handy mitgenommen hätte. Sollte ich es mit der Post schicken? Ach was, das war ja jetzt noch peinlicher.

Zu Hause kramte ich in der untersten Schublade meines Schreibtischs nach einem Kabel für dieses uralte Teil und lud den Akku auf.

*JUNE

Sobald ich sicher war, dass Cole wirklich weg war, stürzte ich zur Telefonzelle. Ich durfte nicht mehr zögern, ich musste Lucas jetzt alles sagen!

»Hallo, June!«

O mein Gott! Niemand hatte mich auf den Schmerz in seiner Stimme vorbereitet. Ich meine, ich hatte gewusst, dass ich ihm etwas Schlimmes antat, indem ich ihn warten ließ, aber *dermaßen* dramatisch hatte ich es mir nicht vorgestellt.

»War es so schrecklich?«, fragte ich heiser vor Scham.

»Ja.«

»Möchtest du darüber reden?«

»Nein.«

»Es tut mir –«

»Bitte nicht!«, unterbrach er mich.

»Was?«

Lucas schwieg. Automatisch verglich ich ihn mit Cole, dessen Schweigen nicht entspannt, sondern … vollgestopft war. Coles Schweigen war laut.

»Ich bin mir sicher, du hattest deine Gründe und hast alles versucht, um mich nicht unnötig lange warten zu lassen. Darum brauche ich keine Erklärung und keine Entschuldigung.

Alles, was ich möchte, ist, mit dir zu sprechen und zu vergessen. Bitte erzähl mir was Schönes.«

Coles zurückgeworfener Kopf und das freie, jungenhafte Lachen, das ich ihm niemals zugetraut hätte, tauchten ungebeten vor meinem inneren Auge auf. Es war mit Sicherheit das Schönste, was ich seit Langem gesehen hatte, nur konnte ich Lucas nicht davon erzählen. Nicht jetzt, wo es ihm schlecht ging.

»Ich möchte in der Theater-AG mitmachen«, sagte ich. Wie bitte? Wieso erzählte ich so einen Mist?

»Wundervoll! Du wirst eine tolle Schauspielerin sein«, freute sich Lucas prompt für mich.

»Nein, das …« Ich brachte es nicht über mich, ihn zu enttäuschen. »Ich hatte eher an Bühnenbild oder so was im Hintergrund gedacht.«

»Okay.« Typisch für Lucas, dass er mich jetzt nicht verspottete, weil ich den Schwanz einzog. »June?«

»Ja?«

»Ich bin stolz auf dich.«

Oje. Wie mies konnte man sich fühlen, wenn einem etwas total Nettes gesagt wurde?

»Dazu gibt es keinen Grund. Ich hab es ja noch nicht gemacht. So wie ich mich kenne, kneife ich in letzter Sekunde.«

»Dann fordere ich dich heraus. Mein Dare, weil du das letzte nicht geschafft hast, wird sein, dass du dich in der Theater-AG anmeldest.«

»Äh …« Ich konnte nicht protestieren. »Willst du wirklich immer noch spielen?«

»Ja, auf jeden Fall! Es hält mich am Leben …«, sagte Lucas und ich schluckte laut.

»Also, dann spielen wir.« Meine Stimme klang, als hätte ich einen Vertrag als Gladiator unterschrieben.

Lucas lachte, doch es fehlte ihm immer noch die Leichtigkeit unserer ersten Gespräche – vor den Albträumen. Das üble Gefühl in meinem Inneren formte einen Klumpen in meinem Magen.

Ich würde ihn heute zum Lachen bringen, egal wie! Wenn ich es sogar bei Cole geschafft hatte, würde es mir mit Lucas ebenfalls gelingen. Nur passten zu Lucas keine Funfacts über Rockstars.

»Was für Musik magst du eigentlich?«, fragte ich. Komisch, dass ich Cole erst seit Kurzem kannte und trotzdem schon mehr über ihn zu wissen schien als über Lucas. Oder kam es mir nur so vor, weil alles bei Cole lauter und intensiver war, sodass es bedeutungsvoller wirkte, auch wenn das falsch war?

Spontan hätte ich gesagt, Lucas und ich glichen uns in vielerlei Hinsicht. Die Poesie, die Liebe zu langen, träumerischen Gesprächen ... Dann fand ich jedoch auch Gemeinsamkeiten zwischen mir und Cole. Wir hatten einen ähnlichen Musikgeschmack und waren Außenseiter, die Schwarz trugen ... Innerlich und äußerlich. Vor allen Dingen verband uns die traurigste Sache der Welt: der Verlust eines geliebten Menschen.

»Ich höre gern Indie-Musik und Singer-Songwriter-Sachen«, unterbrach Lucas meine abschweifenden Gedanken. »Und ich liebe BTS.«

»Ist das ein McDonald's-Sandwich? Bacon-Tomato-Salad?«

Lucas schwieg einen Moment. Dann sagte er: »Hast du mit meinem Bruder gesprochen?«

Ich ließ beinahe den Hörer fallen.

»Erzähl mir nicht, du hast noch nie von BTS gehört!«, fuhr Lucas fort, ohne meinen Schreck zu bemerken. »Jimin,

Junkook, RM, Suga, Seokjin, J-Hope und der Gott aller Götter: V!«, rasselte er herunter.

»Ach, diese koreanische Boyband! Ich dachte, darauf stehen nur Mädchen ...«

»June!« Lucas klang zugleich amüsiert und empört. »Du bist ja voller Vorurteile. Gleich erzählst du mir, dass du Koreaner, Japaner und Chinesen sowieso nicht unterscheiden kannst.«

»Also ...«

»Juniper Jones! Meine Mutter ist Koreanerin! Ich will jetzt nichts Falsches hören.«

»Deine Mutter ist wunderschön«, sagte ich – a.k.a. die Gehirnamputierte. Schließlich wusste ich offiziell gar nicht, wie seine Mama aussah. »Also, muss sie ja, wenn sie so einen hübschen Sohn hat«, haspelte ich.

»Ja, sie sieht echt klasse aus«, lachte Lucas. Himmel, es war schrecklich, ihn anzulügen, aber ich konnte ihm jetzt nicht die Wahrheit aufs Auge drücken. Ich hatte sie ja nicht einmal selbst verdaut. Und wo sollte ich anfangen?

Übrigens, Lucas, was ich noch sagen wollte: Du bist leider tot. Und dein Bruder ist verdammt hot.

O Gott!

»Alles in Ordnung?«, erkundigte sich Lucas. »Denkst du an deine Mum?«

Ich schwieg. Der Kloß in meinem Hals war zu groß.

»Sie war bestimmt auch wunderschön, weil ihre Tochter aussieht wie eine Sonnenfinsternis«, sagte Lucas und brachte mich damit ungewollt zum Lächeln.

»Lucas, ich mag dich!«, platzte ich heraus.

Ich hörte ihn leise lachen. »Das ist mir jetzt echt peinlich, June, aber ich mag dich auch. Sehr.«

Nachdem wir ausgesprochen hatten, dass wir uns mochten, war das blöde Gefühl bei uns beiden verschwunden und wir redeten bis tief in die Nacht. Da es Samstag war, machte Pops auch keine peinliche Bemerkung über *notwendige Ruhephasen für einen wachsenden Organismus*. Ich war erleichtert, dass Lucas sich wieder fröhlich anhörte, und wir beide hatten keine Lust aufzulegen.

»Annyeonghaseyo!«, sprach Lucas mir bestimmt zum tausendsten Mal vor.

»Annyeong…«, radebrechte ich den Anfang der koreanischen Begrüßung, bevor ich vergaß, wie es weiterging.

»Nein, nein! Das darfst du erst zu mir sagen, wenn du mein Alter kennst. Wir sind noch nicht informell bekannt! Annyeonghaseyo, Jones Juniper-Ssi.«

»Warum ist das so kompliziert? Vielleicht bleib ich doch besser bei *Hi!*«

»Aniyo!«

»Was?«

»Aniyo heißt Nein. Und du schaffst das schon noch, schließlich bist du meine schlaue Freundin.« Er klang sehr stolz und überzeugt davon, sodass ich es nicht übers Herz brachte, ihn zu enttäuschen.

»Annyeonghaseyo, Archer Lucas-Ssi.«

»Ah!« Ich konnte hören, wie sehr er sich freute. »Als Nächstes sagen wir: Es ist schön, dich kennenzulernen.«

Ich stöhnte zum Spaß, denn es war wirklich lustig, mit Lucas Koreanisch zu lernen. »Aniyo!«

Er lachte. »Siehst du? Du bist ein Naturtalent!«

Wir übten bis in die frühen Morgenstunden. Garantiert vergaß ich das meiste sofort wieder, aber Lucas war begeistert und steckte mich mit seinem Eifer so an, dass ich mitspielte.

Schließlich schlief ich mit dem Hörer in der Hand im Häuschen ein.

Am nächsten Morgen hatte ich einen steifen Hals und eingeschlafene Beine. Lucas' ruhige Atemzüge an meinem Ohr zu hören, war allerdings besser als jedes Schmerzmittel.

»Bist du noch dran, Lucas?«

»Jup.« Er streckte sich hörbar. »Ich hab dir beim Schlafen zugehört.« Nach einer kurzen Pause sagte er: »Du schnarchst.«

Wir stritten und lachten eine Weile, bis mein knurrender Magen mich ins Haus trieb. Ich versprach, ihn gleich nach dem Frühstück wieder anzurufen.

Ein Körnchen schlechtes Gefühl blieb, weil ich wusste, dass ich ihm früher oder später die Wahrheit sagen musste. Und wie es dann weiterging, konnte und wollte ich mir nicht ausmalen. Natürlich würden wir nicht für immer miteinander telefonieren ... oder?

Pops verbarg seine neugierigen Blicke hinter der Zeitung und ich würde garantiert nicht von mir aus anfangen, zu erzählen. Ich inhalierte mein Marmeladenbrot und zwei Tassen Kaffee. Als ich mir ein weiteres Mal nachschenkte, um mir das Getränk mit in die Telefonzelle zu nehmen, senkte Pops die Zeitung.

»Netter Junge, dieser Cole«, sagte er.

Ich verschüttete den Kaffee. Er verbrühte mir die Hand, doch ich spürte es kaum.

»Nett?«, entfuhr es mir.

Pops zuckte mit der Schulter und las weiter News über die politische Situation im Land, als hätte er nicht gerade den Herrn der Unterwelt als freundlichen Zeitgenossen betitelt.

»Ich hätte eher gedacht, es passt dir nicht, dass wir uns

getroffen haben ...«, sprach ich etwas aus, das mir schon eine Weile Kopfschmerzen bereitete. Pops hatte ziemlich hartnäckig versucht zu verhindern, dass ich die Sache mit Lucas herausfand. Es musste ihm doch klar sein, dass ich durch Cole früher oder später erfuhr, was geschehen war.

Pops blickte auf. Er sah mich eine Weile lang nachdenklich an. »Du lachst«, sagte er, »nicht nur mit dem Mund.«

Ich verdrehte die Augen.

Das war keine richtige Antwort auf meine Frage. Aber eigentlich, wenn ich es mir recht überlegte, wollte ich jetzt sowieso nicht mit Pops über Cole reden. Überhaupt sollte ich nicht an Cole denken. Ich dachte jetzt an Lucas! Und der wartete auf mich.

Mann, war das kompliziert. Bevor ich mich doch noch Hilfe suchend an Pops wandte, verzichtete ich auf die dritte Tasse Kaffee und flitzte in den Garten.

»June! Cole ist am Telefon!«, brüllte mein Vater durch den Garten, das schnurlose Haustelefon herumwedelnd, als ob nicht jeder Mensch bis nach London sein Geschrei gehört hätte.

Ich fluchte leise. Obwohl ich mir ziemlich sicher war, dass Pops' Auftauchen Lucas ins Geisterreich zurückbefördert hatte, sagte ich vorsichtshalber ein paarmal seinen Namen in den Hörer, doch er antwortete mir nicht.

Wie immer befiel mich die Panik, dass dies nun unser letztes Gespräch gewesen sein könnte. Da ich nicht wusste, weshalb Lucas ans Telefon gekommen war, konnte ich genauso wenig vorhersehen, was ihn letztendlich davon vertreiben würde. Daher fürchtete ich jedes Mal, er wäre irgendwann einfach verschwunden.

Allein der Gedanke daran tat weh. Doch ich ahnte, dass ich ihn eines Tages ziehen lassen musste.

»June! Cole ist –«

»Schon gut!«, schrie ich zurück. Also hatte ich mich tatsächlich nicht verhört. Anscheinend rief gerade wirklich Cole auf unserem Festnetz an – während ich mit seinem toten Bruder telefonierte.

Meine Eingeweide zogen sich zusammen. Ich legte den Hörer auf und beeilte mich, ins Haus zu kommen – obwohl mir gar nicht danach war. Am liebsten hätte ich Cole Archer nie wiedergesehen.

»Hallo?«, krächzte ich in das seltsam schnurlose Telefon. Ich fühlte mich, als hätte ich noch nie im Leben telefoniert.

»Ich hab dein Handy.«

Okay. Cole schien ebenfalls nicht der Profi im Telefonieren zu sein.

Ein bissiger Kommentar lag mir auf der Zunge. Letztes Mal hatte er so getan, als hätte ich mein Handy absichtlich bei ihm vergessen. Genauso gut könnte ich nun behaupten, er hätte es nicht versehentlich mitgenommen. Aber um ehrlich zu sein, glaubte ich das nicht.

Sollte ich einfach ebenso knapp antworten? Aber was?

Am anderen Ende raschelte Cole herum. Ich dachte an Lucas' Fähigkeit zu schweigen.

»Bist du noch dran?«

Offensichtlich lag das Schweigetalent nicht in der Familie.

»Ja.« Ich räusperte mich. »Ich habs bemerkt, als du schon weg warst.«

»Und jetzt?«, entgegnete er so schroff, als hätte ich ihn beleidigt. »Brauchst du es dringend, oder was? Soll ich deshalb extra noch mal den halben Tag im Bus sitzen und –«

»Kannst du morgen zur Bushaltestelle kommen?«

Er brummte irgendwie zustimmend. Glaubte ich zumindest. O Mann, war das unangenehm, mit ihm zu sprechen. Kein Vergleich zu den Telefonaten mit seinem Bruder.

»Also dann …«

»Ich hab extra noch ein Kabel für dieses Uraltteil gesucht, damit ich deine Nummer rausfinden konnte«, platzte er heraus. Super. Sollte ich ihm gratulieren, oder was?

»Peter Pops?«

Ich stöhnte innerlich. »Das ist mein Dad. Wie du ja schon festgestellt hast.«

»Konnts mir denken. Ziemlich leer, dein Telefonbuch.«

»Okay, Cole …«

»Wir nennen meine Mutter Eomma … das ist koreanisch –« Er brach ab. Wahrscheinlich, weil ihm bewusst wurde, dass nur noch *er* seine Mutter so nannte.

Ich nagte auf meiner Unterlippe. Jetzt fand ich es blöd, aufzulegen.

»Sprichst du koreanisch?«

»Nicht besonders gut. Du?«

Annyeonghaseyo, Archer Cole-Ssi, lag es mir auf der Zunge.

»Äh … nein?« O Mann! Warum klang ich zickig? Vor Anspannung schwitzten meine Handflächen.

»Willst du es lernen?«

»Von dir?« Himmelherrgott noch mal! Ein weiterer Sprachkurs von einem anderen Archer-Bruder? Ich brauchte dringend eine Kopfmassage … oder einen Meditationskurs.

Cole schwieg.

Ich *musste* jetzt irgendwas sagen! Etwas, das zumindest halbwegs freundlich klang. Nur war in meinem Gehirn spontan ein Vakuum entstanden.

»Besser nicht ... ich würde dir nur Schimpfwörter beibringen«, sagte er schließlich.

»Das wäre doch praktisch! Ich könnte die Leute in meiner Klasse beschimpfen und keiner wüsste, was ich sage.«

»So mach ich es auch dauernd. Aber Lucas' vorwurfsvoller Blick verrät mich immer ...«

»Lucas flucht wohl nicht so viel?« Ich bewegte mich auf ganz, ganz dünnem Eis. Ich wusste ja selbst genau, dass Lucas keine Schimpfwörter benutzte. Irgendetwas an Coles Stimme hatte mir verraten, dass er über seinen Bruder reden wollte – nur vielleicht nicht ausgerechnet mit mir?

Er lachte leise. »Nein, er hasst es.« Genau wie ich konnte er wohl nicht von Lucas in der Vergangenheit sprechen. Wenn auch aus unterschiedlichen Gründen.

Ich sah aus dem Fenster und betrachtete die Telefonzelle. Mit einem Mal wurde mir bewusst, was Lucas mir in dieser Situation raten würde.

Hilf ihm! Er braucht dich.

Ich kuschelte mich in den altmodischen Sessel am Fenster und zog mir die Wolldecke über die Beine. »Erzähl mir von ihm.«

Es blieb einen kurzen Augenblick still am anderen Ende. Dann sagte Cole: »Ich habe so viele Gedanken an ihn, dass ich die ganze Zeit meine, ich müsste platzen, wenn ich sie nicht bald loswerden kann. Und jetzt, wo du fragst, hab ich keine Ahnung, was ich sagen soll. Es ist nicht mal so, dass ich nicht wüsste, wo ich anfangen soll, nur mir fällt nichts ein, was ihm gerecht wird. In meinem Kopf ist Lucas perfekt. Der beste Bruder. Der beste Mensch. Bloß in Worten fühlt sich alles so abgedroschen an.«

Ich wusste genau, was er meinte. Wenn Lucas seine Dichter

zitierte, waren meine Kommentare dazu immer irgendwie schwerfällig.

»Erzähl mir von einem Moment, in dem er nicht perfekt war. Perfekte Menschen machen mir Angst. Da suche ich immer nach dem Fehler in der Matrix.« Gleichzeitig fiel mir ein, dass Lucas bei unserem ersten Gespräch *Cole* als perfekt bezeichnet hatte. Leider konnte ich das Cole nicht sagen.

»So gehts mir auch … lass mich überlegen …« Er lachte auf. »Weißt du, dass Lucas unheimliche Angst vor Milch hat?«

»Vor Milch?«, echote ich.

»Genau. Kuhmilch, Ziegenmilch, sogar vor Kokosmilch läuft er schreiend weg, bis er sicher ist, dass es keine tierische Milch ist.«

»Wieso? Ist er allergisch?«

»Nein!« Cole lachte auf eine Art, die mir automatisch ein Grinsen ins Gesicht zauberte. »Glucodermaphobie. Er fürchtet sich vor der Haut auf der Milch.«

Ich prustete los. »Das erfindest du gerade!«

»Ich schwöre, es ist die Wahrheit!« Er gluckste.

»Was soll denn passieren? Denkt er, die Haut hüpft aus dem Glas und beißt ihn?«

»Keine Ahnung. Aber er flüchtet immer direkt rückwärts aus dem Zimmer, sobald einer Milch eingießt.« Cole seufzte. »Irgendwie macht ihn das nicht weniger perfekt. So ein bisschen crazy tut ihm ganz gut. Und ich vermisse es, dass niemand mehr beim Öffnen des Kühlschranks rumschreit.«

»Ja …«

»Vermisst du deine Mum?«

»Hmm … Ich erinnere mich nicht mehr genau an sie. Das ist eigentlich das Schlimmste. Ich meine, ich kenne sie von Fotos und Videoaufnahmen. Allerdings weiß ich nicht, ob ich ihren Geruch noch erkennen würde. Oder ob ihre Stimme in echt so klingt wie auf dem Video. Solche Dinge.«

»Davor hab ich am meisten Angst. Dass ich ihn irgendwann vergesse.« Er schien nachzudenken und ich hielt die Luft an, um ihn nur ja nicht dabei zu stören. »Und ich hasse es, dass ich immer an ihn erinnert werde, wenn ich in den Spiegel blicke. Jedes Mal!«

»Aber ihr seid doch so unterschiedlich!«, rief ich im Reflex. »Zwei verschiedene Menschen, meine ich. Nur weil ihr euch ähnlich seht ...«

»Bei Zwillingen ist das anders.«

Ich wartete auf das: *Du verstehst das nicht!* Es kam nicht.

»Lucas und ich waren schon immer mehr eine Einheit als zwei Individuen. Er war ein Teil von mir und ich einer von ihm. Dass er jetzt weg ist ... Es fühlt sich an, als hätte mir einer den halben Körper amputiert.«

»Bei mir ist es andersrum. Meistens denke ich gar nicht daran, dass mir etwas fehlt. Und wenn dann so etwas wie Mutter-Tochter-Wellness-Angebote oder so ein Kack beworben werden, dann fühle ich mich auch nicht benachteiligt. Ich will nur nicht, dass die Leute immer betroffen sind, wenn ich ihnen sage, dass meine Mutter tot ist.« Ich reagierte heftiger, als ich es gewollt hatte. »Ich meine, haben die nichts Besseres zu tun, als mir den Stempel vom armen Waisenkind aufzudrücken? Es geht mir gut, verdammt! Pops und ich kriegen das schon hin!«

Dieses Mal war Coles Schweigen nahezu Lucas-like. Es hatte etwas extrem Beruhigendes, ihn durchs Telefon atmen zu hören und genau zu wissen, dass er mich verstand.

Spannend, dass ich mich Cole in dieser Hinsicht näher fühlte als Lucas. Wahrscheinlich verband Cole und mich der Tod eines geliebten Menschen und den hatte Lucas nun einmal nie erlebt.

Im nächsten Moment hätte ich mich für meinen Gedanken am liebsten selbst geohrfeigt. Lucas hatte nicht einen, sondern gleich *alle* geliebten Menschen verloren, weil er nämlich selbst tot war! Was er allerdings nicht wusste ...

Schuldbewusst sah ich zum Telefonhäuschen hinüber. Wartete er bereits? Es war noch nicht lange her, seit wir das letzte Mal gesprochen hatten, aber er hatte mir erzählt, dass die Albträume nun schneller kamen und häufiger wurden.

Cole schniefte und ich zuckte zusammen. Über meine Grübeleien hatte ich ihn ganz vergessen. Das hätte ich vor ein paar Minuten nicht für möglich gehalten, als mich seine pure Anwesenheit am Telefon schon unter Starkstrom gesetzt hatte.

»Ich ziehe dir noch ein bisschen Musik aufs Handy, bevor ich es dir morgen bringe.«

»Das geht?«, wunderte ich mich. Na klasse, jetzt wusste er, was für ein technisches Genie ich war.

»Klar. Du hast ja genug Platz ...« Sein Grinsen war beinahe hörbar.

»Also hast du mein Handy doch durchsucht! Hallo, Privatsphäre und so?«

»Also erstens: Selbst schuld, wenn du es bei mir liegen lässt – noch dazu ohne Sperrcode. Ich musste ja sichergehen, dass es dir gehört – und dann die Telefonnummer raussuchen ... Und zweitens hast du nichts zu verbergen, dein Handy ist so leer wie das von meiner Oma.«

»Was soll da auch drauf sein? Es ist ein *Telefon*!«

»Das sagt Granny auch immer. Du hast nicht mal ein Foto von deinem Freund drauf.«

Ich gab ein empörtes Schnauben von mir. »Das liegt daran, dass ich keinen habe.«

Würde Cole sich für mich interessieren, hätte ich das jetzt für billiges Abchecken gehalten, aber das tat er ja nicht. Es war nahezu lächerlich, dass Cole Archer jemanden wie *mich* abcheckte.

»Ich mach dir ein paar essenzielle Sachen drauf, okay?«

»Was denn zum Beispiel?«, fragte ich unfreiwillig neugierig.

»Ein paar Spiele, falls dir an der Bushaltestelle langweilig wird, eine App zum Koreanisch-Lernen, Musik und ein wunderschönes Foto.«

»Von was?«

»Von wem, meinst du.«

»O mein Gott …« Ich verkniff mir ein Lachen. Wenn ich es nicht besser wüsste, würde ich fast meinen, wir flirteten miteinander. Wieder zuckte mein Blick zur Telefonzelle.

»Cole, ich muss langsam los …«

»Klar, kein Thema. Ich bin auch beschäftigt.«

Eigentlich hatte ich sagen wollen, dass ich mich auf morgen freute, aber da hatte er schon aufgelegt.

Puh! Das war unerwartet anders gelaufen, als ich es mir vorgestellt hatte.

Aber gut anders.

*COLE

Musik für jemanden zusammenzustellen, war eine sehr intime Angelegenheit. Ich gab dabei mehr von mir selbst preis, als ich gut fand. Denn ich fragte mich bei jedem Song nicht nur, ob er June wohl gefallen würde, sondern auch, was sie über mich dachte, wenn ich ihr diese Art von Musik aufs Handy packte. Irgendwie war es wichtig für mich, was June von mir hielt. Und obwohl es mich nervte, konnte ich nichts gegen das aufgeregte Kribbeln in meinem Bauch machen, das auf der Mauer im Garten angefangen und seitdem nicht mehr aufgehört hatte.

June war wie eine verdammt gefährliche Droge ... Und ich war nicht für kluge Entscheidungen bekannt, darum tappte ich auch mit weit offenen Augen in ihre Falle.

Mein Handy klingelte und riss mich aus den Grübeleien.

»Cole, ich bins«, schepperte Shuns Begrüßung schwungvoll durch die Leitung. Shunsuke war einer der wenigen *Freunde*, die ich seit dem Tod von Lucas nicht vertreiben konnte. Er rief immer wieder an, hartnäckig wie eine Stechmücke, und lud mich zum Basketballspielen oder auf eine Party ein – was ich beides nie annahm. Warum er nicht aufgab, obwohl ich so ätzend zu ihm war, blieb mir ein Rätsel.

Schon vorher hatte ich mich darüber lustig gemacht, dass Shun wohl nur mit uns Zwillingen herumhing, weil wir die einzigen anderen Halbasiaten neben ihm waren. Vielleicht lag unsere Verbindung aber auch an unserem gemeinsamen Hang, Scheiße zu bauen. Die Lehrer hatten Lucas oft als Puffer zwischen mich und Shun gesetzt. Allein die Erinnerung, dass unser Ruhepol im Trio nun wegfiel, schob mich gewaltsam in mein Schneckenhaus zurück. Ich konnte nicht mit Shun rumhängen, als sei nichts passiert. Als würde nicht ein verdammt wichtiger Teil plötzlich fehlen.

Ich hörte Lucas förmlich mit der Zunge schnalzen und einfach aufzulegen war doch zu unhöflich, darum brummte ich genervt: »Was geht ab, Mann?«

»Komm mit ein paar Körbe werfen! Meine Ma streicht mir das Taschengeld, wenn ich nicht täglich Sport mache. Sie sagt, meine Knochen schrumpfen ...« Er lachte. Er schrumpfte höchstens, weil er so viel rauchte.

»Bin beschäftigt.«

»Womit?« Er wusste genau, dass ich nach der Schule nur noch rumlag und Musik hörte.

Mein Blick fiel auf Junes Handy. Trotz meiner Schwierigkeiten war die Playlist schon ziemlich voll. Möglicherweise sollte ich langsam mal aufhören?

»Es regnet ...«, erwiderte ich lahm.

»Wir leben in London, Cole! Wenn du länger wartest, holt dich vielleicht dieser Typ mit der Arche ab.«

Gegen meinen Willen schnaubte ich, dabei war das nicht mal witzig. Regen und Lachen erinnerten mich irgendwie an June, und bevor ich noch stundenlang Songs auf ihr Handy zog und dämlich vor mich hin grinste, raffte ich mich besser auf.

»Okay.«

»Echt?« Shun verschluckte sich und musste husten. Wahrscheinlich rauchte er jetzt schon die zehnte Knochenschrumpf-Zigarette.

Vor meinem inneren Auge schüttelte Lucas missbilligend den Kopf. Dass Shun so hörbar schockiert war, zeigte deutlich, wie oft ich ihn schon abgewiesen hatte. Das würde meinem Bruder überhaupt nicht gefallen.

»Jep. Aber heul nicht, wenn ich dich gleich total vernichte.«

Warum hatte ich nachgegeben? Ich hatte wirklich gar keinen Bock, bei dem Pisswetter rauszugehen. Aber irgendwie schien Lucas mich mit einer unsichtbaren Hand aus dem Zimmer zu schubsen und June kickte mich mit ihren winzigen Boots in den Arsch, sodass mir gar nichts anderes übrig blieb ...

Shun lachte. »Wovon träumst du nachts? Ich hab voll den Vorteil jetzt ... weil mich der Regen später trifft.«

Wir atmeten beide aus. Er hatte gerade noch rechtzeitig die Kurve gekriegt. Wahrscheinlich hatte er sagen wollen, dass ich seit Lucas' Unfall nicht mehr trainiert hatte, und kurz überlegte ich, doch einen Rückzieher zu machen. Aber er hatte es in einen Witz über seine Körpergröße verwandelt und das musste ich ihm hoch anrechnen. Obwohl Shun so gut mit Lucas befreundet gewesen war, konnte ich nicht mit ihm über Lucas sprechen. Er schien das zu akzeptieren.

Komisch, dass ich ausgerechnet mit June über meinen Bruder sprechen konnte.

Bevor ich noch länger wie eine gesprungene Schallplatte June – June – June vor mich hin dachte, ging ich besser.

Ächzend band ich mir die Schuhe zu. Es goss wie aus Eimern. Trotzdem dachte ich seltsamerweise auf einmal, es könnte ganz okay werden.

*JUNE

»Lucas, ich muss dir etwas erzählen.«

»Schön, dass du wieder da bist ... da war gerade ein weinender schwarzer Fleck, der sich immer weiter ausgebreitet hat – und ich bin mir sicher, er hätte mich gleich verschluckt.«

»Ich hatte einen Unfall.« Wenn ich mich unterbrechen ließ, schaffte ich es nie. Sein Albtraum war schrecklich, nur konnte ich darauf gerade keine Rücksicht nehmen.

»Was? Jetzt?« Er hörte sich alarmiert an. »Ist alles in Ordnung? Tut dir was weh, bist du –«

»Nein, vor einem halben Jahr. Direkt nachdem du mir den Liebesbrief gegeben hast.«

»Aha ...« Ich konnte mir förmlich vorstellen, wie er die Stirn runzelte.

»Kannst du dich erinnern?«, fragte ich vorsichtig.

»An dich. Glasklar. Den Brief, dein Gesicht. Mein Bruder war auch da ... und dann ...«

»Ich bin gestolpert und auf die Straße gestürzt. Jemand hat mich gerettet, sodass ich nur mit einer Platzwunde am Kopf davongekommen bin. Aber mein Retter ...« Mein Herz schlug bis zum Hals, ich bekam kaum Luft. »Der Junge, der mich gerettet hat, ist gestorben.«

Lucas sagte nichts.

Ich drehte den Kopf weg von der Sprechmuschel, sodass er meine hektischen Atemzüge nicht hörte.

»June, ich ...« Er keuchte. »Ich weiß nicht, was ich sagen soll ... Brauchst du vielleicht Hilfe? Soll ich ... kann ich irgendwas für dich tun?«

»Lucas ...«, sagte ich sanft.

»Nein, ich ... June, lass mich dir helfen. Es geht dir nicht gut! Ich muss doch irgendwas tun können! Irgendwas!! Sag mir, was ich tun soll ...« Er schluchzte auf. »Ich ... will ... dir helfen!«

»Es geht mir gut, Lucas.«

»Ah ...« Er schniefte. »Ich – aber mir nicht, oder was? Was willst du mir einreden? Glaubst du etwa ...«

»Ja ...«

Er lachte. Es hörte sich an, als stünde er kurz vor einem Nervenzusammenbruch. So grausam es war, ich musste es jetzt durchziehen. Keinem von uns war geholfen, länger die

Augen vor der Wahrheit zu verschließen, und Lucas' Zeit lief eindeutig ab. Die Albträume wurden mehr. Er hatte bestimmt irgendeine Aufgabe oder so und ich würde ihm helfen, die zu beenden. Das war meine Pflicht als seine Freundin.

»Lucas, ich glaube, du bist tot.«

Und dann war er verschwunden.

Voller Panik hatte ich gestern wieder und wieder versucht, Lucas anzurufen. Entweder kam er absichtlich nicht ans Telefon oder er konnte nicht, weil ihn etwas zurückhielt. Meine schlimmste Vorstellung war, dass ich ihn mit meiner Aussage in einen ewigen Albtraum befördert haben könnte, aus dem er nun nicht mehr herauskam.

Ich wählte mir die Finger wund, drückte auf die Gabel, schrie seinen Namen in den Hörer, bis ich heiser wurde. Pops zwang mich irgendwann, ins Haus zurückzukommen, weil der erste Frost die Kabine in ein Eishaus verwandelt hatte. Das Abendessen rührte ich nicht an und nachts schwitzte ich die Laken nass, während ich kein Auge zubekam. Am nächsten Tag schleppte ich mich trotzdem vor der Schule als Erstes in die Telefonzelle. Wieder antwortete Lucas mir nicht.

»Juniper Jones! Wenn du nicht sofort einen Schal anziehst und aus diesem Garten rauskommst, mache ich einen Exorzismus mit dir …«, scherzte Pops. Die Kummerfalten auf seiner Stirn verrieten mir, dass er es zumindest halbwegs ernst meinte und sich insgeheim wirklich Sorgen machte. Ich sah wohl aus, wie ich mich fühlte.

Zurück im Haus, prüfte Pops meine Temperatur mit der Hand an der Stirn und am Hals und sog zischend die Luft ein. »Nimm wenigstens ein Aspirin, wenn du unbedingt in die Schule willst ... Und wenn es dir schlecht geht, rufst du mich an oder kommst nach Hause, in Ordnung?«

Früher hätte ich zu einem Tag Auszeit von den Zicken nicht Nein gesagt. Doch heute hatte ich zwei überaus wichtige Dinge zu erledigen. Nummer eins: Ich musste mich in den Theaterklub einschreiben, denn vielleicht würde Lucas mir dann wieder antworten. Nummer zwei: Ich wollte mich mit Cole treffen.

Dad stellte mir wortlos ein Glas Wasser hin und schob mir eine Tablette zu, bevor ich mich zum Bus quälte.

Der Tag verging wie im Schneckentempo. Ich war so erledigt, dass ich immer wieder beinahe einschlief. Vor lauter Erschöpfung konnte ich nicht einmal aufgeregt sein, als ich mich auf die Liste für den Theaterklub setzen ließ. Ich bekam kaum mit, wie mich die betreuende Lehrerin beinahe schockiert willkommen hieß und Tina mir ein scheues Lächeln aus der Gruppe der Schauspieler zuwarf.

Mühsam schleppte ich mich zur Bushaltestelle, wo ich den ersten Bus ziehen ließ und dann in eine Ecke gekauert vor mich hin dämmerte, bis mir jemand gegen den Stiefel kickte.

Ich versuchte, die Augen zu öffnen, nur gelang es mir nicht.

»June! Schluss mit der Pennerei, du frierst dir hier ja noch den Arsch ab!« Cole hörte sich an, als würde er durch eine dicke Schicht Watte zu mir sprechen. Ich versuchte, ihm zu sagen, dass ich nach ein paar Stunden Schlaf wieder ganz die Alte wäre, doch meine Zunge und Lippen waren zu trocken und es kam nur ein heiserer Laut aus meinem Mund.

»Scheiße!«, hörte ich. Und dann spürte ich seine frostkalte Hand an meiner Stirn. Ich hatte das Gefühl, seine Berührung an meiner glühenden Haut würde zischen. Er sagte wieder irgendetwas, von dem mir nur der Tonfall verriet, dass er fluchte.

Im nächsten Moment flog ich durch die Luft.

Nein. Er flog. Und hielt mich dabei in seinem Arm. Ich fühlte mich unglaublich sicher und geborgen und legte meine heiße Stirn in die Kuhle an seinem Hals. Er roch so gut ...

»Halt die Klappe!«, zischte er gepresst.

»Ich hab doch gar nichts gesagt ...«, nuschelte ich gegen seine Haut.

Er stöhnte auf. »Du plapperst ununterbrochen wirres Zeug.«

Ich wollte fragen, was ich denn gesagt hätte, doch dann dämmerte ich schon wieder weg.

KAPITEL 7

*COLE

Selbst durch die Jacke hindurch, glühte June in meinem Arm wie eine Sonne. Ich presste sie an mich, weil ich sie nicht fallen lassen wollte. Zwar wog sie fast nichts, dennoch hatte ich das Gefühl, sie würde mir entgleiten. Ihr Kopf rollte in meine Halsbeuge und sie rieb ihre kleine Nase an meinem Schlüsselbein und atmete tief ein.

»Du riechst so gut …«, murmelte sie mit den Lippen an meiner Haut und jetzt hätte ich sie wirklich beinahe fallen lassen, weil irgendwas in meinem Magen plötzlich Achterbahn fuhr. Shit.

Ich raunzte sie an und sie reagierte mit einer trotzig vorgeschobenen Unterlippe, die in mir den Wunsch entfachte, hineinzubeißen.

Fuck!

FUCK!

Lu-cas-Lu-cas, stampften meine Fersen auf den regennassen Asphalt, während ich sie durch die Straßen trug. Ich würde an nichts anderes denken als an meinen Bruder. Für den machte ich das hier schließlich. Er hätte nicht gewollt, dass ich sie an der Bushaltestelle liegen ließ. Genau. Ich tat das nur für ihn! Nur! Für! Ihn!

Und ich war ein Lügner!

Mit June im Arm war der Weg bis zu mir nach Hause zu weit, also winkte ich ein Taxi her. Der Fahrer warf mir ständig misstrauische Blicke im Rückspiegel zu. Normalerweise hätte mich das nicht gejuckt, aber heute hielt ich es kaum aus. Ich rüttelte June wach. »Sag ihm, dass du krank bist.«

»Lass mich nur ein bisschen schlafen, ich hab oft Fieber, das geht vorbei«, nuschelte sie, was zumindest den Fahrer beruhigte. Mich eher so semi, aber immerhin war sie für zehn Sekunden aufgewacht.

Als wir endlich zu Hause ankamen, war ich schweißgebadet. Nicht, weil ich sie ein Stück getragen hatte, sondern weil ich mich furchtbar zusammengerissen hatte. Meine Hände zitterten, sobald ich sie wie einen Mehlsack auf der Matratze abgeladen hatte.

Schnell brachte ich etwas Sicherheitsabstand zwischen uns. Es fühlte sich sehr intim an, sie in mein Bett zu legen, doch wo hätte ich sie sonst hinbringen sollen? Die Couch fiel flach, falls Eomma heimkam, und Lucas' Zimmer war tabu. Allein die Vorstellung, sie in seinem Bett schlafen zu lassen, machte mich wahnsinnig, nur leider aus den vollkommen falschen Gründen.

»Lucas ...«, sagte June schlaftrunken und richtete sich ein wenig auf. Ihre Wangen glühten vor Fieber. Ich ging zu ihr und versuchte, sie wieder in die Kissen zu drücken, doch sie krallte sich an meinem Pulli fest und zog mich zu sich herunter, bis sich unsere Nasenspitzen beinahe berührten. Aber eben nur fast. »Ich mag deinen Bruder!«, sagte sie, kurz bevor sie wieder einschlief.

»Ja, ich weiß«, antwortete ich leise. »Und er mag dich auch.«

Selbst zu atmen schmerzte.

Die Zeit kroch nur so dahin. June fieberte und schlief. Ich kühlte ihre Stirn und brachte ihr Aspirin in Wasser aufgelöst, was sie aber größtenteils aushustete.

»June, zieh deinen Pulli aus, der ist jetzt ganz nass und voller Medizin.«

Sie rollte herum und blinzelte mich unter schweren Augenlidern an. »Mir ist sowieso heiß!« Sie schlüpfte aus einem Ärmel und schlief wieder ein.

Kopfschüttelnd half ich ihr aus dem Pulli und ließ ihn neben das Bett fallen. Ein T-Shirt war nicht warm genug, oder? Musste man bei Fieber nicht schwitzen? Unbeholfen zog ich die Decke hoch und wickelte sie bis zu den Ohren darin ein. Sie maulte und strampelte sich frei. Na, dann halt nicht!

Ich tat, was mir einfiel, allerdings fehlte mir ein *richtiger* Plan. Ich musste ihren Vater informieren. Klar. Nur was machte ich, wenn er hierherkam? Eomma würde die falschen Schlüsse ziehen und ich war auch noch nicht bereit, Peter zu verzeihen. June nicht mehr als den Erzfeind anzusehen, fand ich schon großzügig genug von mir.

Konnte ich sie selbst heimbringen? Unmöglich. Zwar hatte ich einen Führerschein, aber kein Auto. Noch einmal ein Taxi zu nehmen, würde für die Strecke ziemlich teuer werden. Und in ihrem Zustand fiel Busfahren auf jeden Fall flach.

Vielleicht sollte ich sie in ein Krankenhaus bringen? Wenn sie nicht in fünf Minuten aufwachte, würde ich doch ein Taxi rufen. Okay, in sechs. Zehn waren auch in Ordnung. Sie atmete noch, oder?

Die Entscheidung, was zu tun war, wurde mir abgenommen, als ihr Handy klingelte und die Anzeige *Peter Pops* aufleuchtete.

Zähneknirschend verließ ich den Raum und drückte auf *Gespräch annehmen.*

»June, ist alles in Ordnung?«

»Hier ist Cole. Archer.«

Es entstand eine kurze Pause. Er schien die Luft anzuhalten, denn als er sie ausstieß, sagte er: »Oh, Cole! Gut!«

»June ist krank. Ich hab sie von der Bushaltestelle aufgelesen ...« Vor lauter Unsicherheit hörte ich mich vorwurfsvoll an.

An Peters Ende wurde es unruhig. Ich vermutete, er warf sich eine Jacke über und schnappte sich die Autoschlüssel. »Ich bin gleich –«

»Das hört sich vielleicht komisch an, Mister Jones ...«, unterbrach ich ihn. Ich schluckte. »Könnten Sie ... vielleicht nicht kommen?«

Wieder schwieg er und ich kam mir saudumm vor, als ich all meinen Mut zusammennahm und zu einer Erklärung ansetzte. Insgeheim war ich selbst gespannt, was ich ihm sagen würde.

»Ich denke, es ist besser, sie bleibt hier und schläft sich einfach aus«, begann ich lahm.

Er räusperte sich. »Bist du sicher? Es stimmt, dass sie das häufiger hat und meistens nach einer Mütze voll Schlaf wieder gesund ist. Aber sie zu versorgen ist bestimmt nicht einfach für dich und –«

»Ich will mich um sie kümmern, okay? Bitte.«

Er seufzte leise. »Meinetwegen, Cole. Meine Nummer hast du ja. Wann immer ich sie abholen soll, auch wenn es mitten in der Nacht ist, ruf einfach an. Und mach dir keine allzu großen Sorgen, June hat ein sehr reaktives Immunsystem. Sie fiebert immer ziemlich schnell. Morgen ist sie bestimmt wieder auf dem Damm.«

»Danke, Mr. Jones«, flüsterte ich.

»Wenn du magst, würde ich mich freuen, wenn du mal zum Kaffeetrinken bei uns vorbeikommst«, sagte er.

»Ja ... äh ...«

»Und Cole?«

Nenn mich Peter, hörte ich ihn schon sagen. Und dann spielten wir heile Familie – die, die noch übrig waren. Wut stieg in mir auf. Doch ehe ich etwas loswerden konnte, sagte er nur: »Danke!« Und legte auf.

Ich ließ den Kopf in den Nacken fallen und lockerte die Muskeln. Das war anstrengender gewesen als das Basketballspiel mit Shun (bei dem er mich übrigens vollkommen zerstört hatte). Doch die erste Hürde hatte ich genommen.

Eilig ging ich zurück an meine Krankenpfleger-Aufgaben. Jetzt, wo ich wusste, dass June das öfter hatte, war ich ein wenig beruhigter. Nun galt es nur noch, Eomma von meinem Zimmer fernzuhalten, sobald sie nach Hause kam.

June schlief und schlief. Sie schwitzte und wälzte sich in den Laken herum, stieß ein Wasserglas vom Nachttisch und murmelte zusammenhangloses Zeug, meistens irgendwas von Lucas. Manchmal auch von mir. Ich versuchte, nicht zu genau hinzuhören, weil es mich verletzte, wenn sie von meinem Bruder sprach. Außerdem fühlte es sich an, als würde ich in ihrer Unterhosenschublade wühlen, wenn ich sie in ihrem wehrlosen Zustand ausspionierte. Ich hatte also Kopfhörer auf und hörte leise Musik. Die meiste Zeit verbrachte ich im Sessel neben dem Bett und versuchte, einen Comic zu lesen. Allzu lang konnte ich aber nicht still sitzen. Es half mir gegen die Nervosität und die Sorgen, die ich mir um sie machte, wenn ich irgendetwas tun konnte. Stirn kühlen, ihr ein neues Shirt bringen, Wadenwickel (sie hatte so dünne Unterschenkel, dass ich den Lappen mehrfach darumschlingen musste). Ich brachte ihr Tee mit Honig und das einzige Fiebermittel, was ich im Haus finden konnte. Doch sie wurde immer unruhig, sobald ich das Zimmer verließ, darum blieb ich nie lange weg.

Eomma kam, als ich gerade kühles Wasser für die Waschlappen holte. Stirnrunzelnd betrachtete sie erst die Schüssel in meiner Hand und dann mein Gesicht.

»Alles in Ordnung, Cole?«

»Ich hab mir den Magen verdorben ...«, log ich. »Komm mir besser nicht zu nah, sonst kotzen wir nachher alle.«

Sie hob die fein gezupften Augenbrauen. »Du bist gar nicht blass. Im Gegenteil, deine Wangen sehen ganz rot aus und deine Augen ... sag mal, hast du Fieber?«

Ich zuckte vor ihrer ausgestreckten Hand zurück.

»Kann schon sein. Eomma ... komm nicht in mein Zimmer! Ich will einfach nur in Ruhe gelassen werden.«

Sie musterte mich ernst. Dann sagte sie: »Ruf mich, falls ihr mich braucht.«

»Okay. Danke.«

Erst in meinem Zimmer fiel mir auf, was sie gesagt hatte. *... falls* ihr *mich braucht.*

Hatte sie aus Gewohnheit von Lucas und mir gesprochen? Das war ihr seit seinem Tod nicht passiert. Genau wie ich konnte auch Eomma keine Sekunde lang vergessen, dass Lucas gestorben war, darum glaubte ich nicht daran.

Ich öffnete meine Zimmertür. Eomma stand im Flur und presste die Lippen aufeinander, um ein Grinsen zu verbergen.

»Woher weißt du es?«, fragte ich. Zwecklos, es abzustreiten. Es war nicht verboten, ein Mädchen heimzubringen. Dass ich sie angelogen hatte, machte das Ganze jedoch dramatischer, als es war.

Sie drehte sich um und wedelte in Richtung Eingang. »Da stehen Mädchenschuhe und ein Schulrucksack, den ich nicht kenne.«

Ich starrte auf die Springerstiefel, die ich June schon zum zweiten Mal eigenhändig von den Füßen gestreift hatte. »Mädchen...schuhe?«, krächzte ich.

Eomma drehte sich zu mir um. »Oder es ist ein Junge mit sehr kleinen Füßen. Größe 36? Und er hat den Rucksack von seiner Schwester dabei, da steht *Juniper Jones* auf einem Aufnäher ...«

Ich stöhnte auf.

Natürlich würde Eomma nicht den Namen des Mädchens vergessen, das in den Unfall ihres Sohns verwickelt war. Warum sie lächelte, wusste ich allerdings nicht.

»June ist krank. Ich konnte sie ja schlecht an der Bushaltestelle verrecken lassen ...«

Eomma zuckte bei meinen harten Worten leicht zusammen. Sofort tat es mir leid, doch sie schüttelte einmal knapp den Kopf und wirkte wieder gefasst.

»Wie gesagt: Ruft mich, wenn ihr mich braucht. Allerdings denke ich, du schaffst das auch allein, und ich könnte mir vorstellen, dass es Juniper lieber wäre, wenn du dich um sie kümmerst.«

Da war ich mir nicht sicher. Ich starrte meiner Mutter ein paar Sekunden misstrauisch hinterher.

Wie war es möglich, dass ich mich in den Reaktionen aller getäuscht hatte? June war nicht die egoistische Psychobitch, für die ich sie gehalten hatte. Ihr Vater benahm sich überhaupt nicht wie ein Hobbypsychologe. Und Eomma hatte kein Problem damit, dass ihr überlebender

Sohn die Todesursache ihres anderen Sohns im Bett liegen hatte.

Konnte es sein, dass ich mich verrannt hatte?

June rief nach mir und ich stürzte zurück ins Zimmer.

*JUNE

Ich trieb in einem Fluss aus Lava. Es war unendlich heiß, und obwohl ich strampelte, kam ich nicht an das rettende Ufer. Auf der einen Seite stand Lucas, die Arme ausgebreitet, warm und sicher. Er lächelte.

Ich drehte den Kopf und entdeckte Cole, der auf der anderen Seite stand, die Arme vor der Brust verschränkt, den Mund verkniffen. Sein ausdrucksloser Blick war mehr als abweisend. Der Strom sog mich zu Lucas – und da sollte ich ja auch hin. Trotzdem paddelte ich wie verrückt zu Cole hinüber. Lucas rief: »June, lass mich nicht im Stich!« Und Cole sagte:

»June, ich schwöre, wenn du nicht sofort deinen Schnabel aufmachst und dieses Zeug trinkst, halte ich dir so lange die Nase zu, bis du erstickst!«

»Ich will keine Lava trinken«, jammerte ich.

Cole schnaubte. »Das ist Wasser, du Nuss. Kühles Wasser. Na komm, sei brav und trink. Nur einen Schluck.«

Warum klang er jetzt so nett, wenn er gerade noch böse geschaut hatte?

Ich blinzelte und sah, wie er sich über mich neigte, das Glas an meinen Lippen. Die Augen dunkel vor Sorge, wirkte er gar nicht abweisend.

Ich hob den Kopf etwas an und trank ein paar Schlucke. Es tat unvorstellbar gut!

Ausatmend sank ich in die Kissen zurück und Cole strich mir das Haar aus der Stirn.

Komisch, ich hätte geschworen, dass ich den Lavastrom geträumt hatte – und nicht das hier. Aber ich lag in Coles Bett und er tupfte mir mit einem feuchten Tuch die Stirn ab. Ich kicherte. Eindeutig war das hier der verrücktere Traum.

Cole hielt inne und sah mich fragend an.

»Ich träume totalen Unsinn«, erklärte ich. Dann fielen mir die Augen zu und ich schlief erneut ein.

*COLE

Junes Fieber sank in den frühen Morgenstunden. Vom vielen Herumwälzen war ihre Frisur total zerzaust. Ihre Lippen waren spröde und die Wangen schimmerten immer noch rot. Ich konnte sie gar nicht so genau ansehen, weil dann mein Herz komische Sachen in der Brust veranstaltete. So was wie Limbotanzen oder so einen Quatsch.

Ich schüttelte über mich selbst den Kopf.

Da sie nun ruhig schlief, schlich ich mich aus dem Zimmer und brühte mir einen Kaffee. Obwohl ich die ganze Nacht nicht geschlafen hatte, brauchte ich eigentlich kein Koffein. Etwas Warmes im Bauch half jedoch bestimmt gegen das Kribbeln.

Dieses verflixte Gefühl! Es nagte an mir, als würde ich meinen Bruder post mortem hinterrücks erstechen. Warum funktionierten bei mir immer nur Extreme? Entweder hasste ich sie oder ich … fand sie okay … ziemlich okay. Mit Tendenz zu echt gut … mit Schmetterlingen …

Okay! OKAY! Durchatmen, Cole!

Ich fand sie ganz in Ordnung. Weiter nichts.

»Wie geht es Juniper?«, fragte Eomma und schob ein Schüsselchen mit dampfend heißer Suppe über die Anrichte. »Gib ihr das, dann kommt sie wieder etwas zu Kräften.«

Ich kratzte mich am Kopf. »Eomm–«

»Cole Archer! Schluss mit dem Gesicht.«

»Welches Gesicht? Dieses?« Ich pikste in meine Wange. »Das ist leider angewachsen ...«

»Du weißt genau, was ich meine!« Eomma sah mich streng an. »Es gibt keinen Grund, immer grimmig zu gucken.« Sie warf einen knappen Blick auf ihre feine goldene Armbanduhr. Ein Geschenk von Dad. »Denk daran, dass dein Vater am Wochenende heimkommt. Ich muss jetzt los. Wenn du was brauchst, ruf mich an, ich kann in der Mittagspause einkaufen.«

»Falls es ihr gut genug geht, bringe ich June heute nach Hause«, sagte ich und hörte mich jetzt schon sehnsüchtiger an, als auszuhalten war.

»Tu das, Schatz!« Eomma streichelte meinen Handrücken. »Nur nichts überstürzen. Sie kann auch noch bleiben. Ich habe mit Peter gesprochen, er weiß, dass wir uns gut um sie kümmern.«

»Peter?« Meine Kinnlade knallte beinahe auf die Küchenzeile.

»Junipers Vater?« Eomma schlüpfte in ihren Blazer und angelte nach dem Schlüsselbund, der ein wenig zu hoch für ihre 1,56 Meter am Haken baumelte.

»Eomma!«

»Bis später, Cole! Saranghae.«

Die Tür fiel hinter ihr ins Schloss. Ich sackte in mich zusammen. »Lieb dich auch, Eomma ...«, murmelte ich in den leeren Raum.

»Saranghae ...?«

Ich schreckte auf, als ich Junes Stimme hinter mir hörte, und beinahe ein zweites Mal, als ich sie sah.

Nun wirkte sie tatsächlich wie ein Geist. Die spröden weißen Lippen unterbrochen von dunkelroten, blutgefüllten Rissen. Die Schatten unter ihren Augen erinnerten an dicke Kayalbalken, die nur mühsam ihre überdimensionalen Kulleraugen stützten. Ich traute mich kaum, auszuatmen, aus Sorge, dass ich sie damit einfach wegblasen würde.

Prompt schwankte sie und klammerte sich am Türrahmen fest. »Heißt das: *Ich liebe dich*?«

Mein Gehirn brauchte eine Weile, ehe es die Puzzleteile der Information zusammensetzte. »Ja.« Endlich löste ich mich aus der Starre und schob sie auf einen Stuhl zu. »Meine Eomma geht nie aus dem Haus, ohne es zu sagen. Eomma, Eomeoni eigentlich ... das da war meine Mutter.«

Sie nickte nachdenklich. »Klingt ein bisschen wie Oma. Omma ...« Sie kicherte, was in einen Hustenanfall überging.

Unbeholfen tätschelte ich ihr den Rücken, während sie sich krümmte und ihre halbe Lunge auf der Anrichte verteilte.

Als sie endlich wieder keuchend zu Luft kam, schob ich ihr die Suppe und einen Löffel zu. »Koreanisches Wundermittel. Hilft gegen Kater, Erkältung und, wenn man Eomma glaubt, auch gegen Liebeskummer.«

June ließ den Löffel kurz sinken, dann schaufelte sie sich schniefend das heiße Gebräu in den Rachen.

Ich war unsensibel! Natürlich hatte sie Herzschmerz wegen Lucas. Sie hatte fürchterlich geweint, als sie von seinem Tod erfahren hatte. Damals war ich davon ausgegangen, dass sie mehr wegen ihrer Schuld am Unfall als über seinen Verlust heulte, schließlich kannte sie Lucas ja kaum. Doch was wusste ich schon von der Liebe? Vielleicht hatte sie sich ja Hals über Kopf in ihn verliebt, als er ihr den Brief übergeben hatte? Liebe auf den ersten Blick – bei beiden.

Ohne es zu bemerken, hatte ich begonnen, mit den Zähnen zu knirschen, was mir erst auffiel, als sie beim Essen innehielt und mich fragend ansah. Ihre Augen wirkten wie ein schwarzer Nachthimmel mit nur einem Stern.

Hilfe! War etwas von Lucas' poetischer Ader auf mich übergesprungen oder was war mit mir los?

»Ich fahre nachher heim. Danke für alles, das war wirklich unglaublich nett von dir.«

»Ich begleite dich«, sagte ich schnell.

»Nicht nötig.« Sie sprang vom Stuhl und ging fast in die Knie. »Ich kann das allein …«

Keine Ahnung, ob sie damit meine reflexartig ausgestreckte Hand meinte, die sie vor einem Sturz bewahrte, oder die Heimfahrt.

*JUNE (10 MINUTEN ZUVOR)

In Coles Bett aufzuwachen, gehörte garantiert zu den verwirrendsten Dingen, die ich je erlebt hatte. Obwohl in diesem Haus alles steril und kühl wirkte, lag ich hier erstaunlich gemütlich.

Jemand schien auf dem Sessel neben dem Bett übernachtet zu haben, jedenfalls deuteten eine helle Wolldecke, ein aufgeschlagener Comic und eine halb leere Tasse Kaffee darauf hin. Dass Cole Archer über mich gewacht haben sollte, konnte ich mir allerdings beim besten Willen nicht vorstellen.

Jedoch hatte ich genau solche Dinge geträumt. Von kühlen

Händen auf meiner Stirn. Von jemandem, der mir ein schwarzes Männer-Shirt reichte. Und von Gesprächsfetzen, die mir eine Hitze in den Kopf zauberten, die nicht vom Fieber kam.

Ich bete zu sämtlichen Göttern, dass das alles nur Fieberträume gewesen waren …

Als ich jedoch die Decke zurückschlug, trug ich ein übergroßes schwarzes Bandshirt, keine Hose und ein Knäuel aus feuchten Tüchern schlang sich um meine Knöchel. Ich befreite mich aus den Handtüchern und schnupperte verstohlen an dem T-Shirt. Wahrscheinlich bildete ich mir nur ein, dass es dezent nach Cole roch … Ach, du lieber Himmel!

Coles Stimme drang durch die Tür, er unterhielt sich mit einer Frau. Im Reflex überlegte ich, mich im Schrank zu verstecken, da hörte ich die Frau meinen Namen sagen.

Neugierig kroch ich aus den Federn und tastete mich in Zeitlupe in die Küche. Bei jedem Schritt wackelten meine Knie und immer wieder wurde mir schwarz vor Augen. Der Marmorboden schwankte unter meinen nackten Füßen. Ich schaffte es gerade noch, die elegante Frau zur Haustür hinausschweben zu sehen. Cole nannte sie *Eomma*.

Plötzlich war ich unsicher. Wie sollte ich mich verhalten? Wäre ich fitter, wäre ich jetzt zurück ins Zimmer geflitzt, aber das machte mein Kreislauf nicht mit, darum blieb mir nur die Flucht nach vorne.

»Saranghae …?«, fragte ich. Cole fuhr herum und starrte mich an, als hätte er im Leben nicht erwartet, mich in diesem Haus zu sehen. Also echt jetzt, ich war ja wohl kaum von selbst hier hereinspaziert und hatte – von ihm unbemerkt – in seinem Bett übernachtet. Erst mit etwas Verzögerung bemerkte ich, dass ich gerade irgendwie »Ich liebe dich!« gesagt hatte. Shit, vielleicht hatte er die Frage dazu nicht gehört? Es kostete mich einiges an Selbstbeherrschung, seinem Blick standzuhalten, bis er auf mich zuschoss und meinen Hintern auf einem dieser modernen und wahnsinnig unbequemen Barhocker parkte. Irgendwie war ich nervös, deshalb machte ich einen blöden Witz und musste prompt husten. Es war ihm sichtlich unangenehm, dass ich fast auf die blank gewischte Küchenzeile kübelte.

Cole gab mir eine koreanische Suppe, die angeblich gegen alles und gebrochene Herzen helfen sollte. Einen kurzen Moment fragte ich mich, ob er mir damit etwas mitteilen wollte.

Verlieb dich nicht in mich, sonst wirst du nur unglücklich!, schien sein Blick zu sagen.

Ich inhalierte die Suppe, obwohl sie kochend heiß und extrem scharf war. Meine Nase lief von dem Chili ununterbrochen, selbst die Augen tränten mir. Anschließend brannte mein Hals von der Zaubersuppe und nicht mehr von der Erkältung. Und tatsächlich fühlte ich mich etwas kräftiger, weshalb ich ein wenig zu schwungvoll vom Stuhl hüpfte. Cole stützte mich, als ich beinahe auf den Boden knallte. Peinlich, peinlich. Er hatte mich bereits in den unmöglichsten Situationen gesehen. Es war an der Zeit, dass ich etwas Abstand zwischen uns brachte.

Außerdem wartete Lucas bestimmt schon längst! Das zweite Mal musste er sich mit den Albträumen quälen, obwohl ich das Dare erfüllt hatte!

Ich stöhnte innerlich und machte mich von Cole los. »Ich schaff das allein«, verkündete ich, dabei war ich mir da nicht wirklich sicher. Cole schien ebenfalls zu zweifeln, was mich noch mehr drängte, ihm das Gegenteil zu beweisen. Leider konnte ich mir, zurück in seinem Zimmer, nicht einmal Strümpfe anziehen, ohne fast in Ohnmacht zu fallen. Und als er kurzerhand vor mir auf die Knie ging und mir selbstverständlich die Socken anzog, befiel mich ein seltsames Gefühl. Beinahe wäre ich, auch ohne mich zu bücken, aus den Latschen gekippt.

Er beugte den Kopf nach unten und ich fragte mich, ob seine schwarzen Haare sich so seidig anfühlten, wie sie aussahen. Hastig rückte ich von ihm ab, sobald er fertig war. Ich benahm mich maximal unhöflich – das merkte ich ja selbst. Darum presste ich schnell ein halbherziges Dankeschön heraus. Sein Stirnrunzeln sprach Bände. Na toll. Ich fühlte mich wie im freien Fall und hatte keine Ahnung, was ich tun sollte. Konnte er das nicht verstehen?

Cole ließ mich weder die Schuhe binden, noch meinen Rucksack zur Bushaltestelle tragen. Und schließlich saß er neben mir auf dem abgewetzten Bussitz und behauptete, er hätte sowieso in die Richtung gemusst. An einem Schultag! Aufs Land! So ein Schwachsinn!

Aber am schlimmsten war, dass ich auf der Hälfte der Strecke einschlief und mit dem Kopf an seiner Schulter aufwachte. Mein Mund war furztrocken, garantiert hatte ich geschnarcht. Cole wirkte gequält.

Einfach! Wunderbar!

*COLE

Wenn Juniper Jones schlief, war sie fast schon unerträglich süß. Wie eine Katze rollte sie sich mit angezogenen Knien zusammen. Ihre Haare waren von den billigen Sitzbezügen elektrostatisch aufgeladen und flimmerten um ihren Kopf herum. Ich versuchte, sie zu glätten, da kuschelte sie sich an mich. Sie schmatzte zweimal und seufzte dann wie ein Animecharakter.

Ihr Kopf lehnte an meiner Schulter.

Ich traute mich nicht, mich zu bewegen oder tief zu atmen, um sie nicht zu wecken. Und obwohl ich steif wie ein Brett dasaß, erfüllte mich in diesem Moment zum ersten Mal seit Langem eine tiefe innere Ruhe. Ich wünschte mir, der Bus würde nie ankommen, damit dieser Augenblick ewig andauern würde.

Irgendwann fuhr sie plötzlich hoch und sah mich an, als sei ich der Teufel persönlich.

Ihr Entsetzen war eine Ohrfeige.

Ich rückte ein paar Zentimeter weg.

Auf der Türschwelle wirkte sie auf einmal wieder dermaßen mitgenommen, dass ich es nicht übers Herz brachte, sie dort stehen zu lassen. Nun war ich so weit gekommen und hatte die Schule ohnehin schon geschwänzt, da konnte ich sie wenigstens noch reinbringen. Sie hatte zwar deutlich gezeigt, dass sie keinen Bock auf meine Begleitung hatte, was sich ehrlich gesagt ziemlich scheiße anfühlte nach allem, was ich in den letzten vierundzwanzig Stunden für sie getan hatte. Doch sie sagte auch nichts, als ich ihr den Schlüssel aus der zitternden Hand nahm und für sie aufschloss, sie hineinschob und hinter ihr eintrat.

Es war gleichgültig, ob sie mich mochte oder nicht. Jetzt zählte nur, dass sie gut versorgt war.

Darum tappte ich ungefragt in die Küche und setzte Wasser für Tee auf. Sie sank derweil tief genug in einen Sessel, um beinahe mit dem Polster zu verschmelzen.

Nachdem ich irgendwelche Kräuter (hoffentlich war das kein Dope ... der Vater sah ein wenig nach Hippie aus) in einen Becher heißes Wasser geschüttet hatte, schlief sie schon wieder halb. Nur mühsam öffnete sie ein Auge und schnupperte misstrauisch an dem Gebräu.

Bestimmt drückte ich ihr die Tasse in die Hand.

»Majoran?«, fragte sie stirnrunzelnd.

»Äh ...«

»Ist das auch ein koreanischer Heiltrank?« Ihre Augen leuchteten auf.

»Ge...nau.«

Sie grinste und trank, verzog das Gesicht, lachte und nahm noch einen Schluck. »Danke, Cole. Medizin muss einfach eklig schmecken, sonst wirkt sie nicht.«

Immer wieder fielen ihr die Augen zu und ich fühlte mich ein wenig überflüssig. So viel zum Thema, June wäre heute wieder *auf dem Damm*. Um wenigstens noch irgendetwas zu tun, besorgte ich ihr eine Wolldecke, breitete sie unbeholfen über ihr aus und ging dann zur Tür.

Als ich die Klinke heruntergedrückte, sagte sie: »Musst du schon gehen?«

»Nein ...«

»Ich weiß, es ist bestimmt viel verlangt ... aber ... falls du nicht dringend wegmusst ...«

*JUNE

»... könntest du vielleicht noch ein bisschen hierbleiben?«

Das hatte ich gesagt. Allen Ernstes! Laut! Ich presste die Handballen fest auf meine Augen, sodass ich bunte Punkte sah. Peinlicher ging es echt nicht.

»Okay«, sagte Cole und wahrscheinlich lag es am Fieber, dass ich den Eindruck hatte, er würde erleichtert klingen.

Meine Hände plumpsten kraftlos in den Schoß und ich starrte Cole an. »Echt jetzt?«

Er schloss die Haustür wieder und warf mir einen Seitenblick zu. »Klar.«

Obwohl ich todmüde war, konnte ich nun nicht mehr einschlafen. Immer wieder schaute ich zu ihm hinüber, wie er rastlos durch die Küche wanderte, mir literweise Tee kochte (ich zeigte ihm, wo er frische Pfefferminze fand) und schließlich mit einem Buch auf dem Sofa saß. Er starrte nun schon ewig auf dieselbe Seite. Ich glaubte nicht, dass er las.

»Hm?«, fragte er, ohne aufzusehen.

»Ich hab nichts gesagt.«

»Du siehst mich an. Brauchst du was?«

Meine Wangen brannten. »Nein, danke.«

Er nickte und *las* weiter. »Wenn ich krank war, hat Lucas mir immer vorgelesen. Märchen. Comics. Und später Gedichte. Ich glaube, ich habe noch nie einen ganzen Gedichtband gelesen, geschweige denn gehört, außer als ich Windpocken hatte. Lucas hatte sie auch. Trotzdem saß er an meinem Bett und hat mir von seinem Lieblingsdichter vorgelesen.«

»Zacharias Jones ...«, murmelte ich schlaftrunken. Als er schwieg, schreckte ich auf. Mist!

»Genau ...« Er sah mich misstrauisch an.

»Der Liebesbrief ...«, setzte ich an und brach dann ab. Das ging Cole nichts an.

Cole nickte hastig. »Zacharias Jones, so hieß der. Gleicher Nachname wie du.«

Ich lächelte anstelle einer Antwort.

»Seitdem verbinde ich Kranksein mit Gedichten und vorgelesen bekommen.« Er scharrte mit den Füßen über die Holzdielen. »Soll ich ... möchtest du vielleicht ...«

»Ja!«, platzte ich heraus. »Sehr gerne.«

Er lachte kurz auf. Früher hätte ich es als spöttisch bezeichnet. Jetzt erkannte ich eindeutig die Erleichterung dahinter.

Er blätterte zurück zur ersten Seite und begann zu lesen: »Nennt mich Ismael ...«

Ein zufriedenes Lächeln stahl sich auf mein Gesicht und mit dem Klang seiner Worte dämmerte ich weg.

*COLE

Ich war heiser vom vielen Lesen. Obwohl sie diesmal fest zu schlafen schien, hatte ich nicht aufgehört vorzulesen. Der Klang meiner eigenen Stimme hatte etwas seltsam Beruhigendes – nicht nur offensichtlich für June, sondern auch für mich. Ich las und las, bis die Haustür aufging und Peter hereinkam. Er schüttelte sich Regen und Blätter aus den windzerzausten Haaren, hängte seinen Mantel an den Haken und bemerkte erst, als er sich die Schuhe abstreifte, meine Anwesenheit.

Ich war angespannt wie ein Bogen. Bestimmt folgte jetzt das Gespräch, auf das ich die ganze Zeit wartete und welches ich nicht führen wollte.

Peters Augen leuchteten auf. »Cole! Wie schön, dich wiederzusehen. Danke, dass du dich so gut um meine Tochter gekümmert hast. Alles in Ordnung, June?«

»Ja, ich bin okay, Pops. Keine Sorge.«

Er ging zum Sessel und streifte ihr ein paar Strähnen aus der Stirn. Diese Geste war so vertraut, dass sie mir aus unerklärlichen Gründen einen Stich verpasste.

»Das Fieber ist gesunken, wie ich es gesagt hatte. Eine

Nacht Schlaf und mein Mädchen ist wieder fast ganz gesund«, verkündete er. »Du bleibst doch zum Essen, ja?«

»Eigentlich ...«

Er sah mich an.

Manche Erwachsenen schauten einen ja auf eine Art an, dass man das Gefühl hatte, gar nicht gesehen zu werden. Andere, als ob sie einem mitteilten, was sie von dir erwarteten. Peter Jones sah mich an, wie ein Kind ein anderes Kind ansieht: vollkommen offen.

»Ich würde gerne bleiben. Kann ich beim Kochen helfen?«

»Oh!« Peter grinste. »Herzlich gern. Ich bin ein ziemlich mittelmäßiger Koch. Hoffentlich bist du besser?«

»Äh ...« Ich lachte. »Nein. Ich kann gerade mal Nudeln kochen.«

»Ah, Beethoven ...« Peter rieb seine Hände. »Nudeln mit Butter und Käse. Gute Wahl!«

Aus Junes Sessel drang ein heiseres Kichern zu uns herüber. »Pops, erklär ihm das. Cole ist zum ersten Mal hier.«

»Zum zweiten Mal!«, verkündete Peter, als würde ich deshalb zur Familie gehören. »Hol mal die Spaghetti aus dem Schrank unten rechts. Nein, noch eins weiter. Ja.«

Und während wir *kochten* und June uns zuhörte – wie ein Burrito in Decken gewickelt –, erzählte Peter von Ouija-Sessions und Geschichte. Er war der geborene Erzähler, weil er seine eigene Begeisterung nicht verbergen konnte und sie absolut ansteckend war.

»Und was hat Beethoven jetzt mit Nudeln zu tun?«, fragte ich schließlich und bemerkte, dass ich mich irgendwann zwischen Salz ins Wasser streuen und Käse reiben entspannt hatte. In der Küche war nicht genug Platz, Peter aus dem Weg zu gehen, und wir berührten uns ständig zufällig. Dank Peters fuchtelnden Armen und seinem unermüdlichen Mundwerk war es jedoch keine Absicht und dadurch irgendwie okay.

»Ah! Du bist aufmerksam, gefällt mir.« Er nickte. »Wir laden also immer einen Geist ein. Und ich habe die Theorie, dass die Geister eher kommen, wenn man ihnen ihr Lieblingsessen anbietet.«

»Er hat ein ganzes Kochbuch mit den Leibspeisen berühmter Persönlichkeiten angelegt«, raunte June mir verschwörerisch zu.

»Manchmal ist es schwierig«, nahm Peter den Faden wieder auf. »Ich meine, eine Pastete für Alfred Hitchcock oder trockene Nudeln für Einstein krieg ich hin, notfalls auch Leberknödelsuppe für Herrn Mozart. Nur wenn die dann mit gebratenen Biberschwänzen oder Schildkrötensuppe ankommen …«

June formulierte tonlos etwas, das für mich wie *Henry V.* und *Churchill* aussah. Obwohl mir mein historisches Unwissen hier deutlich vor Augen geführt wurde, fühlte ich mich in diesem Geplänkel pudelwohl.

Schließlich saßen wir um den kleinen runden Holztisch, June wurde kurzerhand mitsamt ihrem Sessel dorthin geschoben. Peter bat mich, einen Löffel Käsenudeln auf das ornamentverzierte Ouija-Brett zu geben. Die glitschigen Spaghetti platschten regelrecht auf das Brett und machten eine Schweinerei auf dem ganzen Tisch. Verstohlen sah ich mich nach einem Lappen um. June lachte nur und wischte mit den Fingern die Käsesoße weg.

»Je mehr Wutzerei, desto besser für Beethoven. Das hört man schon an seiner Musik, dass das keiner war, der es gern allzu sauber mochte.« Peter zwinkerte mir zu. »Magst du Musik?«

»Ja, halt nicht unbedingt Klassik. Ich spiele ein bisschen E-Gitarre und Schlagzeug.«

»Wundervoll! Das wird dem alten Zausel gefallen. Ich bin überzeugt, er wäre heute ein Rockmusiker. Irgendwas Extremes. Vielleicht Marilyn Manson?« Fragend sah er mich an.

Meistens fand ich es peinlich, wenn Erwachsene versuchten, cool mit Jugendlichen zu sprechen. Bei Peter wirkte das Interesse allerdings echt, sodass ich nach einem kurzen Blick zu June sagte: »Also, wenns ein krasser Rebell sein soll, dann kenne ich da genau den richtigen Typen dafür. Ein japanischer Metal-Sänger.«

June kicherte wieder und ich merkte erneut, wie wohl ich mich mit den beiden fühlte.

Obwohl June und Peter wie zusammengewachsen miteinander umgingen, kam ich mir keineswegs überflüssig oder ausgegrenzt vor. Einer von beiden weihte mich immer in die Insiderwitze und Eigenheiten des anderen ein. Ich bekam die Spielregeln des Geisterdinners erklärt und las gespannt mit, als wir die Scheibe über das Brett gleiten ließen. Natürlich glaubte ich nicht an Geister – und schon gar nicht an Peters abstruse Dinner-Theorie – dennoch kribbelte es mir in den Fingern, als sich der Marker nahezu von selbst bewegte und sich Worte bildeten.

»Machst du das?«, zischte ich June zu, die mit konzentrierter Miene auf das Brett starrte.

»Nein, das ist Beppone …«, raunte sie mir zu und aus irgendeinem Grund mussten wir beide lachen.

Beppone war nämlich – angelockt von »Pasta Parmiggiano« – aus seinem neapolitanischen Grab angeflogen gekommen, um uns mit Geschichten über die Entstehung der Nudel zu erheitern.

Es war wirklich extrem witzig, vor allem, weil Peter beim Vorlesen einen italienischen Akzent annahm und den Geist hin und wieder in perfektem »*italiano*« zur Sau machte, wenn er sich (angeblich) ungefragt eine weitere Nudel aus dem Topf geklaut hatte.

Junes glitzernde Augen und der lachende Mund machten es mir unmöglich, wegzusehen. Sie war rotwangig und sprudelnd vor Energie, obwohl sie gerade noch ein Häufchen Elend in einem gestreiften Ohrensessel gewesen war.

Peter hatte als alleiniger Weintrinker irgendwann einen Schwips und stritt mit »Beppo« nur noch über den perfekten Reifegrad von Hartkäse.

Ich spülte ab, während June ihren Vater beschwichtigte und Beppo höflich, aber bestimmt verabschiedete.

Erst danach fragte ich mich, wie ich jetzt eigentlich heimkommen sollte. Es war schon dunkel, garantiert fuhr heute kein Bus mehr. Für ein Taxi war die Strecke zu weit und Peter konnte nicht mehr fahren. Entweder ich rief Eomma an, die allerdings total ungern nachts fuhr, oder …

»Cole kann auf der Couch übernachten, nicht wahr?«, röhrte Peter, bevor er die Treppe hochschwankte.

»Wenn ich darf und es für dich okay ist?«, sagte ich zu June.

Sie strahlte mich an.

Dann fiel ihr Lächeln in sich zusammen wie ein Kartenhaus und sie sah hinaus in den nächtlichen Garten.

»Ich muss nur noch kurz an die frische Luft. Kannst du …« Sie runzelte die Stirn und starrte den Tisch an, den ich bereits abgewischt hatte. »Könntest du den noch mal richtig sauber machen? Ich hab vorhin was verkleckert, ich glaub, das ist da noch drauf. Sorry! Und danke!« Damit huschte sie durch die Hintertür ins Freie.

Huh ...

Ich wischte den Tisch ein weiteres Mal ab, obwohl es dafür echt keinen Grund gab. Dann gab ich kurz Eomma Bescheid, immerhin sollte sie sich keine Sorgen machen, wenn ich nachts nicht nach Hause kam. Nachdem ich aufgelegt hatte, schleppte ich die Decke vom Sessel aufs Sofa, schnappte mir ein paar Kissen und machte es mir bequem.

Nicht zum ersten Mal fiel mir auf, dass in diesem Cottage ebenfalls ein Geist lebte, doch die Stimmung eine ganz andere war als bei mir zu Hause. Es lag nicht daran, dass Junes Mutter schon so lange tot war, das wurde mir jetzt klar. Die beiden hatten nur einen gesünderen Weg gewählt, ihre Trauer zu bewältigen.

Ich überlegte, dass ich gern von June und Peter lernen würde, wie man richtig mit Verlust umgeht.

Was machte June eigentlich so lange draußen, mitten in der Nacht mit einer handfesten Erkältung?

Unruhig stand ich wieder auf und wanderte herum. Es gab nichts mehr zu tun, aber ich konnte auch nicht nur rumsitzen. Ich schob den Vorhang beiseite und sah in den Garten hinaus, als plötzlich Peter neben mir auftauchte. Komischerweise war er jetzt überhaupt nicht mehr angeheitert. Er folgte stirnrunzelnd meinem Blick und seufzte tief.

»Sie braucht das. Ich habe mich an diese Telefonzelle in Japan erinnert, kurz nachdem Junes Mutter starb ... und da dachte ich mir: Warum baue ich ihr nicht ihre eigene Telefonzelle, mit der sie ihre Mama anrufen kann, weißt du?« Er schwieg eine Weile und schaute mit mir in die Dunkelheit. »Ich hätte nicht gedacht, dass sie sie so lange brauchen würde. Manchmal hat sie auch monatelang gar nicht mit ihr gesprochen, aber in letzter Zeit ... jeden Tag!«

»Sie weiß die Sache mit Lucas ...« Der Knoten in meinem Hals ließ mich wie ein Frosch klingen. Es fiel mir sowieso schon schwer, über meinen Bruder zu sprechen. Junes Vater damit zu konfrontieren, dass er June ihre Beteiligung verheimlicht hatte, war noch viel schwieriger.

Er atmete langsam aus. »Das habe ich mir schon gedacht.«

»Warum haben Sie ihr nichts gesagt?«, fragte ich heftiger als geplant. Er zuckte nicht einmal zusammen. Wahrscheinlich erwartete er meinen Zorn und fand ihn sogar gerechtfertigt.

»Weil ich sie unterschätzt habe. Ich dachte, sie zerbricht daran, dass ihretwegen ein Junge gestorben ist. Anfangs habe ich versucht, sie vor der Wahrheit zu beschützen. Als sie dich kennengelernt hat, war ich erst wie gelähmt, weil ich nichts mehr tun konnte, um den Faustschlag der Realität aufzuhalten. Aber ihr habt mir bewiesen, dass ich falschlag. Ihr seid stärker, als ich es euch zugetraut habe.«

»Tut es Ihnen leid?«, hörte ich mich fragen. »Ich meine, möchten Sie sich entschuldigen?« Es dauerte einen Moment, bis mir klar wurde, warum ich das gefragt hatte: weil ich es nicht mehr aushielt! Ich musste wissen, weshalb er mir zuerst all die Briefe schrieb und die Sache nun überhaupt nicht ansprach.

Er sah mich einigermaßen überrascht an. »Natürlich tut es mir leid, Cole. Aber ich möchte mich nicht entschuldigen.«

Nun war es an mir, ihn anzustarren. Er sank auf das Sofa und wartete, bis ich – steif wie ein Brett – neben ihm Platz genommen hatte. »Eine Entschuldigung würde bedeuten, dass ich erwarte, dass du mich aus meiner Schuld entlässt. Nur ... verstehst du ... ich bin nicht schuld am Tod deines Bruders. Genauso wenig wie June.«

»Wäre sie nicht gewesen –«, widersprach ich rein aus Reflex.

»Möchtest du wissen, was deine Mutter diesbezüglich zu mir gesagt hat?«

Keine Ahnung, ob ich es wollte, darum zuckte ich die Schultern, was er als »ja« deutete.

»Sie sagte: *Lucas war schon immer mit den Gedanken in irgendeiner Traumwelt. Wäre Cole nicht wie sein Schatten gewesen, wäre er mir schon hundertmal vor ein Auto gelaufen.*«

Ich biss die Zähne zusammen. Es stimmte. Ich hatte Lucas tausendmal von der Straße gezogen. Nur an dem Tag war ich zu weit weg gewesen, sonst hätte ich ...

»Was, wenn du ihn vor dem Auto gerettet hättest? Was, wenn es dich erwischt hätte, Cole?«

»Dann wäre es richtig gewesen!«, schrie ich. »Es ist meine Aufgabe, ihn zu schützen, und wenn ich dabei draufgehe.«

Erwachsene reagierten auf meine Neigung, für Lucas da zu sein und ihn auf Biegen und Brechen vor allem beschützen zu müssen, immer mit Unverständnis. Sie fanden es übertrieben, krankhaft. Was wussten die schon von uns?

Obwohl Peter ein Erwachsener war, nickte er. Er legte mir die Hand auf die Schulter und stützte sich ab, um aufzustehen.

»Wenn sie in fünf Minuten nicht reinkommt, bring ihr bitte einen Mantel raus.«

KAPITEL 8

*JUNE

»Lucas!«, keuchte ich ins Telefon. »Lucas, bitte sei da! Es tut mir leid, dass ich erst jetzt anrufe. Ich war krank und konnte nicht früher kommen ...«

Der Wind fegte um das Häuschen und kurz dachte ich, das Heulen käme aus der Leitung.

»Lucas?«

»Ju-une?«

»Lucas!«, brüllte ich. Es war mir vollkommen egal, ob mich jemand hörte. »Lucas, sag was!«

»June ...«, rauschte seine Stimme durch den Hörer. Hatte ich bisher daran gezweifelt, dass er echt ein Geist war, dann war es nun eindeutig. Er hörte sich genauso an wie die Geister in den Filmen. Gruselig. Substanzlos.

»Lucas. Hör mir gut zu: Du wirst jetzt ruhig ein- und ausatmen, wie ein Mensch, Und dann erinnerst du dich an deinen Körper. An deine Wärme. An eine Umarmung ...«

»June ...«, sagte er. Dieses Mal mit einer erleichtert klingenden, festen Stimme. »Danke!«

»O mein Gott, Lucas!« Ich schluchzte auf. »Es tut mir so unendlich leid, ich –«

»Nein. Mir tut es leid.«

»Warum denn? Du kannst doch nichts dafür! Hätte ich dir nicht die Wahrheit um die Ohren geknallt und wäre danach einfach verschwunden ...«

»Ich wusste es im Grunde schon, bevor du es mir gesagt hast. Aber ich habe es ignoriert. Du hast mir eigentlich einen Gefallen getan, indem du mir Zeit gegeben hast, es zu verdauen. Auch wenn es mich erst einmal furchtbar verletzt hat.« Er schwieg einen Augenblick. Zum ersten Mal war ich richtig nervös, weil er nicht weitersprach. Entweder hatte Cole mich mit seiner Rastlosigkeit angesteckt oder ich fürchtete, dass Lucas wieder verschwand.

»Warum bin ich noch hier, June? Aus welchem Grund kann ich mit dir telefonieren? Warum hast du nie mit deiner Mutter telefonieren können, sondern nur mit mir? Wo ist sie? Wieso bin ich ... so?«

Ich vermutete, er zeigte auf seinen Körper, und ich fragte mich automatisch, wie er aussah. War er durchsichtig? Besser, wir besprachen das, wenn er etwas stabiler war. Momentan schien mir das Risiko zu groß, dass er sich wieder in Luft auflöste.

»Wir können miteinander sprechen, weil du mich gerettet hast! Mein Leben steht in deiner Schuld«, antwortete ich leise.

»Aber was bedeutet das? Sollst du mir bei irgendetwas helfen?«

»Vielleicht ... eine unerfüllte Aufgabe? Vielleicht ist das der Grund, warum du ... festhängst?«

»Könnte sein.« Er atmete tief aus. »Bloß welche?«

Ich setzte mich auf den eisigen Boden und unterdrückte ein Zittern. »Das werden wir herausfinden!«

Sein kurzes Lachen klang immer noch dünn und unsicher. »Das nennt man wohl Glück im Unglück. Dass ich hier festhänge, aber dich an meiner Seite habe. Immerhin können wir das Rätsel jetzt gemeinsam lösen.«

»Das machen wir auf jeden Fall!«, beeilte ich mich zu

sagen. Ein kleines Stimmchen in meinem Hinterkopf rief mir zu, dass ich Lucas verlieren würde, wenn er weiterzog. Aber das wollte ich jetzt nicht hören. Es war meine Aufgabe, ihm genau dabei zu helfen, und ich würde mich durch nichts in der Welt davon abbringen lassen. »Hast du schon eine Idee, worum –«

Die Telefonzellentür öffnete sich quietschend. Der Schreck fuhr mir bis ins Mark.

Wortlos streckte Cole mir eine Decke hin, drehte sich um und ging ins Haus. Mein Herz schlug bis zum Hals.

»Lucas?«, flüsterte ich in den Hörer. Natürlich war er bereits verschwunden.

Ich war gleichzeitig stinksauer auf Cole und irgendwie gerührt, dass er sich um mich sorgte. Hoffentlich war Lucas jetzt erst einmal sicher und ich konnte ihn morgen wieder anrufen, ohne dass er in der Zwischenzeit einen Albtraum bekam.

Nachdem ich ein paarmal tief durchgeatmet hatte, rappelte ich mich hoch. Meine Knie schmerzten von der zusammengesunkenen Haltung am kalten Boden und hinter meiner Stirn pochte die Migräne. Trotzdem war ich unglaublich froh, dass ich mit Lucas gesprochen hatte.

In die Decke gewickelt, ging ich zurück ins Haus.

*COLE

Diese Augen! Sie hatte mich mit einer Mischung aus Überraschung und Wut angesehen. Gleichzeitig hatte ich das komische Gefühl gehabt, sie würde sich freuen, mich zu sehen. Wahrscheinlich spielte mir meine Wahrnehmung einen Streich. Junes Augen waren so dunkel, dass man sich

Emotionen leicht einbildete, und gerade heute schien ich dafür extrem anfällig zu sein. Musste am Schlafmangel liegen. Möglicherweise auch an der Stimmung in diesem Geisterhaus.

Am liebsten wäre ich jetzt nach Hause gegangen. Per Anhalter oder zu Fuß ... alles war besser, als hier darauf zu warten, dass sie zur Hintertür hereinkam und mich böse anfunkelte.

Prompt ging die Tür auf. Ich versteifte mich, als die Windböe sie hereinwehte.

Sie schüttelte sich wie ein Hund und zog die Decke von den Schultern, obwohl sie noch sichtbar bibberte.

Ich verdrehte die Augen und wickelte sie erneut in das Plaid ein. »Wärm dich erst mal auf.«

Als sie mich nun ansah, wich ich ihrem Blick aus und rubbelte ein wenig die Decke über ihren schlotternden Armen.

»Cole?«

Da war ein kleiner Riss im Putz an der Wand und eine Efeuranke drängte sich hindurch.

June stellte sich etwas auf die Zehenspitzen, damit sie in mein Blickfeld kam. Ich konnte immer noch locker über sie hinwegsehen ... wenn ich wollte.

Ihre kleine, eiskalte Hand wühlte sich unter dem Deckenkokon hervor und umklammerte mein Handgelenk, weil ich sie wie ein Wildgewordener warm schrubbte.

Ihre Augen waren riesengroß, wenn sie von unten zu mir heraufsah. Ihre Nasenspitze leuchtete rot und die Lippen waren immer noch blass und trocken. Bestimmt fühlten sie sich rau an.

Irgendetwas in meinem Kopf verursachte einen Kurzschluss.

Ich beugte mich zu ihr hinunter und berührte ihre Lippen, ganz sacht, mit meinen. Es war nicht einmal ein Kuss. Wir standen da, atemlos, die Münder hauchzart aneinander und die Lider geschlossen. Als ob auch nur die winzigste Bewegung den Moment in tausend Scherben zerspringen lassen würde.

Irgendwann stöhnte sie und taumelte. Ich riss die Augen auf ... und hätte sie am liebsten gleich noch einmal geküsst. Dieses Mal aber richtig. Ein rosiger Schimmer überzog ihr Gesicht und ihre Lippen wirkten röter und voller, als ob wir stundenlang wild und ungestüm geknutscht hätten ...

Bevor ich auf weitere dumme Gedanken kam, kippte sie nach hinten. Nur, weil ich so dicht bei ihr stand, gelang es mir, den Arm um sie zu schlingen und sie aufzufangen. Wir taumelten beide rückwärts.

Lucas, wie er sie vor dem Sturz bewahrt ...
Mein Herz gefror zu Eis.
Ich hatte Lucas' große Liebe geküsst!
»Sorry!«, krächzte sie. »Ich hab wohl vergessen zu atmen.«

Ich war Abschaum. Der widerlichste Gossendreck unter den Zehennägeln eines Zuhälters. Tiefer konnte man gar nicht sinken.

Das Einzige, was ich in dem Moment zustande brachte, war ein Nicken. Dann setzte ich mich auf das Sofa und starrte die Wand an.

»Cole?«, sagte sie leise, doch selbst daraus hörte ich ihre Verunsicherung.

Ja, ich war ein mieser Typ. Ich hatte sie ungefragt geküsst und natürlich wollte sie das nicht und ich sollte es genauso wenig wollen und ... und ...

»Ich bin müde«, sagte ich.

Arschloch, Arschloch, Arschloch!

»Okay.« Sie stand auf. Aus dem Augenwinkel beobachtete ich, wie sie auf wackeligen Beinen zur Treppe wankte. Ohne sich umzudrehen, sagte sie: »Gute Nacht!«, und wartete keine Antwort ab.

Natürlich war sie sauer. Zu Recht!

*JUNE

Denk an Lucas. Denk an Lucas. Denk an –

Cole, seine Lippen, sein Geruch, seine Hand an meinem Nacken, sanft, als wäre ich eine Schneeflocke.

Nein! Lucas! Verdammt. Ich dachte an Lucas!

Was brauchte er, um weiterziehen zu können?

Konzentrier dich, June! Was? Braucht? Lucas?

Cole ...

»Nein!«, sagte ich so laut, dass ich über meinen eigenen Ausruf zusammenzuckte.

Lucas brauchte natürlich *nicht* Cole ... Und ich ebenso wenig. Pah! Ich hatte mich ja nur küssen lassen, weil ich überrumpelt gewesen war. Und es hatte mir kein bisschen gefallen. Deshalb war mir wahrscheinlich jetzt auch schlecht, genau. Das war das flaue Gefühl in meinem Magen: Übelkeit, weil Cole mich abgeknutscht hatte.

Wenn ich nur daran dachte, wurde mir schon wieder ganz komisch. Meine Knie zitterten, mein Gesicht wurde superheiß ... und ich war zugleich schrecklich traurig und irgendwie aufgekratzt.

Ahhh! Ungeduldig rieb ich mir die Schläfen und versuchte, Cole aus meinen Gedanken zu vertreiben. Er lenkte mich nur ab. Außerdem hatte seine Reaktion danach ja gezeigt, dass er den Kuss schon bereute, bevor ich überhaupt nach Luft geschnappt hatte. Bestimmt küsste ich scheiße. Das war sogar wahrscheinlich. Schließlich hatte ich nie beim Flaschendrehen mit Knutschen mitgemacht, weil ich nie auf Partys eingeladen worden war. Meine einzigen Knutscherfahrungen stützten sich auf ein paar wenige Küsse mit Ryan.

Die ganze Sache mit Ryan kam mir auf einmal unwichtig und lächerlich vor. Als ob das alles schon viele Jahre zurückliegen würde. Dabei hatte ich vor ein paar Wochen das Gefühl gehabt, sein Verhalten sei der größte Verrat, der tiefste Schmerz, den ich je erlebt hatte.

Ich schüttelte über mich selbst den Kopf. Was war nur los mit mir?

Energisch richtete ich mich auf. Ich brauchte einen klaren Kopf, um Lucas zu helfen. Denn das musste ich unbedingt, selbst wenn es bedeutete, dass ich ihn dadurch verlor.

Warum war er noch hier? Ich setzte mich an den Schreibtisch und fischte ein leeres Blatt aus der Schublade. Manchmal half es mir, meine Gedanken schriftlich zu sortieren.

Was waren die Gründe, weshalb Geister hier festhingen? Wer, wenn nicht ich, die Geisterexpertin, würde darauf eine Antwort finden? Voller Elan kritzelte ich meine Einfälle auf ein Blatt, doch nichts schien recht zu passen.

Sein Tod war unerwartet und zu früh gekommen, aber nicht alle jugendlichen Unfallopfer spukten in unserer Welt herum. Glaubte ich.

Wäre es Mord gewesen, hätte er ihn vielleicht aufklären müssen ... zumindest war es in Filmen oft so.

Ein Gedanke schoss mir durch den Kopf und ich setzte den Füller so fest an, dass die Tinte spritzte.

– *Lucas' Unfallverursacher finden*, schrieb ich aufs Blatt

und setzte ein paar Ausrufezeichen dahinter. Das war die beste Idee des Abends.

Nur, wo sollte ich anfangen? Ich hatte ja nach wie vor keine klare Erinnerung an den Unfall.

Aber es gab jemanden, der das schreckliche Ereignis mitangesehen hatte. Garantiert wollte er ebenfalls, dass der Todesfahrer zur Rechenschaft gezogen wurde!

Vor lauter Aufregung fand ich keinen Schlaf. Wie könnte ich Cole unauffällig auf das Thema ansprechen? Sollte ich sagen, ich wolle meine Schuld an der Sache mildern, indem ich den wahren Täter fand? Klang das nicht zu sehr nach abgeschobener Verantwortung? Obwohl ich fürchterlich unter dem Gedanken litt, Lucas' Tod verursacht zu haben, würde ich keinesfalls meine Schuld auf einen anderen abwälzen.

Um sechs Uhr stand ich auf, weil mir ein inneres Stimmchen zuflüsterte, dass Cole sich bestimmt noch vor dem Frühstück aus dem Staub machen würde. Und tatsächlich befand er sich am Ausgang, die Hand auf dem Türgriff.

Er durfte jetzt nicht gehen!

»Der erste Bus fährt erst um 7:15 Uhr«, sagte ich.

Seine Schultern sanken herunter. Ohne sich umzudrehen, erwiderte er: »Ich warte an der Haltestelle.«

Da er mich sowieso nicht ansah, verdrehte ich die Augen. Jetzt war er wieder verschlossen wie eine Auster. Ging das nun ständig so weiter? Heiß, kalt, küssen, hassen …

Er öffnete die Tür.

Ein Regenschauer wehte herein und er stöhnte leise auf.

»Cole!« Wir zuckten beide zusammen, als Pops die Treppe herunterpolterte. »Wo willst du denn so früh hin? Hast du schon gefrühstückt?«

»Äh …« Cole starrte den Boden an. »Ich muss mich heute echt mal wieder im Unterricht blicken lassen.«

»Sicher. June erklärt dir, wo die Haltestelle –«

»Ich gehe auch wieder in die Schule!«, beeilte ich mich zu sagen. »Wir können zusammen mit dem Bus fahren.«

Cole zog die Schultern hoch und Pops hob überrascht die Augenbrauen. »Ach so? Bist du schon wieder so fit?«

»Klar. Außerdem steht heute ein wichtiges Treffen vom Theaterklub an, ich hab versprochen, einen Entwurf für das Bühnenbild von *Romeo und Julia* zu machen.« Es war nur ein bisschen geflunkert, denn das Treffen zum Bühnenbild fand erst nächste Woche statt. Ich wollte nur unbedingt mit Cole über meine Idee sprechen und dafür brauchte ich mehr Zeit mit ihm.

Pops wiegte den Kopf hin und her. Er würde doch wohl nicht darauf bestehen, dass ich zu Hause blieb? Schließlich räusperte er sich. »Cole, du hast einen Führerschein, oder?«

Ich starrte Pops an. Was führte er im Schilde? Doch er wich meinem Blick aus, schob sich an Cole vorbei und drückte die Tür zu.

»Ich muss dich um einen Gefallen bitten. June war gestern noch ziemlich angeschlagen und ich würde sie ungern mit dem Bus fahren lassen. Ich selbst habe leider einen wichtigen Telefontermin in einer halben Stunde. Da du sowieso in die Stadt musst, könntest du sie vielleicht hinfahren?«

Coles Kiefermuskeln zuckten, als er die Zähne zusammenbiss. Am liebsten hätte ich Pops für diese lächerliche Verkupplungsaktion in den Hintern getreten, allerdings wollte ich ja wirklich mit Cole reden, darum biss ich mir auf die Lippen. Bevor ich etwas sagen konnte, zuckte Cole die Achseln.

»Wenn June das möchte?«

»Äh ...« Zwei Augenpaare fixierten mich. Und weil ich June war und mir immer selbst im Weg stand, sagte ich: »Aber dann muss Cole das Auto ja auch wieder herfahren ...«

Cole hob erneut die Schultern. »Wäre jetzt nicht mein größtes Problem, ich kann ja dann mit dem Bus zurückfahren.«

»Oder ich bringe dich nach dem Abendessen? Dieses Mal gibt es keinen Wein für mich, versprochen. Ich hab nämlich die letzte Flasche ausgetrunken.« Pops war zu eifrig bemüht. Es war ein bisschen peinlich mitanzusehen, wie er mich Cole aufzuschwatzen versuchte. Das schien ja fast, als wäre ich ein asozialer Fall, der nicht in der Lage war, ohne Daddys Hilfe Freunde zu finden!

Bestimmt schob ich ihn Richtung Treppe. »Lass das, Pops. Cole und ich fahren mit dem Bus, er will sicher ni–«

*COLE

»Okay!«, hörte ich mich in dem Moment sagen. Weil ich ein gottverdammter Schwachkopf war. June wollte doch gar nicht, dass ich mich länger als nötig hier rumtrieb.

»Perfekt! Du kommst bestimmt mit der Gangschaltung klar, die ist manchmal etwas eigenwillig.« Pfeifend stieg Peter Jones die Treppe hinauf und ich dachte mir, dass dieser Mann wirklich nicht alle Tassen im Schrank hatte.

June klatschte in die Hände. »Oh, echt? Super, dass du mich fährst!«

Äh ... Warum strahlte sie mich jetzt so an? Was June betraf, funktionierte mein Menschenkenntnisradar kein bisschen. Dasselbe galt für ihren Vater. So eine Kuppelaktion hätte ich ihm nie zugetraut.

Ich sah Lucas förmlich über meine Gedanken den Kopf schütteln … und er hatte ja recht. Ich besaß eine äußerst miese Menschenkenntnis. Nicht nur bei June.

Das lag einfach daran, dass ich ungern zu nah an andere herankam und nicht zu genau hinsah. Dann ließ man mich eher in Ruhe. Ganz im Gegensatz zu Lucas. Er liebte es, wenn alle um ihn herumschwirrten und nahezu an ihm klebten und ihn mit ihren Sorgen und langweiligen Lebensstorys zumüllten. Ich würde durchdrehen …

Es sei denn, es waren Junes Storys. Die waren wenigstens interessant. Hier hatte Lucas einmal Geschmack bewiesen.

Scheiße! Schluss mit diesen Gedanken.

Wir standen in der Küche und June sah mich an, als würde sie auf etwas warten. Ups … Hatte sie mir eine Frage gestellt?

»Kaffee, nehm ich an?«

»Oh, ja … wie hast du das erraten?«, fragte ich, nur um über meinen Aussetzer hinwegzutäuschen.

»Hmmm … Erstens siehst du wie ein Kaffeemensch aus. Keine Milch, keinen Zucker. So siehst du aus!« Sie nickte bekräftigend und ich hob einen Mundwinkel, weil sie recht hatte. »Zweitens hab ich deinen Tee getrunken … die ganze Kanne … und …«

»Ja, schon gut, erwischt!« Ich hob die Hände. »Bei uns trinkt niemand Tee.«

»Das merkt man.« Sie tätschelte mir liebenswürdig den Arm. »Ich mache dir einen schönen, bitteren Kaffee.«

»Lass mich raten … du trinkst nur veganen Pumpkin Spice Latte mit extra Schokostreuseln und ganz viel Karamellsauce?«

Sie gab ein Würgegeräusch von sich und ich musste lachen. »Wer trinkt denn so was Ekliges?«

»Lucas«, sagte ich, ohne nachzudenken. Man konnte das kollektive Luftanhalten im Raum fast körperlich spüren. In mir entstand der Drang, mich zu entschuldigen, nur wofür? Dafür, dass ich etwas Ironisches über meinen verstorbenen Bruder sagte? Durfte man nicht mehr über Tote lachen?

Ich wusste, was bei mir zu Hause galt, aber hier hatte ich gedacht, es sei anders.

O Mann, jetzt fühlte ich mich mies! Hätte ich doch nur die Klappe gehalten, verdammt noch mal!

»Dann hat er bestimmt Karamellpupse produziert …«, überlegte June laut.

Es war ein totaler Kinderwitz, richtig doof und kein bisschen lustig. Trotzdem blubberte in mir ein Kichern hoch, das gut in den Kindergarten gepasst hätte.

»Eigentlich ganz schön mutig für einen Glucodermaphobiker, einen Latte-Irgendwas zu trinken … Was, wenn jemand versehentlich die Mandelmilch mit echter Kuhmilch vertauscht hätte?« Keine Ahnung, was auf einmal mit mir los war. Ich fühlte mich wie im freien Fall. Früher war das unser tägliches Zwillingsgeplänkel gewesen. Er hatte mir heimlich die Hoodies mit BTS-Aufbügelbildern verschandelt und ich rannte ihm mit einem Glas Milch hinterher, nur um sein Kreischen zu hören. Aber wie konnte ich mich jetzt über ihn lustig machen? Und warum fühlte es sich so unvorstellbar befreiend an? Ein komischer Laut sprang mir aus dem Mund, irgendetwas zwischen einem Schluchzen und einem Grunzen.

June biss sich auf die Lippen. Ihre Augen blitzten auf. Sie freute sich *so* sehr, dass ich mich nicht mehr zurückhielt.

Peter kam in die Küche zurück, als June und ich uns am

Tresen festhalten mussten, um nicht vor Lachen umzukippen.

Er schnappte sich einen Apfel. »Na, ihr habts ja lustig!«, freute er sich, und ohne zu wissen, weshalb wir uns kringelten, lachte er ein bisschen mit, bevor er in sein Zimmer verschwand.

June reichte mir eine Kaffeetasse. Über den aufsteigenden Dampf hinweg sah ich, wie sich eine Lachträne aus ihrem Augenwinkel löste und die Wange herunterkullerte. Anstatt die Tasse anzunehmen, wischte ich ihr die Träne weg.

Selbst wenn es Freudentränen waren, konnte ich es nicht ertragen, sie weinen zu sehen.

Dieses Mal erstarrte sie nicht.

»Pops hat gar kein Telefonmeeting ...«, sagte sie, während sie die Nase hochzog.

Ich verdrehte die Augen. »Schon klar.«

»Und ich weiß, dass du Kaffee trinkst, weil eine Tasse davon neben deinem Bett stand.«

»Du kannst nicht lügen, oder?« Ihre Ehrlichkeit war irgendwie süß.

Sie schüttelte betreten den Kopf. »Wenn ich es versuche, fühle ich mich mies, sodass ich es dann doch ganz schnell aufklären muss ... wie du merkst.«

»Gibt es sonst noch etwas, das du mir sagen möchtest?«, scherzte ich.

Ihre Miene wurde schlagartig ernst und sie warf einen Blick in den Garten.

»Hmm ... ja ...«

Aha, aha. Interessant. Gespannt nahm ich ihr gegenüber an dem winzigen Küchentisch Platz.

Sie knetete vorsichtig ihre Finger, dann zog sie mit steifen

Bewegungen einen zusammengefalteten Zettel aus der Hosentasche. »Erinnerst du dich an den Unfall?«, sagte sie und tippte auf einen Satz, der auf dem Papier geschrieben stand.
Lucas' Unfallverursacher finden!!!
Einen Augenblick lang bekam ich schlecht Luft. Ich hatte das Gefühl, in einen Tunnel zu blicken, und auf einmal roch ich Blut und Metall. Blut. Metall. Blut …
»Cole!«
Junes Hände an meinem Gesicht drückten mir die Wangen zusammen. Sie hielt mich so fest, dass ich gezwungen war, sie anzusehen.
»Atme! Du musst nicht darüber sprechen, ich suche auch allein. Ich dachte nur …«
Ihr Gesicht rückte zurück in meinen Fokus, als hätte ich eine Kamera in meinen Augen scharf gestellt. Sie sah besorgt und schuldbewusst aus.
»Ich bin dabei!«, sagte ich und knallte die flache Hand auf das Blatt. »Finden wir den Bastard.«

*JUNE

Aus Cole Archer schlau zu werden, war ungefähr so leicht, wie eine Sternschnuppe einzufangen. Er war ein wandelndes Mysterium.

Im einen Moment dachte ich, er würde mir eine Ohrfeige verpassen, dann wurde er beinahe ohnmächtig und jetzt machte er fast schon fieberhaft Pläne für den Rest der Woche, wie wir unsere Detektivarbeit angehen würden.

Dinge wie Schule und Hausaufgaben spielten dabei eine untergeordnete Rolle. Wenn es nach ihm ginge, wären wir jetzt sofort auf das zuständige Polizeirevier gefahren und hätten nachgeforscht, wie der aktuelle Stand der Ermittlungen war.

Ich bestand darauf, dass wir beide zunächst zur Schule mussten. Mein Leben war gerade auch so schon kompliziert genug, da konnte ich mir nicht erlauben, auch noch schulisch ins Straucheln zu geraten. Cole willigte ein, wollte mich aber unbedingt, gleich nachdem ich Schluss hatte, abholen kommen. Inzwischen wusste ich, dass er dafür seine letzte Stunde würde schwänzen müssen.

Als ich ihn darauf ansprach, zuckte er nur die Achseln – sein Markenzeichen, wie ich langsam durchschaute. »Es muss ja für irgendwas gut sein, dass die Lehrer mich seit Lucas' Tod nicht mehr bestrafen.«

Ich zog eine Grimasse. Dieses Aus-Unsicherheit-ignoriert-Werden kannte ich nur zu gut. Ich schlug vor, ich könne einfach in einem Café auf ihn warten, wovon er absolut nichts hören wollte.

Cole fuhr mich bis dicht vor die Schule. Kurz befürchtete ich, er würde mich reinbringen. Oder hoffte? Nein, nein! Definitiv wäre mir das unangenehm gewesen. Die Leute hätten ja ganz falsche Schlüsse gezogen …

Als ich ausstieg, beugte er sich zur Beifahrertür hinüber. Gerade in dem Moment, als Ryan mit seiner Crew ankam, sagte er: »Ich hol dich nachher ab. Aber dieses Mal bring ich meine Zahnbürste mit.« Er zwinkerte.

Ich spürte, wie mir die Hitze in die Wangen schoss, und kicherte nervös.

Eine Hand landete schwer auf meiner Schulter. Erstaunt fuhr ich herum und sah in Ryans rotes Gesicht.

»Wer ist das, June?«

Unbewusst trat ich einen Schritt zurück. »Ich wüsste

nicht, was dich das angeht, Ryan!« Warum zitterte meine Stimme jetzt? Als ob ich so ein schwaches Häschen wäre. Dabei war ich wütend – und zwar so richtig.

Ryan griff nach meinem Handgelenk. Ich versuchte, ihm den Arm zu entreißen. Er hielt dagegen.

Cole tauchte neben mir auf. Er bebte vor Anspannung und strahlte eine Bedrohung aus, die mich überraschte.

»Ich empfehle dir, du nimmst deine Finger ganz schnell von ihr, oder du kannst jeden einzelnen in einem Beutel gefrorener Erbsen zur Notaufnahme tragen.«

»Und wer bist du, dass du dich als ihr Beschützer aufspielst?« Ryan blies den Oberkörper auf.

»O mein Gott, Hahnenkampf!« Tina rollte mit den Augen. »Komm schon, Ryan, mach dich nicht lächerlich.«

Ich warf ihr einen dankbaren Blick zu und sie zwinkerte kurz.

»Hat der Kerl bei dir übernachtet?«, fuhr Ryan mit seinem Verhör fort, ohne sich um Tinas Einwand zu kümmern.

»Was dagegen?«, fragte Cole gefährlich ruhig.

Tina rückte neben mich und begann auf ihren Fingernägeln herumzukauen. »O mein Gott! Ich mach mir gleich ins Höschen!« Sie wirkte total begeistert, als sie mir ihren Ellenbogen in die Rippen stieß.

Ich mochte solche Testosteronschlachten überhaupt nicht. Gockel gegen Gockel. Es war immer lächerlich. Allerdings irritierte mich hier etwas: Obwohl Ryan fast doppelt so breit wie Cole war, stank er neben ihm total ab. Cole war aus purem Eis.

»June!«, donnerte Ryan. »Was zum –«

»Es reicht!« Ich stampfte mit dem Fuß auf wie ein Kindergartenkind. Meine Güte. »Du bist der Letzte, den das irgendwas angeht! Du hast mein Vertrauen missbraucht, mehr als ein Mal, Ryan. Du hast mir weder den Brief geschrieben, noch konntest du mein Geheimnis für dich behalten. Ich muss dir gar nichts erklären.«

Cole erstarrte. Ich konnte ihm förmlich ansehen, wie die Erkenntnis einsank. »Er hat behauptet, der Brief ... Lucas' Brief?« Er sah mich an.

Ich nickte.

Im nächsten Augenblick lag Ryan am Boden und Cole saß auf ihm. Coles Schienbein lag quer über Ryans Hals.

Ich unterdrückte einen Schrei.

»Wenn du keine eigenen Worte findest, um diesem Mädchen zu sagen, was du für sie empfindest, gibt es dir noch lange nicht das Recht, die eines anderen zu stehlen!«

Ryan schnappte nach Luft. Entweder war Cole ein Kampfsportchampion oder die Wut verlieh ihm Superkräfte. Jedenfalls konnte Ryan nicht einmal mehr die Hand heben.

»Du bist Abschaum! Wenn du je wieder ohne ihre Erlaubnis in Junes Nähe kommst, wird es dir leidtun!«, spie Cole ihm entgegen.

Er sprang auf und stapfte davon.

Ohne ein Wort in meine Richtung.

Das Auto stand immer noch da, sogar der Motor lief weiterhin.

Tina zog den Schlüssel ab und reichte ihn mir. »Super hot!«, wisperte sie und sah Cole hinterher.

Ich schüttelte die Starre von mir ab.

Verdammt! Ich konnte Cole jetzt nicht allein lassen.

»Entschuldigst du mich in der Schule? Sag, mir ginge es doch noch nicht besser.«

Tina gab mir einen Schubs in Coles Richtung, den ich nicht gebraucht hätte.

Während ich ihm hinterhereilte, hatte ich ein Déjà-vu. Nur trug ich dieses Mal wenigstens keine Kaffeetasse in der Hand, sondern einen Sack voller Schuldgefühle auf dem Rücken.

*COLE

Luft! Ich brauchte Luft.

Kälte. Eis. Erstarren. Irgendetwas, das diese Glut in meinem Inneren beruhigte. Ich konnte kaum mehr an mich halten, am liebsten würde ich diesen Drecksack erwürgen.

Ich dachte, diese aggressiven Ausbrüche hätten wir hinter uns, Cole!, hörte ich meinen Vater in Gedanken sagen. *Wann wirst du endlich lernen, dass man nicht alles mit Fäusten regeln kann?*

Meine Antwort wäre dieselbe wie immer gewesen, wenn auch aus einem vollkommen anderen Zusammenhang. »Sobald Lucas seine eigenen Kämpfe ausfechten kann!«

»Was soll das bedeuten?«, japste June hinter mir.

Ich fuhr herum und runzelte die Stirn. Gerade konnte ich sie hier nicht gebrauchen. Sie hatte diesen Rückfall bei mir getriggert, am besten wurde sie nicht auch noch Zeugin, wie ich danach auseinanderbrach.

»Geh besser wieder«, presste ich zwischen zusammengebissenen Zähnen hervor.

»›Sobald Lucas seine eigenen Kämpfe ausfechten kann!‹ Das hast du gesagt. Was meinst du damit?«

»Ich will nicht darüber reden«, knurrte ich und ließ sie stehen.

June glitt an mir vorbei und baute sich vor mir auf. Das war irgendwie witzig, ich könnte sie nicht nur mit Leichtigkeit umgehen, es wäre auch kein Problem, sie hochzuheben und wegzustellen. Trotzdem haderte ich kurz und sie nutzte den Moment, die Fäuste in die Hüften zu stemmen und mich herausfordernd anzufunkeln.

»Aber *ich* will darüber reden!«

»Es ist *mein* Bruder, um den es hier geht!«, fauchte ich.

»Das war *mein* Ex-Freund, den du da gerade beinahe ohnmächtig gewürgt hast.«

»Herzlichen Glückwunsch, was für ein Fang!«, spottete ich. In dem Moment hasste ich sie.

»Und noch wichtiger«, fuhr sie unbeirrt fort, »es war *mein* Liebesbrief. *Ich* wurde betrogen – und Lucas. Nicht du.«

Ich gab einen frustrierten Laut von mir. Warum konnte sie mich nicht in Ruhe lassen? »Du verstehst das nicht!« Erneut schlüpfte ich an ihr vorbei, doch sie klebte an mir wie eine Klette.

»Stimmt genau. Deshalb erklär es mir bitte.«

»Kein Bedarf.« Ich begann zu rennen. Ja, schon klar, wie das aussah. So als würde ich davonlaufen. Tat ich auch. Mal wieder.

Doch ich hatte nicht mit June gerechnet. Nach wenigen Metern packte sie mich an den Schultern und nur einen Augenblick später schlang sie ihre Beine um meine Hüften.

Ich strauchelte – mehr vor Schreck als wegen des plötzlichen zusätzlichen Gewichts. War sie mir allen Ernstes gerade auf den Rücken gesprungen?

»Wirklich sehr erwachsen, June!«

»Ich begebe mich nur auf dein Niveau, Cole.«

Dem konnte ich nichts entgegensetzen. Scheiße!

»Okay, ich stehe. Du kannst jetzt absteigen.«

Sie schnaubte. »Vergiss es, dann rennst du nur gleich wieder los. Ich bin nicht so sportlich.«

Seufzend ging ich weiter. Wohin, wusste ich selbst nicht, ich war in meiner Wut einfach losgeprescht. Und June war nicht besonders schwer, meinetwegen schleppte ich sie eine Weile mit mir herum.

Ihr warmer Atem streifte mein linkes Ohr. Automatisch fiel ich in denselben Atemrhythmus wie sie, etwas schneller als sonst, aber wir waren ja auch gerannt. Es lag sicher nicht daran, wie perfekt sich ihr weicher Körper an meinen Rücken anpasste. Fast, als wäre sie eine Schutzhülle, die nur für mich gegossen worden war.

Ich konnte mich kaum auf etwas anderes konzentrieren als auf ihre Haut, die manchmal meine berührte. Keine Ahnung, wohin mein Zorn sich verkrochen hatte …

Wieder hielt ich an und versuchte, sie zum Absteigen zu bewegen, bevor ich noch versehentlich ihre Beine streichelte. Doch sie klammerte sich an mich wie ein Äffchen.

»Wie unglaublich mies ist deine Menschenkenntnis, dass du dachtest, ein Klotz wie dieser Ryan könnte einen solchen Liebesbrief geschrieben haben?«, entfuhr es mir.

»Ganz offensichtlich nicht besonders gut. Ich hätte ja auch nie gedacht, dass du zur eifersüchtigen Sorte gehörst.«

»Ich? Eifersüchtig?« Mein Lachen klang nach gefrorenem Stahl. »Deinetwegen etwa? Wovon träumst du nachts, Juniper?«

Ein scharfer, heißer Schmerz stach in meine Ohrmuschel.

»Nimm sofort deine verfickten Zähne aus meinem Ohr!«

»Verprügelst du mich sonst?«, nuschelte sie, die Schneidezähne immer noch in meinen Knorpel gerammt. So ein kleines Biest!

»Nein, sonst –« Ich ging vorsichtig rückwärts, bis sie mit

einem dumpfen Laut gegen die rote Backsteinmauer prallte. Kaum lockerte sie ihren Griff durch den Schock des Stoßes, löste ich ihre Beine und drehte mich blitzschnell um, sodass sie nun mit dem Rücken an der Hauswand stand und mich direkt vor sich hatte. Jahrelanges Ringen und Raufen mit meinem Zwillingsbruder zahlten sich endlich aus, sie war überhaupt kein Gegner für mich.

Das Triumphgefühl in meinem Inneren wich ziemlich schnell etwas anderem. Ihre Arme waren immer noch um meinen Hals geschlungen und unsere Nasenspitzen berührten sich beinahe. Dadurch wirkte die Situation viel intimer, als sie eigentlich war. Mein Gehirn wusste, dass da nichts dran war. Mein Körper offensichtlich nicht, denn ohne es zu wollen, drängte ich mich gegen sie. Garantiert irgendeine Adrenalin-Nebenwirkung.

»Sonst ...?«, atmete sie an meine Lippen.

»Sonst ...« Mir fiel nicht mehr ein, was ich hatte sagen wollen.

Sie reckte das Kinn hoch. Ich würde einen Teufel tun und sie erneut küssen, auch wenn sie es auf einmal nicht mehr allzu schrecklich zu finden schien. Ich würde mich von ihr losmachen und Abstand zwischen uns bringen ... Gleich ...

Sie küsste mich.

Sie küsste *mich*.

Sie *küsste* mich!

KAPITEL 9

*JUNE

Ich küsste Cole Archer.
    Und er küsste mich zurück, als wären wir die einzigen Menschen auf der Welt.

KAPITEL 10

*COLE

Ich wollte nicht, dass der Kuss endete, doch irgendwann fielen wir auseinander. Erhitzt, atemlos, mit aufgerissenen Augen und geschwollenen Lippen.

Was genau war hier gerade passiert?

Ich öffnete den Mund. Kein Wort kam heraus. Ihr schien es ähnlich zu gehen.

Schließlich nahm sie meine Hand. Im Vergleich zu ihrer zarten Puppenhand kam ich mir vor, als hätte ich Pranken. Sie hielt mich so fest, als fürchtete sie immer noch, ich würde davonlaufen. Ganz *offensichtlich* hatte June eine schlechte Menschenkenntnis, sonst wüsste sie, dass ich jetzt garantiert nirgends hinrennen würde. Außer vielleicht in mein Bett – mit ihr.

Wir schwiegen beide, bis wir uns an einem wackeligen Metalltischchen unter einer kanariengelben Markise gegenübersaßen. Eigentlich war es zu kalt, um draußen zu sitzen, und zusätzlich hatte es London-typisch zu nieseln begonnen. Aber sie hatte das überladene Innere des Cafés komplett ignoriert und mich auf den regenfeuchten Stuhl gedrückt. Vielleicht spürte sie, dass ich dort drinnen gerade keine Luft bekam.

June bestellte zwei Kaffee und zwei Eisbecher.

Ich hob eine Augenbraue, weil sie über meinen Kopf hinweg bestimmt hatte, was ich trinken und essen würde, obwohl ich insgeheim erleichtert war. Die Bedienung war mir zu bubbly gut gelaunt und ich war ihrem Blick ausgewichen und hatte die Fingernägel zwischen das Plastikgeflecht des Stuhls gebohrt, bis es mir das Blut abschnürte.

June zuckte mit den Schultern, eindeutig absichtlich – wie ich das sonst immer tat –, und grinste. »Du brauchst etwas Kaltes, damit du runterkommst, und etwas Warmes, weil es arschkalt ist. Etwas Bitteres, damit es etwas gibt, das noch bitterer ist als dein Leben. Und etwas Süßes …« Sie brach ab, schluckte, starrte mir auf die Lippen und lief rot an. Ich hätte beinahe gelacht, doch sie sah so niedlich in dem Moment aus, dass ich sie nur fasziniert anstarrte.

»Und warum Minz-Schoko?«, fragte ich wenig später, als ich mit unverhohlenem Horror in meinen Eisbecher linste, den Miss Bubbly uns mit »Enjoy Sweethearts!« (O Mann!) hingestellt hatte.

June runzelte die Stirn, starrte mit vollem Mund auf ihren Cup, als würde die Mischung aus Grün und Braun darin ihr eine Antwort verraten. Letztendlich war das sogar vorstellbar – bei June jedenfalls. Sie legte ja auch Tarotkarten und hielt mit ihrem Dad Séancen ab. Warum dann nicht Eiscreme-Lesen?

»Ich verstehe die Frage nicht«, sagte sie und widmete sich dem Inhalieren ihres Eises.

Vorsichtig tunkte ich den Löffel in das giftig aussehende Zeug. Mit höchster Skepsis leckte ich die Spitze ab, während mir überdeutlich bewusst war, dass June jede meiner Regungen adlerartig beobachtete. Sie rot werden zu sehen, gehörte zu meinen neuen Lieblingsbeschäftigungen, also leckte ich den Löffel besonders sorgfältig für sie ab, wofür sie mich prompt mit einem entzückenden Roséton in den Wangen belohnte.

»Sag einfach, dass du es magst.«

Oh. Vor lauter Flirten hatte ich gar nicht mitbekommen, dass ich fast den ganzen Eisbecher weggeputzt hatte. Aus Prinzip musste ich nun eigentlich widersprechen …

Ich schnaubte. »Es ist erstaunlich lecker. Eklig-köstlich irgendwie.«

June grinste zufrieden und lehnte sich zurück. »So widerlich, dass es schon wieder gut ist.«

»Erfrischend und …«, ich trank einen Schluck, »es passt auch gut zu Kaffee.«

»Es passt zu nichts, darum passt es zu allem.« June schielte auf den kleinen Karamellkeks neben meiner Tasse und ich schob ihn ihr zu, woraufhin sie ihn sich augenblicklich in den Mund stopfte wie ein ausgehungertes Dinosaurierbaby.

»Du bist komisch.« Dummerweise musste ich dabei lächeln, als hätte ich ihr etwas total Nettes gesagt.

»Selber komisch«, nuschelte sie am Keks vorbei. »Okay … zurück zum Ernst des Lebens. Jetzt, wo wir den ganzen Tag Zeit haben, wo fangen wir an? Trotzdem auf dem Polizeirevier?«

Mein Magen krampfte sich zusammen. Ich hatte ganz vergessen, weshalb wir hier saßen. Und dass ich eigentlich wütend war. Dass ich nicht mit Lucas' Freundin flirten durfte. Und dass …

»Cole?«

Ihr Blick ruhte auf meiner Hand, die den Henkel der Kaffeetasse würgte.

»Polizei«, antwortete ich knapp. Ich wollte gern wütend auf sie sein, dass sie mich aus dieser Wohlfühlbubble herausgerissen hatte, aber streng genommen war ich viel zorniger auf mich selbst. Warum vergaß ich in ihrer

Gegenwart ständig alles, was wichtig war? Meine Prinzipien hatten mich jahrelang am Leben gehalten. Der einzige Grund, weshalb ich heute noch hier stand, war, weil ich nicht weich wurde. Schmerz boxte ich weg, anstatt hinzusehen. Denn ich war nicht Lucas! Ich war eben nur Cole.

Mein Bruder meldete sich ungefragt in meinem Kopf zu Wort.

»*Du bist immerhin nicht komplett ausgeflippt. Ohne sie würdest du jetzt heulend auf einer Parkbank sitzen und dir die blutigen Knöchel reiben.*«

Ich zeigte dem Lucas in meinem Kopf den Finger, knallte einen Schein auf den Tisch und stand auf. Ich sah mich nicht nach June um. Sie würde schon kommen. Oder auch nicht.

*JUNE

Coles Reaktion war keine wirkliche Überraschung. Es erfüllte mich mit einer seltsamen Art von Stolz, ihn mittlerweile so gut zu kennen. Ich konnte vorhersehen, wann er sich daran erinnerte, dass Cole Archer aus Prinzip nicht lächelte. Obwohl seine Stimmungsschwankungen mich frustrierten, war ich froh, wenigstens nicht eiskalt von ihnen überrascht zu werden.

Lucas hatte mich gelehrt, nicht vorschnell zu urteilen. Und bei Cole war es eigentlich gar nicht schwer, ihn zu durchschauen.

Je mehr ich an seiner Fassade kratzte und der Anstrich aus selbsterklärtem Bad Boy bröckelte, desto deutlicher schimmerte der wahre Cole durch. Er schien eine große Last bezüglich seines Bruders mit sich herumzuschleppen.

Ich konnte es nicht beschwören, doch vermutlich war sie schon vor Lucas' Tod da gewesen und nun deutlich größer geworden. Er empfand sich als Lucas' Verteidiger und Rächer. So wie ein Ritter, dessen Herr gefallen war. Natürlich fühlte er sich deshalb schuldig an Lucas' Tod, weil er versagt hatte, ihn davor zu bewahren. Ganz egal, wie unsinnig das war.

Manchmal schien Cole einen winzigen Augenblick lang nicht an seine Schuld zu denken. Aber wehe, wenn er sich daran erinnerte. In dem Moment kamen die Schuldgefühle sichtbar mit zehnfacher Wucht zurück. Vielleicht, weil auch noch das Gefühl hinzukam, seinen Bruder vergessen zu haben.

Und dann biss, kratzte und attackierte er alles in Reichweite – wie eine verwundete Raubkatze.

Erst als die weißen Säulen am Eingang des Polizeireviers in Sicht kamen, verlangsamte Cole seine Schritte und wartete auf mich.

»Ich weiß nicht, ob es besser ist, dass ich rede oder du«, sagte er. »Ich bin Familie. Aber du bist ein Mädchen und dir vertrauen sie vielleicht eher, und wenn wir Glück haben, verplappert sich einer?«

»Lass es mich versuchen.« In seiner momentanen Stimmung traute ich mich nicht einmal, ihn zu berühren. Er wirkte immer noch wie eine Bombe kurz vor der Explosion. Das war der einzige Grund, weshalb ich vorgeschlagen hatte, selbst die Fragen zu stellen. Er konnte es gerade nicht.

Ohne ein weiteres Wort betraten wir die Polizeidienststelle. Es roch nach staubigem Papier, kaltem Kaffee und geschmolzenem Käse. Ich wäre am liebsten wieder rückwärts hinausgestürmt, doch wir waren ja nicht zum Spaß hier.

»Hallo, mein Name ist Juniper Jones, ich bin Opfer eines Unfalls mit Fahrerflucht«, ich schluckte, »bei dem auch ein Junge ums Leben gekommen ist, und ich wollte mich erkundigen, ob es mittlerweile Fortschritte in der Ermittlung gegen den Fahrer gibt?« Wie stark ich zitterte, merkte ich erst, als mich zunächst der besorgte Blick der diensthabenden Polizistin und dann Coles Hand in meinem Rücken trafen.

»Nehmt doch erst einmal Platz, ich schaue nach, wer für den Fall zuständig ist. Das dauert einen Augenblick. Solange vielleicht eine Tasse Tee? Oder ein Glas Wasser?«

»Nimm bloß nicht den Tee …«, raunte mir Cole zu und ich musste mir das Lachen verkneifen, obwohl mir mittlerweile wirklich schlecht war.

»Wie war der Name des anderen Unfallopfers?«, fragte die Beamtin. Auf ihrem Namensschild stand Officer Nyla.

»Lucas Archer«, antwortete Cole mit Grabesstimme.

Die Augenbrauen der Polizistin hoben sich kaum merklich. »Ah! Ich erinnere mich. Du bist der Bruder, stimmts?«

Er nickte knapp.

Sie hackte etwas in ihre Computertastatur und trommelte mit den Fingernägeln auf dem Mousepad herum, weil der Rechner sich offensichtlich Zeit ließ.

»Officer Malony ist an dem Fall dran, der ist heute außer Haus. Kann ich …«

»Können Sie nachschauen, ob es Neuigkeiten gibt?«

Sie presste die Lippen zusammen. »Das ist – also, es wäre besser, ihr würdet noch mal wiederkommen, wenn Mr. Malony –«

»Nein!«, rief ich. »Das geht nicht. Ich muss es jetzt wissen. Weil … weil …«

»PTBS«, sagte Cole. »Sie hatte eine posttraumatische Amnesie und nun holt sie das Ereignis ein. Sie leidet jede

Nacht unter Albträumen und kann sich im Alltag nicht mehr konzentrieren. Hat aggressive Ausbrüche. Selbstverletzendes Verhalten ... solche Dinge.« Er sah mich nicht an und zupfte den Ärmel seiner Jacke herunter.

Er redete nicht von mir, auch wenn manches auf mich zutraf.

Mein Herz schleppte den Puls schwerfällig wie Felsbrocken durch meine Brust.

»Sie kann nicht abschließen, solange er ... Sie verstehen.«

Officer Nyla warf mir einen bedauernden Blick zu. »Das tut mir furchtbar leid für dich. Ich würde dir ja wirklich gern weiterhelfen ...« Sie hob in einer hilflosen Geste die Arme.

Cole war ein Eisklotz neben mir. Das konnte nicht alles sein.

Ich fing an, hektisch zu atmen. Nach kurzer Zeit flimmerte es vor meinen Augen.

»June, ist alles in Ordnung mit dir?« Falls Cole ebenfalls schauspielerte, hatte er die Rolle des besorgten Freundes echt drauf.

»Ich ... Tüte!«, hechelte ich.

»Oje!« Officer Nyla sprang auf. »Du hast nur eine Panikattacke. Atme ruhiger!«

Ich kippte seitwärts vom Stuhl. Meine Schläfe knallte auf die Tischkante und begann sofort höllisch zu pochen. Ich gab trotzdem keinen Mucks von mir und lag reglos am Boden.

»Scheiße!«, schrie Cole. »Sie braucht Ananassaft! Das ist das Einzige, was ihr jetzt hilft.«

»Ich denke, ein Arzt –«

»ANANAS!«

O Gott. Ich war kurz davor, loszuprusten. Einzig, dass

Cole sich ehrlich verzweifelt anhörte, rettete unsere Scharade.

Officer Nyla verließ den Raum und im Bruchteil einer Sekunde klebten Cole und ich vor dem Bildschirm und saugten die Informationen in uns auf.

Coles Gesichtsausdruck war grimmig. »Ich frag mich, warum die nicht damit rausrücken?«

»Wahrscheinlich, weil es dafür keine gesicherten Beweise gibt. Wohin gehst du?«

»Na, weg. Wir haben, was wir wollten.«

»Aber meine Ananas!«, sagte ich und legte mich demonstrativ wieder auf den Boden. »Die brauche ich!«

Cole rollte die Augen, kniete sich jedoch schicksalsergeben neben mich und tätschelte meinen Kopf.

Als kurz darauf Officer Nyla mit einem Tetrapack Apfelsaft in der Hand wieder hereinkam, fand sie ein rührendes Bild des besorgten Jungen und seiner psychisch gestörten Freundin vor.

Sie reichte mir den Saft. »Ananas war aus. Zum Glück geht es dir ja schon besser.«

»Ja, danke …«, sagte ich schwach und schlürfte einen Schluck aus der Packung.

»Ich empfehle euch, keine Racheaktionen zu unternehmen, für die ihr am Ende selbst mit einem Fuß im Gefängnis steht … haben wir uns verstanden?«, verkündete Officer Nyla plötzlich ernst. Auf unsere verdutzten Blicke hin, deutete sie stumm zur Decke. »Überwachungskameras. Ich hoffe, ich habe lange genug nach dem Saft gesucht …?«

Cole und ich lachten beide auf. Mein Gesicht begann zu glühen. Himmel, war mir das peinlich.

Die Polizistin hackte erneut etwas auf ihrer Tastatur herum und wir schlichen uns hinaus.

*COLE

June brodelte neben mir vor Lachen. »Das war das Peinlichste, was ich je tun musste! O mein Gott, ich werde nie wieder einem Polizisten in die Augen sehen können! Ananas! Im Ernst jetzt?«

»Spiel ruhig das brave Mädchen, Miss Jones. Wer hat denn mit dem ganzen Theater angefangen? Wahrscheinlich hattest du noch nie so viel Spaß im Leben«, versetzte ich. Innerlich war ich nicht halb so cool, wie ich tat. Auch bei mir rauschte Adrenalin durch die Adern und ich hätte am liebsten mit ihr gekichert und verschwörerische Blicke ausgetauscht – und sie geküsst ... Aber das war jetzt nicht der richtige Zeitpunkt. Quatsch, das war überhaupt nie okay! Und einer von uns musste das Ziel im Auge behalten, anstatt hier wie ein Feuerwerkskracher Funken zu sprühen.

Um mich nicht anstecken zu lassen, wiederholte ich in meinem Kopf die Infos aus der digitalen Ermittlungsakte.

Silberner VW Golf mit Schaden an Stoßstange auf dem Parkplatz von West Norwood Cemetery aufgefunden. Besitzer war zu dem Zeitpunkt nachweislich in China auf Geschäftsreise. Freunde hatten Zugang zum Autoschlüssel. Näherer Freundeskreis aus sieben Personen. Sechs konnten durch Alibi ausgeschlossen werden. Endgültige Alibiüberprüfung bei Michael Norton, Hillingdon Ave, Sevenoaks, ausstehend.

Da hatte zwar noch mehr gestanden, in der Kürze der Zeit hatte ich mir jedoch nur den letzten Namen und den Wohnort gemerkt.

»Es fährt gleich ein Zug nach Sevenoaks«, sagte June,

immer noch aufgekratzt. Sie schloss die Zugauskunfts-App auf ihrem Handy. »Komm!« Und schon schnappte sie meine Hand und wir rannten durch die Straßen. Da wir es eilig hatten, fühlte ich mich, als wären wir Fische, die als einzige gegen den Strom schwammen. Ganz London schien auf den Beinen zu sein und dann war auch noch die Straße gesperrt. June nahm eine Abkürzung durch den Park, in dem ich als Junge mit Lucas zusammen Cricket gespielt hatte. Zum Glück blieb mir keine Zeit für Erinnerungen. Schon stürmten wir durch den bogenförmigen Eingang des Bahnhofs, die steinernen Stufen hinunter, stolperten durch die Ticketschranke und hetzten zum richtigen Gleis.

Selbst im Zug gelang es June kaum, still zu sitzen, obwohl wir beide atemlos und verschwitzt von unserem Sprint durch Covent Garden waren. Eine Weile beobachtete ich sie amüsiert, bis ich es nicht mehr mitansehen konnte. Ich umschloss ihre Hände mit meinen und steckte sie mir zwischen die Knie.

»Du kannst dich entspannen, die Show ist vorbei. Aber ich muss schon sagen: Du warst echt verdammt überzeugend! Vielleicht solltest du im Theaterklub doch lieber schauspielern, statt das Bühnenbild zu machen?«

»Das hat Lu–« In dem Moment fiel vor ihrem Gesicht ein Schleier herunter. Alle Energie war auf einmal gedämpft. Ihr Mund lächelte noch, aber es wirkte verkrampft und maskenhaft. »Es war schon eine Herausforderung für mich, dass ich mich überhaupt eingeschrieben habe. Ich bleibe auf jeden Fall hinter der Bühne, so viel steht fest.«

Es fühlte sich nicht direkt wie eine Lüge an, jedoch auch nicht wie die ganze Wahrheit. So, als ob sie etwas verschwieg, um nicht zu lügen. Das war meine Spezialität, darum erkannte ich es wahrscheinlich direkt. Und ich wusste, wie wenig es bringen würde, sie darauf anzusprechen, also nickte ich. »Stimmt, du zeichnest ja gerne.«

Sie gab ein zustimmendes Geräusch von sich, entzog mir ihre Hände und sah dann aus dem Fenster. Etwas war in den letzten Sekunden passiert. Das zarte Band zwischen uns war gerissen – und ich hatte keine Ahnung, weshalb.

»Was sagen wir zu dem Typen?« Ich versicherte mich mit einem kurzen Blick über die Schulter, dass wir immer noch allein im Abteil waren. »Wir können kaum einfach zu ihm hin spazieren und fragen, was er am 16. März gemacht hat. Oder ob er einen Jungen totgefahren hat«, wechselte ich das Thema.

June antwortete nicht und ich musste sie erst antippen, ehe sie aus ihren Grübeleien auftauchte.

»Was? Ja, genau.«

»Also, was sagen wir zu ihm?«

Sie überlegte wieder eine Weile, doch dieses Mal war ich mir ziemlich sicher, dass sie sich tatsächlich mit der Frage beschäftigte. Diesen konzentrierten Ausdruck kannte ich von Lucas. Er dachte immer über das nach, was er sagen wollte. Ganz im Gegensatz zu mir. Ich blubberte grundsätzlich jeden Bullshit direkt aus dem Bauch heraus. Darum bekam ich auch oft Ärger.

»Lass ihn uns zunächst beobachten, vielleicht kommt mir eine Erinnerung, wenn ich ihm gegenüberstehe, schließlich war ich näher dran als du. Gut möglich, dass ich ihn gesehen habe, bevor …«

»Ja.« Ich war froh, dass sie den Satz in der Luft zerfasern ließ. Heute Morgen im Auto hatte ich ihr alles erzählt, was ich damals der Polizei mitgeteilt hatte. Jedes Detail, das mir vom Unfalltag im Gedächtnis geblieben war. Die Farbe des Autos. Von wo es gekommen war. Dass ich glaubte, der Fahrer sei über den Randstein gefahren und hätte Lucas deshalb erwischt.

Ich erinnerte mich genau daran, wie ich auf dem Revier ausgesagt hatte. Eiskalt, vollkommen emotionslos war ich mir vorgekommen, als ich sachlich und abgehackt Fakten von mir gab. In mir hatte ich jedoch so laut geschrien …

Erstaunlicherweise war mir das Erzählen bei June leichter gefallen. Trotzdem hatte ich bewusst ihren Blick gemieden. Falls sie mich mitleidig angesehen hätte, wäre ich nur daran erinnert worden, dass ich hier von meinem Bruder sprach, der als zerbrochene Puppe auf dem Asphalt gestorben war.

Plötzlich roch ich wieder das Blut.

Stopp!

Jetzt nicht!

Bloß nicht daran denken!

Doch schon flimmerte es mir vor den Augen, mein Atem beschleunigte sich und mein Herz setzte zum Sprint an.

*JUNE

Der Moment, in dem Cole den Bezug zur Realität verlor, war, als hätte jemand einen Lichtschalter hinter seinen Pupillen ausgeknipst. Ich hatte es genau gesehen.

Und dann wurde er kreidebleich. Ein feiner Schweißfilm überzog seine Haut und sein Blick huschte rastlos durch das Abteil, wie um einen Ausweg zu finden. Einen Fluchtweg aus seinem Kopf.

»Cole«, sagte ich. Er nahm mich eindeutig nicht wahr. »Hey!«

Fahrig zerrte er an seinem Kragen.

Ich wiederholte seinen Namen. Lauter dieses Mal, und dabei schüttelte ich ihn ein wenig an den Schultern. Keine Reaktion. Sollte ich ihm eine runterhauen?

Probehalber zwickte ich ihn in den Arm, doch er zuckte nicht einmal zusammen.

Ich nahm sein Gesicht in die Hände und redete beschwörend auf ihn ein. Er sah durch mich hindurch, als sei ich ein Geist. Es war schrecklich.

Lucas kam mir in den Sinn. Ging es ihm manchmal auch so? Versuchte er, mit mir zu kommunizieren, aber ich hörte und sah ihn nicht?

Die Vorstellung war zu grausam. Schnell schloss ich die Augen und drückte meine Stirn an Coles.

Meine Nase gegen seine Nase.

Meinen Mund auf seinen.

Einige Sekunden klebten wir reglos aneinander, doch dann, ganz zart, begannen seine Lippen sich zu bewegen. Ein kurzes Zucken. Er spannte die Unterlippe. Öffnete den Mund.

Und dann saß ich auf seinem Schoß und küsste ihn, wie ich noch nie in meinem Leben geküsst hatte.

Er klammerte sich an mich und umschlang meine Taille mit beiden Armen. Zu spüren, dass er wieder da war, ließ mich ungewollt aufschluchzen.

Seine Zungenspitze strich zärtlich über meine Unterlippe. Ich war hungrig nach seinem Kuss, ausgehungert nach ihm, darum presste ich mich mit einem sehnsüchtigen Stöhnen fester an ihn.

Jemand räusperte sich. »Getränke oder Snacks für euch Lovebirds? Und den Rest lebt ihr besser zu Hause aus ...«

Ohne Cole, der sich widerwillig von mir löste, hätte ich

die Servicekraft ignoriert. Cole schüttelte den Kopf, ohne den Blick von mir zu nehmen. Als der Wagen mitsamt der leise und schief vor sich hin summenden Frau im nächsten Abteil verschwunden war, griff Cole sofort nach meinem Nacken und fuhr fort, mich zu küssen, bis der Zug in den Bahnhof einrollte.

*COLE

Jetzt verstand ich, warum diese fucking Psychotherapie nicht das geringste bisschen gegen meine Panikattacken geholfen hatte! Hätte ich früher geahnt, dass ich dafür knutschen musste, hätte ich ... Uah! Nein, nicht den komischen Therapeuten mit seinen nach nassem Schaf müffelnden Wollpullovern.

June! Ich hätte wissen sollen, dass June zu küssen meine Medizin war. Und ich würde nicht damit aufhören, selbst wenn ich eine Überdosis davon einnahm. Ich würde nie wieder etwas anderes tun, als mit June zu knutschen.

»Wir sind da ...«, murmelte June an meinen Lippen.

»Hm ...«, machte ich. Es war mir ehrlich gesagt scheißegal.

»Cole ....«

»Hm ...«

June zog den Kopf zurück, was ihr sichtbar schwerfiel, weil ich sie festhielt. Sie lächelte.

Junes Lächeln war das schönste auf der ganzen Welt. Jedes Mal traf es mich wie ein blendender erster Sonnenstrahl nach einer einsamen, endlosen Nacht.

»Komm jetzt, sonst fährt der Zug weiter.«

Ich seufzte schwer und folgte ihr. Auf dem Bahnsteig

versuchte ich erneut, sie zu küssen. Sie wich mir kichernd aus. »Später! Jetzt klären wir erst einmal ein Verbrechen auf.«

Das wirkte.

Schlagartig bröckelte mir das Grinsen von den Lippen. June sah es, doch sie sagte nichts dazu.

»Ich habe eine Frage …« Sie druckste ein wenig herum. Da ich sie abwartend ansah, holte sie tief Luft. »Was, denkst du, würde Lucas davon halten, dass wir seinen … Mörder suchen?«

Ich versteifte mich neben ihr, doch sie sprach schnell weiter.

»Würde er das wollen? Was meinst du?«

»Natürlich will er das!«, brach es aus mir heraus. Es gelang mir immer noch nicht, von Lucas in der Vergangenheit zu sprechen, was June sicherlich längst bemerkt, jedoch nie kommentiert hatte. »Es ist mir auch egal, wenn er das nicht möchte. Was will er dagegen unternehmen? Mich heimsuchen?« Ich lachte. Es hörte sich absolut gruselig an.

Auch June schauderte. Vielleicht war ihr nur kalt. Ihr Kirschmund, der eben herrlich gelächelt hatte, dessen Unterlippe noch von meinen Küssen glänzte, verzog sich zu einer blassen, geraden Linie.

Sie zog ihr Handy aus der Tasche und suchte die Adresse des Typen raus. Es war nicht weit. Wir gingen zu Fuß vom Bahnhof aus dorthin. Schweigend.

Immer wieder verspürte ich den Drang, sie zu berühren, den Arm um sie zu legen oder sie mit einem Witz zum Lachen zu bringen. Sie stapfte dumpf brütend neben mir her und starrte höchstens auf ihre Navigations-App.

Jetzt war mir ebenfalls kalt.

Obwohl es sich nicht einmal um einen Kilometer Fußmarsch handelte, zog sich der Weg durch die eisige Stimmung zwischen uns wie Kaugummi in die Länge.

Endlich hielt sie an und deutete auf ein Wohnhaus. Augenblicklich musste ich an unsere Stadtvilla und an Junes Cottage denken. Beide Häuser wurden auf eine Art geliebt und – wenn auch auf gegensätzliche Weise – gepflegt. Diese Baracke hingegen wurde nicht gemocht. Sie sah aus, als würde sie sich selbst hassen.

Es lag nicht einmal an dem abblätternden Putz oder der herabhängenden, rostzerfressenen Regenrinne. Sondern an den dunklen, leeren Fenstern, die halb blind in den matschigen Garten hinausstarrten.

Auf einmal war ich befangen. Würde ich das durchstehen? Oder June? Sie sah ebenfalls weniger entschlossen aus als heute Morgen. War das tatsächlich das, was Lucas gewollt hätte? Und ich? Wollte *ich* das?

In dem Moment ging die Tür auf.

Ich hätte schwören können, June hielt ebenso wie ich die Luft an, als der Mann heraustrat.

Seine Haut war gelblich blass, durchzogen von blauen, geschlängelten Adern. Nur wenige Haare bedeckten an manchen Stellen flaumartig seinen Kopf. Ein Hemd schlackerte an zu dürren Armen und spannte über einem prall gefüllten Bauch.

Sein Blick war genauso tot wie der des Hauses ... bis er mich streifte.

Der Mann riss die Augen auf und krachte gegen die Türzarge, eine Hand in seine Brust gekrallt. Sekunden später sank er schwer atmend auf die morschen Treppenstufen, die unter seinem Gewicht knarzten.

June erwachte schneller aus ihrer Starre als ich. Kaum

dass ich mich regen konnte, kniete sie schon neben ihm. »Alles in Ordnung? Soll ich Ihnen aufhelfen?«

Er sagte nichts und starrte mich an, als wäre ich ein Gespenst.

In dem Moment verstand ich. Und auch June ließ den Mann los, als wäre er plötzlich ansteckend.

»Erkennen Sie ihn?«, fragte sie und hörte sich eiskalt an.

Sein Mund klappte auf und zu wie der eines Karpfens an Land.

»Na los!«, fauchte June.

In dem Moment tauchte ein jüngerer Mann in der Kleidung eines Krankenpflegers hinter ihm auf. »Na, na, was machen Sie denn am Boden, Mister Norton …«, tadelte er ihn gutmütig. »Wenn Sie sich von den jungen Leuten verabschiedet haben, fahren wir jetzt ins Hospiz. Brauchen Sie noch etwas?«

Der Mann schüttelte den Kopf und ließ sich von dem Pfleger schwerfällig auf die Beine helfen.

Vielleicht besetzte mich in dem Moment wirklich der Geist meines Bruders oder ich wusste einfach, wie unglücklich er wäre, wenn ich das jetzt nicht aufklärte.

Ich öffnete den Mund.

*JUNE

»Er ist mein Zwillingsbruder«, sagte Cole mit einer Stimme, die sich kaum vom Rascheln des Windes in den Blättern abhob. »Der Junge, den Sie totgefahren haben, ist mein Bruder Lucas.«

Norton, der sowieso schon aussah, als wäre er ziemlich

krank, japste. Davon schien Cole allerdings nichts mitzubekommen.

»Er ist fast schon ekelerregend romantisch. Also total übertrieben. Ich meine, er hat diesem Mädchen Liebesgedichte geschrieben, von Hand!« Er zeigte auf mich, als wäre ich der Inbegriff des Übels. In dem Moment fühlte ich mich auch so. Vor allem, als der Pfleger vollends heraustrat und mich neugierig musterte.

»Jeder mag ihn, weil Lucas der netteste, weichherzigste Mensch ist, den man sich vorstellen kann. Er hört immer zu, jeder darf sich bei ihm ausweinen, es wird ihm nie zu viel. Er ist halt zu lieb, deshalb wird er immer nur ausgenutzt. Von Mädchen, die ihn als ihren besten Freund bezeichnen und dann fallen lassen. Von Jungs, die hinter seinem Rücken irgendwelche absurden Gerüchte über ihn in die Welt setzen. Niemand kennt ihn so wie ich ...« Eine Träne rann Coles Wange hinunter. Ich glaubte nicht, dass er sie bemerkte. Auch Norton hatte angefangen zu weinen und vor meinen Augen verschwamm das Bild dieser Szene ebenfalls.

»Niemand braucht ihn so wie ich.« Coles Stimme brach auf der letzten Silbe. »Sie haben mir alles genommen. Alles!«

Norton wollte etwas sagen, doch Cole drehte sich um und ging davon. Ich warf dem Pfleger einen Blick zu. Er nickte beruhigend. Wozu, wusste ich nicht. Ich war froh, dass er Cole nicht unterbrochen hatte.

»Bereit, Mister Norton? Haben Sie sich vom Haus verabschiedet?«

In dem Moment verstand ich.

Alles.

Die Polizei, die den Fall nicht weiterverfolgt hatte. Und

auch, warum Cole am Ende nicht gesagt hatte, was ihm ins Gesicht geschrieben stand:

Sie haben mir meinen Bruder geraubt, ihm die Chance auf die erste Liebe, auf eine Hochzeitsnacht, auf Kinder, auf ein Leben genommen! Dafür schmoren Sie in der Hölle!

Der Pfleger nahm Mr. Norton wieder am Arm, doch er machte sich los.

»Du …«, sagte er zu mir, seine Stimme trocken und kränklich wie seine Haut. »Es war der Tag, an dem der Arzt mir sagte, dass ich nicht mehr lang hab. Einen Monat bestenfalls. Ich hab geweint und deshalb die Straße nicht gesehen. Und dann sprang mir der Junge vors Auto. Als es gekracht hat … bin ich einfach weitergefahren, weil ich dachte … ich hab … ich muss eh sterben.«

Es wäre gewiss richtig gewesen, dem Mann etwas Beschwichtigendes zu sagen, nur waren meine Lippen wie zugeklebt.

»Einen Monat. Und jetzt lebe ich immer noch. Bestimmt ist das meine Strafe …« Er schluchzte auf. »Bitte sag ihm Dankeschön, dass er gekommen ist.«

Der Knoten in meinem Hals zog sich zusammen und ich bekam kaum mehr Luft.

Der Pfleger half Mr. Norton in einen Rollstuhl und fuhr ihn zu dem wartenden Krankenwagen, den ich bei unserer Ankunft vollkommen übersehen hatte.

Ich sah zu, wie der kranke Mann mit schmerzverzerrtem Gesicht eingeladen wurde. Die Türen knallten metallisch zu.

Als der Wagen losfuhr, stand ich immer noch da wie versteinert. Äußerlich war ich eine Statue, unfähig, auch nur einen Finger zu regen. Doch in mir tobte ein Sturm.

Ich wollte zu Lucas.

Ich wollte zu Cole.

Ich wollte Norton sagen, dass es mir leidtat.

Was? Was tat mir leid? Vielleicht war es doch alles meine Schuld? In meiner lückenhaften Erinnerung war ich getaumelt, als Lucas nach mir gegriffen hatte. Zwar glaubte Cole, Norton sei auf den Bordstein gefahren, aber so war es nicht. Ohne mich wäre Lucas nicht auf die Straße getreten. Ohne mich wäre Lucas wahrscheinlich nicht einmal zu dem Zeitpunkt an diesem Ort gewesen ... Norton wäre an der Stelle vorbeigefahren und Lucas würde immer noch in seinem Zimmer sitzen und Gedichte schreiben. Cole wäre nicht so verbittert.

Cole!

Wieder einmal riss mich der Gedanke an ihn aus der Starre. Ich *musste* zu ihm. Meine Füße trugen mich wie von selbst zu dem kleinen Bahnhof, doch der Bahnsteig war leer.

Ich suchte die Vorhalle, den Kiosk und den Parkplatz ab. Als er nirgends zu finden war, stieg ich in den Zug nach London. Es kam mir unwirklich vor, dass ich weniger als eine Stunde zuvor auf einem ähnlichen orange gestreiften Sitz auf Coles Schoß gesessen und ihn leidenschaftlich geküsst hatte.

Und jetzt?

Ich hätte mit ihm gehen sollen, als er losgerannt war. Warum war ich stehen geblieben und hatte diese schreckliche Geschichte mitangehört? Norton hatte Fahrerflucht begangen, aber schuld an Lucas' Tod war nur ich. Wieso hatte ich die Wahrheit ausgraben müssen?

Für Lucas. Damit er weiterziehen konnte ...

Der jähe Schmerz in meiner Brust ließ mich keuchend einatmen. Was, wenn es das jetzt gewesen war? Wenn ich heimkam und Lucas fort war und mir aus dem Telefonhörer wieder nur Stille antworten würde?

Das würde ich nicht aushalten. Nicht so. Nicht jetzt! Nicht, bevor ich mich nicht entschuldigt hatte! Ich musste doch mit Lucas darüber sprechen! Über alles. Über Cole …

Ich raufte mir aufgrund meiner eigenen Dummheit die Haare. Ich konnte Lucas nicht von Cole erzählen, das würde ihn schrecklich verletzen und das war nicht fair. Er litt schon so unerträglich, weil er … gestorben war.

Durch meine Schuld.

Ich musste Cole suchen.

Zitternd zog ich das Handy aus der Tasche. Weder ein Anruf noch eine Nachricht von ihm. Mein Finger schwebte über dem grünen Telefonhörer. Wahrscheinlich wollte er nicht mit mir sprechen, aber ich musste wenigstens wissen, ob er okay war.

Eine Migräneattacke kündigte sich mir mit klopfenden Schmerzen in den Schläfen an.

Erst Lucas.

Dann Cole.

Ich schaltete das Handy auf lautlos und steckte es tief in meinen Rucksack.

KAPITEL 11

*JUNE

Pops sagte nichts, sobald ich mit dem Bus heimkam. Er fragte nicht nach seinem Auto oder nach Cole, selbst dann nicht, als ich den Autoschlüssel auf den Küchentisch legte. Er gab keinen Pieps von sich, obwohl ich in Straßenschuhen durchs Haus stapfte und direkt zur Hintertür in den Garten flüchtete.

Doch er beobachtete mich vom Fenster seines Zimmers aus, während ich die Tür der Telefonzelle hinter mir schloss.

Einen Augenblick lang war ich befangen, doch dann riss ich den Hörer von der Gabel und brüllte panisch Lucas' Namen hinein. Pops hörte mein Geschrei gewiss bis in sein Zimmer – trotz verschlossener Fenster und Türen. Selbst das war mir egal.

»June!«, sagte Lucas erleichtert. »Puh! Ich bin so froh, ich hatte ein ganz mieses Gefühl ...«

»Lucas! Ich ... muss dir was sagen.«

»Warum hört sich das immer an, als sollte ich mich besser hinsetzen?«

»Äh ... weil ... sitzt du?«

»Ich bin tot, June. Was soll schon passieren? Dass ich sterbe?«

»Lucas!«, rief ich empört.

»Was denn? Man nennt das Coping. Ich habe mal über die sieben Phasen der Trauer –«

»Ich hab den Fahrer gefunden.«

Er fragte nicht nach. Lucas wusste genau, von wem wir sprachen. Ich spürte sofort, dass er nichts darüber hören wollte. Leider konnte ich ihm den Gefallen nicht tun. Er *musste* wissen –

»June. Ich bin tot. Nichts wird das ungeschehen machen.«

»Ich weiß ja! Ich dachte nur, damit du weiterreisen kannst …«

»Das ändert nichts. Hätte ich dir gleich sagen können. Es fühlt sich unwichtig an.«

»Bitte, lass es mich dir trotzdem erzählen. Es ist wichtig.«

»Meinetwegen.« Er seufzte.

»Der Mann, der dich überfahren hat, wird bald sterben. Er hat an dem Tag erfahren, dass er nicht mehr lange leben würde, und war total durch den Wind … Er …«

»… hat sich gedacht, wenn ich sterben muss, nehm ich grad noch einen mit?«

Mir verschlug es die Sprache. Ich schluckte ein paarmal. »Bist du sarkastisch?«

»Ja, irgendwie schon.« Er schwieg einen Augenblick. »Ich glaube nicht, dass es irgendwas ändert. Mir ist egal, wer es war und warum es passiert ist. Es war ein Unfall. Der Mann kann nichts dafür. Wozu ihn quälen?«

»Es war meine Schuld, Lucas. Ich bin gestolpert und dadurch bist du auf die Straße getreten …« Meine Stimme erstarb am Ende.

»Es war ein Unfall, June.« Lucas klang angespannt.

»Ich musste es einfach versuchen, damit ich mich erinnere. Zumindest weiß ich jetzt, was passiert ist.«

»Und geht es dir nun besser? Nein! Hättest du mich vorher gefragt, hätte ich dir gesagt, dass du es lassen sollst.«

»Das hab ich ja auch gedacht, nur Cole hat –« Ich schlug mir die Hand auf den Mund, doch da war es schon aus mir herausgeschlüpft. Innerlich schrie ich vor Frust.

Lucas schwieg. Es fühlte sich überhaupt nicht gut an. Er blieb zu lange still. Vielleicht hatte er gar nichts gehört?

»Cole?«, fragte er sehr leise. Komischerweise hörte ich ihn ganz genau. »Mein Cole?«

»Ja, dein Bruder, stimmts? Ich erinnere mich, du hast mir von ihm erzählt.« Mir wurde speiübel bei meinem kläglichen Versuch, den Eisberg nach der Kollision zu umschiffen.

»Bitte lüg nicht, June. Ich habe seinen Namen nie erwähnt.«

Doch, kurz vor unserem Unfall.

Das ist mein Bruder Cole.

Sowohl ich als auch er wussten jedoch, dass wir nicht davon sprachen. Es war nicht fair, ihn zu belügen.

»Hast du ihn absichtlich aufgesucht?« Lucas' Stimme klang seltsam fremd und etwas dünner als sonst.

»Nein, es war Zufall, dass wir uns getroffen haben ... Das erste Mal.«

»Das heißt, ihr trefft euch öfter?«

»Lucas ...«

»Nein! Ich will das jetzt wissen!«, sagte er scharf.

»Ich wusste nicht, wer er ist, als ich ihm an der Bushaltestelle begegnet bin.«

»Warte mal, der Bushaltestellentyp ...« Er lachte auf. Es war ein hysterischer Laut, verzweifelt und verletzt. »Wie konnte ich nur so dumm sein! Natürlich war das Cole. Und bestimmt hasst er dich, weil er dich für meinen Tod verantwortlich macht. Oh, Cole, du Vollidiot! Ich hätte es wissen sollen ...«

Mir fiel nichts ein, was ich sagen sollte, also drehte ich

das Spiralkabel um meinen Finger. Zu, bis der Zeigefinger ganz weiß wurde. Auf, das Blut schoss schmerzhaft kribbelnd hinein. Zu.

»Hat er dir das Leben schwer gemacht? Am besten meidest du ihn von jetzt an, er lässt sich sowieso nicht umstimmen.«

»Also eigentlich ...« Meine Stimme bebte. Ich räusperte mich. »Cole ist eigentlich ganz nett ...«

Der Wind heulte um die Telefonzelle und ich hatte das Gefühl, er würde auch eisig durch die Leitung pfeifen.

»Ich will nicht, dass du ihn noch einmal siehst.«

Ich musste mich unheimlich zusammenreißen, um in dem Moment nicht nach Luft zu schnappen. Stattdessen atmete ich ganz flach, um ihm nicht zu zeigen, wie aufgewühlt ich war. Wahrscheinlich bemühte ich mich umsonst. »Wieso?«

»June. Lass mich dir etwas erzählen. Ich hatte immer Freundinnen. Viele Freundinnen. Sie haben mir von ihren Sorgen und ihrem Liebeskummer erzählt, sich an mich gekuschelt und meine T-Shirts nass geweint. Manche waren richtig anhänglich und haben mir Tausende von Textnachrichten am Tag geschrieben. *Ich liebe dich, Lucas, du bist der wichtigste Mensch auf der Welt für mich!*« Er schnaubte. »Das ging meistens ein paar Wochen. *Kann ich mal bei dir vorbeikommen? Ist dein Bruder auch da?*« Er atmete schwer. »Du bist das erste Mädchen, bei dem es mir nicht egal ist. Du bist *meine* June! Er kann dich nicht haben.«

In meinem Hals brannte Säure. Ich konnte nichts sagen. In meinem Kopf meldete sich ein trotziges Stimmchen, das behauptete, Cole würde sich sowieso nicht abschütteln lassen. Selbst wenn ich es wollte.

Lucas schien meine Gedanken zu erraten.

»Bestimmt leidet mein Bruder jedes Mal, wenn er dich

sieht. Du erinnerst ihn daran, dass er mich verloren hat – jedes einzelne Mal. Deine Existenz bedeutet für ihn einen unerträglichen Schmerz. Also wenn du mich magst – und wenn du ihn nicht weiter verletzen willst –, dann triffst du ihn nie wieder!«

Das Herz klopfte mir bis zum Hals, als ich an unseren Kuss im Zug dachte und wie schwer es Cole gefallen war, sich von mir zu lösen.

»Okay ...«, flüsterte ich. Es hörte sich fürchterlich unglücklich an. Dennoch wusste ich nach Lucas' Worten, dass ich mich von Cole fernhalten würde. Meine Schuld an Lucas' Tod war so unendlich groß, das hatte ich heute noch einmal deutlich zu spüren bekommen. Und ich wusste, dass er recht hatte: Meine pure Existenz verletzte Cole, trotz allem.

Lucas hatte nur noch mich auf der Welt.

Ich presste die Lider zusammen. Tränen rannen mir die Wangen hinunter.

»Hattest du wieder Albträume?«, fragte ich, um mich und ihn abzulenken, und schniefte.

»Heulst du?«

»Nein«, log ich. »Nur die Erkältung.«

Er war eine Weile lang still. »Ein paar«, sagte er schließlich.

Pops sah wieder aus dem Fenster und ich ahnte, dass er bald kommen würde. Komischerweise war ich froh darum. Ich wusste, dass ich die richtige Entscheidung getroffen hatte, aber ich war trotzdem gerade nicht in der Lage, länger mit Lucas zu sprechen.

»Mein Vater kommt gleich. Erzähl mir beim nächsten Mal mehr von den Albträumen, okay? Und denk darüber nach, was dir helfen könnte, weiterzugehen, ja?«

»Meinetwegen …«

»Okay, tschüss dann, bis bald, ich hab dich lieb, Lucas.« Ich legte auf.

Cole rief an dem Abend nicht mehr an und ich war zugleich schrecklich besorgt und erleichtert, einen Aufschub bekommen zu haben, bevor ich ihm erklären musste, warum wir uns nicht mehr sehen konnten.

Ich probte verschiedene Szenen vor meinem Spiegel, doch erstens nahm ich mir die Scheiße nicht mal selbst ab und zweitens schaffte ich es kaum, einen Satz zu sagen, ohne in Tränen auszubrechen. Dabei stand Cole mir nicht einmal leibhaftig gegenüber.

Pops streckte kurz den Kopf zur Tür herein und ersparte sich die Frage, ob ich etwas zu Abend essen wollte, nach einem Blick in mein Gesicht.

Ich ging früh zu Bett und wälzte mich dann ewig hin und her. Obwohl mir die Erkältung noch in den Knochen steckte und der Tag ereignisreich gewesen war, konnte ich meinen Kopf nicht ausschalten.

Um 4:00 Uhr schrieb Cole mir eine Nachricht.

> Sorry, dass ich ausgetickt bin.

Ich antwortete nicht. Um die Uhrzeit dachte er bestimmt, ich würde schlafen.

> Sei nicht sauer, okay?

Wenn ich nur wütend auf ihn sein könnte, wäre alles viel leichter. Es juckte mich in den Fingern, ihm zu antworten. Irgendwann musste ich sowieso mit ihm sprechen, um ihm zu sagen, dass es aus war. Das ... mit uns ... Nur vielleicht nicht jetzt gleich? Lucas brauchte es ja gar nicht unbedingt zu wissen, wenn ich noch eine letzte Nacht lang mit seinem Bruder chattete ...

Nein! Ich würde Lucas nicht anlügen. Durch meine Schuld war er ein verdammter Geist, mein Karma verkraftete definitiv keine weiteren Minuspunkte. Und außerdem gab es für Cole und mich nur den kalten Entzug. Entwöhnung auf Raten war hier nicht möglich. Wenigstens hatte ich bis zum Morgen Zeit, bevor Cole stutzig wurde, warum ich nicht antwortete ... und ich konnte ... noch ein paar Stunden Beleidigt-Spielen herausschinden.

> Immerhin liest du meine Nachrichten.

Verfluchte Oberkacke! Natürlich zeigte dieser bescheuerte Messenger ihm an, dass ich die Mitteilungen gelesen hatte. Technisch gesehen war ich wirklich ein Neandertaler.

Bestimmt würde Cole es witzig finden, wenn ich ihm das schrieb ... Doch das würde ich nicht.

> June ... Ich bin nicht Lucas und ich werde nie so wie er sein.

Allerdings nicht. Denn Cole würde wahrscheinlich niemals von mir erwarten, dass ich Lucas für ihn aufgab ...

> Vorhin war ich in seinem Zimmer und hab ihm alles erzählt. Dass ich dich kennengelernt habe und wir gemeinsam den Fahrer gefunden haben.

Das wusste Lucas schon. Wie gern hätte ich Cole das gesagt, aber das ging natürlich gar nicht.

Ich versuche, nicht an diesen Norton zu denken, aber irgendwie hab ich ein richtig schlechtes Gewissen. Vielleicht müssen wir da noch mal hin?

Mir ging es genauso. Ich ballte die Fäuste, um bloß nicht dem Impuls nachzugeben, ihm zu antworten, damit er sich verstanden fühlte. Doch Cole schien sich alles von der Seele schreiben zu müssen und erwartete offenbar gar keine Reaktion von mir.

Und was für ein tolles Mädchen du bist. Das hab ich ihm auch gesagt.

Oh, mein Herz!

Bestimmt denkst du, ich bin komplett durchgeknallt, aber in dem Augenblick ist mir wie von Geisterhand sein Notizbuch in den Schoß gefallen. Das, worin er die Gedichte sammelte. Und es ist auf dieser Seite aufgeschlagen (denk nicht, ich spinne! Es ist wirklich wahr!).

Er schickte mir ein Foto.
In Lucas' Handschrift stand dort etwas geschrieben.

Lass mich nur einmal
Im Mondschein
Dem Wahnsinn verfallen.
Tanzen.
Lachen.
Lieben.
Mich an dir betrinken.
Selig zwischen den Sternen taumeln

Und nur der Nachthimmel
Bezeugt unsere Versprechen.
Worte,
Die im Sonnenlicht
Verblassen.

Die drei Punkte, die ankündigten, dass er etwas tippte, machten mich nervöser als alles andere.

Ich wollte es nicht sehen.

Ich konnte es kaum erwarten.

Was schrieb er denn so lange?

Hoffentlich wurde er nie damit fertig …

Ich denke, das ist ein Zeichen.

Mein Herz legte einen Sprint ein, während mein Kopf gleichzeitig *Oh nein, oh nein* wimmerte.

June, ich hab mich in dich verliebt.

Es war das Schlimmste, was ich in dieser Situation tun konnte. Und das Schwerste. Vor allem war es das einzig Richtige.

Ich schaltete mein Handy aus und weinte ins Kissen.

Am nächsten Tag ließ Pops sich nicht erweichen, mich doch noch mal einen Tag zu Hause zu lassen. Er fuhr sogar mit mir im Bus bis zur Schule, sodass er das Auto gleich mitnehmen konnte. Paranoid, wie ich war, erwartete ich, Cole vor dem Eingang zu sehen, schlimmstenfalls mit einem Strauß Rosen. Gott sei Dank würde Cole das nie tun. Ich schluckte den Stich Enttäuschung hinunter und sagte mir, dass es besser so war. Wenn er sich dermaßen leicht abwimmeln ließ, konnte seine Verliebtheit nicht besonders groß gewesen sein.

»June?«

Ich hob die Hand und lief an Ryan vorbei. »Ich will nicht mit dir sprechen!«

Typisch Ryan, dass er meinen Wunsch ignorierte. »Hör zu, ich weiß, ich hab dich verletzt. Aber deshalb musst du nicht gleich mit diesem gewalttätigen Schlägertypen hier auftauchen, der –«

»Cole ist nicht gewalttätig!« Ich fuhr herum und funkelte Ryan an, obwohl ich nicht die geringste Lust verspürte, mit ihm zu sprechen. Dass ausgerechnet er sich eine Meinung über Cole herausnahm, war zu viel. »Cole ist sensibel und feinfühlig, er wurde verletzt, deshalb verteidigt er sich. Er ist ehrlich und liebevoll und er kümmert sich um mich, wenn es mir nicht gut …« Scheiße. Mir traten schon wieder die Tränen in die Augen.

»Er kommt sogar an ihre Schule, obwohl er heute Nacht einen ziemlich fiesen Korb bekommen hat, nachdem er diesem Mädchen seine Liebe gestanden hat …«

Ich fiel beinahe in Ohnmacht, als ich Coles Stimme hinter mir hörte.

»Und gerade jetzt ist er ziemlich froh darüber, weil deutlicher kann man eigentlich kaum *Ich liebe dich!* sagen.« Cole schlenderte um mich herum und drückte sich zwischen Ryan und mich, ohne darauf zu achten, dass wir nun eng aneinandergepresst an der rostroten Backsteinmauer der Schule standen, und Ryan versuchte, ihn von mir wegzustarren.

Cole sah nur mich an. Sein Blick offen und verletzlich. Mein Herz blühte auf wie eine der Rosenknospen an unserem Cottage.

Himmel, ich *war* bis über beide Ohren in Cole verliebt. Und ich durfte es nicht sein!

Cole griff nach meiner Hand. »Lass uns von hier abhauen.«

»Sie bleibt hier. Sie hat jetzt Schule! Ihr Dad hat sie selbst hergebracht und es ist meine Aufgabe –«

»Deine Aufgabe ist es, dich zu verpissen! War ich gestern nicht deutlich genug? Ich weiß, sie kann sich selbst verteidigen, aber du scheinst es einfach nicht zu raffen. June hat gesagt, sie will nicht mit dir reden, also hörst du jetzt besser auf ihren Wunsch!« Cole schaute ihn nicht an, während er gefährlich ruhig seine Drohungen aussprach. »Und Peter hat mir gerade den Tipp gegeben, wo ich sie finde, also troll dich ...«

»Peter?«, fragte Ryan. Ich konnte die Verletzung aus seiner Stimme heraushören. Fast hätte er mir leidgetan. Doch um ehrlich zu sein, war mir Ryan gerade ziemlich egal.

Was Cole gesagt hatte, interessierte mich viel mehr. Stimmte das? Hatte Pops mich extra hergebracht, damit Cole und ich uns aussprechen konnten? Über Coles Schulter hinweg erhaschte ich gerade noch einen Blick auf Pops' davonfahrenden Ford. Definitiv hatte er wieder versucht, den Kuppler zu spielen.

Doch auch das änderte nichts daran, dass ich Lucas versprochen hatte, mich nicht mehr mit Cole zu treffen.

Plötzlich wusste ich, wie ich Cole dazu bringen würde, mich zu hassen. Es war schrecklich, aber notwendig. Darum nickte ich und sagte: »Lass uns gehen. Ich muss dir etwas erzählen.«

*COLE

Mein Herz würde das nicht mehr lange mitmachen.

Erst die Entdeckung, dass der Kerl, der Lucas totgefahren hatte, selbst quasi im Sterben lag. Die quälenden Stunden, in denen ich weinend und hilflos durch London geirrt war. Erst in den frühen Morgenstunden war mein Kopf wieder klar genug, dass ich June schreiben konnte. Es ging mir schlagartig besser, als ich sah, dass sie wach war und meine Nachrichten las. Aber dann war sie plötzlich offline gegangen, nachdem ich ihr meine Liebe gestanden hatte.

Autsch.

Trotzdem konnte ich nicht aufhören, mir ihr Verhalten schönzureden. Bei jedem anderen Mädchen hätte ich aufgegeben und ihr für den Bitchmove den Finger gezeigt. Aber nicht bei June.

Sie war vermutlich überfordert. Vielleicht das erste Mal ... verliebt? Zwar hatte ich das nicht so gesagt, doch für mich *war* es das erste Mal. Klar, ich hatte schon mit Mädchen geflirtet, bloß war da keine gewesen, die mich ernsthaft interessiert hätte.

June schon.

Das war auch der einzige Grund, weshalb ich danach Peter anrief, in aller Herrgottsfrühe. Wir redeten – unter anderem über die Briefe, die ich nun alle gelesen hatte. Es war so viel weniger schlimm, mit ihm zu sprechen, denn ich hatte ein klares Ziel vor Augen. Ich wollte mit June zusammen sein, und wenn das bedeutete, dass ich mit ihrem Vater auskommen musste, war das kein Problem mehr.

Und nun hatte sie mir indirekt eine Liebeserklärung

gemacht – auch wenn ich dabei ihren Rücken anstarren musste. Zitternd vor Kälte oder Empörung stand sie diesem Ryan gegenüber, die Fäuste geballt und die Haare kraus vom Regen.

Ich hätte sie am liebsten geküsst, hier, sofort, zwischen Kindern in Schuluniform und dem Berufsverkehr. Vor den Augen von diesem Schwachkopf, damit er ein für alle Mal verstand, dass er June nicht länger belästigen konnte. Ich wollte sie hochheben und mitnehmen. Am besten auf eine einsame Insel und ...

June drückte meine Hand. »Hier ist es gut.«

»Hier?« Ich sah mich um. »Willst du nicht lieber irgendwo reingehen? Ein Park, bei dem Wetter ... Du wirst nur wieder krank.«

»Es dauert nicht lange und ich will keine Zuhörer.«

Okay, jetzt war ich neugierig. »Schieß los!«, sagte ich und versuchte, sie auf der regennassen Parkbank näher an mich zu ziehen, weil sie bereits mit den Zähnen klapperte.

Sie schniefte. »Das hört sich vielleicht unglaublich an, Cole, aber ich telefoniere mit deinem Bruder.«

Sie kniff die Augen zusammen, als erwartete sie einen Knall. Der Regen prasselte mittlerweile auf uns herunter und klatschte ihre Haare an den Kopf.

In mir wurde es einen Moment lang ganz still. Ich checkte erst gar nicht, was sie da sagte. Doch dann verstand ich und ein erleichtertes Lachen entfuhr mir. »So wie mit deiner Mutter? Das würde ihm sicher gefallen.«

June schüttelte den Kopf. Ganz sacht nur. »Das tut es auch.«

Ich stutzte. »Wie meinst du das?«

Sie holte tief Luft, als wollte sie sich auf einen Kopfsprung vorbereiten. »Ich meine, ich spreche wirklich mit ihm. Ich … ich telefoniere mit Lucas.« Sie öffnete vorsichtig die Augen und checkte meine Reaktion ab.

Ich grinste immer noch, allerdings fand ich den Scherz langsam etwas geschmacklos.

»Du telefonierst mit seinem Geist?«

Sie nickte.

»Und er antwortet dir?«

Wieder ein Nicken.

Jetzt war mir nicht mehr zum Lächeln zumute. »Und was erzählt mein Bruder dir so?«, fragte ich. Es hörte sich spöttisch an und Junes verletzter Blick zeigte mir, dass sie es bemerkt hatte.

»Zum Beispiel …« Sie rieb sich die Stirn. »Er hat mir zum Beispiel verboten, mit dir befreundet zu sein. Lucas sagt, er war immer der beste Freund von allen Mädchen, aber sie sind nur zu euch nach Hause gekommen, weil sie eigentlich dich sehen wollten. Und wenn sie dich nicht haben konnten, ließen sie auch Lucas fallen.« Sie schluckte. »Er hat gesagt, mich würde er nicht mit dir teilen.«

Der Anfang stimmte. Wie oft hatte ich miterlebt, dass diese doofen Hühner, denen Lucas sein Ohr und sein Herz geöffnet hatte, ihn meinetwegen sitzen ließen. Nie im Leben hätte ich mit einer von diesen oberflächlichen Tussis was angefangen!

June war ganz anders als die. Doch ich hätte es niemals für möglich gehalten, wie weit sie gehen würde, um mich abzuservieren.

Schlagartig bemerkte ich, wie nass ich war. Meine Haut schien den Regen gar nicht abzuhalten, er sickerte einfach in mich hinein.

Mit wackeligen Beinen stand ich auf. »Das ist sowas von

unterste Schublade. Wenn du nicht mit mir zusammen sein willst, sags einfach. Aber schieb gefälligst nicht meinen toten Bruder vor!«

*JUNE

Ich sollte die Klappe halten! Es war alles gesagt und jedes weitere Wort ruinierte bloß meinen Plan. Cole hasste mich nun. Er würde gehen und nicht zurückblicken und keinen Gedanken mehr an mich verschwenden. So wie Lucas es wollte.

»Es ist die Wahrheit!«, platzte es aus mir heraus. Verdammt! Was tat ich denn da?

»Soll ich dir sagen, warum ich weiß, dass es gelogen ist?« Cole klang jetzt wieder wie ein Eisklotz. Obwohl ich wusste, dass er sich nur schützte, ertrug ich nicht, wie er mich gerade ansah. So als wäre ich der allerletzte Dreck. »Weil Lucas das niemals von dir verlangen würde. Wenn er wüsste, dass du mich magst und ich dich, würde er sich selbst zurücknehmen. Lucas besitzt kein Fünkchen Egoismus. Er hat seine eigenen Bedürfnisse *immer* für mich hintangestellt. Und für dich würde er dasselbe tun, weil er verdammt noch mal verknallt in dich ist!«

Ich hatte gedacht, das Schlimmste wäre sein Hass. Doch da lag ich falsch. Das Allerschlimmste war, dass er nun in Tränen ausbrach und ich ihn nicht trösten durfte.

Mein Herz brach tausendmal, als ich Cole weinen sah.

Da lag zu viel Schmerz in seinem gebeugten Nacken und den zuckenden Schultern. Es zerriss mich fast körperlich, ihn nicht in den Arm nehmen zu dürfen.

»Es tut mir leid …«, flüsterte ich. Und weil ich nicht

wusste, wie ich noch länger hier stehen und durchhalten sollte, ohne selbst zusammenzuklappen, ging ich.

Mit jedem Schritt wiederholte ich mantraartig:

Es ist gut so.

Cole ist ohne mich besser dran.

Ich würde ihn immer an Lucas erinnern und daran, dass er seinen toten Bruder hintergeht, indem er mich liebt.

Ich habe dieser Familie genug Leid zugefügt.

Auch für mich ist es unmöglich, Cole zu lieben, ohne mich wegen Lucas schlecht zu fühlen.

Am Ende werden alle traurig sein, wenn du es nicht beendest.

Ein Stimmchen wisperte mir zu, dass *jetzt* alle traurig waren. Ärgerlich verdrängte ich es.

Ich ging nach Hause und setzte mich in die Telefonzelle.

Dort weinte ich, weil ich Mama anrufen wollte und es nicht konnte.

Den Hörer nahm ich nicht ab.

Am Abend brachte Pops mir eine Packung Chips und eine Decke in die Telefonzelle.

So alarmiert hatte ich ihn noch nie gesehen. Wahrscheinlich war mein Anblick wirklich besorgniserregend. Meine Augen fühlten sich vom vielen Weinen zugeschwollen an und meine Stimme klang heiser. Bestimmt waren meine Haare wirr und den Hoodieärmel zierte eine Schnodderspur.

Es war mir egal.

Bevor er zurück ins Haus ging, forderte Pops mich auf, bald reinzukommen. Ich musste es ihm versprechen.

Obwohl es mir unheimlich schwerfiel, hob ich schließlich den Hörer ab. Egal, wie sehr ich Lucas gerade am liebsten gemieden hätte, er durfte nicht meinetwegen Albträume haben.

»Hallo, June!« Seine Erleichterung war spürbar.

»Hi ...«

»Weinst du?«

»Schnupfen. Ich bin echt krank«, log ich. Was war schon eine kleine Lüge? Viel schlimmer wäre es, zu behaupten, ich würde um Cole weinen.

Lucas seufzte. »Du lügst. Ist es wegen Cole?«

»Quatsch. Er hasst mich ja sowieso. Ich hab ihm heute gesagt, dass wir nichts mehr miteinander zu tun haben sollten, und er war richtig froh darüber.« Okay ... das war mehr als eine kleine Lüge. Wenn ich einmal damit anfing, konnte ich wohl gar nicht wieder aufhören?

»Ah ...« Lucas holte Luft. »Prima. Dann ist ja alles in Butter!«, sagte er fröhlich. »Hör zu, ich erinnere mich an eine wunderschöne japanische Tradition, wenn etwas zerbricht, soll ich dir davon erzählen?«

Nein!

Ich wollte überhaupt nichts hören, schon gar nichts über Zerbrochenes. Nur, wie sollte ich ihm das sagen? Ich schwieg und er räusperte sich feierlich.

»Es nennt sich Kintsugi. Wenn man einen Teller zerbricht, wirft man ihn nicht weg, sondern die einzelnen Teile werden mit einem Kleber aus Goldstaub wieder zusammengesetzt. Dadurch erscheinen die Bruchstellen wie Goldadern. Das Kaputte wird also zu etwas Schönem ...«

Ich umarmte mich selbst, so gut es ging.

»June? Weinst du schon wieder?«

Dieses Mal gelang es mir nicht einmal mehr zu lügen. Ich befürchtete, sobald ich den Mund aufmachte, würde all der Frust herausbrechen, den ich schon seit Tagen hinunterschluckte. Und wenn ich einmal *damit* anfinge, würde ich wahrhaftig nie wieder aufhören können.

»Findest du es nicht erstaunlich, wie gut diese Tradition zu uns beiden passt?«

Wenn überhaupt, dann passte dieses Kintsugi perfekt zu Cole. Sein Herz war wahrscheinlich überzogen von lauter goldenen Adern, weil es so oft zerbrochen war.

Das ist ein Zeichen … poppte Coles Nachricht in meinem Kopf auf.

»Es ist ein Zeichen!«, sagte Lucas.

Ich warf den Hörer auf die Gabel.

Zunächst presste ich die Faust in meinen Mund, biss hinein und versuchte mit aller Macht, alles zurückzuhalten. Doch dann schrie und weinte ich, bis ich keine Stimme mehr hatte.

Und ich hasste Lucas, weil er mir das angetan hatte.

Aber nur einen Moment, dann verlagerte sich mein Hass wieder auf mich selbst, denn ich hatte ihm Schlimmeres zugefügt, als nur die erste Liebe aufgeben zu müssen. Er hatte meinetwegen sein Leben verloren.

Pops sammelte mich schließlich auf, trug mich ins Cottage und wickelte mich in mehrere Lagen Decken.

Er machte mir Ingwertee mit Zitrone und Honig und wachte mit Adleraugen darüber, dass ich alles bis auf den letzten Tropfen leer trank.

»Hast du mir was in den Tee getan?«, nuschelte ich undeutlich, als das Zimmer vor mir verschwamm und wieder scharf wurde. Mein Kopf schmerzte, als hätte ihn jemand in eine Schraubzwinge geklemmt.

Pops reichte mir ein Glas Wasser.

»Nur einen Schuss Rum, damit du besser schläfst.«

»Wusstichsdoch, dass der komisch geschmeckt hat.«

Pops seufzte. »Schlaf noch ein bisschen. Morgen gehen wir zu der Psychologin.«

»Ich will keine –«

»Cole hat mich angerufen. Er war ziemlich besorgt um deinen ... psychischen Zustand.«

»Coletäuschtsich ... Er is ...« Mir kamen erneut die Tränen.

»Es ist egal, was Cole sagt. Ich mache mir schon lange Sorgen um dich. Deshalb gehen wir dahin. Keine Widerrede!«

»Ich bin nicht irre!«, jammerte ich.

»Ich weiß ... ich weiß ...« Pops streichelte mir über den Kopf, als wäre ich wieder ein Kind, das einen Wutanfall bekam, weil es kein drittes Eis haben konnte.

Ich wollte noch etwas sagen. Doch da schlief ich bereits ein.

Ich saß auf einem bequemen Sessel in einem Raum, in dem alles *ruhig* und *entspannt* flüsterte, gegenüber einer Frau, die ebenfalls zum meditativen Kaliber zu gehören schien. Sie hieß irgendwas mit Doppelname und Bindestrich (das hatte sie ernsthaft betont! Mit Bin-de-strich!).

»Juniper ...« Do-Bi (Doppelname-Bindestrich) beugte sich etwas vor.

»Ich bin nicht verrückt!« Es war das Erste, was ich zu ihr sagte, nach gut einer halben Stunde hartnäckigen Anschweigens von meiner Seite. Pops hatte es wohl sehr dringend klingen lassen, denn wir hatten sofort einen ›Notfalltermin‹ bekommen. Ich fragte mich, was er der Psychologin erzählt hatte.

»Worüber denkst du gerade nach?«, wollte sie wissen.

Neugierige Ziege, meine Gedanken gingen sie ja wohl gar nichts an!

»Wie oft ich noch schwänzen kann, ohne das Schuljahr wiederholen zu müssen.«

»Machst du dir Sorgen um deine Noten?«

Ich wusste genau, was sie tat. Sie versuchte, mich auf die Vertrauensschiene zu lenken, um mich dazu zu kriegen, die unangenehmen Themen anzusprechen. Wie zum Beispiel, dass ich mit Geistern telefonierte ...

»Nein.«

Eigentlich hatte ich gar nichts dagegen, mit ihr zu reden. Doch ich befürchtete, wenn ich die Sache mit Lucas aussprach, könnte Pops mir verbieten, zur Telefonzelle zu gehen. Oder dass Lucas vielleicht verschwand, falls ich zu vielen Leuten von ihm erzählte. Oder dass Cole es als Verrat empfand ...

Ich hoffte, es ging ihm gut.

Oder zumindest okay.

Streng genommen bekam Cole ja sowieso nichts von meinem Termin hier mit. Es sei denn, Pops – sein neuer bester Freund – tratschte es weiter. Außerdem hielt er mich ja ohnehin schon für einen hoffnungslosen Fall. Genau wie Pops. Und Frau Do-Bi im Ohrensessel gegenüber.

Jedenfalls war es besser, ich schwieg.

»Hast du Freunde, Juniper?«

Ach, wie nervig! Ich war gewappnet für eine schnippische Antwort, aber sie überraschte mich.

»Lebende oder Tote. Zählt beides ...«

Ich starrte sie an. Das war ein Trick! Hundertprozentig wollte sie mich nur reinlegen, damit ich ihr erzählte, ich würde mit einem Geist telefonieren, und dann käme ich direkt in die geschlossene Psychiatrie.

»Ich will nicht über Lucas sprechen«, hörte ich mich sagen, obwohl ich mir so fest vorgenommen hatte, kein Wort über ihn zu verlieren. Mist!

»Das ist in Ordnung. Dein Vater sagt, du verstehst dich gut mit seinem Bruder?«

Ich presste die Lippen zusammen, weil sie augenblicklich anfingen zu zittern, aber leider konnte ich nicht verhindern, dass Tränen in meinen Augen brannten. Eigentlich wollte ich Do-Bi sagen, dass sie meine Beziehung zu Cole einen feuchten Käse anging, stattdessen kämpfte ich nur darum, nicht vor dieser fremden Frau loszuheulen.

Erfreulicherweise blieb sie still und wartete ab, bis ich mich wieder halbwegs im Griff hatte. Dennoch konnte ich sie kaum ansehen.

»Du hast es nicht leicht, Juniper. Von allen möglichen Freunden auf diesem Planeten hat das Schicksal dir einen toten Jungen und dessen Zwillingsbruder ausgesucht. Das ist eine schwere Last, die du da zu tragen hast. Denkst du, du bist ihr gewachsen?«

Dieses Mal konnte ich meine Überraschung nicht verbergen. Diese Frau war wirklich gut darin, mich zu überrumpeln und mir dadurch Dinge zu entlocken, die ich nicht erzählen wollte.

»Denkst du, du *musst* es aushalten, weil du dabei warst, als er gestorben ist?«

Plötzlich wollte ich sie anschreien. Dass ich natürlich *musste*, weil Lucas nur noch mich hatte. Er konnte mit niemandem außer mir sprechen. Aber das durfte ich Do-Bi nicht erzählen und darum ballte ich die Fäuste so fest, dass kein Blut mehr hineinkam und meine Fingerspitzen kribbelten.

»Vielleicht versuchst du es einmal aus einer anderen

Perspektive zu sehen«, redete Do-Bi weiter. »Eine gute Freundschaft ist immer etwas Gegenseitiges. Du bist sicherlich genauso wichtig für ihn wie er für dich. Vielleicht braucht er dich genauso sehr wie du ihn?«

Sprachen wir von Cole oder von Lucas? Ich traute mich nicht nachzufragen.

»Gibt es etwas, wobei ich dir helfen kann?«

»Ist es nicht verrückt, mit Toten zu telefonieren?«, brach es schließlich aus mir heraus. Garantiert wusste sie sowieso schon, dass ich mit Mama telefonierte, seit ich klein war. Vielleicht dachte sie, ich würde davon sprechen.

Ihre Unterlippe schob sich leicht über die Oberlippe, als sie ihre Antwort überdachte. »Nur, wenn du nicht damit klarkommst.«

»Ich schaffe das!«, bekräftigte ich.

»Den Eindruck habe ich auch. Mir scheint, du zerbrichst nicht an dieser Freundschaft …«

Sie hatte recht. Was mich innerlich zerriss, war, dass ich Cole verletzt hatte. Wenn ich für ihn ebenso wichtig war, wie er für mich, dann hätte ich das nie tun dürfen.

Do-Bi (mittlerweile bedauerte ich fast, dass ich mir ihren richtigen Namen nicht gemerkt hatte) rückte die Brille auf ihrer Nase zurecht. »Die Stunde ist um, Juniper. Wenn du das Gefühl hast, es könnte dir guttun, mit mir zu sprechen, darfst du gerne wiederkommen …«

»Ich denke, es wäre nett, wenn Sie meinem Vater sagen könnten, dass ich okay bin«, sagte ich.

Sie lächelte. »Das sagst du ihm am besten selbst.«

Ich nickte und stand auf.

Pops schüttelte halb amüsiert, halb resigniert den Kopf, als ich ihn aus dem Wartezimmer abholte. »Die arme Frau wollte nur ihren Job machen, June.«

Also hatte er mitgehört – wie ich es erwartet hatte.

»Du hättest mich eben nicht herschleifen sollen!«, beharrte ich trotzig.

Er verdrehte die Augen. »Na gut, ich sehe es ein. Du brauchst wahrscheinlich wirklich keine Psychologin.«

Ich nickte. »Du vielleicht?«

»Ja, kann sein ...« Pops legte den Arm um meine Schultern und zog mich an sich. »Ich bin trotzdem froh, dass du hingegangen bist, und wenn es nur war, um deinen alten Pops zu beruhigen.«

»Nächstes Mal glaubst du mir lieber gleich! Seit wann zählt es mehr, was irgendeine Diplom-Doppelname-Bindestrich sagt, als deine eigene Tochter?«

Pops grunzte. »Komische Mode mit diesen ewig langen Nachnamen ...« Er schloss das Auto auf. »Sie war schon etwas seltsam.«

»Wir sind auch seltsam«, gab ich zu meiner eigenen Überraschung zurück.

Pops schnaubte und ließ den Motor an.

Erst auf der Heimfahrt fühlte ich einen kurzen Stich des Bedauerns. Hatte ich hier die Chance auf eine Erklärung für das Lucas-Phänomen vertan? Die Frau war Spezialistin fürs Gehirn, vielleicht hätte sie gewusst, weshalb ich wahrhaftig mit einem toten Jungen telefonieren konnte.

Warum Lucas – warum nicht Mama?

Andererseits war dieses Geheimnis nicht für fremde Ohren bestimmt. Selbst Cole hatte mir nicht geglaubt ...

Und schon schwappte eine neue Welle Schmerz über mich hinweg. Ich brütete vor mich hin, bis wir daheim waren und tappte dann lustlos in meine Telefonzelle. Pops runzelte die Stirn, verkniff sich jedoch einen Kommentar.

Ich wusste, dass ich kein Recht darauf hatte, aber an

einem geheimen Ort in meinem Herzen war ich sauer auf Lucas, weil er mich gezwungen hatte, Cole zu verletzen.

»Hallo, Lucas, bist du da?«

»Natürlich, holde June!« Er klang wieder extrem aufgekratzt, wie in letzter Zeit ständig. Oder kam es mir im Vergleich mit Cole nur so vor? Vielleicht war Lucas auch von Natur aus immer fröhlich und Cole eben … nicht.

In mir keimte der Wunsch auf, Lucas nach Cole zu fragen. Wie war er vor Lucas' Tod gewesen? Wie sah Lucas seinen Bruder, jetzt, wo er wusste, dass wir uns kannten? Ich wollte alles erfahren … nur war das unmöglich.

»Ju-huuuune!« Erst als Lucas laut wurde, bemerkte ich, dass ich schon einige Zeit vor mich hin geträumt und ihm überhaupt nicht zugehört hatte.

»Was? Sorry, heute war ein Scheißtag.«

»Was war los?«

Ich schwieg. Auf keinen Fall würde ich ihm erzählen, wie ich seinetwegen mit Cole schlussgemacht hatte. Genauso wenig würde ich ihm verraten, dass ich bei einer Psychologin gelandet war, weil ich mit ihm telefonierte.

»Willst du es mir nicht sagen?« Er klang schrecklich beleidigt und ich wand mich innerlich. Zum tausendsten Mal in den letzten Stunden kullerten mir Tränen die Wangen hinunter. Meine Güte, waren die Tränenspeicher nicht bald mal leer?

»Weinst du schon wieder? Himmel, June, was ist denn passiert? Du machst mir ja Angst.« Er hörte eine Weile meinem Schluchzen zu. »Ich wünschte, ich könnte dich jetzt in den Arm nehmen …«

»Das wäre schön …«, schniefte ich. Und brach gleich wieder in Tränen aus, weil das ein unmöglicher Traum war.

»Meine Umarmung
Besteht nicht
Aus Muskeln
Knochen
Und Haut.
Meine Umarmung
Besteht
Aus Liebe
Wärme
Und Worten.«

Ich war ein schrecklicher Mensch! Während Lucas seinen Lieblingsdichter zitierte, dachte ich an Cole, dass er und ich in derselben Welt, in demselben Leben waren und trotzdem nicht zusammen sein konnten.

»Du weinst gar nicht wegen mir ...«, sagte Lucas schließlich.

Das stimmte nicht. Ich weinte auch seinetwegen, aber eben nicht nur. Leider gelang es mir nicht, das zu sagen. Logischerweise nahm er das als Zustimmung.

»Okay, June, verstehe.« Er klang jetzt anders. Eiskalt. Trotzdem nicht wie sein Zwillingsbruder, gebrochen und vom Leben enttäuscht, sondern mehr wie ein Geist ... Ein Poltergeist. Ich schauderte.

»Ist ja auch viel praktischer, sich für den lebenden Zwilling zu entscheiden und den Toten zu vergessen, stimmts?«

Etwas in mir schnappte in diesem Moment auf. Möglicherweise lag es an Do-Bis Worten, die in meinem Kopf herumspukten: *Vielleicht braucht er dich genauso sehr wie du ihn?*

Aus meinem Mund kam ein Laut, der mich selbst überraschte. Und dann brüllte ich. »Ich habe ihm wehgetan! Er ist sowieso schon so traurig und zerstört, weil er dich verloren hat. Cole zerfleischt sich vor Schuldgefühlen, dass er dich nicht retten konnte und sich dann auch noch in deine erste Liebe verknallt hat. Und nun habe ich ihn auch noch so verletzt! Wie kannst du da behaupten, ich hätte ihn dir vorgezogen? Alle leiden jetzt, Lucas! Alle sind deinetwegen traurig. Hast du das gewollt? Bist du stolz auf dich?«

Ich ließ ihm nicht einmal mehr die Chance zu antworten, sondern knallte den Hörer auf.

KAPITEL 12

*JUNE

Ich ignorierte Lucas absichtlich.

Ich ignorierte auch Cole, der mich zwar nur aus der Ferne hasserfüllt anstarrte, doch neuerdings überall auftauchte, wo ich war. Er schien kaum mehr zur Schule zu gehen, denn wann immer ich an die Bushaltestelle kam, war er dort und warf Körbe. Manchmal war er in Begleitung von einem zarten Jungen, der mich zusehends neugierig musterte, obwohl Cole und ich krampfhaft vermieden, uns anzusehen. Ich war jedes Mal froh, wenn die beiden zu zweit spielten, denn wenn Cole allein war, klang das Aufprallen des Balls auf dem Boden so wütend, dass es sich wie Schläge auf meine Ohren anfühlte.

Beide Zwillinge verfolgten mich. Cole physisch und Lucas …

Zuvor war Lucas nur eine Stimme am Telefon gewesen und ich hatte ihn mir nie als echten Geist vorstellen können, im Gegenteil. Wenn ich an Lucas dachte, sah ich den Jungen in Fleisch und Blut vor mir, lebendig, lachend, Gedichte zitierend.

Doch nun zeigte sich eindeutig, dass er ein Geist war. Denn Lucas spukte. Bei unserem außerplanmäßigen Geisterdinner (Pops hoffte wohl, dann würde ich endlich aufhören zu heulen und etwas essen) buchstabierte das Ouija-Brett ununterbrochen LucasliebtJuneLucasliebtJuneLucasliebt-

June … Pops brach das Dinner ab und versteckte das Brett. Das wäre gar nicht nötig gewesen, mir war der Appetit auf Geister sowieso grundlegend vergangen. Der Wind drückte ständig die Tür der Telefonkabine auf, sodass sie die ganze Nacht knarrte und wieder zuschlug. Pops band sie am nächsten Tag mit einem Seil fest. Doch Lucas schien danach erst richtig auf den Geschmack gekommen zu sein und polterte, was das Zeug hielt. Als ich am Nachmittag von der Schule heimkam, waren sämtliche Blätter von den Rosenblüten im Garten und am Haus abgerupft und nun lag ringsum ein weißer und rosafarbener Teppich (spooky, ich weiß!). Es hätte hübsch sein können. Mich machte es einfach nur traurig. Ich kehrte alles zusammen und stopfte den Gartenabfall in den Mülleimer.

Neuerdings schien Lucas auch das Wetter beeinflussen zu können, denn ab dem Zeitpunkt goss es ununterbrochen wie aus Kübeln. Es stürmte und die nasse Kälte kroch mir direkt in die Knochen, sodass ich ständig fror. Doch dass Lucas schuld daran war, konnte auch reine Einbildung von mir sein. Immerhin lebten wir in England und es war Herbst.

Als ich auf der Treppe ausrutschte und mir das Steißbein prellte, packte mich eine ungeheuerliche Wut. Ich stürmte in die Telefonzelle und schrie in den Hörer: »Lass mich gefälligst in Ruhe!«

»Ju–«

»Nein! Ich will nicht mehr! Niemand hat mich gefragt und jetzt machst du mein Leben zur Hölle! Ich verstehe ja, dass du mich bestrafen willst, dafür, dass ich mit Cole zusammen war, aber denk nicht, ich wehre mich nicht!«

»–ne«

»Sprich deutlich mit mir, wenn du etwas zu sagen hast!«,

kreischte ich. Dass Lucas' Stimme abgehackt klang und von Rauschen unterbrochen war, machte er bestimmt nicht absichtlich. Ich war dennoch nicht in der Stimmung, feinfühlig zu sein.

»Gott sei Dank bist du wieder da!«, sagte Lucas leise – wenigstens ohne Rauschen und in einem Atemzug. »Ich bin so froh, dass du wieder da bist.«

»Hör auf, nett zu klingen! Du bist ein bösartiger Poltergeist!«

»Ich wollte nur ... ich brauchte ...«

»Mein Hintern tut sauweh!«

»Was habe ich mit deinem Hintern zu tun?«, fragte Lucas ehrlich verwirrt. Zum Glück lachte er nicht, sonst hätte ich ihn umgebracht. Noch einmal.

»Du hast mich die Treppe hinuntergeschubst!«, bäumte sich meine Wut erneut auf.

»Was? Das würde ich niemals tun. Ich wüsste nicht einmal, wie ich das anstellen sollte ...«

»Vielleicht hast du die Treppe mit Schleim –«

»War da Schleim?«, unterbrach er mich.

»Nein ...«

»Ich war es nicht, June. Ich würde dich niemals in Gefahr bringen. Wieso sollte ich das tun?«

»Weil du mich jetzt hasst, weil ich mich in Cole ver–«

Er schwieg einen Moment. Mein Herz stolperte. Würde er gleich wieder böse werden?

Ja, ich war noch sauer auf ihn und nicht ganz überzeugt davon, dass er mich nicht doch die Treppe hatte hinunterstürzen lassen. Dennoch verspürte ich unendliche Erleichterung, wieder mit ihm sprechen zu können. Trotz allem hatte er mir gefehlt.

»Lucas, du bist mein bester Freund!«, sagte ich leise.

»*Keine meiner Lügen*
Liebte ich inniger
Als
&«

»Als und?«, hakte ich zaghaft nach, weil ich nicht sicher war, ob ich es richtig verstand.

»Es ist doch wahr! Du *und* ich. Ich *und* du. Ein *Wir* wird es für uns niemals geben. Wir können kein Paar sein. Und wir hätten es von Anfang an nicht sein sollen ...« Er seufzte. »Ich muss dir was sagen. Ich habe zu viel Angst, dass ich wieder nicht dazu komme. Meine Zeit ist immer knapp und das hier ist wirklich wichtig.«

»Gut. Ich höre zu.«

»Danke. Es war schwer für mich zu akzeptieren, dass ich ein Geist bin. Obwohl ich es gewusst habe, wollte ich es nicht wahrhaben, denn das würde bedeuten, dass unsere Liebe keine Chance hat. Du warst einer der wichtigsten Gründe, weshalb ich nicht tot sein wollte. Und dann hast du gesagt, du hättest dich in Cole verliebt ...«

Ich biss mir auf die Lippen, um ihm nicht zu widersprechen. Nun war es doch eh zu spät. Cole wollte nichts mehr mit mir zu tun haben.

»Wenn Cole dir verziehen hat und sogar mit dir auf die Suche nach dem Unfallfahrer gegangen ist, muss er dich sehr mögen. Das wurde mir bewusst, als ich ... gewartet habe.«

Ich ballte die Fäuste und bohrte mir die Fingernägel in die Handflächen. Nicht einmal der Schmerz half, um mein schlechtes Gewissen zu beruhigen.

»Ich habe mich gefragt, wie du ihn vertrieben hast, nachdem er sich dir geöffnet hat. Dass Cole einmal jemanden mag, ist extrem selten. Dann wird man ihn nicht einfach so wieder los.«

Ich schwieg. Nie im Leben würde ich ihm sagen …

»Du hast ihm von mir erzählt. Stimmts?«

Mir entfuhr ein Stöhnen.

Lucas seufzte. »Das hab ich mir schon gedacht. Du bist schlau. Doch das hat Cole nicht verdient.«

»Er glaubt mir sowieso nicht«, krächzte ich.

»Das kann man ihm ja schwer verübeln, oder? Du hast ihm das mit Absicht gesagt, damit er dich hasst, richtig?«

»Ja, denn sonst –«

»Wir müssen das wiedergutmachen!«

»Wir?« Mir blieb fast die Luft weg. »Wie? Wieso?«

»Ich glaube, ich hab den Grund gefunden, warum ich noch hier bin. Und es ist, um eine große Ungerechtigkeit richtigzustellen.«

Ich richtete mich etwas auf. »Erzähl!«

»Okay. Du bist die Erste und Einzige, die ich jemals in dieses Geheimnis einweihen werde. Es ist mein schlimmstes Verbrechen! Ich kann nur hoffen, dass du mich danach nicht verachtest. Denn du bist mein Medium. Durch dich kann ich es vielleicht aufklären.«

»Hör auf zu klingen wie ein True-Crime-Podcast und spann mich nicht auf die Folter. Was kann schon so schrecklich sein?«

Er schwieg einen Augenblick. Wahrscheinlich sammelte er Mut an.

»Während unserer Grundschulzeit, als wir noch in Yorkshire lebten, haben Cole und ich immer Truth or Dare gespielt. Weil Truth bei uns Zwillingen langweilig war, da wir sowieso schon alles voneinander wussten, war es mehr eine reine Mutproben-Challenge.«

Ich erinnerte mich, dass Lucas mir einmal gesagt hatte, dass er mit dem Spiel zuvor schlechte Erfahrungen gemacht hatte. Neugierig presste ich den Hörer an mein Ohr, um ja kein Wort zu verpassen.

»Cole hat mich herausgefordert, eine von Dads Zigaretten zu klauen und zu rauchen. Ich war zwar extrem nervös, trotzdem hab ich die Kippe gestohlen und schließlich haben wir uns in der Garage unseres Nachbarn versteckt und das Teil angezündet. Es hat absolut widerlich geschmeckt und nicht einmal Cole hat darauf bestanden, dass ich das Ding fertig rauche.« Er atmete tief ein und wieder aus, ehe er fortfuhr. »Wir hatten damals einen Kater, er hieß Mister Tweedles. Ich war tierisch eifersüchtig, weil Tweedles immer zu Cole ins Bett gekrochen ist und ihm ständig hinterherlief wie ein Hündchen. Von mir ließ er sich zwar streicheln und füttern, aber er kam nie freiwillig.«

Ich bekam eine Gänsehaut, als er plötzlich von dem Kätzchen sprach. Vorahnung vielleicht?

»Wir haben die Zigarettenkippe weggeschmissen und überlegt, was wir als Nächstes anstellen könnten. Ich war dran, Cole eine Aufgabe zu nennen, aber wie so oft ist mir nichts eingefallen. Cole war schon immer viel kreativer als ich. Auch im Schabernacktreiben. Auf einmal brannte der Holzstoß, der in der Garage stand und auf dem unser Nachbar seine Wintervorräte sammelte. Wahrscheinlich hätten wir das Feuer da noch löschen können, doch irgendwie waren wir beide so schockiert, dass wir nur dastanden und zugesehen haben, wie es immer größer wurde.

Ich habe Cole angeschrien, dass wir rausmüssen, doch er begann, nach Mister Tweedles zu rufen, und ging immer tiefer in die Garage hinein. Ich hab geheult und ihn angebettelt, die blöde Katze zu vergessen, das Vieh würde bestimmt von selbst rauskommen. Cole ließ sich nicht beirren. Er hat zu mir gesagt: ›Wenn du gehen musst, dann geh. Ich würde mir nie verzeihen, wenn der Kater verbrennt.‹«

Lucas atmete schwer. »Ich bin weggerannt. Wie der größte Feigling. Ich hatte nicht mal das Bedürfnis gehabt, Hilfe zu holen oder Cole beizustehen. Alles, was mir durch den Kopf ging, war, dass niemand herausfinden sollte, dass ich das Feuer gelegt hatte. Es war purer Zufall, dass ich beim Weglaufen in unseren Nachbarn hineingerannt bin. Der hat bemerkt, dass ich nach Rauch stank und total durch den Wind war, und hat mich dann ausgequetscht. Ich glaube, von mir aus hätte ich nie ein Wort gesagt. Ich weiß nicht, was ich gemacht hätte, wenn mein Bruder in dieser Garage verbrannt wäre ... Ob ich zugegeben hätte, dass ich schuld an dem Brand war.«

»Lucas –«

»Nein, warte. Das ist nicht einfach für mich.« Er seufzte. »Der Mann hat die Feuerwehr gerufen und gerade als sich auch noch der letzte Nachbar vor der brennenden Garage versammelt hatte, kam Cole heraus. Mit der toten Katze auf dem Arm.« Lucas schluckte hörbar. »Als die Leute versucht haben, Cole Mister Tweedles wegzunehmen, fing er an zu schreien und um sich zu treten und zu schlagen. Sein Herz war gebrochen, weil er den Kater nicht hatte retten können. Nur für die Nachbarn hat es eben ganz anders ausgesehen ...«

Er schwieg so lange, dass ich leise »Wie denn?«, fragte.

»Nach deren Meinung hatte Cole die fremde Garage angezündet und die Katze umgebracht und flippte nun aus, wie ein psychisch gestörter Junge. Ich sei derweil Hilfe holen gegangen. Dabei war es genau andersherum gewesen. Ich war der Brandstifter und wie ein Feigling weggelaufen, während Cole heldenhaft versucht hatte, Mister Tweedles unter dem brennenden Holzstoß hervorzuholen. Er war so unglaublich mutig für einen Achtjährigen! Das sahen die Leute aber nicht. Seit diesem Tag hat sich ihr Verhalten uns gegenüber drastisch verändert. Zu mir waren sie freundlich und haben mich meistens mit so einem mitleidigen Blick angesehen. Aber Cole! Die haben echt so getan, als gäbe es ihn gar nicht – nur hinter seinem Rücken wurde gelästert. Natürlich hat er das mitbekommen.«

Ich schniefte. Armer Mister Tweedles. Armer Cole.

»Weder Cole noch ich haben diesen Tag je wieder erwähnt. Ich, weil ich mich fürchterlich geschämt habe, und Cole, weil er nicht an Mister Tweedles denken konnte. Und langsam sind wir wohl beide in die Rollen hineingewachsen, die uns das Umfeld auf den Leib geschneidert hat. Selbst als wir mit zehn Jahren nach London zogen, fort von den Vorurteilen der Leute, kamen wir aus der Scharade irgendwie nicht mehr heraus. Cole wurde zum Bad Boy, dem schwierigen Außenseiter, und ich zum fröhlichen Sunnyboy, dem besten Kumpel aller Mädchen. Ich weiß, was du jetzt denkst: Warum hat Lucas das nie klargestellt?« Er lachte humorlos. »Liegt das nicht auf der Hand, June? Ich war ein Feigling. Ich bin immer noch einer und Feiglinge hängen in dieser Zwischenwelt fest, bis die Sache mit dem zu Unrecht beschuldigten Bruder geklärt ist.«

»Weshalb hat Cole geschwiegen? Das war doch total ungerecht.«

»Kennst du Cole immer noch so wenig? Er ist der absolut loyalste Mensch. Er hätte mich *nie* verpfiffen. Wahrscheinlich denkt er heute noch, dass das Ganze seine Schuld war, weil er die Idee dazu hatte.« Lucas schnaubte.

»Trotzdem ...«

»Spielen wir Truth or Dare, June?«, unterbrach er mich.
»Was? Jetzt?«
»Bitte«, sagte er nur. Lucas wusste genau, dass ich ihm niemals einen Wunsch abschlagen konnte.
»Ich habe übrigens alle deine Dares erfüllt, nur dass du es weißt«, erwähnte ich. Jetzt, wo sowieso schon die ganze Wahrheit auf dem Tisch lag, schadete dieser Teil auch nicht mehr.
»Ich habe nie daran gezweifelt. Und ebenso wirst du diese Aufgabe erledigen, das weiß ich ganz genau.«
»Erst mal bist du dran, Lucas.«
»Truth ... logischerweise.«
»Erzähl mir von den Albträumen.«
Er schwieg. Wie immer. Dann räusperte er sich. »Schließ mal die Augen. Jetzt stell dir einen Ort vor, wo selbst die Schatten noch das Hellste sind. Es ist so finster, dass die Dunkelheit dich auslöscht. Um dich und in dir ist es wahnsinnig still. Du kannst auch kein Geräusch machen, weil du nicht da bist. Kein Herzschlag, kein Atemzug. Du hast keinen Körper. Nur dein Geist ist da. Und der ist vollkommen machtlos. Kälte weht durch dich hindurch – keine Haut, die dich schützt. Es ist etwas wie die unendliche Einsamkeit und Leere. Ich nenne es: das Nichts.«
»Wie schrecklich ...«, flüsterte ich mit einem Kloß im Hals. Wie oft hatte ich ihn in diesem trostlosen Zustand zurückgelassen? »War das immer so oder wurde es schlimmer?«
»Das ist schon die zweite Frage ... Na, ich will mal nicht so sein. Deine Aufgabe wird auch kein Zuckerschlecken. Am Anfang war das Nichts wie ein Blick durchs Fenster in ein schwarzes Loch. Wie wenn draußen eine Apokalypse vorgehen würde. Im Haus war ich zumindest sicher. Sobald

ich bemerkt habe, dass ich dich nie anrufen konnte und immer nur richtig *wach* war, wenn du angerufen hast, wurde mir nach und nach meine Hilflosigkeit bewusst. Da kam die Dunkelheit näher. Sie ist die Wände des Hauses raufgekrochen, hat sich um mein Zimmer herum ausgebreitet und mir aus dem Spiegel entgegengestarrt.«

Lucas machte eine Pause. Vielleicht, um mir Zeit zu geben, das Gesagte zu verdauen, oder um selbst Mut zu sammeln.

»Ab dem Moment, wo mir klar wurde, dass ich tot bin, war das Nichts da. In mir. Um mich herum. Klebte mir an den Füßen und wickelte mich ein. Je länger du weggeblieben bist, desto weiter und schneller konnte das Nichts vordringen.

Zuletzt war ich das Nichts.«

»Wie konntest du denn auf einmal spuken?«

»Dritte Frage?« Er lachte trocken. »Um ehrlich zu sein, bin ich mir nicht mal sicher, dass ich etwas gemacht habe. Ich war nur so verzweifelt und dann war da dieser Gedanke: Ich bin noch nicht fertig! Ich habe noch etwas zu erledigen, darum bin ich noch hier. Das half mir, das Nichts zurückzudrängen. Und dann dachte ich, wenn ich schon ein Geist bin, dann muss es doch auch irgendwelche Vorteile geben. Vielleicht hat mir meine Erfahrung, Nichts zu sein, geholfen, für ein paar Sekunden ein Windstoß zu werden oder dieses seltsame Buchstabendings zu bewegen. Also war es vielleicht nicht *nur* schlecht, dass ich das gelernt habe, immerhin bist du zu mir zurückgekommen.«

»Ich kam ja nur, weil ich dachte, du hättest es auf mein Steißbein abgesehen.«

»Hab ich auch …«, antwortete Lucas mit Geisterstimme, dann lachte er und war schlagartig wieder der fröhliche

Junge, den ich in mein Herz geschlossen hatte. Es war beängstigend und gleichzeitig erstaunlich, dass Lucas sich mittlerweile selbst als Geist wahrnahm. Sogar damit spielen konnte.

»Vielleicht musst du gar nicht weiterziehen, wenn du das Nichts kontrollieren kannst? Denkst du, andernfalls hätte es dich irgendwann eingesaugt? Ist das dann das Ende? Bleibst du für immer Nichts?«, purzelten die Fragen aus mir heraus.

»Nein ... ich glaube ... nicht. Ich hab mich an etwas erinnert, als du mir von deiner Mama erzählt hast. Ganz am Anfang, als ich das erste Mal mit dir sprach ... da waren andere. Also, da waren Leute, ich dachte, es wäre Cole im Zimmer nebenan, aber ich glaube, das waren Geister. Und die sind ... irgendwohin gegangen. Definitiv nicht ins Nichts, denn ich habe ihre Präsenz in einer Art Wärme gefühlt ... Mann, ist das schwer zu erklären. Ich glaube jedenfalls, dass die Geister, die weiterziehen, dann auch an einen guten Ort kommen. Ich bin dageblieben, und weil ich nicht ewig hier feststecken kann, ist das Nichts entstanden.«

»Das sagst du bestimmt nur, um mich zu beruhigen.«

»Gewiss nicht. Du wirst es irgendwann selbst sehen, wenn du als alte Oma ins Gras beißt. Dann wirst du sagen: Lucas hatte recht!«

Ich musste ein bisschen lachen, wenn auch mit einem Knoten im Hals.

»Wir jagen
Das Leben
Atemlos.
Strecken gierige Finger
Nach glitzernden

Tautropfenträumen.
Doch wenn wir
Zuletzt danach greifen,
Zerfallen
In unseren Fäusten
Längst verwelkte
Möglichkeiten.«

Ich saß da und verankerte diesen Augenblick tief in meinem Herzen. In meinem ganzen Leben würde ich nie vergessen, wie nah und verbunden ich mich Lucas in dem Moment fühlte. Ich saß in der dunklen Telefonzelle und lauschte seiner Stimme, die mit einer Selbstverständlichkeit Gedichte zitierte. Niemand hatte tiefer in meine Seele geblickt als er. Ich bekam auf einmal schreckliche Angst, ihn zu verlieren.

»Bist du bereit, June?«

»Ich denke nicht.«

»Komm schon, sei mutig.«

»Ich kann nicht ohne dich sein! Denkst du, du bist dann einfach weg, sobald ich die Aufgabe erledigt habe?«

»Vielleicht … aber June, dann ist es gut so. Wenn ich weg bin, ist alles, wie es sein soll.«

»Ich will nicht, dass du gehst!«, wiederholte ich mich. Ich klang wie ein trotziges Kleinkind und meine Stimme zitterte erneut vor Tränen. »Ich brauche dich!«

»Wenn ich fort bin, brauchst du mich nicht mehr. Du hast dann schon alles, was ich dir geben konnte – und das verschwindet auch nicht mit mir. Meine Liebe bleibt.«

»Lucas …«, flüsterte ich.

»Hier kommt dein Dare. Hör gut zu: Du musst den Garagenbrand aufklären. Vor allem vor meiner Familie. Mein

Dad soll endlich aufhören, davonzulaufen, weil er von Cole enttäuscht ist. Eomma soll wissen, dass sie recht hatte, ihn zu schützen. Cole soll –«

»Warte mal, Lucas. Wie soll ich das anstellen? Und dann auch noch vor Cole? Bist du übergeschnappt? Der lässt mich doch nicht einmal in die Nähe deiner Mutter.« Ich keuchte. »Im Ernst. Ich konnte Cole nur vertreiben, indem ich ihm gesagt habe, dass ich mit dir telefoniere. Jetzt denkt er, ich bin nicht ganz dicht!«

»Wenn er die Garagengeschichte hört, wird er wissen, dass du die Wahrheit sagst. Niemand außer Cole und mir weiß davon. Das ist das am besten gehütete Geheimnis ever.«

»Was, wenn er mir verzeiht? Wie soll ich ihn dann noch weiter von mir fernhalten?«

»Um ehrlich zu sein, hab ich meine Meinung geändert. Ich weiß, schwer zu glauben nach dem, wie ich mich benommen habe, aber ich würde mir wünschen, dass Cole dir verzeiht und ihr ... na ja ... Ich möchte nicht, dass ihr beide einsam seid, wenn ich weg bin ... Das ist einfach nicht richtig. Und es tut mir leid, dass ich so egoistisch war und euch beide verletzt und getrennt habe. Das spielt nicht unbedingt Bonuspunkte auf mein Karmakonto, mh?«

Ich konnte es kaum fassen. Vor ein paar Stunden hatte ich gedacht, es würde nichts auf der Welt geben, was Lucas umstimmen könnte. Dabei hatte er offenbar nur gespukt, um mir zu sagen, dass Cole und ich doch ... seinen Segen hatten? Verrückt.

»Und was, wenn er mit dir sprechen will? Was, wenn es dann nicht klappt, weil du weitergezogen bist, und ... dann steh ich doch wieder wie eine schreckliche Lügnerin da«, warf ich ein.

»Vertrau ein wenig auf Cole. Er will dir glauben. Nur kann er es im Moment noch nicht.«

»Wie soll ich das bloß anstellen? Das ist eine unmögliche Aufgabe!«, jammerte ich.

»Tja, wäre es so einfach, wäre ich wahrscheinlich gar nicht mehr hier.«

Ich sagte einen Moment lang nichts. Natürlich wollte ich Lucas helfen. Nur wie?

»June?«

»Ja?«

»Weißt du, es gibt einen Unterschied zwischen Einsamkeit und Alleinsein. Wenn man allein ist, ist man all-ein: mit allem einig, auch mit sich selbst. Einsam zu sein bedeutet, dass man verlassen ist. Ich bin zwar allein, aber durch dich nie einsam. Danke, dass du mich gehört hast. Danke, dass du mir hilfst, es zu beenden.«

Und dann war Lucas weg.

Es kam kein Pops und auch sonst passierte nichts Ungewöhnliches. Lucas hatte wohl tatsächlich dazugelernt. Zum Beispiel, wie man auflegte.

*COLE

Ich hasste June Jones.

Ich hasste, hasste, hasste sie.

Wenn ich zuvor geglaubt hatte, dass ich sie hasste, dann hatte ich keine Ahnung gehabt, wie sehr man einen Menschen wirklich hassen konnte.

Killing In The Name Of von *Rage Against The Machine* startete einen Angriff auf meine Trommelfelle. Die Lautstärke tat weh, doch das war der Effekt, auf den ich abzielte.

So würde ich weniger an June denken.

Diese hinterhältige, manipulative Person! Mit ihren verkackten schwarzen Augen hatte sie mir vorgetäuscht, hilflos zu sein, und ich hatte für sie meinen Stachelpanzer ausgezogen, um sie darin warm zu halten. Ich saudumme Kreatur!

June hatte mich weichgeklopft, bis ich ihr vertraute – und dann hinterrücks zugestochen. Wie krank musste sie sein, dass sie ausgerechnet eine Fakestory zu meinem verstorbenen Bruder erfand. Ja, sie gehörte vermutlich in eine Anstalt.

Ich hatte keine Ahnung, warum ich sie trotzdem ständig überall aufsuchte. Wahrscheinlich, weil ich befürchtete, dass sie irgendwann meine Familie mit ihren Hirngespinsten belästigen würde.

Ich hatte sie in unser Haus gelassen, mehrfach! Dabei hatte ich riskiert, dass Eomma sie sah. Schon der Gedanke, dass sie meiner Mutter diese Schwachsinnsstory von einem telefonierenden Lucas-Geist erzählt hätte! Der Zorn ergriff mich so heftig, dass ich Lucas' Schrein packte und durchs Zimmer schleuderte. Gesammelte Schätze, Briefe, Fotos, sein Notizbuch, alles zerfledderte, zerfaserte und explodierte irgendwo an der Wand, am Boden und in der Luft. Innerhalb von Sekunden sah das Zimmer aus, als hätte eine Bombe eingeschlagen.

Dad polterte zur Tür herein.

Er sah mich zitternd und mit geballten Fäusten im Chaos sitzen. Sein perfekter Scheitel, der das Haar akkurat teilte, wirkte wie eine missbilligende Linie, doch wie immer erwähnte er seinen Unmut über meinen Ausbruch mit keinem Wort.

»Dieser Japaner wartet draußen, um mit dir Basketball

zu spielen. Sag ihm, er soll nächstes Mal vorher anrufen«, schnarrte er, bevor er die Tür zuzog. Fester als nötig. Draußen hörte ich ihn mit Eomma streiten. Über mich. Natürlich. Und über *den Japaner*. Mir wäre es ja auch lieber gewesen, wenn Shun angerufen hätte, anstatt einfach zu kommen, dann hätte ich ihn abwimmeln können. Aber er war mein einziger Freund – wie Eomma betonte. Garantiert sagte sie auch etwas darüber, wie unmöglich sie es fand, dass Dad ihn *den Japaner* nannte. Aber das bekam ich zum Glück nicht mehr mit, weil ich zum nächsten, härteren Stück auf meiner Playlist vorspulte.

Ich ließ mich rückwärts auf den Boden mitten ins Chaos fallen.

Ich hasste June Jones!

»Cole!« Jemand kickte mir gegen die Fußsohle.

Zögernd öffnete ich ein Auge. Shun sah auf mich herunter. Ach, den hatte ich ja ganz vergessen. Wahrscheinlich hatte Eomma ihn reingelassen – demnach war Dad weg und der Streit vorüber. Vermutlich tobte Eomma jetzt mit einem Staubwedel durchs Haus oder bereitete Bibimbap für eine ganze Kolonie zu. Ich seufzte.

Shun setzte sich neben mich, ohne auf die Unordnung zu achten. Er bat mich weder, die Musik leiser zu machen, noch, irgendetwas zu sagen.

Als das Lied zu Ende war, hielt ich die Stille nicht aus. Shun saß immer noch mit ausgestreckten Beinen da und spielte mit einer zerbrochenen Spiderman-Figur, um die Lucas und ich uns als Kinder gestritten hatten.

»Lass uns gehen!«, sagte Shun schließlich.

»Kein Bock auf Basketball …«, krächzte ich.

»Ja, dann machen wir etwas anderes.«

»Und was?« Oh, nein. Warum dachte ich nicht nur ein

einziges Mal nach, bevor ich fragte. Shun hatte diesen wissenden Blick drauf. »Vergiss es!«, setzte ich deshalb schnell hinterher. »Ich muss nicht auf den Friedhof, Lucas ist mehr hier als dort.«

»Was ist mit dem Mädchen?«

»Ich – will – nicht –«, presste ich mühsam hervor.

Shun sah mich weiter an und wartete.

»Mach nicht einen auf Lucas!«, fuhr ich ihn an.

Er lachte. Manchmal erstaunte es mich, wie er in so einer Situation unbeschwert sein konnte. Shun nahm das Leben leicht, obwohl er es oft ziemlich schwer hatte. Vielleicht gerade deshalb. »Ich bin kein people pleaser wie dein Bruder, Cole.«

Ich brummte zustimmend. Das waren wir beide nicht.

»Er würde jetzt sagen: Wenn es jemandem deinetwegen beschissen geht, musst du das klären, weil es dir sonst selbst schlecht geht.«

»Lucas würde niemals *beschissen* sagen«, konterte ich.

»Du hast recht. *Cole, lass niemanden leiden, weil du dich selbst nicht magst.*

Sei ein froher Kerl und tanze durch den Tag«, versuchte Shun sich an einem schlechten Reim.

Wir schnaubten beide.

Ich stand auf.

Shun ebenfalls. »Wohin gehen wir?«

»Auf jeden Fall *nicht* zu dem Mädchen!«, knurrte ich.

»Sondern?« Manchmal war Shun ein Welpe. Man konnte ihm nicht ernsthaft böse sein, auch wenn er nervte. So, so sehr!

»Mich entschuldigen …« Hatte ich das gerade wirklich gesagt? Was stimmte mit mir nicht?

Der Lucas in meinem Kopf lächelte. »*Gib dem armen*

Mann seinen Frieden, Cole. Ich will nicht, dass du dich dein Leben lang schlecht fühlst, weil du einem sterbenden Menschen Schmerzen zugefügt hast.«

Verflixter Lucas!

Und verflixter Shun, der uneingeladen neben mir im Zug nach Sevenoaks saß und Brausestäbchen aß.

Und dreifach verflixte June, die das Ganze überhaupt erst ausgelöst hatte!

Ich! Hasste! June! Jones!

Wirklich!

*JUNE

Ich hatte nicht die geringste Ahnung, wie ich Lucas' Aufgabe erfüllen sollte. Dass ich es versuchen musste, stand leider außer Frage. Nicht nur für ihn. Auch für Cole.

Lucas hatte gesagt, sein Dad sei immer kalt gegenüber Cole gewesen, weil er ihn für eine Enttäuschung hielt. Wenn ich dieses Missverständnis geraderücken könnte, würde sich möglicherweise Coles komplettes Leben ändern. Er könnte endlich aus der Rolle des *Versagers* ausbrechen, für den er sich anscheinend hielt.

Sollte ich der Familie Archer einen anonymen Brief schreiben, in dem ich alles aufklärte?

Ich konnte Lucas förmlich vor mir sehen, wie er den Kopf schüttelte und verächtlich mit der Zunge schnalzte, weil ich versuchte, mich so billig aus der Affäre zu ziehen. Das würde er mir nie durchgehen lassen. Erstens wollte er, dass Cole mitbekam, dass ich nicht gelogen hatte, und zweitens würden seine Eltern einem anonymen Brief vermutlich keinen Glauben schenken.

Nur wie? Wie in aller Welt sollte ich das anstellen? Ich konnte wohl kaum bei den Archers an einem Morgen beim Sonntagsbrunch erscheinen und der Familie eine dringende Botschaft aus dem Jenseits übermitteln.

Am besten versuchte ich erst mal, Cole irgendwie da rauszuhalten. So wie seine Mutter über mich gesprochen hatte, würde es mir wahrscheinlich gelingen, sie zu einem Gespräch zu überreden. Vielleicht glaubte sie mir die Garagensache sogar, weil das etwas war, was sie innerlich schon gespürt hatte?

Aber Coles Dad ... Und Cole! Die würden mir nicht einmal zuhören. Cole würde mich garantiert schon auf dem Fußabtreter in Stücke reißen – zumindest sah er mich in letzter Zeit so an, als würde er das bis ins winzigste Detail planen. Geschah mir ja recht. Ich hatte es nicht anders verdient. Dennoch tat es fürchterlich weh.

Lucas ging nicht mehr ans Telefon, seit er aufgelegt hatte. Ich wusste trotzdem, dass er noch da war. Ich fühlte ihn im Wind, der mir das Haar zerzauste, im Regen, der mich antrieb, und manchmal sah ich ihn in meinen Träumen. Nicht, dass er da irgendwie hilfreich wäre! Er saß nur rum und wartete darauf, dass ich mein Dare endlich anging. Ich schob es Tag für Tag vor mir her.

Pops sah mich über den Rand seiner Kaffeetasse hinweg an. »Du hast wieder Appetit ...«

Ich starrte auf den angebissenen Marmeladen-Scone in meiner Hand. Tatsächlich. Ich hatte gar nicht bemerkt, dass ich hineingebissen hatte, doch da fehlte eindeutig ein Stück und mein Zahnabdruck im Milchbrötchen war Beweis genug, dass ich es gegessen hatte. »Äh, ja.«

»Orangenmarmelade?«, fragte Pops.

»Huh ...« Ich schnappte mir ein Messer und kratzte die

Marmelade vom Brötchen. »Hab ich gar nicht bemerkt.« Ich hasste Zitrusfrüchte.

»Was ist los mit dir? Kann ich dir irgendwie helfen?«

Ich klappte den Mund auf, um dankend abzulehnen. Dann fiel mir etwas ein. »Pops, warum hast du Cole diese Briefe geschrieben?«

Er überlegte eine Weile. »Wahrscheinlich wollte ich ihm die Möglichkeit geben, selbst zu entscheiden, ob er meine Sicht der Dinge kennen möchte – und wann.«

»Du hast riskiert, dass er die Briefe wegschmeißt und nie liest!«

»Ja, selbstverständlich. Das ist sein gutes Recht.«

»Aber –«

»June. Ich hätte mich natürlich vor ihn hinstellen und ihm meine Worte aufzwingen können. Er hätte sich wohl kaum die Ohren zugehalten und wäre weggerannt.«

Da war ich mir zwar nicht so sicher, doch ich zog nur eine Grimasse und wartete ab.

»Wer bin ich denn, zu entscheiden, ob er sich überhaupt damit auseinandersetzen möchte? Wenn ich um Verzeihung bitte, heißt das nicht, dass mein Gegenüber das annehmen muss. Wir schulden den Archers zumindest so viel …«

»*Wir* nicht. Ich schon …«, murmelte ich und schob das Scone von mir. Plötzlich schmeckte alles nach dieser ekelhaften Marmelade.

»June?«

»Ja, Pops?« Ich war schon an der Tür und kehrte noch einmal um, weil mir in letzter Sekunde eingefallen war, dass ich meinen Schulrucksack vergessen hatte.

»Versuchs mal mit der Wahrheit.«

Pops hatte gut reden. Die Wahrheit war eben nichts, womit ich bei den Archers punkten konnte.

Ich malte mir aus, wie ich zu Coles Mama sagte: »Seit ein paar Wochen telefoniere ich regelmäßig mit Ihrem toten Sohn und er hat mir eine wichtige Sache aufgetragen, die ich Ihnen erklären soll.«

Wenn sie davon keinen Schlaganfall bekam, grenzte das an ein Wunder.

Selbst die Halbwahrheit schmeckte bitter. »Ich weiß, dass Lucas möchte, dass ich Ihnen sage, dass er die Garage angezündet hat und nicht Cole ...« Alleine die drei »dass« in dem Satz machten ihn unmöglich. Dennoch blieb ich bei dem Plan, zunächst nur mit Coles Mutter zu sprechen. Sie konnte es ja auch gleich Cole ausrichten, dann wusste er, dass ich nicht gelogen hatte, und alles war, wie Lucas es sich wünschte. Cole wäre zwar bestimmt immer noch böse auf mich, weil ich seine Mutter angesprochen hatte, doch schlimmer als jetzt wurde es dadurch sicher nicht mehr.

Coles Mutter würde mich anhören. Selbst wenn sie mich für psychisch krank hielt, würde sie mich nicht rausschmeißen.

Ich musste also nur einen Moment abpassen, wo sie allein zu Hause war. Sobald Cole in der Schule wäre, vielleicht? Da ging sie bestimmt arbeiten ... Am Wochenende? Waren da nicht alle Archers zu Hause? Sie hatte zu Cole gesagt: »Dein Vater kommt am Wochenende heim.« So als sei das etwas Außergewöhnliches. Ich verfluchte Lucas, dass er mir ausgerechnet jetzt nicht mit Tipps über seine Familie zur Seite stand. Er hätte mir ein perfektes Zeitfenster nennen können.

Trotzdem. Ich würde mich einfach am Samstagmorgen vor dem Haus der Archers rumdrücken und darauf warten, dass Cole hoffentlich irgendwann zum Basketballspielen rausging, oder so.

Heute nach der Schule stand ein wichtiges Treffen mit der Theater-AG an. Ich hatte so was von keinen Bock und überlegte schon, wie ich mich drücken könnte. Zu meiner maßlosen Überraschung hakte sich plötzlich jemand bei mir ein und zog mich aus dem Klassenraum.

Tinas Arm war schlank und braun gebrannt und wirkte neben meiner blassen Haut wie das blühende Leben.

»Äh, ich fühl mich irgendwie nicht so …«, setzte ich lahm an. Tinas wissender Blick ließ mich mitten im Satz verstummen.

»June! Wir haben Jahre darauf gewartet, dass du dein Talent mit uns teilst, anstatt es immer nur für dich in deine Hefte zu kritzeln und vor der Welt zu verstecken. Ich spiele dieses Jahr die Julia und du wirst mir das genialste Bühnenbild ever zaubern! Klar?«

Der Protest klebte mir auf der Zunge. Tina gehörte zu Ryans Minions. Sie war eine der Lästerschwestern. Wieso sollte ich irgendetwas Nettes für sie tun?

Doch gleichzeitig war Tina diejenige gewesen, die mir ein Kompliment zu dem Kleid gemacht hatte. Sie hatte mir bei dem Streit zwischen Ryan und Cole beigestanden und auch jetzt wirkte sie aufrichtig.

»Warum bist du auf einmal nett zu mir?«, fragte ich geradeheraus.

Sie schnaubte. »Ich will wissen, wie du diesen Hottie aufgerissen hast und ob er einen Bruder hat …«

Mein Herz sank wie eine Bleikugel. Ich blieb stehen. »Er hatte einen Zwillingsbruder.« Und dann brach ich, schon wieder, in Tränen aus.

Natürlich war es mir peinlich. Ich wusste auch, dass Tina

jetzt davonrennen und allen erzählen würde, was für eine unglaubliche Spinnerin ich wirklich war. Sollte sie doch gehen! Sollten sie doch alle lästern und –

Tinas Umarmung haute mich beinahe von den Füßen. »Das Bühnenbild schaffen wir auch nächste Woche noch. Komm raus hier!«

Sie schleuste mich durch die Menge und schirmte mich so ab, dass keiner mein verheultes Gesicht sehen konnte.

»Wohin gehen wir?«, schniefte ich, sobald wir draußen waren.

»Ich fühl mich schlecht, weil ich dich zum Heulen gebracht hab. Wir fragen Candice, ob sie dir die Nägel lackiert …«

»Auf keinen Fall!« Schon zerrte ich an meinem Arm, den sie in ihrer Ellenbeuge eingeklemmt hatte. »Die Kuh pinselt mir doch bloß Säure auf die Finger!«

Tina lachte. »Eigentlich ist Candice ganz okay. Aber sie ist eben total unsicher und scheißeifersüchtig auf dich, weil sie schon seit hundert Jahren in Ryan verknallt ist.«

Ich verdrehte die Augen. »Den kann sie gern haben!«

Tina sagte nichts, was mir Zeit gab, nachzudenken. Vielleicht stimmte das, was sie sagte, und Candice war gar nicht so schlimm, wie ich sie immer empfunden hatte. Lucas würde jetzt garantiert zustimmen.

Trotzdem würden Candice und ich vermutlich keine Freundinnen werden.

»Also keine fancy Nägel«, bemerkte Tina und ich schüttelte bestimmt den Kopf. Sie musterte mich von oben bis unten. Es wirkte ein wenig mitleidig, aber das machte mir komischerweise nichts aus. »Kann ich dann vielleicht deine Haare flechten?«

Ich schnaubte überrascht und sie trippelte etwas verlegen

von einem Bein aufs andere. »Ich hab leider nicht so viele Talente.«

In dem Moment gab ich mir einen Ruck. »Wenn du es schaffst, mir mit diesen Haaren eine Frisur zu flechten, male ich dir ein Bühnenbild, vor dem du nur so glänzen wirst.«

Tina zog einen Mundwinkel hoch. »Deal. Hast du einen Kamm?« Sie zog die Augenbrauen zusammen. »Oder einen Striegel?«

Als ich mit meiner frisch geflochtenen Frisur zum Bus lief, wartete er wieder am Zaun des Basketballplatzes. Der Drang, zu ihm zu laufen und ihn um Verzeihung zu bitten, war übermächtig. Jetzt, wo Lucas seine Forderung zurückgenommen hatte, fühlte ich mich wie ein Ex-Häftling, der aus dem Gefängnis entlassen worden war.

Auf einmal hielt ich es nicht mehr aus.

Ich drehte um und überquerte die Straße. Es war mir egal, ob Cole mich sehen wollte oder nicht. In meinem Kopf gab es nur noch einen Gedanken: Ich musste zu ihm.

Reifen quietschten. Eine Hupe raunzte mich durchdringend an. Meine Beine waren auf dem Asphalt festgewachsen und ich konnte das Auto, das mich beinahe überfahren hätte, nur anstarren.

Der Junge stand mir gegenüber. Er hatte wunderschöne blaue Augen und ein Lächeln, das mich automatisch dazu brachte, es zu erwidern.

»Mein Name ist Lucas Archer. Wie Ruby Archer, die berühmte Poetin ...«

Mein Lächeln vertiefte sich und ich beobachtete, wie Lucas erleichtert ausatmete. Hatte er Angst gehabt, dass ich ihn abweisen würde?

Ein Kribbeln störte meine Konzentration. Es kam von der Tatsache, dass mich jemand hinter Lucas wahnsinnig intensiv anstarrte. Ich konnte diesen Blick körperlich fühlen und er machte mich neugierig.

Vorsichtig bewegte ich mich etwas zur Seite und schaute über Lucas' linke Schulter hinweg. Ich sah – noch einmal Lucas. Irritiert blinzelte ich, doch schon bemerkte ich meinen Fehler. Die beiden sahen sich wirklich ähnlich, klar, aber auf den zweiten Blick konnte man sie nicht mehr verwechseln. Lucas war ein Sonnenschein. Wie Schokolade auf der Zunge. Der Junge hinter ihm war ein Schock. Eine Lawine.

Lucas folgte meinem Blick und drehte sich um. Er grinste. »Das ist mein Bruder Cole.«

Cole.

Mein Herz reagierte auf die Lawine, als hätte mich die Schneemasse tatsächlich fortgespült. Es setzte einmal kurz aus und raste dann in einem Adrenalinrausch davon.

Ohne es zu bemerken, taumelte ich rückwärts.

Hände griffen nach mir.

Hände griffen nach mir.

»June!«

Cole kniete vor mir, hielt mich an den Schultern fest und starrte mich an. Er war kreidebleich, die Augen dunkler als üblich. Der Mund nur eine verkniffene Linie.

Ich saß auf dem Gehsteig und betastete meinen Kopf. Kein Blut. Wieso war da kein Blut?

Panisch fuhr ich herum, doch da war auch kein Lucas auf der Straße. Es war die falsche Kreuzung. Nichts stimmte!

Wieder sah ich zu Cole.

»Verdammt, willst du sterben?« Seine Stimme war heiser und leise.

Mein Gehirn tauchte langsam wieder aus dem Nebel auf und die Puzzleteilchen fielen an ihren Platz. Ausgelöst durch den Beinaheunfall, hatte ich einen Flashback gehabt. Ich war *nicht* von dem Auto überfahren worden. Cole machte sich ernsthaft Sorgen um mich.

Cole machte sich Sorgen.

Bedeutete das ...

Er stand auf. »Okay, wars das? Dann –«

»Cole!«, krächzte ich. »Cole, bitte, lauf nicht weg. Ich muss wirklich mit dir sprechen.«

»Kein Bed–«

»Du hast die Garage nicht angezündet.«

»Wie bitte?« Er fuhr herum. Sein Mund stand etwas offen.

»Du warst nur noch in der Garage von deinem Nachbarn, weil du Mister Tweedles retten wolltest ...«, sagte ich leise. Neugierige Passanten waren nach dem Beinahecrash auf der gegenüberliegenden Straßenseite stehen geblieben und sahen zu uns herüber. Dieses Gespräch war nicht einmal etwas, wobei *ich* anwesend sein sollte, da sollten uns erst recht keine fremden Augenpaare zuschauen. »Können wir bitte woanders darüber reden?«

Cole schwankte. Man sah ihm deutlich an, wie sehr er mit sich kämpfte. Einerseits wollte er mich weiterhin verabscheuen und für eine Lügnerin halten, weil Hass das Einzige war, das ihn noch zusammenhielt. Andererseits begriff er gerade, dass ich diese Information von keinem anderen als von ihm oder seinem Bruder hatte bekommen können.

»Von wem ...« Er kam einen zögerlichen Schritt auf mich zu. »Woher weißt du das?«

Ich hielt seinem Blick stand. Er flehte mich an, ihn nicht weiter zu quälen. »Du weißt, woher. Lass uns bitte darüber sprechen.«

»Ich …« Er drehte sich halb weg. »Ich kann das nicht!«

Hastig rappelte ich mich auf und griff nach seinem Arm. Er zuckte zusammen. Es verletzte mich stärker als sein hasserfüllter Blick der letzten Tage. Verabscheute er mich so, dass er meine Berührung nicht mehr ertrug?

»Du bist eiskalt …«, sagte er, als er meine Bestürzung bemerkte. »Geh irgendwo rein und trink einen Tee.«

»Ich glaube, ich könnte jetzt so einen ekelhaften Cinnamon Pumpkin Spice Latte brauchen …«

Er presste die Lippen zusammen. Schließlich schnaubte er doch kurz, was meine Knie vor Erleichterung weich werden ließ. Es war riskant gewesen, unter den Umständen zu scherzen. Zum Glück hatte ich Cole richtig eingeschätzt. Je makaberer die Situation, desto mehr war es nach seinem Humor.

»Cole, hör zu. Ich sage nichts, bis du dazu bereit bist, es zu hören. Versprochen!«

»Auch nicht zu meiner Mutter?«

»Nope!« Ich hob die Hand zum Schwur. »Nur wenn du es willst.«

»Was, wenn ich niemals bereit bin?«

Ich hob die Schultern. »Dann wäre Lucas sehr enttäuscht. Aber er vertraut dir, dass du das Richtige tust. Und mir offensichtlich auch …« Ich fuhr mir über die geflochtenen Haare. »Wie kann er nur jemandem wie mir vertrauen?«, überlegte ich laut.

»Na ja … er ist einiges von mir gewöhnt.« Cole musterte mich misstrauisch. »Was hat der Penner dir noch über mich erzählt? Wehe, da war was Peinliches dabei!«

Ich biss mir auf die Lippen. Jetzt nur nichts verraten.

»Raus mit der Sprache!« Er kniff die Augen zusammen. »Ich warte, June. Ich bin noch nicht ganz überzeugt, dass du mich nicht verarschst …«

»Auf einer Skala von eins bis Höllenfeuer … Wie sehr hat es gebrannt, dir die Augenbraue mit dem Enthaarungsstreifen deiner Mutter abzurupfen?«

Coles Mund klappte auf. »So ein Arschgesicht!«, stieß er aus und lachte. »Wars das oder hat er dir das von Tante Beas Klo auch erzählt?«

»Das wars. Er hat nicht viel über dich gesprochen – und wenn, dann nur Gutes. Ich dachte eigentlich, du wärst eine Art Supermann nach seinen Erzählungen.«

»Ich *bin* eine Art Supermann!«

»Was war mit Tante Beas Klo?«

»Nichts.« Seine Miene blieb undurchdringlich.

»Aha?«, bohrte ich nach.

»Ich habe gar keine Tante Bea.«

»Dann war das ein Test? Habe ich bestanden?«, fragte ich.

»Ich weiß noch nicht …«

»Okay.« Ich schluckte. Es fühlte sich an wie ein Tanz auf dünnem Eis. Ich konnte jeden Moment einbrechen. Beim Scherzen mit Cole hatte ich mich ein wenig sicherer, fast schon sorglos gefühlt, doch er zeigte mir, dass der Boden unter mir immer noch knackte.

Überraschend legte Cole einen Arm um mich, vorsichtig, als wäre ich aus Porzellan. »Lass uns zu mir gehen und ich mach dir da dieses ekelhafte Zeug. Versprich mir nur, dass du mit diesen eiskalten Fingern nie wieder jemanden anfassen wirst, okay?«

»Aye, aye, Captain!«, sagte ich.

Coles Arm fiel von meiner Schulter wie ein nasser Sack. In seinem Blick flackerte Schmerz auf und ich biss mir nachträglich auf die Zunge. Lucas hatte Cole Captain genannt.

»Sorry. Ich habs vergessen. Das weiß ich aus dem Comic«, erklärte ich schnell.

Er nickte. »Hast du ihn gelesen?«

»Drei Mal …«, wisperte ich kaum hörbar.

»Ich kann ihn dir auch ausleihen, wenn du Comics so gern magst.« Sein Mundwinkel zuckte und ich dachte an Lucas' Lächeln, das ihm so leicht auf die Lippen sprang und mit dem er nahezu verschwenderisch umging. Coles Lächeln war ein Geschenk. Ein roher Diamant, den man inmitten eines Gesteinsbrockens zufälligerweise fand.

Um ein Haar hätte ich nach seiner Hand gegriffen, aber ich traute mich nicht. Also ging ich schweigend und mit zitternden Knien neben Cole her.

*COLE

Ich musste vollkommen verrückt geworden sein.

Weshalb gab ich nach? Warum ließ ich dieses übergeschnappte Mädchen zurück in mein Leben? Ich vertraute ihr nicht, ich wollte und konnte ihr nicht glauben!

Doch als sie da auf der Straße gestanden und beinahe von dem Auto angefahren worden war, hatte etwas in mir reagiert. Ich war losgerannt, ohne darüber nachzudenken, dass sich hier gerade die schlimmste Geschichte meines Lebens wiederholte. Dass Eomma nie wieder froh würde, wenn nun auch noch ihr zweiter Sohn starb, selbst wenn es der schlechtere von beiden war.

Nichts davon war in dem Moment wichtig gewesen. Nur ein Gedanke:
June!
Und dann hatte ich sie an mich gedrückt, wie durch ein Wunder heil und unverletzt. Während mein Geist noch in der Vergangenheit festklebte, erinnerte sich mein Körper daran, wie sehr ich es liebte, sie zu halten.

Alles an mir entspannte sich, sobald ich sie sicher bei mir hatte, und das, obwohl meine Abwehrmauer eingestürzt war und ich vollkommen ungeschützt dastand. In dem Augenblick wurde mir klar, dass ich nicht mehr ohne sie sein wollte. Kein Mensch hatte mich je so verletzlich gesehen und mich dennoch nicht verachtet. Bei niemandem sonst fühlte ich mich trotz meiner Schwäche sicher und verstanden.

So falsch es sein mochte, ich war noch immer fürchterlich in June verliebt – und für einen kurzen Moment war mir alles andere gleichgültig. Sollte sie glauben, dass sie mit Geistern telefonierte. Falls sie verrückt war, konnte man sie in einer Psychiatrie behandeln oder … was weiß ich, gewiss gab es Medikamente dagegen? Hauptsache, ich musste sie nicht wieder loslassen.

Natürlich tat ich es dann doch. Ich stand auf, und sobald sich meine Arme von ihr lösten, holte mich die Realität auch wieder ein. Mein Fluchtreflex kickte so stark rein, dass ich es kaum mehr aushielt. »Okay, wars das? Dann –«

»Cole!«, krächzte June. »Cole, bitte, lauf nicht weg. Ich muss wirklich mit dir sprechen.«

»Kein Bed–«

Und dann sagte sie auf einmal den Satz, der unter meinen Füßen einen Erdrutsch auslöste.

»Du hast die Garage nicht angezündet.«

Sie sprach noch weiter und ein Teil von mir registrierte jede Kleinigkeit. Wie sie sich ständig die Lippen leckte, die zitternden Hände, ihre hochgezogenen Schultern. Sie trug heute die Haare geflochten, was sie jünger und noch zerbrechlicher aussehen ließ – aber vor allem war sie wunderschön. Immer wieder sah sie zu mir auf, konnte aber meinen Blick nicht halten, als würde sie sich vor meiner Reaktion fürchten.

Ich hörte, wie sie von meinem Kater sprach, obwohl sie von ihm nichts wissen konnte. Ebenso wenig wie von diesem verfluchten Brand, der nun schon neun Jahre zurücklag, begraben unter meterdicken Schichten aus Schuld und Verdrängen. Niemand hätte je an dieser faulen Stelle graben sollen!

Der Erdrutsch schleuderte mich herum, polterte und rauschte in meinen Ohren: *Sie sagt die Wahrheit!*

Einerseits fühlte ich mich wie betäubt. In mir war es laut und chaotisch, äußerlich war ich zu keiner Regung fähig.

Und auf einmal wollte ich weg. Von ihr. Nein. Zu ihr. Mit ihr? O verdammt, ich war entsetzlich durcheinander.

Sie griff nach meiner Hand, als ich, von mir selbst unbemerkt, begonnen hatte, rückwärts zu gehen. Ihre eiskalten Finger an meiner Haut waren wie eine Ohrfeige, die mich aus der Betäubung riss. Erst jetzt bemerkte ich, dass sie wahrscheinlich, genau wie ich, unter Schock stand. Sie war gerade fast ein zweites Mal in ihrem Leben überfahren worden!

June scherzte unbeholfen und ich spürte ihre Unsicherheit beinahe am eigenen Leib.

Endlich klärten sich meine Gedanken: Wenn es mir ohne sie schlechter ging als mit ihr, dann würden wir eben zusammen versuchen, besser zu sein.

Einen Plan hatte ich nicht, doch immerhin wusste ich nun, was als Nächstes zu tun war.

Leben. Weitermachen. Mit ihr!

Sie flatterte in meinem Arm. Ob es vor Aufregung oder Kälte war, wusste ich nicht.

Wir spannen ein fragiles Band zwischen uns. Jederzeit drohte es zu reißen.

Telefonierte sie tatsächlich mit Lucas? Konnte ich ihr wirklich trauen?

Sie wusste von diesem verkackten Augenbrauendesaster!

Der Lucas in meinem Kopf grinste verschmitzt und hob beide Daumen. Innerlich zeigte ich ihm den Mittelfinger.

Lucas konnte von Glück reden, dass er ihr immerhin nicht von dem oberpeinlichen Klounglück bei Tante Bea erzählt hatte. Sonst würde ich ihn höchstpersönlich im Jenseits aufsuchen, nur um ihm gewaltig in den Arsch zu treten.

Erstaunt bemerkte ich, dass ich vor mich hin grinste. Über meinen toten Bruder!

Ich wartete auf das schlechte Gewissen, doch ich spürte nur einen kurzen Stich in der Magengegend. Rasch wurde es von dem Gefühl abgelöst, wie gut und richtig sich June in meinem Arm anfühlte. Sogar das Wetter spielte mit und bescherte uns ein paar Sonnenstrahlen. Ich traute mich vorsichtig, zuversichtlich nach vorne zu blicken. Mit June an meiner Seite würde ich dieses Leben schon meistern.

Als ich die Haustür aufschloss und die streitenden Stimmen hörte, stürzte ich von meinem zartrosa Wattewölkchen in ein Matschloch.

Dad war da.

KAPITEL 13

*JUNE

Den Türgriff in der Hand, verkrampfte Cole sich neben mir. Er sah mich entschuldigend und fast schon bittend an.
»Ich sage nichts, versprochen!«, flüsterte ich.
»Darum gehts nicht. Ich weiß nicht, wie er auf dich reagiert.«
»Oh ...« Mir wurde ein bisschen übel. »Okay. Ich verstehe. Damit muss ich wohl klarkommen.«
»Wir können auch woanders ...«
»Nein!« O Gott. Hatte ich das wirklich gesagt? Was ich gemeint hatte war: Ja! Bitte!!! Lass uns unbedingt wegrennen und in einem Café die Augen vor der Tatsache verschließen, dass ich schuld am Tod deines Bruders bin und dass dein Vater mich hasst, und zwar zu Recht!
»June ...«, sagte Cole.
Die Tür wurde ihm von innen aus der Hand gerissen.
Mrs. Archer stand da und musterte uns erschrocken.
Ich sah die nächste Szene vor mir, wie sie uns einen Fluchtweg durch den Garten buddelte und ...
»Ah, schön, dass du zu Besuch kommst, Juniper. Kommt doch rein, ihr erfriert da draußen ja noch.«
Huh! Damit hatte ich jetzt nicht gerechnet.
Cole seufzte und nahm meine Hand. Er drückte sie einmal kurz, wohl um mir Mut zu machen, dann führte er mich in die Küche.

Seine Mutter stellte sich währenddessen vor. »Mein Name ist Sun-Ah. Und das ist Coles Vater.« Sie deutete auf einen hochgewachsenen Mann. Er war attraktiv, geschäftsmäßig gestylt. Einer, der scheinbar alles im Griff hatte, selbst seine Frisur – wie ich neidvoll anerkannte. Doch irgendwie schien etwas an ihm zerknittert zu sein. Eilig erinnerte ich mich daran, ihn nicht zu eindringlich anzustarren. Das war Leuten ja generell unangenehm, nur vergaß ich es manchmal. Ich traute mich nicht, ihm die Hand zu schütteln, also nickte ich nur sehr tief.

»Bryce, das ist Juniper Jones. Ihr Vater war bei der Beerdigung«, erklärte Sun-Ah. Innerlich stöhnte ich über die vorsichtige Umschreibung.

»Sie war jedenfalls nicht da ...« Hatte ich gedacht, Coles Stimme wäre kühl, dann war Bryce Archers Stimme eine Eiszeit.

Ich biss mir auf die Lippe. Es stimmte ja. Ich war nicht da gewesen.

»Sie konnte nicht kommen, weil sie im Krankenhaus lag, Dad.« Cole hielt meine Hand so fest, dass ich genau spürte, wie er bebte.

»Und du bringst sie mit nach Hause? Was denkst du dir bloß? Ach, was frag ich, du tust immer nur, was du willst.«

»Bryce, bitte!«, zischte Sun-Ah.

In meinem Mund sammelten sich Worte. Es waren giftige, verletzende Pfeile. Erklärungen. Verzeihungsbitten. Und Wuttornados.

»Ja ... ich tue, was ich will. Ich kümmere mich nicht darum, was andere brauchen. Dafür habe ich ein exzellentes Vorbild, nicht wahr, Dad?«

»Cole!« Sun-Ah sah aus, als würde sie gleich in Tränen auszubrechen.

»Wenn du nur ein Mal ein wenig mehr so wärst wie dein Bruder …«, versetzte Bryce.

In der daraufhin entstandenen unangenehmen Stille lag ein günstiger und zugleich der schlechteste Moment, mit der Garagensache herauszuplatzen. Doch ich hatte Cole geschworen, nichts zu sagen. Darum biss ich die Zähne fest zusammen, um jedes Wort dahinter einzusperren.

»Was denn? Darf man in diesem Haus keine Wahrheiten mehr aussprechen?«, fauchte Cole. »Na super! Wieso reden wir denn überhaupt noch, wenn wir uns nichts mehr zu sagen haben?«

Mittlerweile schien es mir, als würden Cole und ich uns gegenseitig stützen.

Sun-Ah beschäftigte sich intensiv mit der Kaffeemaschine.

Bryce streckte ihr seine leere Tasse entgegen. Ohne mich anzusehen, sagte er: »Mach vor ihr keine Szene, Sohn! Du blamierst uns.«

»Und wenn schon?« Coles Stimme überschlug sich. »Bei ihr zu Hause darf man lachen, obwohl jemand gestorben ist.«

Die Augen des Vaters wurden bei Coles Worten schmal, sodass sie fast nur noch Schlitze waren. Ich hatte das dringende Bedürfnis wegzurennen. Er knallte die, nun volle, Kaffeetasse so fest auf den Tisch, dass der Inhalt sich sprenkelnd und schwappend über das makellose Tischtuch verteilte.

»So? Also ist ihr Vater besser als ich? Ist es das, was du mir sagen willst? Dann geh doch! Frag ihn, ob er dich aufnimmt!«

»Bryce!« Coles Mutter war außer sich.

Es fühlte sich an, als würde sich in dem Moment ein Riss

durch mein Inneres ziehen. Haarfein zuerst, dann wurde er weiter und größer, bis er mich mittendurch spaltete. Ich hörte mich reden. Keines meiner Worte war geplant.

»Cole ist bei uns immer herzlich willkommen. Nicht nur, weil wir zutiefst in Ihrer aller Schuld stehen durch das Unglück, das durch mich geschehen ist. Sondern auch, weil wir Cole lieben. So, wie er ist. Cole ist ein wunderbarer Mensch, ein warmherziger, sensibler, liebenswerter Junge. Wir haben ihn gern bei uns. Er hat für uns gekocht und sich um mich gekümmert, als ich krank war. Mein Vater vertraut ihm und ist froh darüber, dass ich einen tollen und liebevollen Freund habe. Allerdings braucht Cole keinen anderen Vater. Er hat bereits einen.«

In der Küche war es still.

Das Ticken der Wanduhr kam mir überlaut vor.

Bryce Archer stand auf und verließ das Haus.

Sun-Ah sank fast in sich zusammen. Sie hielt sich am Tresen fest und lächelte mich zittrig an. »Tee?«

»Nein!« Cole packte meine Schultern und schob mich auf einen freien Küchenstuhl. »Meine Freundin braucht ein Riesenglas von dem ekligen Zeug, das Lucas immer trinkt. Kannst du mir helfen, Eomma? Ich weiß nicht, wie man das macht.«

Meine Freundin.

Selbst im Nachhinein wurden mir die Knie weich, jedoch erstaunlicherweise mehr von Coles Wortwahl als von der Konfrontation mit seinem Vater.

Sun-Ah fing sich schneller als gedacht und begann eifrig, Gewürze zusammenzusuchen. Dabei quasselte sie ununterbrochen auf Koreanisch auf Cole ein, der brummte, den Kopf schüttelte und nickte, sonst jedoch nichts dazu sagte. Ich beobachtete, wie er die richtigen Zutaten schon heraussuchte, bevor seine Mutter den Mund öffnete. Wieder einmal bewies Cole seine Feinfühligkeit. Er beschäftigte seine Mum, damit sie sich nach dem Streit mit dem Vater besser fühlte.

Sun-Ah sah mich an. »Oh, entschuldige. Es ist unhöflich von mir, dich auszugrenzen. Oder sprichst du koreanisch?«

»Aniyo«, sagte ich und biss mir auf die Zunge, als Cole mich überrascht ansah. Das hatte Lucas mir beigebracht. Er nickte kaum merklich.

Seine Mutter freute sich sichtlich darüber, dass ich zumindest *nein* auf Koreanisch sagen konnte.

Kurz darauf stand ein dampfender Becher vor mir, aus dem würziger Duft aufstieg. Ich schnupperte. Das roch besser, als ich es vermutet hatte.

Cole verdrehte die Augen. »Du siehst schon aus wie Lucas, der macht auch immer ein Gesicht wie ein Kind unter dem Weihnachtsbaum, wenn er das Gesöff da vor sich stehen hat.«

Sun-Ah sah von Cole zu mir mit einem Gesichtsausdruck, der zwischen Lachen und Weinen feststeckte.

Unsicher, wie ich mich verhalten sollte, nahm ich einen ersten vorsichtigen Schluck. »Mhh! Richtig lecker!«

Sun-Ah zwinkerte. »Geheimrezept!«

Cole wirkte mit einem Mal nachdenklich. »Wen würde das beim Geisterdinner wohl anlocken?«

»Geisterdinner?« Sun-Ah beugte sich etwas vor.

»Ach …«, ich lachte nervös auf. »Das ist nur ein Spiel, das mein Dad und ich manchmal machen.«

»Und Cole hat … mitgespielt?« Sie sah aus, als hätte ich ihr erzählt, ihrem Sohn würde ein zweiter Kopf wachsen.

»Äh … ja?«, antwortete ich vorsichtig.

»Es ist wirklich lustig, Eomma. Du solltest mal mitmachen. Bestimmt würde es dir gelingen, König Sejong herzubeschwören.«

Seine Mutter klatschte einmal in die Hände. »Großer Mann!«

Cole neigte den Kopf zu mir. »Er hat das koreanische Alphabet erfunden.«

Seltsamerweise hatte ich durch ihr vertrautes Miteinander einen Déjà-vu-Moment. Nur dass dieses Mal ich die Außenseiterin war, der die Besonderheiten erklärt werden mussten. Ich kicherte in meinen Becher.

Cole sah glücklich aus und auch seine Mutter wirkte, als wäre ihr ein Bleigewicht von den Schultern gefallen, seit ihr Mann weggegangen war. Kurz kam mir der Gedanke, dass ich diese harmonische Stimmung mit einem Satz zerstören könnte. Ich hatte es Lucas versprochen. Genauso hatte ich Cole geschworen, ihn den Zeitpunkt bestimmen zu lassen. Irgendwann würde ich ihm sagen müssen, dass Lucas derweil quasi in der Leitung festhing, aber dieser Augenblick war noch nicht gekommen.

»*Ein Schritt nach dem anderen, June!*«, empfahl mir Lucas in meinem Kopf.

Als ich aus meinen Gedanken auftauchte und die Tasse absetzte, hatte Cole den Raum verlassen. Sun-Ah musterte mich neugierig. Hatte sie mich etwas gefragt? Oje. Jetzt dachte sie bestimmt, ich wäre total verpeilt oder unhöflich.

»Entschuldigung«, sagte ich. Damit meinte ich so ziemlich alles.

Entschuldigung, dass ich am Tod Ihres Sohnes mitschuldig bin.

Entschuldigung, dass ich einfach in Ihre Küche platze und Ihren Zimtvorrat wegsaufe.

Entschuldigung, dass ich Coles Vater verärgert und die Stimmung versaut habe.

Entschuldigung, dass ich manchmal vor mich hin träume.

Zwar sagte ich nur dieses eine Wort laut, dennoch hatte ich das Gefühl, Sun-Ah verstand mich. Sie nickte. Trotzdem haftete ihrem Lächeln immer ein trauriger Schatten an. Wie ein Schleier, der sich nicht abziehen ließ.

»Juniper, ich möchte mich bei dir bedanken.«

»Was? Wofür denn?« Mir spritzte fast der letzte Schluck Pumpkin-Irgendwas aus der Nase. Das wäre jetzt echt die Krönung gewesen.

»Seit er dich kennt, hat Cole sich verändert. Er war immer schon sehr zynisch und pessimistisch. Seit Lucas nicht mehr da ist, war es unmöglich, überhaupt noch an ihn heranzukommen. Durch dich ist er anders. Er lacht wieder. Er kämpft ... ich meine ... Zuletzt war er so gleichgültig, wenn sein Vater ihn ...«

Ich hob das Kinn. »Mrs. Archer, ich muss Ihnen etwas sagen.«

*COLE

Da war es.

Ich hatte es nicht glauben wollen und trotzdem war diese winzige Stimme in meinem Hinterkopf nicht verstummt. Das fiese Stimmchen, das mich gewarnt hatte, June nicht zu vertrauen.

Ich hatte den Raum verlassen, um zu überprüfen, ob sie ihr Wort hielt. Da war ich nicht einmal fünf Minuten draußen und sie brach es schon.

Ich hätte es wissen sollen!

Ich Vollidiot! Warum schaltete ich denn nie mein Gehirn ein?

»Ich muss Ihnen etwas sagen.« Es hallte in mir nach, als sei ich eine Kathedrale und sie hätte es in mich hineingebrüllt.

Am besten stürmte ich sofort in die Küche und warf sie raus. Und dann war ich für alle Zeiten kuriert. Von mir aus konnte sie sich täglich vor ein Auto werfen, es würde mich nicht im Geringsten interessieren.

Wären nur meine Beine nicht plötzlich aus Gelatine ...

Ich hing im Türrahmen und kam keinen Millimeter vom Fleck. Ein letztes Fünkchen Hoffnung nagelte mich dort fest.

»Du kannst mir alles sagen, nur raus damit, Juniper. Keine Scheu.«

Ich atmete nur noch flach. Eomma war wie immer zu gutgläubig. Sie sah nicht, dass sie ihr Herz für eine Schlange öffnete.

»Es ist ein bisschen peinlich ...«, murmelte June. Na, eine gute Schauspielerin war sie immerhin. Sie lief sogar rot an. Toll. Ganz hervorragend. Und ich würde ihr gleich noch Standing Ovations geben, oder was? Warum zum Teufel tat ich nichts?

Eomma tätschelte ihre Hand. »Ich war auch einmal jung.«

»Ihr Mann täuscht sich in Cole!«, platzte sie heraus.

Da war es. Jetzt gleich sagte sie es.

»Inwiefern?«, fragte Eomma.

Mir blieb die Luft weg. Vor meinen Augen flirrten Lichtpunkte.

»Cole denkt nicht nur an sich selbst. Eigentlich denkt er sogar ständig an andere. Er kümmert sich mehr darum, wie es Ihnen oder mir geht, als um sein eigenes Wohl. Er hat mich verarztet, obwohl er kein Blut sehen kann. Er hat mich gesund gepflegt, obwohl er mich gehasst hat. Er beschützt Sie ständig davor, verletzt zu werden. Jeder Gedanke gilt zunächst den anderen, bevor er an sich selbst denkt. Selbst wenn es ihn verletzt, kümmert er sich doch zuerst um andere.«

Was?

»Ich weiß das wohl, Juniper ...«

»Ja, natürlich, Sie sind seine Mutter und ich behaupte auch gar nicht, dass ich Ihren Sohn irgendwie besser kenne als Sie ... Das meinte ich nicht. Ich wollte nur sagen, wie ich Cole sehe. Für mich ist es unbegreiflich, dass sein Vater nicht unendlich stolz ist, einen Sohn zu haben, der so sensibel, talentiert und warmherzig ist ...«

Ich konnte Eomma nicht sehen, weil sie mir den Rücken zudrehte, doch ich hörte an ihrer Stimme, dass sie lächelte, als sie sagte: »Juniper ... Bitte entschuldige die absolut peinlichste aller Elternfragen. Kann es sein, dass du dabei bist, dich in meinen Sohn zu verlieben?«

Junes Ohrläppchen nahmen die Farbe von reifen Tomaten an.

»Ich weiß, ich sollte nicht ...«, flüsterte June, »aber dafür ist es längst zu spät.«

Meine Beine erinnerten sich schlagartig daran, dass sie aus Knochen und Muskeln bestanden. Ich stapfte mit drei großen Schritten in den Raum, schnappte June und zog sie vom Stuhl.

»Eomma!«, schimpfte ich. Weder sie noch ich konnten uns ein Grinsen verkneifen. Falls ich auch nur halb so verstrahlt aussah wie meine Mutter, sollte ich jetzt dringend meinen Gesichtsausdruck unter Kontrolle kriegen. Doch dann sah ich June an, die mittlerweile in sämtlichen Rotschattierungen leuchtete.

Ich führte sie aus der Küche in mein Zimmer. Jede Sekunde, in der ich sie nicht umarmen konnte, war jetzt zu lang.

Wir schafften es kaum, die Tür zu öffnen, da zog ich sie bereits an mich. Kichernd stolperten wir über die Schwelle und küssten uns gegenseitig das Lachen von den Lippen. Es fühlte sich an, wie beschwipst zu sein. Betrunken an June.

Sie sagte etwas, was ich nicht verstand, weil sie dabei meinen Hals mit winzigen Küsschen übersäte. Normalerweise hätte ich es ignoriert, doch bei ihr schien mir jedes Wort zu wichtig, als dass ich eines davon überhören wollte.

»Hm?«, machte ich und schob sie sanft von mir. Einen Millimeter bloß, mehr Abstand war nicht drin.

»Tut mir leid …«

»Was? Dass du mich da grade beschrieben hast wie einen Halbgott? Stimmt, du solltest mich mindestens für einen Gott halten …«, scherzte ich aufgekratzt.

»Nein … Dass ich dir wehgetan hab.«

»June …« Jetzt schob ich sie doch etwas weiter von mir, denn ich musste ihr dabei in die Augen sehen. »Du verletzt mich nicht nur. Du heilst mich.«

*JUNE

Du heilst mich.

Wer immer behauptet hatte, Lucas sei der Poet in dieser Familie, hatte sich getäuscht. Lucas zitierte Dichter. Cole war selbst einer.

Langsam begann ich die Dynamik zwischen den Brüdern

zu begreifen. Sie hatten sich beide immer für den jeweils Schlechteren gehalten und krampfhaft versucht, sich voneinander abzugrenzen, um nicht verglichen zu werden. Wenn einer ein Interesse entwickelte, war es für den anderen dadurch tabu. Während Lucas Poesie und sanfte Klänge für sich beanspruchte, war Cole der Adrenalinjunkie. Doch ob das *wirklich* ihrem Wesen entsprach, zeigte sich erst jetzt, wo sie getrennt waren. Mir fiel ein, dass auch Lucas manchmal wehmütig geklungen hatte, wenn er erzählte, wie Cole furchtlos durchs Leben spazierte, als gäbe es kein Morgen und keine Sorgen.

Ganz genau so küsste Cole mich in dem Moment. Als wäre dieser Kuss das Letzte, was er je tun würde. Die absolute Konzentration auf mich, die Intensität, mit der er mich ansah und jeden Zentimeter meiner Haut berührte, als sei ich aus Staub und könnte im nächsten Augenblick unter seinen Fingerspitzen zerfallen … All das war überwältigend für mich. Ich schloss die Augen …

… und hörte auf zu denken.

KAPITEL 14

*COLE

June fühlte sich an wie ein Regenbogen in meinem Arm.

KAPITEL 15

*JUNE

»Ist Lucas einverstanden damit, dass ich dich küsse?«, fragte Cole mit seinen Lippen an meinem Schlüsselbein.

Ich konnte nicht anders, als zu kichern. »Was, wenn ich Nein sage?«

»Dann tut es mir echt leid für meinen Bruder, ich tus trotzdem.«

Ich hielt ihn mit den Händen an den Wangen davon ab, seine Kuss-Ameisenstraße weiter abwärts fortzusetzen, und wartete, bis er mich ansah. Jedes Mal, wenn sein Blick mich traf, breitete sich ein heftiges Prickeln in meinem Bauch aus. Schon wieder wurde mir ganz heiß. Würde ich jetzt dauerhaft wie eine Chilischote herumlaufen, weil Cole mich ansah? Ich räusperte mich. »Lucas war anfangs nicht happy darüber…«

»Nicht happy bedeutet…?«

»Er war –« Ich überlegte, wie ich es nett ausdrücken sollte.

»Stinkend eifersüchtig?«

»Ja.« Ich seufzte schwer. Es plagte mich immer noch, auch wenn Lucas gesagt hatte, dass ihn Coles und meine Beziehung nicht mehr störte. Ich fühlte mich trotzdem, als würden wir ihn betrügen.

»Ich war auch so was von beschissen eifersüchtig…«, riss Cole mich aus meinen trüben Gedanken.

»Auf wen?«

Er sah mich bedeutungsschwer an und zog die Augenbrauen hoch. »Auf die Queen von England? Was glaubst du wohl?«

»Du konntest mich doch nicht leiden!«, rief ich. »Und das ist noch nett ausgedrückt.«

Cole lag auf mir. Jetzt stützte er sich auf die Ellenbogen, um mir ernst ins Gesicht blicken zu können. »Hat Lucas dir je erzählt, wie er dich das erste Mal gesehen hat?«

Ich schüttelte den Kopf. Das Einzige, woran ich mich erinnerte, war, dass er mich mit einer *Sonnenfinsternis* verglichen hatte …

»Okay, dann pass mal gut auf! Lucas und ich waren auf dem Weg zum Basketballplatz, ein bisschen Dampf ablassen. Also eigentlich musste nur *ich* Dampf ablassen, Lucas ist bloß mitgekommen, damit ich nicht … in Schwierigkeiten geriet … also Streit anfing. Lucas war so was wie meine Nanny, weißt du?«

Ich wartete ruhig ab. Das mit der Nanny würden wir ein anderes Mal besprechen können. Lucas hatte nämlich eine ganz andere Sicht auf die Beziehung der Brüder. Für ihn war Cole keineswegs der kleine Tunichtgut, auf den er aufpassen musste. Und so wie Cole sich benahm, war eher er die Nanny von Lucas.

»Wir sind an der Bushaltestelle vorbeigekommen. Du hast da gesessen und ein Comic gezeichnet. Ich glaub, ich hab mich in dich verliebt, bevor ich dein Gesicht gesehen habe. Du warst so was von vertieft in deine Zeichnung und sahst ganz besonders aus und so dunkel und einsam, aber auch gleichzeitig total … ich weiß gar nicht, wie ich es ausdrücken soll. So als ob du total okay mit deiner Einsamkeit wärst. Ich weiß noch, wie ich stehen blieb, um mir das Bild einzuprägen. Ich fühlte auf einmal wahnsinnig viel, es war erschreckend und unerträglich ... und schön.« Er machte eine Pause. Cole schien es nicht gewöhnt zu sein, über seine Gefühle zu reden. Er wirkte erschöpft. Dennoch sprach er weiter. »Das ist kein besonders guter Basketballplatz, wir sind eigentlich immer woanders spielen gegangen. Ab diesem Tag wollte ich trotzdem nur noch dort hin. Lucas hat natürlich bemerkt, dass ich einen anderen Grund vorgeschoben hab, und war schrecklich neugierig. Er war echt so nervig, aber ich wollte dich irgendwie nicht mit ihm teilen, keine Ahnung, warum. Ich wollte nicht, dass er dich sah und vielleicht etwas sagte, was dich in meinen Augen entzaubern würde. Solange du mein Geheimnis warst, hast du nur mir allein gehört. Er hätte dich nur für eine meiner Eroberungen gehalten und ...« Er sah mich erschrocken an.

Ich spielte die Empörte. »Wie bitte, Cole? Ich bin *nicht* deine erste Freundin?«

»Doch!«

»Wers glaubt.« Ich lachte und schlug ihm spielerisch vor die Brust.

Er hielt meine Hand dort fest und presste sie gegen sein Herz. »Du *bist* meine erste Freundin. Ich meine, ich hatte ein paar ... also ...«

»Kurzzeitfreundinnen?«, schlug ich vor. Es versetzte mir nur einen kleinen Stich. Ich hatte ja selbst bereits einen Freund gehabt und da war es einfach okay, dass Cole auch schon andere Mädchen geküsst hatte.

»Ultrakurzzeit ...«, murmelte er. »Eher so *Wiewardeinnamenochgleich?*.«

»Juniper Jones. Ich hoffe, du vergisst ihn nicht«, antwortete ich scherzhaft, woraufhin er mir eine leichte Kopfnuss verpasste.

»Jedenfalls hat Lucas dich dann doch entdeckt. Er wusste natürlich nicht, dass ich dich schon seit Wochen aus der Ferne angehimmelt hab. Und dann hat er sich in dich verknallt! Ich war ... Ich meine ... Warum musstest es ausgerechnet du sein?« Er spielte gedankenverloren mit meinen Fingern. »Ich dachte immer, Lucas findet irgendwann einmal ein süßes, liebes, fröhliches Mädchen. Sein Spiegelbild. Eine, mit der er Spaziergänge im Schnee machen kann und der er täglich Blumensträuße pflückt und bei jedem Sonnenaufgang an sie denkt ...«

»Er hat gesagt, ich sei eine Sonnenfinsternis.«

Cole gab ein undefinierbares Geräusch von sich und schloss die Augen. »Ich liebe meinen Bruder wirklich mehr als alles andere auf der Welt ...«, presste er zwischen zusammengebissenen Zähnen hervor.

»Aber?«, hakte ich vorsichtig nach. Er wirkte verletzt.

»Vergiss es, ich will nicht schlecht über ihn reden.«

»Du weißt, ich kann ihn auch selbst fragen – und dann ist es ihm peinlich!«, wagte ich einen Vorstoß. Ob Cole mir mittlerweile glaubte, wusste ich nicht. Vielleicht hätte ich das besser nicht angesprochen ...

Cole seufzte und legte seinen Kopf auf meine Brust. Ich streichelte sein Haar. Schwarze, seidige Strähnen glitten durch meine Finger. Es war sogar noch weicher, als es aussah.

»Ich dachte immer, Lucas wüsste nicht, dass ich dich *zuerst* gesehen habe. Und ich meine ... ich weiß ja, ich hatte deshalb kein Vorrecht auf dich ... Nur, dass er das zu dir gesagt hat, ist echt eine Arschloch-Aktion!«

»Inwiefern?«, fragte ich leise. Ich hatte ein ungutes Ziehen im Bauch.

»Als ich dich noch aus der Ferne beobachtet habe, war

ich zu voll von Gedanken und Gefühlen. Es musste irgendwie raus, aber ich hatte echt Schiss davor, dich anzusprechen. Ich dachte immer, wenn ich das tue, zerstöre ich diese perfekte Vorstellung von dir. Wenn du mich angesehen und dann irgendwie angewidert geguckt hättest ... Egal.«

Ich musste fast lachen. Cole war mit Abstand der schönste Junge, den ich je gesehen hatte. Wie in aller Welt kam er auf die verrückte Idee, ich hätte ihn abstoßend finden können?

»Also hab ich Tagebuch geschrieben. Ich dachte eigentlich, ich hätte es gut versteckt, außerdem hab ich meinem Bruder vertraut, dass er es niemals lesen würde. Na ja ... dann hat er dich ja *entdeckt*. Er hat nur noch von dir gesprochen und jedem erzählt, wie besonders und schön und talentiert du wärst. *Seine* Entdeckung!«

Allmählich kam ich mir vor wie eine seltene oder ausgestorbene Tierart. Unglaublich, dass sie sich echt darüber gezankt hatten, wer mich nun zuerst gesehen hatte!

»Er hat Gedichte gesammelt, die zu dir passten, unzählige Liebesbriefe geschrieben ...« Cole seufzte schwer. »Natürlich musste ich dich aufgeben. Wenn mein Bruder ein Mal im Leben verliebt ist, ist diese Person für mich tabu. Ich zerstöre eh immer alles, was ich anfasse.« Er schluckte schwer.

Der Widerspruch brannte mir auf der Zunge, allerdings spürte ich überdeutlich, dass ich Cole jetzt reden lassen musste, ohne Unterbrechungen.

»Es war nicht einfach. Wirklich nicht. Doch wenn ich mir etwas vornehme, ziehe ich es durch. Meine Methode war, nach Gründen zu suchen, weshalb ich dich nicht mochte, und mir alles an dir schlechtzureden. Dadurch hatte Lucas freie Bahn mit seinem Lächeln und seinem Liebesbrief. Nur

der Moment, in dem er ihn dir überreichte, war echt …«
Er stockte. Mein T-Shirt wurde nass an der Stelle, wo seine
Träne versickerte.

»*Sie sieht aus wie eine Sonnenfinsternis, dunkel, unerträglich schön, brutal!* Das war der Anfang von einem Songtext, den ich über dich in mein Tagebuch geschrieben habe. Ich hätte nie gedacht, dass Lucas es lesen würde. Offenbar habe ich mich da getäuscht. Doch das ist noch nicht einmal das Schlimmste daran. Es tut weh, dass ich auf eine Chance mit dir verzichtet habe, obwohl er dich mir mit voller Absicht weggenommen hat. Ich hätte mich auch nach seinem Tod zurückgehalten, ich habs ja versucht!« Er schniefte.

»Ich weiß …«, sagte ich leise. »Ich auch. Aber weißt du, ich glaube, selbst wenn Lucas nicht gestorben wäre, wären es immer du und ich gewesen.«

»Wieso?« Er hob den Kopf und blickte mich aus feuchten Augen an.

»Ich hätte Lucas nie auf diese Art lieben können. Bei jedem Telefonat mit ihm fühlte ich mich so wohl und geborgen …«

»Das ist seine Superwaffe. Er macht das mit jedem!«

Ich lächelte. »Ja, das kann er unglaublich gut. Er ist der beste und liebste Freund, den ich mir vorstellen kann. Trotzdem hatte ich nie dieses spezielle Herzklopfen. Bei dir jedoch … Cole, selbst als ich dich das erste Mal sah, an … an dem Tag … Ich erinnerte mich daran, noch bevor ich mich an Lucas erinnerte. Ich weiß noch genau, wie ich dich ansah und du mich. Ich bin rückwärts getaumelt, weil mein Herz auf einmal wusste …« Mittlerweile bebte auch meine Stimme vor unterdrückten Tränen. Ich schluckte sie tapfer hinunter. »Und dann, als du mir an der Bushaltestelle begegnet bist, hab ich nicht einmal dein Gesicht gesehen, aber du warst wie so ein Magnet für mich. Ich konnte dich nicht vergessen, obwohl ich es mir gewünscht hab ...«

Er blieb eine Weile still.

»Weißt du, dass ich gar nicht mit dem Bus fahre?«, fragte er schließlich.

»Wie bitte?«

»Ich wohne ja nicht weit entfernt. Ich kam immer dorthin, um dich zu sehen. Es war wie ein Fluch, weil es so wehtat und weil ich dich eigentlich gehasst habe. Oder es mir zumindest eingeredet habe ...«

»Lucas versucht nicht mehr, uns zu trennen«, sagte ich und ignorierte die Bushaltestellen-Info, obwohl sie mich innerlich schmunzeln ließ. »Er war erst eifersüchtig und fühlte sich betrogen, dass ich den lebenden Zwilling vorziehe. Und ich habe mich fürchterlich schlecht deshalb gefühlt – irgendwie tue ich das immer noch. Dabei geht es gar nicht um lebend oder tot. Es geht um Cole oder Lucas. Ich hätte mich immer für Cole entschieden.«

»Aber Lucas ist perfekt!«, krächzte Cole. Ein letztes, trotziges Aufbegehren.

»Er ist nah dran.« Ich lächelte. »Wenn er perfekt wäre, hätte er nicht versucht, seinem geliebten Bruder die Flamme auszuspannen. Und ihr dann noch die gestohlenen Gefühle aus deinem Tagebuch als seine eigenen verkauft. Ich liebe Lucas, allerdings finde ich das nicht okay. Er hat doch eigene Worte! Warum hat er deine benutzt?«

»Sprich ihn nicht darauf an, okay? Ich lebe. Und ich habe ... dich. Er muss sich nicht noch schlechter fühlen.«

Ich dachte kurz nach. Dann nickte ich. »Abgemacht.« Schnell bettete ich Coles Kopf wieder auf meinem Brustkorb, wo er meinem Herzschlag lauschen konnte. »Da ist trotzdem noch eine Sache ...«

»Will ich sie hören?«, murmelte Cole träge. Er wickelte eine Haarsträhne von mir um seinen Zeigefinger. Ich kannte die Geste, genau das tat ich immer mit der Telefonschnur, während ich mich mit Lucas unterhielt. Es war beruhigend, wieder und wieder dieselbe Bewegung durchzuführen.

»Lucas und ich sind der Meinung, dass er nur noch hier ist, weil er etwas zu erledigen hat.«

Cole lag da wie ein Stein. Vielleicht atmete er gar nicht, doch sein Finger wickelte sich tiefer in meine Haare ein. Es ziepte, aber ich sagte nichts.

»Ich dachte, es wäre, dass die Fahrerflucht aufgeklärt werden müsste. Doch das war nicht der Fall. Lucas denkt ...«

»O mein Gott! Ich kenne Lucas. Bestimmt denkt er etwas Romantisch-Absurdes wie: Er muss uns seinen Segen geben. Darum hat er am Ende zugestimmt, dass du mich wieder sehen darfst. Stimmts?« Cole klang leicht aggressiv, was ich ihm nicht verübeln konnte. Ich war schon froh, dass er überhaupt mit mir über Lucas sprach, als würde er mir glauben.

»Nicht ganz.« Irgendwie wagte ich es in dem Moment nicht, ihn anzufassen. Es schien mir beinahe überheblich, ihn beruhigen zu wollen, als gäbe es keinen Grund, dass er sich aufregte, doch das stimmte ja nicht. Er durfte wütend sein! »Lucas denkt, er muss die Sache mit dem Garagenbrand klären.«

»Na, das hat er ja jetzt geschafft«, sagte Cole schroff.

»Hat er nicht«, warf ich vorsichtig ein. »Es geht nicht darum, es vor dir auszusprechen. Es geht darum, dass dein Umfeld die Wahrheit erkennt und aufhört, dich auch nach all den Jahren als Sündenbock zu missbrauchen.«

»June ... das ist echt überhaupt kein Thema, ich –«

»Sorry, wenn ich dich unterbreche. Du kannst ja gern

darauf bestehen, dass es dir nichts ausmacht. Ich kann und will dich nicht vom Gegenteil überzeugen. Aber dein Bruder weiß, dass es absolut ungerecht ist, wie dein Vater dich behandelt. Und Lucas kann keinen Frieden finden, solange das nicht aufgeklärt ist.«

Cole atmete zitternd aus. »Du hast es versprochen …«

»Das habe ich und ich halte mein Versprechen. Es ist auch egal, ob ich es sage oder du. Es geht nur darum, dass etwas zurechtgerückt wird, was vor vielen Jahren aus dem Gleichgewicht geraten ist.«

Cole schwieg.

Ich sagte ebenfalls nichts, weil ich genau wusste, dass er diese Nachricht erst einmal verdauen musste.

Irgendwann stand er auf und machte Musik an. Heavy Metal dröhnte aus den Lautsprechern. Er stellte es wieder aus. Dann tappte er aus dem Zimmer. Kurz darauf kam er mit einem Plattenspieler zurück. Er hockte sich auf den Boden und stöpselte das Gerät ein.

»Lucas sagt, Vinyls klingen besser als alles andere. Mal sehen, ob er recht hat.«

Es knackte und rauschte ein wenig aus den Lautsprechern. Die Nadel senkte sich auf die Schallplatte und Otis Redding sang mit gebrochener Stimme über Herzschmerz. Ich kniete mich hinter Cole hin und umarmte ihn. Schluchzer schüttelten ihn. Auch ich musste weinen. Ich küsste seinen Nacken und hielt ihn fest, während er hilflos vor dem Plattenspieler kauerte.

»Ich vermisse ihn so sehr!«

»Erzähl mir von ihm«, fiel mir schließlich etwas ein, was ich sagen konnte.

Cole schniefte und wischte sich mit dem Handrücken

über die Augen. »Lucas ist … Lucas war …« Er heulte auf. »Ich schaff es immer noch nicht, in der Vergangenheit von ihm zu sprechen!«

»Dann lass es.« Für mich war es sowieso seltsam, da Lucas mit mir ja noch sprach. Meistens zumindest.

»Er ist der Traumschwiegersohn. Warmherzig, immer am Lächeln, freundlich zu allen. Oft ist er auch verträumt und dadurch schusselig. Das macht ihn aber nur liebenswerter. Er sieht gut aus, spielt Gitarre, ist sportlich … Du hättest den perfekten Gentleman zum Freund haben können …«, endete er bitter.

Mir lagen zu viele Worte auf der Zunge.

Zum Glück sprach Cole weiter. Damit hatte ich gar nicht mehr gerechnet.

»Er hat auch einen nicht ganz so engelsgleichen Charakterzug. Man kann es nicht direkt lügen nennen, doch Lucas verschweigt gern unangenehme Wahrheiten und tut dann so, als wäre das zu deinem Schutz, dabei ist er selbst nur zu feige, sich einer Diskussion oder einem Streit zu stellen. Viele finden, das ist clever. Aber ich mag es lieber, wenn man mit mir direkt ist.« Cole starrte auf den Boden. Wahrscheinlich war es ihm peinlich, etwas Negatives über seinen Bruder zu sagen. Ich fand es aber gar nicht schlimm. Erstens kannte ich diesen Charakterzug von Lucas bereits und zweitens machten seine Fehler ihn für mich realer. Denn einer, der immer nur perfekt ist, beunruhigte mich.

»Allein schon, dass er dir gesagt hat, du dürftest mich nicht mehr treffen. Das kann man sich bei ihm erst nicht vorstellen, aber ich kenne ihn. Neunundneunzig Prozent der Zeit ist Lucas makellos. Nur dieses eine Prozent … da ist er ein richtiger kleiner Egoist. Es ist sicherlich nicht falsch, dass er ab und zu an sich selbst denkt anstatt immer nur an andere. Trotzdem wäre es mir lieber, er würde sich nicht selbst als das reine Engelchen verkaufen.« Erschrocken sah Cole mich an. »Das hätte ich nicht sagen sollen.«

»Wieso? Weil man über Tote nicht schlecht redet? Ich meine … ich wette, er würde dir zustimmen. Niemand sieht sich selbst ausschließlich positiv. Ich bin mir sicher, Lucas weiß, dass seine Handlungen nicht immer das Gelbe vom Ei waren. Das weiß doch jeder von uns. Und wenn wir keine Fehler haben, wie sollten wir uns dann noch verbessern? Ich glaube, ich mag den Lucas, der auch ein bisschen Teufelchen ist, viel lieber als den reinen Engel.«

»Er hat mein Tagebuch gelesen und meine Gedanken als seine verkauft …«, murmelte Cole. »Ich fasse es nicht!«

»Zeigt das denn nicht, dass er selbst auch manchmal an sich gezweifelt hat? Und auch in dieser Garagensache –«

Cole hob die Hand. »Noch nicht. Ich muss etwas fragen.«

»Bitte.« Ich gab ihm Raum, sodass er sich nicht von mir bedrängt fühlte. Er rückte jedoch sofort auf, als bräuchte er die Berührung zur Sicherheit.

»Wo ist er jetzt? Geht es ihm gut? Kann er … erzähl mir davon, wenn es geht. Okay? Bitte!«

Ich lächelte. Cole öffnete sich der Idee, dass die ganze Angelegenheit stimmen könnte. »Er ist, wenn wir telefonieren, meistens in seinem Zimmer, sagt er.«

»Und wenn ihr nicht telefoniert?«

Das war der Punkt, an dem ich am liebsten *einen auf Lucas* gemacht hätte. Hoffnung glomm in Coles Blick auf, dass es seinem Bruder gut ging und er vielleicht noch in der Nähe war. Wenn ich ihm doch das Wissen über die Albträume verschweigen könnte, um ihn nicht zu verletzen … Aber Cole hatte gesagt, er bevorzugte die knallharte Wahrheit.

Ich seufzte. »Anfangs war er wie in einem Dauerschlaf und er wurde nur wach, wenn ich ihn *angerufen* habe. Doch je mehr er realisiert hat, dass er tot ist, desto öfter war er auch außerhalb meiner Anrufe wach. Und das ist der Grund, weshalb Lucas unbedingt weiterziehen muss ...«

»Wieso? Was ist dann?« Cole sah mich so eindringlich an, dass ich ihn niemals hätte belügen können – auch nicht zu seinem eigenen Schutz.

»Er beschreibt es als Albtraum aus *Nichts*. Es würde sich anfühlen, als würde sich alles außer seinem Geist auflösen und zu nichts zerfallen. Eine ewige, gähnende Leere. Und es nimmt zu.«

Cole wurde kreidebleich. »Was würde passieren, wenn er dort bleibt?«

»Ich bin keine Expertin in ... solchen Sachen, weißt du? Die Antwort darauf kann dir wahrscheinlich niemand mit Sicherheit geben. Wenn ich mutmaßen müsste, würde ich sagen, er wird zu einem unruhigen Geist ... So eine Art ... Poltergeist?« Ich hörte mich total bescheuert an.

»Dann lass uns –« Er stand schon auf, als ich ihn am Handgelenk zurückhielt.

»Er kann es jetzt kontrollieren. Neuerdings spukt er sogar ein wenig. Das ist nicht wirklich beruhigend, ich weiß, und ich denke auch nicht, dass wir uns ewig Zeit lassen sollten, weil es ihn quält und wir nicht wissen, wie lange er durchhält. Dennoch bin ich mir sicher, er schafft es noch so lange, bis du bereit bist.«

Cole vergrub das Gesicht in den Händen. »Warum nur? Warum muss er sich sogar vom Tod aus noch in mein Leben einmischen? Weshalb denkt er, immer alles besser zu wissen, sogar, wie, ob und wann ich meinen Eltern die Wahrheit erzähle?«

»Er glaubt, es ist die große Ungerechtigkeit, die durch seine Schuld entstanden ist, die ihn davon abhält, weiterzuziehen.«

»Ich wünschte, er könnte mir das selbst sagen.« Cole zupfte an einem ausgefransten Teil seiner Jeanshose herum.

»Vielleicht geht das ja auch irgendwann. Das fände ich total schön. Im Moment spricht er nicht einmal mehr mit mir.«

»Warum das denn nicht? Ich dachte, das *Nichts* ...«

»Er hat mir eine Pflichtaufgabe gestellt, und bevor ich die nicht erfüllt habe, darf ich nicht mit ihm telefonieren. Anscheinend nimmt er das ziemlich ernst und zieht es knallhart durch.«

Cole ließ den Kopf gegen sein Bettgestell sinken. »Okay. Das ist es also, was er mit gnädigen Lügen meint. Jetzt fühle ich mich total scheiße, wenn ich abwarte.«

»Das verstehe ich. Dann denk daran, dass er deine Gefühle geklaut hat.«

»Das hat er! Doch am Ende sind wir beide zusammen und er –«

»Das ist nicht deine Schuld.«

»Muss Liebe immer wehtun?«, fragte Cole verzweifelt. »Warum tut man sich das an, wenn es alle doch nur unglücklich macht?«

»Ich habe keine Ahnung ... Ich glaube, mein Pops würde sagen, dass sich jede Sekunde mit meiner Mama gelohnt hat, auch wenn es ihm am Ende das Herz gebrochen hat, sie zu verlieren. Einmal hat er zu mir gesagt: Wenn wir nicht leiden, wissen wir nicht, wie viel wir geliebt haben.«

»Das ist bei meinen Eltern nicht der Fall ...«, überlegte Cole laut.

»Vielleicht ist dein Dad nur supertraurig und kann es nicht richtig rauslassen?«

»Ich bin doch auch supertraurig!«, schrie Cole auf einmal. »Ich bin am traurigsten! Lucas ist meine zweite Hälfte und nun bin ich ein unvollständiger Mensch für den Rest meines Daseins. Alles, was ich in meinem bisherigen Leben getan habe, war auf Lucas abgestimmt. Es fühlt sich an, als hätte ich keine einzige Entscheidung nur für mich getroffen. Kampfsport – weil Lucas mal in der sechsten Klasse eins auf die Nase bekommen hat und ich ihn damals nicht verteidigen konnte. Ich habe Schlagzeug gespielt, weil Lucas schon akustische Gitarre spielte. Dieses ganze *Harter-Kerl-Getue* und der ganze Mist interessiert mich eigentlich gar nicht richtig. Ich hab immer geglaubt, Lucas zu beschützen wäre meine Lebensaufgabe. Und was bin ich jetzt? Ein arbeitsloser Schutzengel mit einem riesigen Blutfleck auf der Weste!«

Was ich vor allem hörte, war, dass Cole immer versucht hatte, sich von Lucas abzugrenzen. Und wann, wenn nicht jetzt würde es ihm gelingen, eine eigenständige Persönlichkeit zu sein. Das war er natürlich schon immer gewesen, ohne es selbst zu erkennen. Ich sagte nichts. Aber ich wusste, dass ich ihn auf seinem Weg bestärken würde, wenn er entdeckte, dass er nicht Lucas' Anhängsel sein musste, um ein besonderer Mensch zu sein. Irgendwann würde Cole er selbst und auf seine ganz eigene Art wunderbar sein.

Coles Handy klingelte. Ich sah ihm an, dass er es ignorieren wollte, aber nach einem Blick auf das Display nahm er das Gespräch an. Er gab abgehackte Ein-Wort-Antworten, während er beim Telefonieren rastlos durch den Raum tigerte. Seine Körpersprache zeugte von Unbehagen und ich wunderte mich, warum er das Gespräch überhaupt angenommen hatte.

»Okay, danke für die Info. Wann ist die Beerdigung?«, sagte er und sah mich an, während er der Antwort lauschte. Und schließlich, ohne mich aus den Augen zu lassen: »Wir kommen.«

Er legte auf und pfefferte das Telefon auf seinen Kleiderhaufen. »Das war das Hospiz von Mr. Norton. Er ist der –«

»Ich weiß, wer er ist. Ist er ...«

Cole nickte. »Heute Morgen. Er hat wohl ganz friedlich im Bett gelegen.«

»Warum rufen die dich an?«

Er kratzte sich am Kopf. Es schien fast so, als wäre ihm etwas peinlich. »Ich war noch mal dort. Mit meinem Kumpel. Der Mann war echt total fertig, ich habs irgendwie nicht übers Herz gebracht, ihn so sterben zu lassen, also sind wir hingefahren und haben eine halbe Stunde mit ihm geredet ...«

»Im Ernst, Cole? Das ist –«

»Es war rein egoistisch. Ich wollte mir nicht irgendwann was vorwerfen müssen.«

Ich verkniff mir ein Lächeln und schwieg. Cole wusste selbst ganz genau, dass es ziemlich großherzig von ihm gewesen war, dem Mann ein wenig das Gewissen zu erleichtern. Aber es war einfach nicht seine Art, sich damit zu brüsten.

Also schlang ich die Arme um ihn und sagte: »Ich finde dich toll, Cole Archer.«

Er lachte ungläubig. »Weil ich dich auf eine Beerdigung schleife? Denn dieses Mal kommst du mit, ich halte Shun nicht noch mal bei so einem Event aus!«

*COLE

Wie konnte man nur dermaßen zerrissen sein? Wenn ich June ansah, wollte ich sie am liebsten in die Arme schließen und nie wieder loslassen. Gleichzeitig wünschte ich mir, ich wäre ihr nie begegnet. Hätte ich mich nicht in die mysteriöse Zeichnerin verliebt, wäre Lucas vielleicht nie auf sie aufmerksam geworden und wäre heute noch am Leben. Manchmal – aber für den Gedanken hatte ich mich sofort geschämt – in schwachen Momenten, hatte ich mir sogar gewünscht, sie wäre an Lucas' Stelle gestorben. Den Wunsch hegte ich nun nicht mehr. Jetzt wünschte ich mir nur noch, es wäre *niemand* gestorben und ich könnte Lucas selbst sagen, wohin er sich seine beschissene postmortale Erpressung stecken konnte! Denn obwohl ich wusste, dass er es nur gut meinte, hasste ich ihn ein wenig dafür, dass er June und mich dazu zwang, diese stinkende uralte Brühe wieder aufzuwärmen. Und wann hatte ich überhaupt aufgehört, June als Halluzinierende abzustempeln? Sie hatte vorhin ja sogar selbst gesagt, dass Lucas gerade nicht mehr mit ihr sprach … praktischerweise jetzt, wo ich es gern überprüft hätte. So ein Zufall! Wieder schwankte ich wie ein Schiff auf hoher See. Für June. Gegen June.

»Weißt du, dass einmal bei einem Rage-Against-The-Machine-Konzert dreihundert gegen die Band protestierende Polizisten aufgetaucht sind? Die Jungs haben den Cops dreihundert Donuts gegen die Langeweile spendiert«, unterbrach June meine Grübeleien.

Ich schlug die Hände vors Gesicht, das immer noch feucht von den Tränen war.

»Das soll heißen, ich hab furchtbaren Hunger …«

Etwas brodelte in mir. Es fing in meinem Bauch an und kribbelte sich dann seinen Weg nach oben, bis ich es schließlich zwischen meinen Fingern herauslachte. Immer noch lachend, fuhr ich herum und küsste sie.

Es stimmte. Sie wäre nie dauerhaft Lucas' Freundin geworden, weil ich sie mir irgendwann zurückerobert hätte. Hundertprozentig.

Halbherzig schob sie mich von sich und boxte mir spielerisch gegen den Arm. Ihre Augen funkelten. »Soll mich das jetzt satt machen?«

»Ich bin eben auch hungrig«, knurrte ich und zeigte meine Zähne. »Ausgehungert!«

»Nach …? Ah!« Sie kreischte, als ich mich auf sie stürzte und sie sanft in den Hals biss.

Ihr Kichern schmeckte wie bunte Zuckerperlen auf meinen Lippen. Ich konnte nicht genug davon kriegen.

Heulen, lachen, Zweifel und Sicherheit. Dieses Mädchen machte das alles mit mir – und ich ließ sie.

Auf eine Art genoss ich es, endlich wieder etwas anderes zu fühlen als diesen ziellosen Hass, den Frust und die Trauer, die mich ständig einhüllten und meine Handlungen fernsteuerten. Auch wenn ich auf den Schmerz gern verzichtet hätte, der durch sie wieder viel lebhafter geworden war. Doch er blieb nicht. Sie lachte ihn weg.

Ich tauchte unter der Bettdecke hervor. »Zucker!«

»Ehrlich? So gut schmeckt das?«

Ein Grinsen schlich sich auf mein Gesicht. »Ja, du bist süßer als alles, was ich je probiert habe. Aber ich meinte eigentlich eher, dass ich jetzt wirklich etwas zu essen brauche. Ich sehe schon schwarze Punkte …«

»Uh!« Sie schoss im Bett hoch. Innerhalb von Sekunden

passte sich ihre Wangenfarbe den rot geküssten Lippen an. Jetzt sah sie noch mehr aus wie eine Puppe.

June stand auf und lief auf die Zimmertür zu. Sie wedelte ungeduldig mit der Hand. »Komm schon! Essen! Jetzt!«

Ich hatte wirklich einen Bärenhunger. Trotzdem blieb ich einen Augenblick sitzen und sah sie fasziniert an. Obwohl wir gerade erst zusammengekommen waren, scheute sie sich überhaupt nicht, nackt herumzurennen – und ich dankte den Göttern dafür. Denn eine nackte June war bestimmt das Allerschönste, das ich je gesehen hatte. Ihre Haut leuchtete weiß und zart wie Mondlicht, ihr Körper fühlte sich wundervoll weich an. Alles an ihr war perfekt und rund und glatt. Ich hätte stundenlang zusehen können, wie ihr kleiner Nabel sich bei jedem Atemzug hob und senkte. Ich liebte es, die sanfte Wölbung ihrer Schulter nachzufahren. Oder wie unglaublich sich ihr Schenkel in meiner Hand anfühlte.

Sie rannte durch mein Zimmer und sammelte ihre Klamotten ein. Auf einem Bein hüpfend, schlüpfte sie in die Jeans. Hatte sie den BH absichtlich vergessen?

»Willst du nackt vor deiner Mutter essen oder verhungerst du einfach?«, spottete sie und warf eine Socke nach mir.

Ich warf sie zurück. Strümpfe brauchte ich nun echt am allerwenigsten. »Eomma ist nicht da …«

June biss sich auf die Lippen. »Oh … gut!«

»Allerdings!« Ich schüttelte lachend den Kopf. »Das fällt dir jetzt erst ein?«

June fächerte ihren roten Wangen Luft zu. Ich beeilte mich, mir schnell Klamotten anzuziehen, und folgte ihr in die Küche. Eomma hatte uns wieder ihre legendäre Katersuppe gekocht, obwohl wir natürlich keinen Alkohol getrunken hatten. Ich musste die Suppe nur aufwärmen, wobei June mir auf die Finger starrte, als hätte sie sie auch eiskalt und aus dem Topf geschlürft. Interessant! June war definitiv keines dieser Mädchen, die im Restaurant nur an einem Salatblatt knabberten, um vorzugaukeln, sie hätten einen mikroskopisch kleinen Magen, nur um dann auf dem Heimweg einen Doppelburger in einem Happs zu verschlucken.

»Das riecht so lecker!«, sagte sie.

Ich schob ihr schnell einen tiefen Teller hin und schöpfte eine ordentliche Portion hinein.

June löffelte begeistert los. Garantiert verbrannte sie sich die Zunge, doch sie ließ sich nichts anmerken.

Gespannt beobachtete ich sie, während ich selbst aß. Die Wärme in meinem Bauch tat unendlich gut.

Ihre Wangen waren gerötet und sie atmete immer wieder durch den Mund, was mich zum Schmunzeln brachte. Eommas Küche hatte einige Scoville zu bieten, und wer es nicht gewohnt war, scharf zu essen, konnte hier schon mal in Tränen ausbrechen. Junes Augen glänzten zwar, aber sie schlug sich tapfer und nahm sogar Nachschlag.

Ich war absolut entzückt.

»Falls du übrigens geplant hast, deinen BH hier zu ›vergessen‹ …« Ich machte Anführungszeichen mit den Fingern in die Luft. »… damit du zurückkommen und ihn abholen kannst, hast du dich ge–«

»Wozu jetzt anziehen, wenn du ihn mir nachher sowieso wieder auszieht?«, fragte sie scheinheilig.

Einen winzigen Augenblick lang verschlug es mir die Sprache. Dann schnappte ich sie, warf sie mir über die Schulter und trug sie in mein Zimmer zurück.

*JUNE

Cole liebte es zu spielen.

Er wickelte für sein Leben gern Haarsträhnen um seinen Zeigefinger. Er zeichnete Symbole auf meinen Rücken, die ich erraten musste. Er regnete Küsse auf jedes Körperteil. Jedes! Manche Stellen waren pure Folter. Und ich spreche von: Achseln! Himmel, wer hätte gedacht, wie sehr seine Lippen auf der sensiblen Haut unter meinem Arm kitzelten.

Es schien ihm die größte Freude zu machen, mich zum Lachen zu bringen. Dann sah Cole jung und glücklich aus. Ich entdeckte einen Cole, den es wahrscheinlich vor Lucas' Tod öfter gegeben hatte. Aber vielleicht lag es schon deutlich länger zurück, dass er zuletzt vollkommen unbeschwert gelacht hatte. Ich nahm mir vor, ihn so oft wie möglich froh zu machen.

Unsere Gespräche an diesem faulen Nachmittag führten oft zu Lucas zurück. Und hier spürte ich ebenfalls, dass Cole sich mir öffnete. Nicht nur ich fand es interessant, was er mir über seinen Bruder erzählte. Auch er hing wie gebannt an meinen Lippen, während ich ihm von unseren Truth-or-Dare-Spielen berichtete.

»Diese Garagensache war übrigens eine Idee von mir. Lucas war daran wirklich kein bisschen schuld. Das ist doch absurd! Ich glaube, mein Vater wäre noch viel enttäuschter von mir, wenn er wüsste, dass Lucas – sein perfekter Sohn – eine seiner Zigaretten geraucht hat, weil ich Chaot ihn dazu angestachelt hatte.«

»Ich finde, dein Vater ist ungerecht und verhält sich schrecklich dir gegenüber. Und ich verstehe auch nicht, wie ein Dummer-Junge-Streich, ein Unfall, dazu geführt hat, dass er dich als komplette Enttäuschung ansieht. Mochte er die Katze so sehr?«

Cole lachte bitter. »Mister Tweedles war ihm scheißegal. Aber dummerweise war der Nachbar, dessen Garage wir abgefackelt hatten, der Bürgermeister. Und nachdem mein Dad plötzlich abgestempelt war als der, der seine Kinder nicht erziehen konnte und seinen missratenen Sohn schützte, hat er nach und nach alles dort verloren. Erst die Freundschaften, dann wurde ihm unter fadenscheinigen Gründen gekündigt und zuletzt mussten wir wegziehen. Meine Großeltern leben noch dort in der Gegend, doch ich glaub, mein Vater fühlte sich bei ihnen nicht mehr willkommen, weil es ihnen peinlich war, dass wir für Tratsch sorgten.« Er dachte kurz nach. »Seit wir hier wohnen, fährt er weit weg zur Arbeit. Ich denke, er macht das, weil ihn im Job keiner mit mir in Verbindung bringt ...«

»Er hat einiges verloren durch diese Geschichte, aber es ist doch total unreif, dich als Verantwortlichen abzustempeln. Du warst ja noch ein Kind!«

Cole schien in Gedanken sehr weit weg zu sein. »Er hat mir mal gesagt, ich soll auf Lucas aufpassen, das sei meine Aufgabe. Und selbst das hab ich nicht geschafft.«

Es tat mir körperlich weh zu sehen, dass er diese Worte *glaubte*. Am liebsten hätte ich diesen Vater erwürgt, der einen Sohn wie Cole nicht einmal verdient hatte.

»Vielleicht vermisst er Lucas einfach total doll?«, versuchte ich, Cole zu beschwichtigen, auch wenn das nicht im Ansatz erklärte, warum er schon immer so fies zu Cole gewesen war.

»Sicher. Er wünscht sich gewiss jeden Tag, ich wäre gestorben und nicht Lucas. Das sehe ich ihm an. Das Schicksal hatte eben andere Pläne. Tja. Kann man nicht ändern.«

Er schnaubte. »Außerdem bin ich mittlerweile so groß wie er. Ich denke, er weiß, dass ich ihm bei einem weiteren blöden Spruch direkt eine reinhaue. Ohne Vorwarnung.«

»Möglicherweise wäre das gut …«, murmelte ich.

Er starrte mich überrascht an. »Wie bitte, Miss Jones?«

»Ach, weißt du, vielleicht braucht er einen kleinen Schock, um aus seiner Anti-Haltung zu erwachen?«

»Wie meinst du das?«, fragte Cole.

Ich zuckte die Achseln.

Er sah mir wohl an, dass ich mich seinetwegen zurückhielt, und zog mich näher an sich. »Sag schon!«

»Ich meine nur, vielleicht muss etwas deinen Dad aufrütteln, damit er sieht, was sein Verhalten anrichtet.«

»Denkst du nicht, er ist durch Lucas' Tod schon gebeutelt genug?«

»Und was ist mit dir?«, platzte ich heraus. »Wer hat dich darauf vorbereitet, von deinem eigenen Vater immer als Enttäuschung angesehen zu werden, nur weil er seine eigenen Probleme nicht geregelt kriegt?«

KAPITEL 16

*JUNE

Draußen wurde es bereits dunkel. Erschrocken erinnerte ich mich an Pops – und fast zeitgleich daran, dass ich Lucas anrufen wollte, egal, ob er dranging oder nicht. Zumindest einen Teil der Pflichtaufgabe hatte ich ja immerhin erfüllt. Cole beobachtete eine Weile, wie ich ein Taschentuch zerpflückte, dann nahm er mir vorsichtig die Fetzen aus der Hand und fragte: »Was ist los?«

»Also, ich muss nach Hause!«

»Okayyy ...« Er zog das Wort in die Länge. »Und wieso so plötzlich?«

»Pops weiß ja gar nicht dass ich hier bin.«

»Dafür gibt es Telefone. Ruf ihn halt an.« Cole streckte mir sein Handy entgegen, da meins irgendwo in meinem Schulrucksack in der Küche lag.

»Hmm ...« Ich nahm es nicht an. Ein weiteres Taschentuch zerfaserte unter meinen Fingern.

Coles hochgezogene Augenbraue sprach Bände. »Was noch außer deinem Pops?«

»Äh ...«

»Du willst Lucas anrufen, oder?«

Anstelle einer Antwort linste ich zu ihm hinüber. War er sauer? Verzweifelt, weil ich durchgeknallt war? Glaubte er mir am Ende sogar? Oder hatte er einfach nur aufgegeben?

Es war unmöglich auszumachen.

Cole nahm meine Hand. »Also gut, ich mache dir einen Vorschlag: Ruf Peter jetzt an und sag ihm, ich fahre dich später heim. Dann kannst du von mir aus die ganze Nacht noch in der Telefonzelle hocken und meinem Bruder von mir vorschwärmen.«

Ich verdrehte die Augen. »Das würde ich niemals tun. Wie unsensibel wäre das denn?«

»Ungefähr so unsensibel, wie mein Tagebuch zu lesen und dich zu zwingen, mich sitzen zu lassen ...«, schlug Cole vor. Es schwang ein Hauch Bitterkeit in seiner Stimme mit, doch ich spürte, dass er den Brocken langsam schluckte. Es erleichterte mich ungemein. Die Vorstellung, einen Keil zwischen die beiden getrieben zu haben, war schrecklich für mich.

»Alles klar, ich sag schnell Pops Bescheid. Danke, Cole!«

»Na klar. Ich teile dich doch gern mit meinem Bruderherz«, scherzte er augenrollend. »Ich gehe mal schauen, ob Eomma wieder zu Hause ist.« Er schlenderte nach draußen und schloss die Tür hinter sich.

Ich wählte Pops' Nummer.

»Cole!«, rief Pops überrascht.

»Nein, ich bins.«

»June!«, sagte mein Vater nicht minder erstaunt. »Alles in Ordnung? Wo bist du? Es zieht ein Unwetter auf, das ganze Haus knackt und heult.«

Ich lächelte. »Ja. Alles bestens. Ich bin bei den Archers. Cole bringt mich später –« Es rauschte in der Leitung. »Pops? Hallo?«

Jemand sagte »June?«. Es war nicht Pops.

»Lucas?«, schrie ich. »Bist du das? Kannst du mich hören? Ist alles okay?«

»Ju-u-u-ne!« Die Leitung hackte seine Stimme ab. Bei

dem unheimlichen Laut kroch mir eine Gänsehaut den Rücken hinunter. »Kom-m ni-i-ch-t he-im!«

»Lucas, bitte sei nicht böse! Rede mit mir. Es tut mir leid, dass ich es nicht schneller geschafft habe. Bitte halte noch durch, bis Cole so weit ist! Bitte!«

Die Leitung war tot.

Ich schluchzte auf. In meinem Rücken spürte ich einen Luftzug und fuhr herum. Cole stand in der Tür und sah mich mit einem Ausdruck zwischen Schmerz und Überraschung an ... und etwas versetzt hinter ihm befand sich Sun-Ah. Die Augen riesig in dem schmalen Gesicht, der Mund stand leicht offen. Sie taumelte.

Cole stützte sie geistesgegenwärtig und führte sie in sein Zimmer.

»Was ... war das gerade?«, krächzte sie heiser. »Warum rufst du nach Lucas?«

Ich biss mir auf die Lippen und sah Cole an. Er wirkte zerrissen.

Ich entschied, mich an unsere Abmachung zu halten. »Das ... habe ich in der Traumatherapie gelernt: Manchmal sind meine Schuldgefühle so überwältigend, dass ich sie rauslassen muss. Deshalb schreibe ich Lucas gelegentlich Briefe, in denen ich mich entschuldige. Und manchmal tue ich so, als würde ich ihn anrufen ...«

Cole trat zu mir und legte einen Arm um mich. »June telefoniert mit Lucas.«

Ich stöhnte innerlich. Jetzt klangen wir beide wie esoterische Spinner.

Sun-Ah schüttelte den Kopf und sank auf Coles Bett. »Ich verstehe nicht ...«

Ich bedeutete Cole, die Klappe zu halten, aber er ignorierte mich. Garantiert absichtlich.

»Sie spricht mit ihm.« Er holte tief Luft. »Und er hat ihr etwas aufgetragen, was sie dir sagen soll ...«

»Ich ... was?« Die arme Frau wirkte wie ein Pusteblumenschirmchen im Wind.

Ich fühlte mich elend. Cole war noch nicht so weit. *Ich* war noch nicht bereit. Wie sollte ich das jetzt sagen, ohne herumzustammeln und mich nur noch unglaubwürdiger zu machen? Verdammt, Lucas, warum musstest du mir so eine unlösbare Aufgabe stellen?

Sun-Ah sah mich an. Trauer, dick wie eine Regenfront, erfüllte den Raum. Furcht und Unsicherheit ließen ihren Blick flackern. Doch ich entdeckte auch ein Fünkchen Hoffnung darin. Wenn ich das nur nicht auslöschte mit dem, was ich sagte!

Ich atmete tief durch, ehe ich mich auf den Boden vor Sun-Ah setzte. *Versuch es mit der Wahrheit!*, hallte Pops' Ratschlag in meinem Kopf wider.

»Es ist egal, woher ich das weiß und ob das, was Cole Ihnen gerade gesagt hat, stimmt oder nur meine Einbildung ist. Lucas möchte, dass ich Ihnen sage ... Also ... Cole hat die Garage nie angezündet. Es war Lucas. Cole blieb nur drin, um Mister Tweedles zu retten.« Meine Stimme versagte am Ende. Das lag wahrscheinlich daran, dass ich vergessen hatte zu atmen, während ich herumgehaspelt hatte. Mir war furchtbar übel. Ich traute mich kaum, aufzusehen. Weder Cole noch seine Mutter wollte ich jetzt ansehen. Allerdings konnte ich schlecht ewig die Dielen anstarren.

»Juniper!« Klang sie sauer? Streng? »Kann ich dich June nennen?«

Ich nickte und linste vorsichtig zu ihr hinauf. Bei ihrem Anblick verschluckte ich mich fast an meinem eigenen Speichel. Sie ... *lächelte!*

»Das ist auf jeden Fall die Wahrheit!«, verkündete sie zufrieden, beugte sich vor und strich mir über die Haare. Ich war wie erstarrt. Was passierte hier?

»Wi-wieso?«

»Also, erstens wusste ich das längst.«

»Woher wusstest du das?«, platzte Cole heraus. Er setzte sich dicht neben mich. Unsere Seiten pressten sich aneinander. Es fühlte sich so gut an, wie wir uns gegenseitig Halt spendeten.

»Ich kenne doch meine Söhne!«, empörte sich Sun-Ah. »Garantiert steckte da irgendeine unüberlegte Idee von Cole dahinter, die Lucas ausgeführt hat, weil er genauso cool sein wollte. Aber ich wusste immer, warum Cole in der Garage geblieben ist. Er liebte diese Katze.« Sie warf ihm einen warmen Blick zu. »Und Lucas war schon immer ein Hasenherz. Er hat danach wochenlang nicht gut geschlafen, kaum etwas gegessen und Cole ständig mit diesem panischen Blick angesehen. Eine Mutter versteht so etwas. Ich wusste immer, was da passiert war. Und natürlich habe ich die Meinung der anderen nie geteilt.«

»Aber du hast auch nie etwas gesagt!«, brach es aus Cole heraus. »Du hast gesehen, was sie getan haben, trotzdem hast du mich nie verteidigt!«

Sun-Ah neigte den Kopf zur Seite. »Das stimmt so nicht. Ich habe es deinem Vater mehrfach gesagt. Vor anderen habe ich nichts erwähnt, weil *du* das nicht wolltest. Erinnerst du dich? Du hast dich immer fürchterlich aufgeregt, wenn jemand Lucas kritisiert hat. Wenn ich den Leuten gesagt hätte, was ich dachte, wärst du ausgeflippt.«

Cole presste die Lippen zusammen.

»Cole«, sagte sie leise. Ich fühlte mich wie ein Eindringling. Dieses Gespräch sollten Mutter und Sohn ohne mich führen. »Für mich war keiner von euch beiden schuld. Es war ein Unfall. Kein Grund, sich heute noch deshalb mies zu fühlen.«

»Dad sieht das anders …«, murmelte Cole und mir zog sich das Herz zusammen. Er wirkte in dem Moment wie ein kleiner Junge. Der Drang, ihn in den Arm zu nehmen, wurde beinahe übermächtig, gleichzeitig wusste ich, dass er dazu gerade nicht bereit war.

Sun-Ah schüttelte langsam den Kopf. »Tut er nicht … Er hat viel geschluckt in der Zeit. Der Bürgermeister brauchte einen Sündenbock, weil in seiner Garage irgendwelche Erinnerungen abgebrannt sind. Das war vermutlich eine Ausrede, du weißt, wie gern die Leute hetzen. Eigentlich hatten sie immer ein Problem mit deinem Dad – vielleicht wegen mir, wer weiß …«

In mir regte sich der Wunsch, ihr zu widersprechen. Wieso sollte Sun-Ah irgendjemanden stören? Sie war die netteste und zarteste Person, die ich mir vorstellen konnte. Doch Cole nickte nur und erst da verstand ich, dass es um Rassismus ging. Sun-Ah zuckte die Achseln, als sie mein entsetztes Kopfschütteln bemerkte, und fuhr fort zu erzählen.

»Er war in der Zwickmühle, dich zu verteidigen – und dadurch selbst zur Angriffsfläche zu werden, oder es einfach hinzunehmen, dass sie Lügen und Gerüchte über dich verbreiteten. Er hat sich für Ersteres entschieden, Cole. Er hat sich für dich eingesetzt, wo er nur konnte. Aber da war es schon zu spät. Zu diesem Zeitpunkt waren wir wohl alle nicht mehr willkommen in dieser Nachbarschaft. Und am Ende kam dennoch die Kündigung und du weißt selbst, wie schwer es für ihn war, wieder Fuß zu fassen.«

»Aber daran war ich doch nie schuld!«, rief Cole.

»Das ist richtig und das weiß er auch. Glaub mir, dein

Dad ist eigentlich sehr unsicher. Er fürchtet, dass du ihm zu ähnlich bist. Lucas war immer sein genaues Gegenteil, deshalb fiel es ihm leichter, sich in seiner Gegenwart zu entspannen. Das ist fürchterlich ungerecht und du leidest zu Unrecht seit Jahren darunter, doch das ist die Wahrheit. Ich habe mich häufig mit ihm gestritten, weil ich ihn gebeten habe, um deinetwillen sein Problem mit seiner Unsicherheit zu lösen …«

»Es ist mir egal! Ich brauche seine Anerkennung nicht!«

»Aber er braucht deine …«, sagte Sun-Ah mit einer solchen Traurigkeit in der Stimme, dass ich scharf Luft holen musste, ohne es zu wollen.

»Geh zu deinem Vater und erzähle ihm die Geschichte aus deiner Sicht. Ich glaube, er braucht das, dass du ihm genug vertraust, um ihm die Wahrheit zu sagen. Und …« Sie sah mich an. »Es ist besser, wenn wir June aus dieser Sache heraushalten. Um ihretwillen. Da stimmst du mir doch zu, oder, Cole?«

Cole nickte. »Auf jeden Fall!«

Insgeheim war ich erleichtert, diese Geschichte vor Coles Vater kein weiteres Mal erzählen zu müssen. Er würde mich wahrscheinlich nicht einmal aussprechen lassen, bevor er mich hochkant rausschmiss und mir für alle Zeiten den Kontakt zu seiner Familie untersagte. Ich könnte ihm das nicht einmal verübeln, wer würde schon eine Person ins Haus lassen, die behauptete, mit seinem verstorbenen Sohn zu telefonieren.

Neugierig sah ich Sun-Ah an. »Warum glauben Sie mir?«

Sie schmunzelte, doch bei Coles und Lucas' Mutter steckte der Schmerz in jeder Geste und Mimik. »Ich sagte, ich kenne meine Söhne. Hättest du gesagt, du hast eine Botschaft von Lucas für mich, und es wäre eine rührselige

Nachricht oder ein Gedicht gewesen, hätte ich es für eine Fantasie von dir gehalten.«

Ich zog eine Grimasse.

»Ja, es passt zu Lucas, nicht wahr? Jeder würde erwarten, dass er sich mit liebevollen Worten von mir verabschiedet – darüber würde sich doch schließlich jede Mutter freuen … Doch ich *kenne* Lucas! Er weiß, dass ich mir seiner Liebe zu einhundert Prozent sicher bin. Er muss es mir nicht mehr sagen. Genauso wusste er, dass ich sah, wie er unter dem Verhalten seines Vaters Cole gegenüber gelitten hat. Es hat ihn immer gequält, als der *gute* Sohn dazustehen. Deshalb ist eine Aufklärung dieses leidigen Themas haargenau das, was Lucas wollen würde. Das ist der Grund, weshalb ich dir glaube.« Sie machte eine kurze Pause und ich erkannte Lucas in ihr. Wie er nachdachte, sich Zeit nahm, bevor er etwas sagte. Mein Herz weitete sich schlagartig für diese Frau, die ihren beiden Kindern eine so gute Mutter war. Ich wünschte, ich hätte meine eigene Mama länger gekannt, doch ich war mir sicher, sie war ebenfalls eine ganz wundervolle Frau gewesen.

»Natürlich glaube ich dir auch vor allem deshalb, weil du meinen äußerst kritischen Sohn überzeugt hast …«, sagte sie und gab Cole einen Kuss auf die Stirn. »Eigentlich ist es mir egal, woher du diese Information hast. Aber der Gedanke, dass Lucas auch jetzt noch eine Freundin hat, die ihn mag und sich um ihn sorgt, ist für mich extrem tröstlich. Das möchte ich gar nicht durch zu viel Rationalität zerstören.« Sie nickte und verließ den Raum.

Wir saßen still da.

Das Handy klingelte und Cole ging dran.

»Hallo? Ah! Klar, Moment.« Er streckte mir das Telefon hin. »Dein Pops.«

»June! Die Verbindung ist abgebrochen. Hör zu, bleib auf jeden Fall heute Nacht bei Cole, es geht ein schreckliches Unwetter um. Da ist ein Baum auf die Straße gestürzt und ihr würdet gar nicht durchkommen. Wer weiß, was da noch alles herumfliegt. Ich will nicht, dass euch auf dem Weg etwas passiert.«

»Aber …«

»Nichts aber! Das ist mir zu gefährlich. Frag Sun-Ah Archer, ob es in Ordn–«

»Es ist total in Ordnung!«, rief Cole dazwischen.

»Oh, gut. Super. Dann sehe ich dich morgen?«

»Alles klar, Pops. Ich verspreche auch, wir gehen morgen brav in die Schule.«

Es blieb einen Moment still. Dann sagte Pops: »Und was willst du dort?«

»Äh …«

»An einem Samstag?«

»Oh …«

Cole fiel lachend nach hinten über. Ich warf ihm einen strengen Blick zu, der nur halbherzig gelang, weil ich selbst grinsen musste.

»Okay, Pops. Dann musst du mir einen Gefallen tun …«

»Alles, was du willst.«

*COLE

»*Geh in die Telefonzelle und sag ›Halte noch ein bisschen durch, du hast es fast geschafft!‹*«

Wenn ich zuvor daran gezweifelt hatte, dass June zumindest selbst zu einhundert Prozent davon überzeugt war, mit Lucas zu telefonieren, dann war das jetzt vorbei. Sie trug ihrem Dad tatsächlich auf, Lucas etwas auszurichten. Und auch ihre Panik vorhin am Telefon war total überzeugend gewesen.

»Warum hast du eigentlich nach Lucas gerufen?«, sprach ich sie darauf an.

Sie sah betreten auf den Teppich. »Ich dachte … wahrscheinlich habe ich es mir nur eingebildet … Ich hab geglaubt, seine Stimme gehört zu haben, und da hab ich einfach nicht nachgedacht und … es tut mir leid, Cole! Ich wollte das wirklich nicht! Ich wusste ja gar nicht, dass deine Mum vor der Tür stand und … O Mann! Bitte sei nicht wütend auf mich!«

»Ich bin nicht sauer. Es lief doch gut …«

»Schon, aber du konntest es nicht entscheiden. Außerdem hätte ich bei dem Gespräch nicht dabei sein sollen, das war ein intimer Moment, da habe ich nur gestört.« Sie sah furchtbar unglücklich aus und ich nahm sie in den Arm.

»June! Hör mir mal zu. Du zeigst mir immer wieder, dass mein Weg nicht unbedingt der richtige ist. Ich gehe diesen sturen Scheuklappengang gefühlt schon mein ganzes Leben lang. Es wird vielleicht mal langsam Zeit, sich nach links und rechts umzusehen?«

»Trotzdem …«

»Weißt du, was meine Eomma vorhin in der Küche zu mir gesagt hat? ›Lass nicht zu, dass dein Dad sie einschüchtert. Dieses Mädchen tut dir gut. Du warst noch nie so sehr du selbst wie jetzt – und das ist erst der Anfang.‹ Und ich glaube, sie hat recht.«

June schmunzelte. »Meinst du wirklich, ja?«

Mir entfuhr ein ungläubiges Lachen. »Soll das ein Scherz sein? Du hast mir ein Bild gezeichnet, obwohl ich fies zu dir war –«

»Das war als Entschuldigung, weil ich den Comic gestohlen hab.«

»Überhaupt nichts hast du geklaut! Du hast ihn lediglich vor einer Nacht im Regen gerettet. Und ich verdiene bestimmt keine Zeichnung, Entschuldigung oder auch nur einen freundlichen Blick von dir.«

»Das sehe ich anders.« Sie starrte auf ihre Hände und ich wusste sofort, was in ihr vorging.

»June, deine Schuldgefühle sind Bullshit. Ich hab es viel zu spät gecheckt, aber Lucas könnte genauso gut wegen mir gestorben sein, weil ich dich entdeckt habe. Und weil ich nicht rechtzeitig da war, um ihn vor dem Auto zu retten. Und …«

June presste mir die Hand auf den Mund. »Das ist alles nicht wahr.«

Ich küsste ihre Finger. »Lucas ist gestorben. Aber du bringst ihn uns allen ein Stück zurück. Und das, June, ist unglaublich wertvoll für uns. Die Erinnerung an ihn bleibt deinetwegen noch lebendig. Und es ist eine schöne Erinnerung. Sie nimmt mir nicht den Schmerz darüber, dass er nicht mehr da ist. Sie überdeckt auch nicht den Horror, den ich beim Anblick seines Körpers auf der Straße gefühlt habe. Doch zumindest weiß ich jetzt wieder, dass das nicht alles ist. Lucas' Liebe ist noch da. Und das hatte ich vergessen.«

*JUNE

Nachts lag ich wach.

Draußen pfiff der Sturm ums Haus, die Regentropfen peitschten gegen die Scheiben. Das war aber nicht der Grund, weshalb ich nicht schlafen konnte. Im Vergleich zu unserem Cottage bekam man hier von dem Wetter ja kaum etwas mit.

Doch ich schlief zum ersten Mal mit einem Jungen im selben Bett! Eigentlich hatte ich nicht einmal mit einer männlichen Person im gleichen Zimmer geschlafen seit unserem Schullandheim-Aufenthalt in der vierten Klasse, wo wir alle gemeinsam in einem Schlafsaal untergebracht worden waren.

Ich hatte Angst davor, zu schnarchen, im Schlaf zu reden, oder Cole den Arm ins Gesicht zu schlagen. Oder dass das geliehene Oversize-Shirt, welches mir bis zum Oberschenkel reichte, hochrutschte und man meinen Bauch in einer unvorteilhaften Haltung sah. Dazu kam noch die Horrorvorstellung, dass ich sabberte.

Zu all diesen Unsicherheiten gesellte sich ein nagend schlechtes Gewissen Lucas gegenüber. Hatte er versucht, mir über die Telefonverbindung mit Pops etwas zu sagen? War es wirklich seine Stimme gewesen oder hatte ich es mir nur eingebildet? Eigentlich war ich mir relativ sicher, ihn erkannt zu haben. Doch hatte er wütend geklungen?

»*June, komm nicht heim!*«, hatte ich undeutlich durch das Rauschen und Knacken der Leitung verstanden.

War das eine Warnung? Wenn du mit meinem Bruder rummachst, brauchst du nie wieder heimzukommen? Oder bedeutete es, dass er versucht hatte, mich vor umstürzenden Bäumen zu beschützen?

Hatte er wirklich *nicht* gesagt? Möglicherweise hatte es sich ja um einen Hilferuf gehandelt und er wartete gerade sehnsüchtig darauf, dass ich in die Telefonzelle kam und ihn von seinen Albträumen erlöste?

Ächzend warf ich mich herum.

Was war ich nur für eine schreckliche Freundin! Lucas musste ja das Gefühl bekommen, dass er mich nicht mehr interessierte, seit ich Cole kannte. Doch so war es nicht! Außerdem, das hatte ich Cole nie gesagt, hatte auch ich ihn schon früher bemerkt ... Ich saß damals aus einem bestimmten Grund jeden Tag länger an der Bushaltestelle und zeichnete, anstatt den ersten Bus zu nehmen. Es lag daran, dass ich gespürt hatte, dass mich jemand beobachtete. Und zu meinem Erstaunen war das schön für mich gewesen. Zwar scheute ich mich hochzusehen, doch ich hatte diese Aufmerksamkeit genossen. Also hatte ich Cole nie gesehen – aber gefühlt.

Und es stimmte, dass ich für Lucas nicht dasselbe empfand, wie ich es vom ersten Blickkontakt an für Cole getan hatte. Ich liebte Lucas! Und auf keinen Fall nahm ich ihm übel, dass er gelogen und mit allen Mitteln dafür gekämpft hatte, mich für sich zu gewinnen. Doch das mit uns war von Anfang an zum Scheitern verurteilt gewesen. Selbst wenn Lucas noch leben würde, hätte ich mich für Cole entschieden.

Wieder kochte das schlechte Gewissen in mir hoch. Ich sollte das nicht denken! Was wusste ich schon, wie etwas wäre, wenn Lucas noch leben würde? Und überhaupt –

»Kannst du nicht schlafen?«, murmelte Cole.

»Sorry. Habe ich dich geweckt?« Ich versuchte, etwas abzurücken, um ihm mehr Platz in dem Bett zu lassen. Er schlang die Arme um mich und zog mich näher zu sich heran.

»Nein ... ich kann auch nicht einschlafen.«

»Denkst du auch an Lucas?«, fragte ich.

Erst als Cole seufzte, wurde mir bewusst, wie dumm die Frage war.

»Nicht so richtig. Jetzt allerdings schon, danke, Bruder! Ich schlafe zum ersten Mal in einem Bett mit meiner Freundin und dann denkt nicht nur sie an dich, sondern ich ebenfalls ...« Er lachte. »Zwillinge müssen halt immer alles teilen, sogar die Freundinnen ...«

»Ich denke doch nicht *so* an Lucas!«, flüsterte ich entsetzt. Wie kam er jetzt auf diese Idee?

»Wie denn, *so*?«, wollte Cole wissen.

»Na ja ... also halt nicht ... also ...«

»Möchtest du etwa nicht von ihm ...« Cole schob das T-Shirt ein wenig hoch und strich über meinen Oberschenkel. »... hier angefasst werden?« Seine Stimme klang etwas heiser und in meinem Bauch kribbelte es.

Es fühlte sich immer noch falsch gegenüber dem armen Lucas an und ich war mir sicher, dass es Cole genauso ging. Doch während seine Hand höher fuhr und ich innerlich zu glühen begann, traf ich eine Entscheidung:

Ich würde nicht mehr an meinen Gefühlen für Cole zweifeln und es war ihm gegenüber nicht fair, ihn zu verunsichern. Ich konnte nichts dafür, dass Lucas mich ebenfalls liebte – oder geliebt hatte. Wenn ich ihm eine gute Freundin sein wollte, musste ich ehrlich zu ihm sein. Morgen würde ich nach Hause fahren und ihm alles erzählen!

Nachdem ich den Entschluss einmal gefasst hatte, ging es mir besser.

»Ich möchte nur von dir berührt werden, Cole«, sagte ich viel zu spät.

Mit einem erleichterten Seufzen zog er mich erneut an sich. Er wickelte die Arme fest um mich herum, als wollte er mich nie wieder loslassen. Und ich hätte mir nichts Schöneres vorstellen können, als für immer mit ihm so zu liegen.

Während das Unwetter wütete, dachte ich daran, wie ich mir vor ein paar Minuten Sorgen gemacht hatte, zu schnarchen. Seltsamerweise war es mir jetzt vollkommen egal. Ich kuschelte meinen Kopf in Coles Halsbeuge, schlang ein Bein über seine Hüfte und schlief fast augenblicklich ein.

*COLE

Am Morgen, in aller Herrgottsfrühe, fuhr ich June nach Hause.

Es fühlte sich an, als würde ich heimlich meine verbotene Geliebte vor Sonnenaufgang aus dem Haus schmuggeln. Dabei war es Dad wahrscheinlich egal, wenn ein Mädchen bei mir übernachtete. Er selbst war schließlich auch kein Kind von Traurigkeit gewesen und hatte sich grundsätzlich nicht an die Regeln von meiner Halmeoni– Eommas Mutter – gehalten. Doch dass *dieses* Mädchen sich überhaupt bei uns im Haus aufhielt und ich sie hereingelassen hatte, musste für Dad ein weiterer Beweis meiner Verkommenheit sein.

Normalerweise löste sein störrisches Mauleselverhalten in mir eine rebellische Trotzreaktion aus. An jedem anderen Tag hätte ich mich, nur in Boxershorts bekleidet und June auf dem Schoß, um die Mittagszeit zu einem demonstrativen Frühstück in der Küche eingefunden. Heute musste ich jedoch erst einmal zu Hause die Wogen glätten. Darum schlichen June und ich raus, als sein Schnarchen noch durch die geschlossene Schlafzimmertür vibrierte. Eomma nickte uns von der Küche aus zu, wo sie schon sein Frühstück vorbereitete.

»Ihr könnt echt von Glück sagen, dass eure Mutter noch lebt«, bemerkte June im Auto. »Kann dein Dad sich seinen Kaffee nicht selbst machen?«

»Doch, schon. Unter der Woche schafft er es ja auch irgendwie. Eomma will ihn halt verwöhnen, wenn er am Wochenende da ist. Sie meint, dann kommt er vielleicht gern heim.«

June atmete hörbar aus. »Hoffentlich kommt er auch aus einem anderen Grund nach Hause als nur wegen des Kaffees …«

Ich fuhr mir durch die Haare. »Wenn ich nicht da wäre, käme er sicher lieber …«

»Cole!« Bei ihrem Schrei fuhr ich zusammen. »Halt mal an.«

Tatsächlich war ich schon voll in die Eisen gestiegen, weil ich gedacht hatte, ich würde gleich ein Reh anfahren oder so was.

Hinter mir hupte ein Auto. Na klar! Hier im Nirgendwo fuhr um die Uhrzeit kein Mensch außer uns, aber wenn ich anhielt, klebte natürlich augenblicklich einer an meiner Stoßstange. Ich fluchte und rollte an den Straßenrand.

June ließ mir keine Zeit und packte sofort mein Gesicht mit beiden Händen.

»Weißt du eigentlich, dass jeder dich liebt, Cole Archer? Lucas, deine Mum … ich.« Ihre Stimme wurde am Ende ganz klein. Mein Herz drohte, aus der Brust zu springen. »Du bist in den Augen von vielen Menschen perfekt. Nur *du* bist so fürchterlich streng mit dir selbst.«

»Mein Dad sieht mich wirklich als den Ursprung allen Übels an …«

June kniff ein wenig die Augen zusammen. »Weißt du … ich bin ja keine Psychologin … Aber wenn du mich fragst, dann haut dein Dad ab, weil er nicht sehen will, dass er an dir versagt hat.«

»Was soll das denn heißen?« War ich etwa die Personifikation seines Versagens?

»Hey, Cole!« June legte mir eine Hand aufs Bein. Ich musste an mich halten, sie nicht unwirsch abzuschütteln. »So meine ich das nicht. Natürlich bist *du* kein Versager. Wenn überhaupt, dann ist dein Dad einer, weil er nicht sehen kann, wie wundervoll du bist. Ich meinte eher, dass er dir wissentlich Unrecht tut.«

»Ich hab das Gefühl, ich verdiene so viel Lob gar nicht«, murmelte ich. »Ich bin nichts Besonderes ...«

»Dann gib mir eine Chance, dir das Gegenteil zu beweisen.« June rieb sich die Hände. Ihre Augen glitzerten abenteuerlustig und ich hatte das ungute Gefühl, sie auf eine dumme Idee gebracht zu haben. »Worin bist du richtig gut?«

»In nichts«, antwortete ich aus Gewohnheit zu schnell, ohne nachzudenken. »Unnützes Zeug. Basketball?«

June grinste. »Wenn du es schaffst, mir Basketball beizubringen, wäre das wirklich ein Wunder.«

»Ich verstehe nicht ...«

»Es ist doch so, ich kann dir wahrscheinlich stundenlang vorbeten, wie schön und klug und warmherzig und talentiert du bist ... du wirst es mir niemals glauben. Aber wenn du siehst, dass *ich* nur mit deiner Hilfe etwas schaffe, was ohne dich vollkommen unmöglich war ...«

»Wieso willst du Basketball spielen?«, fragte ich und musterte sie skeptisch. Sie war ein Zwerg! Ihre winzigen Hände konnten den Ball nicht einmal halten.

»Weil ich es nicht kann! Kein bisschen. Aber dank dir werde ich es lernen.«

Ich schüttelte den Kopf. Mehr resigniert als ablehnend, doch June sah längst aus dem Seitenfenster, als würde ihr seltsamer Plan dort im Morgennebel geschrieben stehen.

»Ich bin kein Lehrer oder Trainer, June. Ich kann dir überhaupt nichts beibringen, vergiss das lieber gleich wieder.«

Sie ignorierte mich und dirigierte mich durch den Ort, in dem sie lebte, bis wir vor einer Art Parkplatz standen.

Ich beugte mich vor, um aus dem Fenster zu sehen. Am anderen Ende des rissigen Asphaltplatzes hing ein rostiger Ring, der nur mit sehr viel Fantasie als Basketballkorb durchging.

June angelte den Ball, den einer von uns Jungs in Eommas Auto deponiert hatte und der seitdem immer mitreiste, von der Rückbank.

»Wie? Du willst allen Ernstes jetzt spielen?«

June war schon aus dem Auto gehüpft und beugte sich noch einmal zu mir herein. »Worauf wartest du, du lahme Schnecke? Bis du ausgestiegen bist, habe ich fünf Körbe Vorsprung!«

Um ihre Körbe hätte ich mir keine Sorgen machen müssen. June konnte weder dribbeln noch den Ball auch nur einen Meter hoch in die Luft werfen. Kopfschüttelnd beobachtete ich sie, wie sie vollkommen unkoordiniert hüpfte und warf. Mehrfach knallte ihr der Ball beinahe auf den Kopf.

»Vorsicht!«, rief ich ihr zu.

»Ich versuchs ja!«, brüllte sie zurück und lachte, als der Ball ihr beim Dribbeln davonrollte. »Hilf mir lieber, sonst stehe ich noch heute Abend hier …«

Nach wie vor verunsichert, was die Sache hier bedeuten sollte, schlenderte ich zu ihr hinüber.

»Du hältst den Ball ganz falsch. Es sieht aus, als hättest du Angst vor ihm.«

»Wenn du wüsstest, wie oft der mir schon wehgetan hat, hättest du auch Angst!«, sagte June lachend.

»Okay, schau, der Ball ist ein Baby. Hier. Eine Hand drunter. Genau. Die andere stützt von der Seite. So machst du es gut. Und jetzt …« Ich trat hinter sie, legte meine Hände über ihre und führte sie in der Bewegung.

Es war nur Basketball.

Trotzdem fühlte es sich plötzlich intimer an, als mit ihr in einem Bett zu schlafen.

Mit meiner Hilfe traf sie den Rand des Korbs. Sie grölte und sprang herum wie eine olympische Goldmedaillengewinnerin. Ich hob sie hoch, damit sie den Ball wenigstens ein Mal hineinlegen konnte, was in noch mehr übertriebenem Jubel endete. Später wurde sie richtig frech, neckte mich und versuchte, an mir vorbeizudribbeln. Zuerst wollte ich sie gewinnen lassen, woraufhin sie die Hände in die Taille stemmte und mich empört anfunkelte.

Meinetwegen, dann spielten wir eben nach ihren Regeln.

Eine Stunde später waren wir beide durchgeschwitzt. Mir taten die Wangen weh vom ständigen Lachen und ich jubelte jetzt mit June über jeden verpatzten Korb, den sie warf. Wir hatten einen Siegestanz entwickelt, der länger dauerte, als einmal um den ganzen Platz zu joggen.

Nie zuvor hatte ich mich so leicht gefühlt, entspannt und frei.

Ich grinste sie an. »Du kannst immer noch nicht Basketball spielen …«

»Dafür wird es wohl noch Jahre brauchen. Trotzdem hat es dir Spaß gemacht, oder?«

In dem Moment verstand ich. Es war wie Lucas' unsinnige

Idee, einen Handstand zu machen, wenn die Situation ausweglos schien.

Mein ganzes Leben lang hatte ich Erwartungen erfüllt. Ich war in einer Rolle gefangen, die ich ausfüllte, die jedoch nichts mit *mir* zu tun hatte. Cole der Rebell. Cole der Unruhestifter. Cole der Schwererziehbare. Cole, der immer den Adrenalinkick suchte. Cole, der keine Beziehungen einging, keine Hausaufgaben machte, mit niemandem sprach. Ich wusste nicht, ob dies von Anfang an ihr Plan gewesen war. Hatte sie überhaupt wissen können, was für eine Person ich im Inneren war? Wenn es jemand durchschaute, ohne mich so gut zu kennen wie Lucas, dann war es womöglich June.

Jedenfalls stellte ich in diesem Augenblick fest, dass ich all das nicht wirklich *war*, sondern nur die Erwartungen anderer erfüllte. Überwiegend die meines Vaters.

»Ich weiß gar nicht mehr, wer ich eigentlich bin …«, sagte ich erstaunt. Es war ein scheußliches Gefühl, wie nackt über einen Abgrund zu balancieren. »Ohne Lucas habe ich keine Rolle mehr.«

»Sieh es als Chance! Du kannst jetzt eine neue Rolle haben!«, schlug June vor. »Wie wärs mit der des Cole Archer, Individuum.«

»Was macht so ein Individuum?«

»Hmm … er ist mein Freund?« Sie stellte sich auf die Zehenspitzen und gab mir einen Kuss auf die Wange.

In dem Moment hatte ich das Gefühl, mit June an meiner Seite alles sein zu können.

*JUNE

Heute fiel es mir schrecklich schwer, den Telefonhörer abzuheben. Jedes Mal fürchtete ich mich aufs Neue, Lucas für immer verloren zu haben, aber an diesem trüben Nebeltag war ich mir sicher, er würde nicht antworten. Dass er mich verlassen haben könnte, bevor ich Auf Wiedersehen gesagt hatte.

Mein Magen rebellierte. Ich war garantiert der egoistischste Mensch auf der Welt, denn ich wollte alles haben. Lucas, den besten Freund, für immer ein Geist am Telefon – und Cole … Doch ich wusste ja, dass das nicht möglich war.

Okay. Ab mit dem Pflaster! Es weiter hinauszuzögern, machte alles nur schlimmer.

Nach einem letzten, tiefen Atemzug voll Mut, den ich zitternd entweichen ließ, hob ich den Hörer ab.

»Lucas?«

»Hallo, June!«

O mein Gott! Meine Knie gaben nach und ich plumpste unelegant auf den Boden. »Du bist noch hier!«

»Ja.« Er hörte sich ganz gut an. Ruhig. Freundlich. Nicht künstlich aufgedreht wie zuvor. Auch nicht geisterhaft. Einfach nur Lucas. Ich war unendlich erleichtert.

»Lucas … ich …« In meiner Kehle steckte ein Kloß.

»Hast du dich mit Cole vertragen?«

»Jaaaa …« Mein Herz schlug mir bis zum Hals. »Kann man so sagen.«

»Gut. Ich könnte es mir wirklich nicht verzeihen, wenn ich euch beide unglücklich gemacht hätte. Es war wahnsinnig egoistisch von mir, das von dir zu verlangen. Ich hoffe, du bist deshalb nicht böse.«

»Nein, ich kann es sogar sehr gut verstehen. Ich fühle mich nämlich genauso egoistisch, weil ich euch beide behalten will ...«

»Na ja ... ich würde ja gern bleiben, aber nicht ... so ...«

»Ich weiß schon. Trotzdem kann ich nicht einmal daran denken, dass du irgendwann nicht mehr mein Freund sein wirst.«

»Ich werde für immer dein Freund sein!«, sagte Lucas fest. »Das schwöre ich. Siehst du, diese Sache zumindest ist sicher: Auch wenn ich weg bin und du nicht mehr mit mir sprechen kannst, bleibe ich dein Freund. So werden wir wenigstens nie streiten und uns voneinander entfernen können, wie es bei den meisten Freundschaften passiert. Wenn du irgendwann stirbst, kannst du dir sicher sein, dass du dort, wo du hingehen wirst, einen Freund hast.«

Ich schluchzte auf. »Lucas! Du wirst mir so schrecklich fehlen.«

Seine Stimme klang belegt. »Du wirst mir auch fehlen, June. Cole und du, ihr seid die wichtigsten Menschen in meinem Leben – und danach. Ich habe Angst vor dem, was auf mich zukommt, aber ich bin auch froh, dass ich diese Chance hatte, dich kennenzulernen.«

»Das klingt so sehr nach Abschied!« Die Tränen rannen mir in den Kragen von Coles Shirt, das ich heute Morgen einfach nicht ausgezogen hatte. »Musst du jetzt gehen?«

»Noch bin ich da ...«

»Du spürst, dass sich etwas verändert, oder? Bitte sag es mir!«

»Ich merke, dass sich der Grund, weshalb ich hier feststecke, langsam klärt. Mein Herz ist leichter. Ich werde ruhiger. Anfangs war ich ständig auf der Suche, das Einzige, was mich beruhigen konnte, waren die Gespräche mit dir.

Deshalb war ich besessen von der Idee, dass du mich lieben solltest, um mich zu retten. Das war es nicht.«

»Es war auch nicht der Fahrer, das habe ich auch eingesehen.«

»Der arme Mann …«, bemerkte Lucas. »Ich hoffe, ihr könnt das noch mal gutmachen, bevor er stirbt. Er sollte ohne Schuldgefühle weiterziehen dürfen.«

»Er ist in der Zwischenzeit gestorben, aber Cole hat gesagt, er sei mit seinem Freund noch einmal dort gewesen und hätte sich entschuldigt.«

Es blieb einen Moment still am anderen Ende. »Mit seinem Freund?«, sagte Lucas schließlich zögerlich.

Ich hielt die Luft an. Wurde er jetzt wieder eifersüchtig?

»Ähm … ja … Shun oder so?«

»Oh!« Lucas lachte. »Das sind wunderbare Nachrichten!«

Vor Erleichterung lachte ich mit, auch wenn ich gar nicht verstand, weshalb.

»Ich bin so froh, dass Cole den armen Shunsuke nach meinem Tod nicht von sich gestoßen hat. Shun war immer ein guter Freund von uns, aber mein Bruder – na, du weißt ja selbst, wie er ist.« Er sagte es völlig ohne Spitze und ich entspannte mich wieder, während wir unseren Gedanken nachhingen.

»Ich schätze, auch ihr beide braucht mich langsam nicht mehr …« Lucas klang ein klein wenig wehmütig, sodass ich schnell das Thema wechselte.

»Weißt du eigentlich von anderen Geistern? Siehst du welche? Warst du …« Plötzlich fiel es mir wieder ein. »Warst du gestern in der Leitung von meinem Pops? Als ich wegen des Sturms bei Cole übernachtet habe, da habe ich deine Stimme gehört.«

Erst als er schwieg, fiel mir auf, dass ich ihm nicht erzählt hatte, wie gut Cole und ich uns vertragen hatten. Mist. Es war nicht nett von mir, ihm unsere Liebe unter die Nase zu reiben. »Wolltest du mich vor dem Unwetter warnen?«

»Das hast du dir nur eingebildet, June. Ich kann nicht in andere Leitungen springen. Das klappt nur hier.«

Meine Haut juckte. Bestimmt von dem fremden Waschmittel auf Coles Laken und nicht davon, dass Lucas mich anlog. Oder? Ich beschloss, seine ausweichende Antwort nicht weiter zu kommentieren.

»Tut mir leid, das mit Cole. Er fühlt sich auch schrecklich, dass er dich betrügt«, tastete ich mich an das Thema heran, das mir Bauchschmerzen verursachte.

»Das tut er doch gar nicht. Wenn überhaupt, dann habe ich ihn betrogen.«

»Lucas …«

»Nein, ich weiß jetzt, was ich zu tun habe. Bitte lass mich dir noch was sagen, June, bevor meine Aufgabe beendet ist.« Lucas klang älter und vollkommen mit sich im Reinen.

Ich hielt ihn aus total eigennützigen Gründen zurück: nur, weil ich nicht wollte, dass er etwas ausspräch, das ich längst wusste, und damit seine Aufgabe beendet war und er verschwand. Denn wahrscheinlich saß Cole in diesem Moment bei seinem Vater und klärte den Garagenbrand auf. Wenn alles lief, wie ich es mir vorstellte, war das mein letztes Gespräch mit Lucas und ich wollte und konnte es so nicht enden lassen.

»Ich will es nicht hören! Ich weiß es doch längst!«, schrie ich. »Für mich bist du trotzdem immer der Lucas, der mir den Liebesbrief geschrieben hat, der erste Junge, der mich geliebt hat, auch wenn es gar nicht stimmt.«

Ich konnte ihn leise atmen hören und hatte das Gefühl,

dass er ein wenig traurig lächelte. »Aber du sollst mich nicht als den Lucas in Erinnerung behalten, der dich belogen hat, um dich zu gewinnen. Ich möchte, dass du mich als deinen wahren Freund siehst, der zum Schluss in der Lage war, dir seine eigenen Worte zu schenken.«

»Ich will –«

»Dies ist noch nicht das Ende.«

Ich konnte nichts mehr sagen. Mein Weinen schüttelte mich so fest, dass ich beinahe zusammenklappte.

»Hör mir zu, June. Ich möchte mit Cole sprechen.«

»Ich –«

»Bisher brach die Verbindung ab, wenn er in der Nähe war. Ich glaube, jetzt schaffe ich es. Ich muss Cole etwas wirklich Wichtiges mitteilen. Du hast das möglich gemacht und dafür werde ich dich immer lieben. Du darfst nicht mehr weinen, wenn du an mich denkst. Alles, was ich dir geben konnte, habe ich dir gegeben.«

Mein Herz tat weh. »Was?«

»Liebe. Freundschaft. Die Lust zu leben – und es zu genießen!«

»Ist das so ein: Lebe für mich, weil ich es nicht mehr kann?«, presste ich hervor. Ich benahm mich kindisch.

»Nein. Das ist so ein: Lebe für dich, weil du es kannst. Und darfst!«

»Wie könnte ich glücklich sein und lachen, wenn du tot bist?«

»Weil du weißt, dass du mich befreit hast. Das ist ein sehr guter Grund, froh zu sein.«

»Dein Tod ist doch keine Befreiung!«, schrie ich heiser.

Lucas lachte. »Ohne dich hätten mich die Albträume verschluckt. Ich bin unendlich dankbar, dass du mich hierhergeführt hast, mit deiner wunderbaren, unvergleichlichen

Art. Ich werde das niemals vergessen. Der Tag, an dem ich deine Stimme gehört habe, war der Tag, an dem ich aufgewacht bin.«

Pops sah aus dem Fenster. Ich ahnte, dass er bald herunterkommen würde, weil er selbst auf die Entfernung meinen Schmerz erkennen konnte.

»Versprich mir, dass du mich nicht verlässt, bevor du dich nicht verabschiedet hast!«, bat ich, so fest ich konnte.

»Ich schwöre es bei allen guten Geistern«, sagte Lucas – garantiert lächelnd. »Bring nächstes Mal meinen Bruder mit. Sprich zuerst mit mir und hol ihn dann ans Telefon.«

»Ich weiß nicht, ob er das kann …«

»Dann fordere ich dich heraus.«

»Bitte nicht …«, flehte ich.

»June, hier kommt dein letztes Dare: Hol meinen Bruder ans Telefon.«

Pops öffnete die Tür.

Ich brach zusammen, weinte und schlug gegen seine Brust, stammelte zusammenhangloses Zeug, schrie und schluchzte. Er ertrug alles, ohne Fragen zu stellen, und brachte mich schließlich ins Haus.

*COLE

Warum war ich so aufgeregt?

Es war nur ein Gespräch. Mit meinem Dad. Er *war* auch mein Vater, selbst wenn er das offenbar am liebsten vergessen hätte … okay, stopp! Ich musste sofort aufhören, mich in diese Gedankenspirale zu begeben.

June hatte recht. Ich war nicht derjenige, den die Leute aus mir gemacht hatten. Wenn ich von heute an der totale

Softie sein wollte, der strickte und Kuchen backte ... Okay. Vielleicht nicht gerade ganz so omamäßig.

Ich lockerte die Schultern, als würde ich mich auf einen Boxkampf vorbereiten, und tatsächlich hatten Dads und meine Gespräche oft etwas von einem erbitterten Fight.

Dieses Mal würde es anders laufen. June hatte mir gesagt, wie oft sie darüber nachdachte, was Lucas ihr raten würde und wie sehr ihr das in ihrem Alltag schon geholfen hatte. Das würde ich nun ebenfalls tun. Ich kannte Lucas in- und auswendig. Niemand wusste besser, was er in einer brenzligen Situation sagen würde, als ich.

Auftritt Dad. Er kam zur Küche herein, wie immer mit diesem energischen Ich-hab-keine-Zeit-für-deinen-Quatsch-Schritt. Innerlich verkrampfte ich mich. Der unsichtbare Lucas an meiner Seite legte mir beruhigend die Hand auf die Schulter.

Alles gut, Cole. Sei einfach du selbst!

Der hatte gut reden! Ich wusste ja nicht mal mehr, *wer* ich war.

»Dad, hast du einen Moment für mich?« Meine Stimme hörte sich an wie ein Laubfrosch. Ich räusperte mich.

Er zog die Augenbrauen zusammen. »Was gibts denn, Cole?« Sogar die Art, wie er meinen Namen aussprach, war ein Zeichen dafür, dass er es mit mir im selben Raum kaum aushielt. Innerlich wimmerte ich, aber ich tat das hier nicht nur für mich. Ich tat es auch für June. Für Eomma. Und für Lucas, falls der wirklich noch irgendwo da rumhing.

Dad sah nicht so aus, als wollte er sich Zeit nehmen. Ich wartete ab, bis er sich stöhnend auf einen Stuhl sinken ließ. Seine Körpersprache deutete auf Flucht hin.

Er hat Angst vor dir, weil du immer die Wahrheiten sagst,

die er nicht hören will, sagte Lucas in meinem Kopf und ich verkniff mir ein Schnauben.

»Dad, es gibt eine ganz alte Geschichte, die Lucas immer aufklären wollte. Ich war bisher dagegen. Doch es ist mir jetzt wichtig, ihm diesen Wunsch zu erfüllen, auch wenn es dafür zu spät ist. Ich bereue es sehr, dass er das nicht selbst tun konnte – durch meine Schuld, weil ich ihn abgehalten habe. Bitte, lass es mich an seiner Stelle versuchen.«

Dad rutschte auf der Sitzfläche so weit nach vorne, als würde er jeden Moment aufspringen.

Ich schwieg. Lucas beherrschte dieses Schweigen perfekt. Es brachte einen dazu, nachzudenken, ruhiger zu werden und sich selbst zu hinterfragen. Wie sich herausstellte, war ich, zumindest ansatzweise, auch zu diesem speziellen Schweigen fähig, denn mein Vater nickte schließlich.

»Der Garagenbrand.« Ich musste nicht erklären, wovon ich sprach. Dads finstere Miene verriet mir, dass er sich ganz genau an diesen Tag erinnerte. »Dass wir eine Zigarette geraucht haben, war meine Idee. Lucas hat das Feuer verursacht.«

Dad beherrschte ebenfalls eine Art von Schweigen. Nur fühlte man sich dabei kein bisschen relaxt. Nun war ich derjenige mit dem Fluchtreflex. Meine Beine kribbelten, so sehr drängte es mich, wegzulaufen.

Schließlich sagte er: »Ich habe ein paar Fragen.«

»Okay!«, atmete ich aus. Hatte ich die Luft angehalten?

»Ich will knallhart ehrliche Antworten, ist das klar?«

»Klar!« Ich spreizte die Finger auf der Tischplatte.

»Ist Lucas weggerannt?«, feuerte er die erste Frage auf mich ab. Innerlich wand ich mich, doch äußerlich blieb ich unerschüttert.

»Ja. Er hatte Angst.«

»Warum bist du nicht weggelaufen?«

»Mister Tweedles.«

Er biss die Zähne zusammen. Man sah es daran, dass seine Wangenmuskeln zuckten. Zuck. Zuck. Zuck. Unbewusst spannte ich mich im selben Rhythmus an.

»Warum hast du ihn davon abgehalten, es zu erzählen?«

Das war streng genommen nicht ganz die Wahrheit und ich vermutete, Dad wusste es. Doch das änderte jetzt nicht viel, denn hätte Lucas es beichten wollen, hätte ich definitiv versucht, ihn davon abzuhalten.

»Weil es auch meine Schuld war. Es war meine Idee.«

Er hob die Augenbrauen und fixierte mich scharf. »Ist das alles?«

Ich seufzte. »Und weil Lucas nicht stark genug war, diese Schuld zu tragen. Komm schon, wir wissen beide, dass ich das aushalten kann. Lucas ist ... Lucas war ...«

»Er hat dich allein büßen lassen ...« Dads Stimme brach.

Es war der traurigste Laut, den ich je gehört hatte. Und dann sank sein Kopf auf die Brust, als würde er von einem Tonnengewicht nach unten gedrückt. Etwas tropfte von seiner Nase auf die Tischplatte. Was in aller Welt ...?

Mein Gehirn bot Vorschläge an, von Schweißperlen über einen plötzlichen Schnupfen, doch nichts passte. Dad weinte nie! Er hatte noch nicht einmal bei Lucas' Beerdigung eine Träne vergossen.

Ich fühlte mich hilflos. War es das, was Lucas gewollt hatte? Dass Dad ihn nach seinem Tod nicht mehr als den perfekten Sohn ansah? Hatte ich dieses makellose Bild wirklich zerstören müssen, jetzt, wo er es nie wieder geraderücken konnte?

Ich ekelte mich vor mir selbst. Am liebsten wäre ich aus

meiner Haut geschlüpft und ein anderer Mensch geworden. Nicht Cole, der Verräter.

Ich stand auf, da Dad mich offensichtlich nicht mehr ertrug – und ich seinen zerbrochenen Anblick ebenso wenig.

»Cole …« Zum ersten Mal hörte ich meinen Namen *anders* aus seinem Mund. Nicht gut. Nicht stolz, so wie er »Lucas« sagte. Aber auch nicht voller Enttäuschung – darum blieb ich stehen, anstatt vorzugeben, ich hätte ihn nicht gehört.

»Das zu erzählen, muss schwer für dich gewesen sein. Du bist Lucas gegenüber immer loyal gewesen, das wusste ich. Darum ist mir klar, wie viel Überwindung dich das gekostet haben muss.«

Mir entfuhr ein kurzes, erschrockenes Lachen. Oh, nein! Jetzt regte er sich bestimmt gleich wieder auf, dass man mit mir nicht reden konnte. Dabei war das nur aus reiner Nervosität passiert.

Dad wischte sich über die Augen. »Das *alles* muss schwer für dich sein«, wiederholte er. »Ich weiß, dass ich kein guter Vater für dich war – vor allem in den schlimmsten Momenten. Es ist nur … es war … Ach, Cole, bei dir fühle ich mich manchmal so schrecklich hilflos. Wenn dir etwas zustößt, lässt du mich dir nie helfen. Immer muss mir deine Eomma erklären, was dich umtreibt, weil du es mir nie erzählst und ich dich so schlecht durchschauen kann. Weißt du … ich habe wirklich versucht, die Dinge wieder geradezubiegen. Der Umzug, der neue Job, ich dachte, es läuft jetzt alles besser für uns … aber du hast mir immer gezeigt, dass ich trotzdem nicht gut genug bin …« Er rieb sich über die Stirn und ich dachte daran, dass Eomma gesagt hatte, Dad sei durch mich verunsichert.

Dad sah mich an. »Cole. Du warst Lucas immer ein wirklich guter Bruder. Er hatte viel Glück mit dir.«

Mein Hals war zu eng. »Er war mir auch ...«

Vor Dad zu weinen, war das Schlimmste, was man tun konnte. Sogar jetzt, nachdem er selbst drei Tropfen Wasser aus seinen Augen hatte fallen lassen, fühlte es sich wie das ultimative Versagen an.

Ich drehte mich um, damit er das Elend wenigstens nicht mitansehen musste.

Muskulöse Arme schlangen sich um meinen Oberkörper und hielten mich.

So fest!

Wenn Eomma mich umarmte, war es, als würde sie sich an mich klammern. Bei Lucas hatte es sich nie angefühlt, als wären wir zwei verschiedene Menschen – eher so, als würde ich mich selbst halten. Ein Puzzle, das zusammengehörte. In Junes Armen fühlte sich alles heiß und zart und schön und süß an ...

Dads Umarmung war ein Panzer. Er umgab mich von allen Seiten, schützte mich lückenlos und machte mich stark und mutig.

»Es tut mir leid!«, würgte ich hervor und meinte damit *alles*!

»Mir tut es leid!«, flüsterte er heiser.

Seine Tränen tränkten mein Shirt, als er den Kopf an meine Schulter lehnte. Ich konnte kaum mehr stehen. Alles an mir und in mir zitterte. Ein Cole-Erdbeben.

Ich weinte so heftig, dass mir schlecht wurde. Dad war nicht der Typ, der einem beim Kotzen den Rücken streichelte, aber immerhin blieb er im Bad und reichte mir einen feuchten Waschlappen, als ich wackelig und verschwitzt von der Kloschüssel aufblickte.

»Gehts wieder?«, fragte er.
Ich lachte.
Warum, wusste ich selbst nicht. »Ja. Jetzt gehts wieder.«

KAPITEL 17

*COLE

June war ein Wildvogel in einem Käfig. Alles an ihr flatterte: ihre Hände, ihre Stimme und ihr Herzschlag, sichtbar zu schnell unter dem dünnen Stoff.

Sie trug das Sommerkleid, obwohl es Spätnovember war und der Eisregen ihr blaue Lippen bescherte.

Ihre Augen waren fast schwarz und die Ränder darunter zeugten von zu vielen schlaflosen Nächten. In manchen davon hatte ich neben ihr gelegen, teils dösend, manchmal auf den Ellenbogen gestützt, während ich ihr den Rücken gekrault oder ihr etwas vorgelesen hatte. Teilweise wollte sie auch allein mit sich und ihren Gedanken sein.

Ich war dankbar, dass sie mich an ihrer Seite ertrug, wenn es ihr nicht gut ging. Ich kannte den Impuls, alles und jeden auszuschließen, von mir selbst ja noch zu gut. Vielleicht half es auch, dass ich um dieselbe Person trauerte wie sie. Oder weil ich mir Sprüche wie *Lass ihn ziehen!* verkniff.

Sie atmete ein und aus. Wischte sich die Hände am Kleid ab. Ich hatte ein Déjà-vu, eines von Lucas, kurz bevor er ihr den Brief übergeben hatte.

Hier stand ich nun und musste bereits zum zweiten Mal bezeugen, wie wichtig mein Bruder und das Mädchen, das ich liebte, sich waren. Und das, obwohl sie sich im Leben kaum je getroffen hatten.

Die Spannung wurde unerträglich und ich konnte einfach nicht mehr länger still sein. »Wird er da sein?«, fragte ich heiser.

»Ja …« Sie klang, als würde sie versuchen, sich selbst zu überzeugen. »Er hat es versprochen.«

»In letzter Zeit hat er doch nicht geantwortet«, sprach ich meine Zweifel aus. Ich war nicht gerade hilfreich.

»Weil ich sein letztes Dare nicht erfüllt habe«, antwortete sie leise.

Ich hätte sie am liebsten in den Arm genommen. Aber das brauchte sie jetzt nicht und auch wenn ich es gern wollte, um mich ging es hier nicht. June war viel stärker, als sie aussah. Sie schaffte das ohne mich!

»Ich warte hier draußen …«, sagte ich.

Sie schluckte und nickte, straffte die schmalen Schultern, über die der dünne Stoff flatterte wie Spinnweben im Wind.

Dann ging sie auf die Telefonzelle zu.

Sie verharrte mit dem Griff in der Hand.

Die Tür schien zu schwer für sie zu sein. Letztendlich gelang es ihr doch, sie einen Spalt weit aufzuziehen und hineinzuschlüpfen.

Durch die Scheibe sah ich, wie sie einen Moment unschlüssig vor dem notdürftig reparierten Tischchen mit dem altmodischen Wählscheibentelefon stand.

Sie nahm den Hörer ab.

*JUNE

»Hallo?« Meine Stimme war so leise wie der Wind, der raschelnd Blätter aufwirbelte.

»Hallo, June!«, antwortete Lucas. Er hörte sich echt an. Kaum anders als sein Bruder, nur wenige Meter entfernt.

Ich brachte die Worte nicht heraus. So oft hatte ich mir ausgemalt, was ich ihm zuletzt noch Bedeutendes sagen konnte. Jetzt war mein Gehirn wie leer gefegt und ich klammerte mich an den Telefonhörer wie eine Ertrinkende an ein Stück Treibholz.

»Ich habe dir noch ein Gedicht versprochen«, sagte er schließlich sanft. »Eigene Worte.«

Ich unterdrückte ein Schluchzen, doch die Tränen rannen mir bereits über die Wangen.

»Ich liebte dich
Zur falschen Zeit
Doch aus den rechten Gründen.
Wie der Mond
Der dem Sonnenaufgang trotzt.«

»Lucas ... Das war das Schönste, was ich je von dir gehört habe ...«

»Danke, June. Ich kann nicht wissen, was mich erwartet, aber ich kann versprechen, dass ich mit leichtem Herzen gehe. Wohin auch immer, dort werde ich für immer dein Freund sein. Im Herzen stirbt nichts. Und wenn du in den Himmel blickst und den Mond am Tag siehst, weißt du, dass ich an dich denke.«

»Ich ...«

»Versprich mir, dass du gut leben wirst.«

»Ich werde gut leben ...« Ich weinte jetzt so verzweifelt, dass die Worte nur abgehakt hervorkamen. »Ich kann mich nicht verabschieden, Lucas!«

»Dann sag mir etwas anderes.«

Nur was? *Lebe wohl!* konnte ich einem Geist nicht sagen. Ebenso wenig *Auf Wiedersehen!*, denn das war nicht gewiss.

Ich schwieg. Schweigen war die Sprache, die wir beide am besten verstanden. Ich wollte jede Sekunde, die mir mit ihm blieb, in mich aufsaugen.

In den letzten Wochen hatte er sich langsam immer weiter von mir entfernt. Er hatte sich zu einem Geist, einer wunderschönen Erinnerung gewandelt, damit ich ihn freilassen konnte. Selbst sein Abschied war liebevoll und sanft – so wie Lucas.

Irgendwann drehte ich mich um und sah Cole, der geduldig auf mich wartete.

Mein Leben. Meine Zukunft.

»Letzte Woche war unsere Theateraufführung zu *Romeo und Julia*«, sprudelte es auf einmal aus mir heraus. »Shun und Cole waren auch da. Und Tina hatte so Lampenfieber, dass ich sie gezwungen hab, einen Handstand zu machen. Stell dir vor, sie musste sich beinahe übergeben, während sie dastand, und dann –«

»June.« Lucas lächelte. Ich musste ihn nie sehen, um es zu wissen. »Ich freue mich so sehr!«

»Danke, Lucas. Danke für mein Leben!«, schluchzte ich. »Danke, dass du mir beigebracht hast, zu leben!«

»Ich liebe dich!«, sagte er. »Am Anfang warst du eine Besessenheit für mich, dann eine Notwendigkeit. Mittlerweile bist du meine schönste Erinnerung und ich bin so dankbar, dass ich dich erleben durfte. Du hast mich gelehrt, den Tod zu akzeptieren. Durch dich weiß ich, wofür ich hier bin. Bitte lass mich jetzt mit Cole sprechen. Ich habe ihm zwei, drei Takte zu sagen, wie er mit meiner Freundin umzugehen hat …«

»Okay …«

Okay … Das sollte das letzte Wort sein, dass ich zu ihm sagen würde?

Ich atmete aus. Es *war* okay! Trotzdem blieb ich noch eine Weile am Telefon. Das Letzte, was wir gemeinsam taten, war, uns gegenseitig anzuschweigen. Er wusste, dass ich da war, und ich spürte, dass er da war. Mehr brauchten wir nicht.

Zuletzt legte ich den Telefonhörer sanft neben mir auf das Tischchen und öffnete die Tür der Telefonzelle.

Cole nickte mir zu. Er wickelte mir seinen Schal um den Hals, der seine Körperwärme wie eine Umarmung um mich legte, und ging an mir vorbei.

Ich trat ein paar Schritte in den Garten hinein.

Es war fast Winter.

Der Regen bildete an manchen schattigen Stellen schon Reif. Ich überlegte, wie viel Zeit ich in diesem Garten verbracht hatte. Wie lange hatte ich in der Telefonzelle gesessen und mit Toten gesprochen! Lucas hatte mir beigebracht, dass das Leben nicht beängstigender war als ein paar Geister. Dass ich hinausgehen und es wagen konnte, anstatt mich hinter meiner Schutzmauer zu verstecken.

Ich drehte mich um. Cole stand mit dem Rücken zu mir in der Telefonzelle. Er hielt den Hörer am Ohr. Ob er zuhörte oder sprach, wusste ich nicht. Seltsamerweise war es mir egal, ob er tatsächlich mit Lucas sprach oder nur so wie ich früher mit Mama.

Allein sein Anblick in der Kabine erfüllte mich mit Ruhe.

Ich streifte weiter umher. Ein Hagebuttenstrauch mit knallroten Beeren fiel mir auf, weil er fast schon aggressive Farbtupfer in den Garten zauberte, der in seinem blattlosen Winter-Schwarz-Weiß erstarrt war.

Vielleicht war das ein Symbolbild für Lucas, der erst nach seinem Tod unser aller Leben aufgemischt hatte, wie er es zu Lebzeiten nicht vermocht hatte.

Ich zog den dicken Schal hoch, bis er mir Mund und Nase bedeckte, lehnte mich an die nasse Mauer und wartete.

Es war ein gutes Warten. Etwas, das ich mit Lucas bisher nicht gekannt hatte. Ständig war ich von Ungeduld oder der Angst getrieben gewesen, ihn zu verlieren. Nun, da ich wusste, dass es die letzten Augenblicke mit ihm waren, fühlte es sich richtig an, genau jene mit seinem Bruder zu teilen. Cole brauchte diesen Moment, in dem er sich von Lucas verabschieden konnte, noch mehr als ich.

Im Nachhinein war es mir unmöglich zu sagen, wie lange ich dort stand, meine blau gefrorenen Finger sprachen für Stunden. Wie ein Totenwächter sorgte ich in meinem Wintergarten dafür, dass Cole und Lucas in aller Ruhe Frieden finden konnten.

Das Quietschen der Telefonzellentür schreckte mich auf.

Cole trat heraus. Seine Augen waren gerötet, aber er trug den Kopf erhoben. Es schien, als sei in der Kabine eine Last von ihm abgefallen. Das leiseste Lächeln umspielte seine Mundwinkel, als er mich erblickte – eine eingefrorene Statue auf der Steinmauer.

»Du kannst jetzt reingehen …«, sagte er.

Von einer Sekunde auf die andere fiel mein Herz in Fluchtmodus. Gerade hatte ich mich stark und sicher gefühlt. So beruhigt. Und nun fürchtete ich mich!

Cole nickte noch einmal aufmunternd.

Ich stolperte zu meiner Telefonzelle. Dem Ort, der all meinen Kummer, all meine Erlebnisse und Geheimnisse geschluckt hatte und der nun bald wieder nur ein bedeutungsloses Gartenhäuschen werden würde.

Schlagartig wurde mir bewusst, wovor ich wirklich Angst hatte: Es war nicht, dass Lucas fort sein könnte. Es war, dass er es nicht wäre. Denn Lucas hatte es verdient, nun weiterziehen zu dürfen, ganz egal, wie sehr ich mich in Zukunft nach ihm als Freund sehnen mochte.

Ich hatte Cole.

Ich hatte Pops.

Ich hatte ein Leben vor mir, das es zu erleben galt.

Ich hatte den Mond am Tag.

Nach kurzem Zögern trat ich ein.

Es war still wie in einer Gruft.

Der Hörer lag reglos neben dem Telefon.

Ich hob ihn sacht an und hielt ihn an mein Ohr.

»Alles Gute, Lucas!«, sagte ich.

Es antwortete mir nur der Winterwind, der um das Häuschen zischte.

EPILOG

*JUNE

»Hallo Mama, ich habe heute jemanden mitgebracht. Das ist mein Freund Cole. Sag Hallo, Cole.«

»Wie soll ich denn Hallo sagen?« Coles Wangen waren rosafarben. Ob das an der steifen Frühlingsbrise oder an etwas anderem lag, konnte nur er beantworten. Ich knuffte ihn in die Seite.

»Na, so: Hallo, Ava. Der Name meiner Mama ist Ava …«

»Ich weiß …«, brummte er und nahm mir pflichtschuldig den Hörer aus der Hand. »Hallo, Ava. Es ist schön, Sie endlich kennenzulernen. June hat mir schon viel von Ihnen erzählt … Reicht das?«

Ich verdrehte die Augen. »Manchmal bist du echt kindisch, Cole. Gib mir schon den Hörer zurück. Meine Mama denkt ja noch, du bist irgendwie komisch. Er ist bloß schüchtern, Mama. Ja, ich weiß, er sieht nicht so aus … und bei mir ist er irgendwie auch das genaue Gegenteil von schüchtern …«

»Hey!«, zischte Cole. »Hör auf, die kriegt ja einen total falschen Eindruck von mir!«

Ich unterdrückte ein Kichern.

Cole deutete auf Pops, der sich mit einem Sack Kartoffeln abmühte. »Ich lass euch Mädels mal in Ruhe lästern und helfe deinem armen Vater. Bestimmt braucht er gleich wieder einen Schnaps … für seinen *Rücken*.«

Als er die Telefonzelle verließ, musste ich wirklich lachen. Freude blubberte mir über die Lippen und Cole drehte sich noch einmal um und zwinkerte mir zu. Ich sah ihm einen Augenblick lang hinterher. Diesem Jungen, der mich anfangs so hasserfüllt angestarrt hatte und dessen Blick nun butterweich wurde, sobald er mich aus dem Bus steigen sah. Seit dem letzten Gespräch mit seinem Bruder hatte Cole sich verändert. Vor allem für die anderen. Für mich war er schon lange nicht mehr der kaltherzige Tunichtgut, für den ihn alle gehalten hatten. Eigentlich war er das ja noch nie gewesen.

»Oh, zum Glück bist du da, Cole. Du brauchst bestimmt ein Workout nach dem Burgergelage von letzter Woche …« Pops klopfte sich auf den kleinen Bauchansatz, sah dann auf Coles schlanken Körper und winkte ab. »Okay. Vergiss es wieder. Hilf mir bitte trotzdem. Ich bin ein alter Mann …«

Cole sagte etwas, das ich nicht verstand, woraufhin Pops lauthals lachte.

Ich war mir anfangs nicht sicher gewesen, ob die beiden sich ehrlich verstehen konnten oder ob es immer irgendwie verkrampft zwischen Pops und meinem Freund bleiben würde. Darum hätte ich mir allerdings keine Sorgen zu machen brauchen. Beim Pokerspielen stritten die zwei wohl wie ein altes Ehepaar, aber ansonsten verstanden sie sich echt prächtig. Ich war ein bisschen stolz auf beide.

Seufzend riss ich mich von dem Anblick los und konzentrierte mich wieder auf mein Gespräch mit Mama. Es war lange her, dass ich zuletzt in der Telefonzelle gewesen war. Zunächst hatte ich noch jeden Tag überprüfen müssen, ob die Leitung wirklich still war. Doch nachdem Lucas sicher fortgegangen war, hatte ich wochenlang sogar den Garten gemieden und nicht einmal aus dem Fenster geschaut. Nun gab es jedoch etwas, das ich dringend mit Mama besprechen wollte. Ohne ihre Zustimmung würde ich es nicht tun wollen und Pops hatte gemeint, der einfachste Weg wäre, sie zu fragen.

»Okay, Mama. Folgendes: Cole und ich wollen nach dem Abschluss ein bisschen um die Welt reisen. Vor allem Asien … Das echte *Telefon des Windes* in Japan besuchen, so wie ihr damals. Und Coles Verwandte in Korea. Es wird dann den ganzen Sommer lang keiner hier sein. Und da haben wir uns überlegt …« Ich holte tief Luft. »Wäre es für dich in Ordnung, wenn in Zukunft auch andere die Telefonzelle nutzen würden? Ich hab schon Pops gefragt, und er meinte, es wäre okay für ihn, wenn hier Leute in den Garten kämen, die noch ein, zwei Dinge mit ihren Toten zu klären hätten.«

Ich setzte mich auf den Boden. Jetzt, wo es ausgesprochen war, konnte ich mich auch wieder entspannen. »Es war eigentlich Coles Idee. Er meinte, es hätte ihm wirklich geholfen, ein letztes Mal mit Lucas zu sprechen. Bestimmt wäre das auch für andere Menschen wichtig. Und ich finde, er hat recht. Was sagst du, Mama? Du hast unsere Leitung schon mit Lucas geteilt, wofür ich dir für immer dankbar sein werde. Wenn du nicht willst, mache ich es nicht.«

Ich lauschte der Stille im Hörer. Natürlich erwartete ich keine Antwort. Nicht von meiner Mama, nicht von Lucas und auch nicht von einem anderen Geist. Dennoch war mir die Zustimmung meiner Mutter wichtig. Der Wind fuhr durch den Hagebuttenstrauch und schüttelte ein paar weiße Blütenblätter herunter.

Ich lächelte. »Das ist ein *Ja*, nehme ich an. Das freut mich wirklich. Ich denke, es sollte jeder die Chance auf einen Abschied haben.«

Draußen fluchte Cole und warf eine Kartoffel nach Pops. Plötzlich konnte ich es in der winzigen Kabine kaum mehr aushalten. Jahrelang war sie mein Rückzugsort, mein sicherer Hafen gewesen. Nun erschien sie mir zu eng und zu klein für all das Leben, das in mir steckte.

»Ich muss los. Danke für deine Zustimmung. Grüß mir Lucas ganz herzlich! Bis bald, Mama, ich hab dich lieb!«

Ich legte auf und schloss die Tür der Telefonzelle hinter mir.

Draußen streckte ich mich, als hätte ich stundenlang in dem Häuschen gesessen. Ich legte den Kopf in den Nacken und sah zum Himmel hinauf.

Die weiße Sichel des Mondes hing wie ein lächelndes Versprechen am Frühlingshimmel.

DANKSAGUNG

Abschied nehmen ist das zentrale Thema dieses Buchs und ich tue dies mit einem lachenden und einem weinenden Auge.

Jetzt, wo die Worte, die einst in meinem Kopf entstanden sind, lebendig geworden sind und den Weg in eure Herzen gefunden haben, nutze ich einen Moment der Lucas-Stille, um Dankbarkeit zu empfinden.

So viele Seelen haben mich bei diesem Buch auf meinem Weg begleitet und unterstützt.

Zuerst meine Familie, die mich auch bei lautstarken Ausbrüchen, Selbstvorlese-Sessions (man nennt mich auch den Flaubert) oder Phasen im Grottenolmmodus nicht für verrückt erklärt. Panda und Piet, die mich regelmäßig an tierische Auszeiten in der Natur erinnern.

Meine Autorenfreundinnen Annalena Kahnau (Lieblings-Plot-Partner und London-Recherche-Begleitung), Claudia Winter (meine Autoren-Mami forever), Julia Adrian (Testleserin Deluxe mit Begeisterungsausbrüchen), Carmen von Rose Snow (ein Feedback so wohltuend wie eine Umarmung) und Stefanie Hasse (aka Miss Adlerauge), die meinen Text genau gelesen und mir mit euphorischem Feedback Mut gemacht haben.

Meinen wertvollen Betaleserinnen Nina Dolderer, Viktoria Paucker, Saskia Seifert und Nina Kreutz. Meinen Patreons und treuen Leser*innen für offene Ohren und weite Herzen.

Aus tiefstem Herzen danke ich Teja Ciolczyk dafür, dass sie mir ihren Titel geschenkt hat. Deine Großzügigkeit erzeugt bei mir ebenfalls Herzklangstille.

Ich bedanke mich bei Cara Kolb für einen herzlichen Kontakt und ein unkompliziertes Sensitivity Reading und bei der zauberhaften Daria Gemma für die traumhafte Coverillustration.

우리 박태원 사부님, 저에게 한국어를 가르쳐주셔서 정말 감사합니다!

Mein besonderer Dank gilt meinen »guten Geistern«:

Meiner Agentin Susanne Wahl von AVA International, die in stundenlangen Telefongesprächen mit mir geplant, gelacht und gefiebert hat und sich bei der Vorstellung meines Buches so in Rage geredet hat, dass ich den Verlag meiner Träume finden konnte.

Und meiner wundervollen Lektorin Leona Eßer vom Arctis Verlag, die die Kommentarspalte mit Respekt, Sprachgefühl und ganz viel Humor gefüllt hat. Die Zusammenarbeit war Teamwork auf Augenhöhe und ich habe sie sehr genossen.

Auch dem Team des Arctis Verlags möchte ich auf diesem Wege von Herzen danken. Ich bin wahnsinnig glücklich, dass ich ein Teil der Blaue-Flamme-Familie sein darf.

Lastly, I want to thank my ghosts. I found shelter between these pages to escape your silence.

DIE AUTORIN

Für Julia Dessalles spielte Fantasie schon immer eine tragende Rolle. Bereits während ihrer Kindheit zwischen Süddeutschland und Korsika erfand und illustrierte sie Geschichten. Ihre Debütreihe *Rubinsplitter* erreichte zahlreiche Leser*innenherzen. Dr. Julia Dessalles war als Ärztin auf einer Kinderintensivstation tätig, bis sie sich wieder auf ihre ursprünglichen Talente besann. Heute arbeitet sie als Schriftstellerin von Jugendbüchern, als Illustratorin und Musikerin. Sie lebt mit ihrer internationalen (deutsch, französisch, spanisch, isländisch) Familie – den beiden Kindern, ihrem Mann, Hund Panda und Pony Piet – nahe der französischen Grenze.